Andrew Brown · Trost

ANDREW BROWN

TROST

ROMAN

Aus dem südafrikanischen Englisch
von Mechthild Barth

btb

Für meine Mutter

Whence comes solace? Not from seeing,
What is doing, suffering, being;
Not from noting Life's conditions,
Not from heeding Time's monitions;
But in cleaving to the Dream
And in gazing at the Gleam
Whereby gray things golden seem.

Woher rührt Trost? Nicht vom Sehen
Was ist, was leidet, was gescheh'n;
Nicht vom Blick auf Lebens Planung,
Nicht von Acht auf Zeitens Mahnung;
Doch durch Streben nach dem Traum,
Durch Betracht' von schimmernd Saum,
Wodurch golden wirkt all Raum.

– Thomas Hardy (1840–1928)

Eins

Arthur Shimansky zog den Revers seines Tweedjacketts zusammen. Es war ein vergeblicher Versuch, sich gegen die frühmorgendlichen Böen zu schützen, die von der Küste hereinkamen. Chipstüten und Blätter tänzelten um seine Beine wie Ratten, strichen um seine Hose. Das Jackett war an manchen Stellen stark abgetragen, lose Fäden wehten im Wind. Seine Frau Dora hatte einen der Ellbogen geflickt und ein Stück Kunstleder auf den lädierten Stoff genäht. Der Ärmel ließ sich nur noch schwer beugen, und außerdem passte der andere Ellbogen farblich nicht mehr dazu. Doch Shimansky störte das nicht. Die Jacke fühlte sich warm und vertraut an, und der Winter am Kap war diesmal besonders unangenehm. Die Tage monotonen Nieselregens schienen endlos. Sie wurden bloß hier und da durch heftige Stürme und starke Regenfälle unterbrochen. Mit den Sommerstürmen draußen im Swartland, die er aus seiner Kindheit kannte, waren diese Stürme jedoch nicht zu vergleichen. Dort war der Regen auf die heiße *Stoep* geklatscht, und die Tropfen sprangen und hüpften über den geweißelten Boden wie Maiskörner. In der Stadt gab es keinen solchen Wetteraufruhr; am niedrigen Horizont schien sich nur eine große, kalte Starre auszubreiten.

Dora hatte stets ein Gewese um ihn gemacht, seine Kleidung geflickt, ihm kratzende Wollpullover und Jacken gestrickt. Diesmal hätte sie ihn sicher zusammengestaucht, weil er ohne Schal und Handschuhe das Haus verließ. »Gott kann dich nicht ununterbrochen im Auge behalten, Arthur.« Es war ihm gelungen, sich auch ohne sie zurechtzufinden, und es gab gute Gründe weiterzumachen, obwohl er Sinn und Richtung verloren hatte. Nur die Gewohnheit ließ ihn nicht aufhören, das Beibehalten seiner Routine. Sonntags gab es zum Frühstück noch immer Eier mit Räucherhering, was die Wohnung mit einem schrecklichen Geruch erfüllte. Doch das Essen war ohne Geschmack, die Filets wie Asche in seinem Mund. Meistens warf er den Großteil weg, wobei er den Fisch für die Nachbarkatze auf einem Teller unter die Büsche stellte. Aber das Ritual nicht fortzusetzen hätte bedeutet, Dora und ihren wöchentlichen Refrain zu vergessen: »Guter Räucherfisch, Arthur« – ganz gleich, wie er ihn zubereitete. Hundert kleine Beobachtungen aus Treue und Einsamkeit. Ein ganzes Leben lang. Die Tage vergingen in einem endlosen Trott und gewissermaßen so, als ob nichts geschehen wäre. Und doch war alles zerstört. Seit beinahe zwei Jahren. Er hätte es nie für möglich gehalten.

Der Wind trug nadelspitze Regentropfen vom Meer herein – feine Splitter, die in seine Wangen stachen und sie rau und glühend rot machten. Er nahm den Geruch von Algen wahr. Sie waren über Nacht angespült worden und lagen in öligen Klumpen auf den Felsen. Hinter der Hauptstraße sah er den Schaum auf den Wellen, die gegen die Mauer der Promenade donnerten wie wütende Rugbyspieler. Die schiere Kraft ließ ihn zusammenzucken. Seine linke Hüfte schmerzte. Die ansteigende Straße brachte die Arthritis in seinem Knie zum Aufflammen, und er musste langsamer gehen. Eines Tages würde er einen Stock brauchen, um überhaupt vorwärtszukommen. Er hoffte, das Synagogen-Komitee hatte noch nichts bemerkt. Es wartete doch nur auf einen triftigen Grund, einen neuen Hausmeister einzustellen. Sie hielten ihn für eine Belastung, und sein Körper verriet ihn mit jedem stolpernden Schritt.

Shimansky blieb neben einem Pfosten stehen, um seinem Knie eine kurze Pause zu gönnen. Die Sehne unter den Knorpeln schmerzte – genau dort, wo er nicht hinkam. Er hob den Fuß und ließ ihn einen Moment lang hin- und herbaumeln, verschaffte sich Erleichterung. Über ihm kreischten zwei Möwen. Die eine jagte die andere, um ihr einen Leckerbissen abzunehmen. Etwas bewegte sich zwischen den geparkten Autos gegenüber. Er stellte seinen Fuß wieder auf den Boden und wartete auf eine weitere Bewegung. Wenn seine Augen besser gewesen wären, hätte er erkennen können, ob es sich um einen Hund handelte. Er hasste Hunde, die Art, wie sie herumschlichen und ohne Vorwarnung auf einen zuschossen. Sie handelten instinktiv, impulsiv und manchmal bösartig. Während seiner Schulzeit hatten sie ihn einmal gebissen, als er mit dem Fahrrad nach Hause gefahren war. Er war gerade an einer Metzgerei vorbeigekommen. Frisch geschlachtete Tiere hingen im Fenster. Ein räudiger Straßenköter schoss aus einem offenen Tor heraus, die kleinen Augen auf ihn gerichtet. Er sah noch das rosafarbene Zahnfleisch, als der Hund sein Maul aufriss und an seinem Fußgelenk zu zerren begann. Es war nicht schlimm gewesen: ein zerrissener Hosensaum und eine rote Linie aus verletzter Haut. Doch danach hatte er diesen Tieren nie mehr getraut und wechselte die Straßenseite, um ihnen auszuweichen. Oder er zuckte vor Schreck zusammen, wenn sie hinter vergitterten Toren auf ihn zurannten.

Wieder bewegte sich etwas. Für einen Hund war es zu groß. Es war ein hockender Mensch, der ihn im Licht der

Morgendämmerung beobachtete. Shimansky wartete und drehte sich dann der Gestalt zu. Der Straßenjunge trat auf die Fahrbahn hinaus. Es schien ein langer Moment zu sein, in dem sich die beiden nur ansahen, ohne ein Wort zu sagen. So verharrten sie eine Weile im Zwielicht – ein alternder Mann und ein Junge, jeder regungslos den anderen fixierend. Der Junge trug einen schäbigen Mantel, der eigentlich für einen Erwachsenen gedacht war, sowie Turnschuhe ohne Schnürsenkel. Seine leuchtend gelbgrüne Wollmütze war wie eine Sturmhaube über seine Stirn gerollt und verdeckte fast ganz seine Augen.

»He, du!«, rief Shimansky schließlich und winkte mit beiden Händen. »Was willst du? Hau ab! Lass mich in Ruhe!«

Sie starrten sich an. Der Junge schwieg noch immer.

»Verschwinde«, erklärte Shimansky leiser. Er hoffte, der Junge würde sich umdrehen und seines Weges gehen. Angeblich waren es solche Kids, vor denen man sich in Acht nehmen musste – drogensüchtige Jungen, solche, die einen wegen einer Uhr oder Schuhen einfach abstachen. Er fürchtete nicht um sein eigenes Leben. Der Tod war nichts, vor dem man weglaufen musste. Jetzt nicht mehr. Er hatte schon länger einen Punkt erreicht, an dem Leben und Sterben gleichermaßen wichtig waren. Abwesenheit schien so wünschenswert wie Anwesenheit, Aufschub so gut wie Handeln. Aber vielleicht würde er Dora enttäuschen, wenn er in der Gosse endete, getötet von einem zerlumpten Kind. Es hätte etwas Erniedrigendes, es würde sogar die Erinnerung an Dora beschädigen. Und es würde bedeuten, dass Josh, sein Sohn, allein zurückbliebe.

Der Junge blieb, wo er war. Shimansky drehte sich um, murmelte etwas und ging dann langsam den Bürgersteig entlang, bis er das Tor erreichte. Inzwischen musste er keuchen.

Er hielt inne, ehe er nach den Schlüsseln suchte. Aus den Augenwinkeln sah er etwas Gelbgrünes aufblitzen, das jetzt näher gekommen war. Er tastete nach den Schlüsseln und zog einen schweren Bund heraus, der rasselte, als ob er lebendig wäre. Dann schob er die Kippa auf seinen dünner werdenden grauen Haaren zurecht, ehe er das Tor aufstieß. Mit den Fingern berührte er die Mesusa und murmelte leise das Eintrittsgebet vor sich hin, während er in den Hof trat. Das leere Blumenbeet entlang der Mauer sah schmuddelig aus, und Erde war über den Rand auf die Pflastersteine gespült worden. Er musste dringend den Gärtner bitten, das Beet zu bepflanzen. Aber besser erst, wenn die schlimmste Kälte vorüber war. Shimansky ging in einem Bogen um die großen Wasserpfützen im Innenhof. Wenn er jetzt seine Schuhe nass machte, würden sie den ganzen Tag über feucht bleiben.

Er blieb an der Stufe stehen, die zur Eingangstür der Synagoge führte. Der Schlüssel hatte sich im Ring verhakt. Shimansky keuchte angestrengt, als er den Bund mit den fünf Schlüsseln näher zu seinen Augen führte. Seine Sehkraft ließ rapide nach, auch mit der Brille, die man ihm verschrieben hatte. Er befürchtete, eine Belastung geworden zu sein – zu einem Thema, das sie bei den Komitee-Treffen behandelten. Wann können wir Shimansky bitten, endlich zu kündigen? Das Gerede über seine Langsamkeit, die schüttelnden Köpfe und das bedauernde Schnalzen, während sie an ihrem Tee nippten und sich *Teiglach*-Sirup von den Lippen leckten. Dann würde jemand Dora erwähnen. Und dann Josh. Schließlich würde die Diskussion für einen weiteren Monat verstummen, bis zum nächsten Mal. War es so?

Es gelang ihm, den Schlüssel zu befreien. Schwerfällig stieg er die Stufe zum Sicherheitsschloss hoch. Er hörte, wie hinter ihm das Tor quietschte. Bei dem Geräusch drehte er sich um und verlor beinahe das Gleichgewicht. Er stützte sich mit einer Hand an der geschlossenen Tür ab – doch die Tür gab durch sein Gewicht nach und schwang an ihren geölten Angeln nach innen.

Das darf nicht wahr sein, dachte Shimansky verärgert, als er geradewegs in den kalten Vorraum stürzte.

Zwei

Inspector Eberard Februarie zog das Kissen über seinen Kopf. Die Luft um ihn herum roch sauer. Wie nach Erbrochenem. Hatte er sich übergeben? Dass es ihm so gleichgültig war, verursachte noch mehr Übelkeit. Sein Bauch und seine Schenkel fühlten sich schmierig an, und das feuchte Laken unter ihm war zusammengeknüllt. Er zog die Ränder des Kopfkissens weiter herunter und versuchte, das Licht und die schlechte Luft abzuwehren. Wie ein Tier in seiner Höhle. Der Radiowecker hatte sich angeschaltet. Die schrillen Stimmen von Schauspielern waren zu hören, die den erwachenden Zuhörern irgendwelche Quacksalberprodukte anpriesen und hohle Versprechungen machten. Zur vollen Uhrzeit gebe es die Nachrichten, sagte dann eine fröhliche weibliche Stimme. Er konnte Regentropfen oder kleine Kieselsteine hören, die vom Wind gegen die schmutzigen Fensterscheiben getrieben wurden. Er streckte die Beine aus. Sie waren unter der Bettdecke unangenehm klebrig. Jede noch so geringe Bewegung ließ sein Gehirn gegen seinen Schädel pochen und verschob die Schmerzen von seinen Augen in seine Stirn, zu seinen Schläfen und wieder zurück hinter seine Augen. Sein Gehirn schien wie ein ungekochtes Ei nach einer Seite zu hängen, dachte er – wabernd unter einer dünnen Haut. Seine Zunge fühlte sich dick an. Er brauchte etwas, um seinen Mund auszuspülen, etwas, das die Abgestandenheit einer weiteren Nacht voller Zigaretten und Alkohol vertrieb. Und vielleicht auch Sex, er war sich nicht sicher. Ein Glas Wodka würde schon mal weiterhelfen. Ein Windstoß rüttelte heftig an seiner Haustür.

Jetzt war der Nachrichtensprecher zu hören. Eine fühllose Stimme, die Informationen in kleinen, mundgerechten Happen austeilte.

»*In ihrer jüngsten Gegenoffensive im Libanon fuhr die israelische Luftwaffe heute am frühen Morgen mit ihren Bombardierungen fort. Libanesische Regierungsbeamte erklärten den Medien, dass die Attacken eine Schule und eine Konservendosenfabrik zerstört hätten. Sie schätzen, dass mindestens fünfunddreißig Zivilisten ums Leben gekommen seien, einschließlich mehrerer Frauen und Kinder. Der israelische Regierungssprecher betonte, der Angriff habe den Hisbollah-Hochburgen an der nördlichen Grenze zu Israel gegolten.*«

Es war zu früh am Morgen für die Israelis und die Hisbollah, zu früh, um die Propaganda und ihr ganzes Gehabe zu durchleuchten. Menschliche Schutzschilde und Panzer voller übereifriger Soldaten. Eberard stöhnte innerlich auf, machte jedoch keine Anstalten, nach dem Radiowecker zu tasten. Der momentane Angreifer würde der selbstverständlich Gehasste sein, die Videoaufnahmen zu oberflächlichen Schlussfolgerungen führen – eine mühelose Entscheidung zwischen trauernden Müttern und grimmigen Kämpfern. Sechzig-Sekunden-Darstellungen einer Krise mit der Länge und Tiefe der Condition humaine. Doch für die Israelis blieben die Regeln so einfach wie bei einer Messerstecherei. Eberard bewunderte insgeheim ihre knallharte Reaktion auf eine knallharte Situation, auch wenn er das nur vor sich selbst zugab. Er beneidete sie um die fehlenden PR-Überlegungen, um den Wunsch, schnell und eindeutig zu gewinnen, ohne gegenseitige Schuldzuweisungen. Die Invasion des Gazastreifens hatte den Zorn der Welt erregt, doch die Israelis blieben hartnäckig. Am Abend zuvor hatte es ein Interview bei CNN mit einem befehlshabenden Offizier in khakifarbener Uniform gegeben. »Wir sind fertig, wenn wir fertig sind«, hatte er schlichtweg erklärt. Dagegen die Amerikaner in ihren Anzügen und Krawatten, die so taten, als wäre ein Kampf eine Frage der Buchhaltung und nicht des Bluts und zerfetzter Kinderkörper. Die anti-israelische Stimmung war nie heftiger gewesen. Dennoch zeigten sich die Israelis ungerührt: Das ist eine Militäroffensive; sie ist notwendig; das und das müssen wir erreichen; und so gehen wir dabei vor.

Ganz anders als unsere Polizei, dachte Eberard, hob das Kopfkissen ein wenig an und blinzelte in das chaotische Zimmer. Die Polizei wurde zunehmend von veränderten politischen Strömungen auf Provinz- und Nationalebene behindert. Der Nepotismus griff um sich, auch wenn jeder neue Polizeipräsident ein Ende der Korruption versprach. Jeder brüllte irgendwelche Slogans und stürzte dann doch kurz darauf über einen Skandal. Der letzte Polizeipräsident war in Schmiergeldzahlungen verwickelt gewesen – es ging um Ausschreibungen der Regierung zur Anschaffung neuer Handfeuerwaffen für die städtische Polizei. Der Mann war noch immer suspendiert, erhielt dabei aber sein volles Gehalt und wartete auf das Ergebnis der Untersuchungen. In den Zeitungen konnte man ihn mit dem stellvertretenden Direktor des Finanzministeriums sehen, auf einem Golfmobil sitzend und breit grinsend. Eine Kabinettsumbesetzung hatte den früheren Minister für Polizeiangelegenheiten in die politische Sackgasse des Ministeriums für Technologie befördert. Das Polizeiministerium wurde zum Ministerium für Sicherheit und Sozialordnung umbenannt, mit dem ehrgeizigen

Dupisani Favi am Steuer. Favi war mit der Schwester eines Ministers verheiratet und galt als Vertrauter des Ministerpräsidenten. Unterwürfig deutete die liberale Presse bereits an, er könnte zukünftiger Präsidentschaftskandidat werden.

Wie seine Vorgänger war auch der neue Minister vorrangig Politiker und nicht Polizist. Er hatte keinen einzigen Tag bei der Polizei gearbeitet und sah in diesem Ministerium nur ein politisches Sprungbrett. Er verhielt sich so, als ob er nicht davon ausging, dort lange genug zu bleiben, um herausfinden zu müssen, wie das Ganze funktionierte. Stattdessen konzentrierte er sich auf plakative Reden, erklärte der Bestechungspolitik und der Drogenkriminalität den Kampf, während er den neuen Social Values Act verfocht, einen Grundpfeiler der populistischen Strategie der Regierung, ihre Machtbasis auszubauen. Er hatte sich bisher nicht bemüht, die Führungsriege innerhalb der Polizei kennenzulernen oder sich mit gewöhnlichen Polizisten zu beschäftigen. Seine Rolle war es, kühn und mitteilsam aufzutreten und sich als Visionär einer sozialen Neuordnung darzustellen. Da fand er nur wenig Zeit, um die wachsenden Frustrationen seiner Mitarbeiter wahrzunehmen.

Eberard hatte über achtzehn Jahre Erfahrung im Polizeidienst und blieb durch die soziale Quotenregelung, die Beamte bevorzugte, die eine dunklere Haut hatten, auf seiner Position hängen – als würde ihn ein Raufbold ununterbrochen mit einer Hand unters Wasser drücken und nicht auftauchen lassen. Einerseits lag es an der Quotenregelung, andererseits aber sicher auch an seinem selbstzerstörerischen Verhalten. Er konnte nirgendwo anders hin. Das Leben als Inspector war noch immer das gleiche Leben, das er schon so lange führte.

»Gestern kam es erneut zu anti-islamischen Protesten in

Paris, wobei Befürworter der Christlichen Bürgerwehr-Partei vor einer Pariser Moschee öffentlich muslimische Kopfbedeckungen verbrannten. Der französische Premierminister erklärte auf einer Pressekonferenz, dass er die Wutbekundungen der normalen französischen Bürger gut verstehen könne, sie jedoch bitten würde, sich zurückzuhalten. Moscheen und Hindu-Tempel in ganz Paris blieben nach den gewalttätigen Protesten in der vergangenen Woche weiterhin unter Bewachung. Unterdessen sprach US-Präsident Harvey gestern in Ohio bei einer Parteikundgebung. Er versprach Amerika eine Rückkehr zu den traditionellen Werten. Harvey erklärte den mehr als zwanzigtausend Zuhörern, dass dem moralischen Verfall, hervorgebracht durch die Demokraten unter Obama, Einhalt geboten werden würde. Die Parteikundgebung fand kurz vor der Präsentation eines Gesetzesentwurfs statt, mit dem die Konservativen die Kreationismuslehre als Schulfach in den USA einführen wollen …«

Diesmal stöhnte Eberard laut auf. Die Gestalt neben ihm bewegte sich im Halbdunkel unter der Bettdecke. Er streckte den Arm aus. Seine Finger kribbelten, als das Blut wieder in seine Hand zurückfloss. Er tastete über die Ablagefläche seines Nachttischchens, wobei seine Fingerkuppen klebrige Flecken berührten, bis sie den kleinen Radiowecker fanden. Ein Lichtstrahl ließ ihn die Augen zusammenkneifen und ächzen. Seine Finger schlugen verzweifelt auf die Knöpfe des Radios, bis der Nachrichtensprecher endlich verstummte. »Normale Bürger« und »traditionelle Werte«. Was sollte das heißen? In seiner Welt waren das hohle Phrasen. Die Provinzialniederlassung des Dezernats für Schwerverbrechen war kein Ort traditioneller Werte. Es war der Sammelpunkt menschlicher Störungen, hier wurden die Tiefen der Bösartigkeit ausgeleuchtet und festgehalten. Es war der Ablageschrank der Verdorbenheit. Eberard hatte gerade den Fall von drei Männern und einer Frau abgeschlossen, die angeklagt waren, junge Albinos für Township-*Muti* getötet zu haben. Sie hatten ihre Opfer verfolgt und auf den richtigen Moment gewartet, um sie anzulocken und ihnen dann den Hals durchzuschneiden. Eberard war ihnen acht Monate lang auf den Fersen gewesen, hatte sich durch menschliche Überreste an den Tatorten gekämpft, *Muti*-Verkäufer verhaftet und schreckliche Fleischstücke nach menschlicher DNS untersuchen lassen. Sein Trinken hatte zugenommen, je länger sich der Fall hinzog. Die Frustration, als ihm die Mörder immer wieder entkamen, und die zunehmende Anzahl von Opfern untergruben seine Entschlossenheit. Die Gemeinden zögerten, ihm bei den Nachforschungen zu helfen, da sich viele vor der Macht der Magie oder vielleicht auch vor dem Vorwurf der Mittäterschaft fürchteten. Doch langsam war es ihm gelungen, ein Bild der drei Männer zu entwickeln und Beweise von widerstrebenden Zeugen und forensischen Ergebnissen zusammenzutragen. Die Beteiligung einer vierten Person, einer Frau mit zwei eigenen Kindern, hatte ihn überrascht. Während sich die Männer als brutal und begriffsstutzig erwiesen, war die Frau durchtrieben und hatte ihn immer wieder ausgetrickst, selbst als er bereits ein Geständnis von einem der Männer hatte, der aussagte, sie sei die Hauptakteurin gewesen. Dann hatte sie Eberard verflucht und ihn mit einer stinkenden Flüssigkeit bespritzt, die Böses in sein Leben bringen sollte. Er hatte das Ganze nicht ernst genommen, bis er den Vorfall vor Gericht als Zeuge schilderte. Unter den Zuhörern gab es ein erschrecktes Raunen, und die ernste Miene des Xhosa-Übersetzers zeigte, welche Bedeutung man ihrem Angriff beimaß.

»Das ist sehr schlimm«, hatte ihm der Übersetzer erklärt

und ihn während einer Unterbrechung am Arm genommen. »Sehr schlimm. Sie müssen einen *Sangoma* aufsuchen und sich von diesem Fluch befreien lassen, Inspector.« Eberard hatte nur stumm genickt. »Nein, Inspector, wirklich. Ich weiß, dass Sie mir nicht glauben. Sie denken, der Fluch hat keine Wirkung auf Sie, weil Sie kein Xhosa sind. Aber da geht es nicht um Ihre Hautfarbe. Das ist keine Religion, an die man glauben kann oder auch nicht. Dieser Fluch ist ein Gift, und Sie müssen ihn unbedingt von jemandem, der sich damit auskennt, aufheben lassen.«

Eberard hatte sich nicht an den Rat des Übersetzers gehalten, und in gewisser Weise war der Fluch wirksam geworden. Der Richter verurteilte die drei Männer mehrfach zu lebenslänglich, doch die Hexe hatte das Gericht mit einem Verführungszauber belegt und auf ihre Seite gezogen, indem sie von ihrem Mut und ihrer Ausdauer gesprochen hatte. Ihre Rolle bei den Morden hatte sie kleingeredet und war mit fünfzehn Jahren davongekommen. Der Fluch lag in Eberards Wissen, dass sie wieder frei sein würde, während er dann noch bei der Polizei arbeitete. Der Fluch bestand in der Erkenntnis, dass er irgendwann wieder Ausschau nach ihr halten und sie auf endlos verschlungenen Wegen verfolgen musste.

Nachdem der Prozess beendet war, hatte er gehofft, seine Stimmung würde sich verbessern. Doch er fühlte sich so sinnentleert wie eh und je. Ihn quälte die Erinnerung an die Mütter, die ihre Kinder verloren hatten. Ihre Trauer reichte tief, war aber auch von einer großen Zwiegespaltenheit durchzogen. Albinos, milchhäutig und oftmals mit einer Sehschwäche geschlagen, wurden noch immer gemieden. Sie galten als Anomalien, die ein schlechtes Licht auf ihre Eltern warfen. Die Beerdigungen fanden im kleinen Kreis statt, und die Leichen wurden hastig unter die Erde gebracht, als wollte man sie verstecken. Die Frauen sprachen mit Liebe und Scham über ihre Söhne und Töchter. Aber Eberard hatte keine Erklärung für sie parat, keinen Trost. Und ebenso wenig für sich selbst. Was auch immer fehlte oder in ihm zerbrochen war, er wusste, dass er so nicht mehr weitermachen konnte. Nicht nur würde sein Körper das allabendliche Trinken nicht mehr sehr lange durchhalten – die Magenschleimhaut vom Alkohol verätzt, die Leber vom vielen Missbrauch schmerzend –, sondern auch seine emotionale Gesundheit war zerstört. Er war ständig den Tränen nahe, selbst wenn er getrunken hatte. *Vor allem* wenn er getrunken hatte. Weder hielt er die Nüchternheit aus, noch fand er im Rausch Entlastung. Sinnlosigkeit überflutete seine Seele mit Selbsthass. Die hitzeverbrannte Haut auf seinem Nacken und seinen Schultern juckte und spannte, und der Alkohol erleichterte zumindest diesen körperlichen Schmerz. »Selbstmedikation«, hatte seine Psychologin das genannt. Sie irrte sich, das wusste er. Medikation bedeutete den Wunsch zu heilen oder zumindest zu entfliehen. Aber er trank aus Verachtung, aus dem schrecklichen Verlangen heraus, sich zu zerstören. Sobald er einmal angefangen hatte, hörte er nicht auf, bis er nicht mehr seine Hand heben konnte. Er schüttete flaschenweise Alkohol in seinen Körper, als ob er versuchte, einen Flächenbrand zu löschen. Als ob das Höllenfeuer selbst in ihm lodern würde.

Tanja hatte Gott gefunden. Und sie hatte ihm erklärt, sie habe auch einen Mann gefunden in ihrer Kirchengruppe. Sie sagte, ihr Leben sei vor dem Ruin gerettet worden. In den sie durch ihn geraten war, so verstand er ihre Worte. Obwohl sie voller Gehässigkeit gesprochen hatte, wusste er, dass sie nicht unfair war. Er wusste, wie sein Trinken ihr gemeinsames Leben zerstört hatte. Geschlagen hatte er sie zwar nie (maß er sich wirklich mit solchen Kriterien?), aber er hatte sie mit seinen gewalttätigen Ausbrüchen geängstigt. Er hatte ihr kleines Zuhause mit seinen Rauschzuständen gefüllt. Als Christine geboren wurde, glaubte er durch die Verantwortung für sein Kind erdrückt zu werden. Er versuchte es mit Therapie, aber seine gestressten Reaktionen spiegelten auch hier nur den Menschen wider, der er geworden war. Es half nicht, von posttraumatischer Belastungsstörung zu sprechen wie von einer heilbaren Krankheit. Für ihn gab es kein Entkommen und damit auch keine Lösung für seine Familie. Außer wegzugehen.

Tanja reichte es, sich von spirituellen Versprechungen trösten zu lassen. Sie verdiente es, glücklich zu sein, nach all dem, was passiert war. Dennoch konnte er mit ihr keinen Frieden finden. Weiterhin erschwerten sie ihren gelegentlichen, notgedrungenen Umgang miteinander durch Verachtung und Aggression.

Eberard warf das Kopfkissen zur Seite, so dass das kalte Morgenlicht durch seine Lider dringen konnte. Als er die Augen ein wenig öffnete, kam ihm das Zimmer seltsam verzerrt vor. Die Nachttischlampe wirkte riesig und bedrohlich, während die Tür zum Bad zu Spielzeuggröße zusammengeschrumpft war. Vielleicht hatte er endlich sein Gehirn geschädigt, dachte er, und für immer seine Wahrnehmung zerstört. Der schräge Winkel, in dem sich das Zimmer zeigte, verstärkte seine Übelkeit und ließ seinen Magen verkrampfen.

Am Abend zuvor hatten er und Tanja sich gestritten, während eines Telefonats. Sie war wütend, dass die Schule schon wieder wegen unbezahlter Schulgebühren bei ihr angerufen hatte. »Was denkst du dir dabei, Christines Ausbildung aufs

Spiel zu setzen?«, hatte sie ihn angebrüllt. »Du weißt doch, dass sie nächstes Jahr auf die Uni will. Du bist ein selbstsüchtiger Idiot, genau das bist du.« Tanja wusste, wie sie ihn verletzen konnte. Sie schärfte ihre Klinge an seinen Schuldgefühlen, um sie dann im richtigen Moment in ihn zu stoßen. Er hatte das Telefon beiseitegeworfen, sich ein Glas Gin eingegossen, es in einem Zug geleert und sich ein neues Glas eingeschenkt, ehe er überhaupt Zeit hatte, über die Konsequenzen nachzudenken. Jetzt konnte er sich nicht mehr erinnern. Hatte er sie zurückgerufen? Betrunken und ausfällig? Flehend und selbstmitleidig? O Gott, stöhnte er innerlich, bitte nicht. Er musste auf seinem Telefon nachsehen, wen er gestern Abend alles angerufen hatte. Wenn ihre Nummer darunter war, musste er sich überlegen, wie es sich wiedergutmachen ließ.

Eberard stützte sich am Kopfende des Bettes ab, um sich aufzurichten. Das Kissen wurde unter seinem Gewicht zusammengedrückt, und Angel neben ihm wimmerte. Ihre Beine zitterten. Die Muskeln zuckten, als ob sie ein Hund wäre, der davon träumte, einen Hasen zu jagen. Als sie zuerst den Tag hinter sich gelassen hatte, war ihr Körper immer wieder aufgeschreckt, bis sie endlich in Schlaf gesunken war. Jetzt, da der Morgen mit seinem Licht drohte, weigerte sie sich, geweckt zu werden. Sie murmelte etwas, ein leiser Schrei aus der Finsternis eines Traums. Eberard gehörte zu den wenigen, die Angels richtigen Namen kannten. Laetitia Apolis. Vor Jahren war sie im Teenageralter auf der Straße gelandet, um den Misshandlungen ihres Vaters und eines mit Drogen dealenden Bruders zu entfliehen. Sie erlaubte es Eberard nicht, sie Laetitia zu nennen. Angel war nicht nur ihr Straßenname. Es ging um mehr. Ihr richtiger Name erinnerte sie daran, woher sie kam. Er verriet ein anderes Leben, erinnerte an ein kleines Mädchen mit zwei Zöpfen, dem noch andere Wege offengestanden hatten. Ein Leben, das anders hätte verlaufen können. Sie hätte Laetitia Apolis aus Bishop Lavis sein können.

Eberard hatte Angel vor Jahren kennengelernt, damals war sie fünfzehn gewesen. Man hatte sie bei einer verdeckten Ermittlung erwischt, weil sie mit dem falschen Kunden zur falschen Zeit beschäftigt gewesen war. Der Mann war der Polizei mit zwei Kilo Kokain im Kofferraum seines Wagens und mit Angels Lippen um seinen schlaff werdenden Penis ins Netz gegangen. Eberard erinnerte sich noch genau an ihr hübsches Gesicht – an die Stupsnase und die großen dunklen Augen. Wie sie vom Schoß des Mannes zu ihm aufblickte. Gewöhnlich waren die *Jintoes* wütend, wenn man ihnen das Geschäft verdarb. Oder sie zeigten sich angriffslustig, weil sie glaubten, sich verteidigen zu müssen. Doch Angel sah nur zu Eberard auf, der damals noch ein junger Constable war – gedemütigt und beschämt. Die anderen Polizisten hatten abfällig gelacht und sie herumgestoßen. Aber Eberard hatte geschwiegen, von verwirrenden, ungebremsten Gefühlen ergriffen.

Er betrachtete sie, wie sie jetzt neben ihm schlief. Sie war noch immer auf eine freche Weise hübsch. Doch die Jahre auf der Straße hatten ihr Gesicht verwüstet und Narben hinterlassen. Sie war zu einer Cracksüchtigen geworden. Die Droge wurde ihr von ihrem Zuhälter verkauft, hatte ihren Körper zu einem knochigen Gerüst werden lassen und sie beinahe umgebracht. Ihre Cracksucht bedeutete für sie einen ständigen Kampf, doch es gab auch immer wieder Phasen wie jetzt, in denen es ihr gelang, clean zu bleiben. In letzter Zeit hatte sie mehr gegessen, vor allem billiges Fastfood. Aber sie blieb schlank. Ihr Körper hatte etwas Mädchenhaftes und

Geschmeidiges, ihr Gesicht hingegen war eingefallen und ausgemergelt. Die Wangenknochen standen markant hervor, und sie entblößte ihre Zähne, wenn sie schlief. Ihr Zuhälter war ein viel beschäftigter Dealer, und Angel hatte vor einiger Zeit angefangen, Eberard Hinweise auf die Verschiebung von Mädchen und Drogen unter den Dealern und Zuhältern zukommen zu lassen. Als Gegenleistung hatte er ihre Akte mit Beweisen für ihre Prostitution und eine Körperverletzung verlegt. Nach einer Weile war sie zu einer nützlichen Informantin geworden, wodurch sie sich auch etwas Geld dazuverdiente. Sie brachte ihn mit ihren respektlosen Geschichten voller seltsam geformter Penisse, Samenüberflutungen und bizarrer erotischer Fantasien zum Lachen, mit dem grotesken Theater von Männern auf der Suche nach schneller Befriedigung. Auch nachdem Eberard auf ein anderes Revier versetzt worden war und sich später nicht einmal mehr mit Drogenkriminalität beschäftigte, traf er Angel weiterhin regelmäßig. Er lauschte ihren Geschichten und den Berichten von Unterhaltungen, die sie mitangehört hatte. Manchmal gab er eine Information an das zuständige Drogendezernat weiter, doch meist amüsierte er sich nur über ihre Erzählungen.

Seine Abhängigkeit hatte sich leise angeschlichen und plötzlich verstärkt, als seine Ehe auseinanderbrach. Untreue war für ihn nie ein Thema gewesen. Er hatte die seltsame Anziehungskraft, die Angel auf ihn ausübte, kaum geahnt. Nachdem er und Tanja sich getrennt hatten, war es Eberard schwergefallen zu begreifen, was geschehen war. Er bemerkte sein immer stärker werdendes Bedürfnis nicht, Angel zu sehen. Vielleicht hatte sie die Veränderungen in ihrer gegenseitigen Abhängigkeit erkannt, aber für sie war die Dynamik des Ganzen auch so viel einfacher. Für Angel war er ein Beschützer, ein sicherer Hafen, zu dem sie fliehen konnte, wenn ihr Leben mal wieder außer Kontrolle geriet. Ihre Wahl war offensichtlich und diente einem Zweck. Ihre Motive störten ihn jedoch nicht. Er erwartete nichts von ihr, und vielleicht stritt er sich aus diesem Grund auch nie mit ihr. Es waren seine eigenen Motive, *sie* zu wählen, die an ihm nagten. Das erste Mal, als sie betrunken und lachend auf sein Bett gefallen waren, hatte er sich über sie gestürzt, als ob die Anspannung durch Jahre des Wartens endlich von ihm fallen würde. Doch gleich danach hatte ihn Selbsthass erfasst. Ohne es bewusst zu tun, fuhr sie fort, ihn zu quälen. Er schien nichts anderes zu verdienen. Sein Selbstwertgefühl war so zerstört, dass nur noch eine Straßenhure mit ihm schlief. Vor kurzem hatte sie ihre geglätteten schwarzen Haare durch schulterlange blonde Haarverlängerungen ersetzt, die ihr kaffeebraunes Gesicht auffallend einrahmten. Es sah furchtbar künstlich aus, und Eberard hasste die neue Frisur. Sie ließ ihm keinen Spielraum zu vergessen, wer sie war und was sie tat. Doch wenn er ehrlich war, verspürte er einen beunruhigenden Respekt für sie und sehnte sich nach dem menschlichen Kontakt mit ihr. Seine Zerrissenheit fühlte sich falsch an, ihrer nicht wert, denn es gab immer wieder Momente – sogar viele während ihres betrunkenen Geschlechtsverkehrs –, in denen Eberard echte Zuneigung empfand. Aber auch andere Momente, in denen er von ihr abgestoßen war, von ihrer Gegenwart in seinem Bett. Sie klammerte sich wie eine Schiffbrüchige an ihn, die sich an einem Treibholz festhält. Ihr Körper schien durch die Jahre befleckt zu sein, in denen sich Männer an ihr vergangen, sich auf sie ergossen und sie dann vergessen hatten. Nur *er* vergaß sie nicht. Ihn quälte ihre Einsamkeit und das Wissen, dass sie zueinander passten. Der Bulle und die Nutte.

Er spürte, wie ihre Hand, heiß und feucht, seinen Arm

berührte. »*Moenie.* Geh noch nicht«, murmelte sie. Sie roch nach billigem Parfüm und Schweiß.

»Ich muss. Schlaf weiter und zieh dann die Tür hinter dir zu.« Er schwang die Beine vom Bett und fasste nach der Matratze, als sich das Zimmer um ihn zu drehen begann. Angel antwortete nicht. »*Daar's geld op die tafel*«, sagte er und legte ein paar Geldscheine und Münzen neben die Lampe.

Ein gemurmeltes Danke, ehe sie sich wieder im Bett zusammenrollte. Wie ein kleines Nagetier, dachte er unwillkürlich.

Eberards Handy vibrierte auf dem Küchentisch. Es surrte warnend, ehe der schrille Klingelton einsetzte. Das Eindringen des Geräusches in sein Leben ließ ihn zusammenzucken, und er schlurfte durchs Zimmer. Hastig hob er ab, um das Klingeln zu stoppen. Er konnte sich nicht dazu durchringen, etwas zu sagen, sondern schloss die Augen, den Apparat an sein Ohr gepresst. Draußen heulte der Wind.

»Inspector?«, flötete Sergeant Pillays Stimme. »Inspector? Sind Sie da? Hallo?«

»Ja, Karisa«, antwortete er, wobei er sich fast an den Konsonanten verschluckte. Wer weiß, wie es klang, nachdem seine Stimme durch zwei Geräte und ein Netzwerk aus Funktürmen und Satelliten gedrungen war? Am anderen Ende der Leitung gab es eine lange Pause, während die hübsche Polizistin vom Empfang versuchte, die gekrächzte Erwiderung zu interpretieren, die sie zu hören geglaubt hatte.

»War eine harte Nacht, was, Inspector? Tut mir leid, Sie schon so früh an einem Samstagmorgen wecken zu müssen.« Sie hatte einen singenden Zungenschlag und lachte freundlich. Einen Moment lang wartete sie, doch von seiner Seite war nichts weiter zu vernehmen. »Okay, Inspector. Sie müssen nichts sagen. In Ordnung? Ich wollte Ihnen nur ausrichten, dass eine Nachricht für Sie hinterlegt wurde. Colonel Dirks möchte Sie sehen. Und zwar dringend. Heute Vormittag.« Wieder hielt sie inne, während sie überlegte, was sie ihm noch mitteilen sollte. »Am besten gleich, wenn ich das richtig sehe.«

»Verstehe, Sergeant«, brachte Eberard heraus, wobei er die Wörter zwischen den Zähnen hervorpresste.

Sergeant Karisa Pillay hatte all das, was Eberard nicht hatte. Jung und enthusiastisch war sie und widmete sich ihrer Arbeit mit großer Hingabe und Klarheit. Sie wirkte immer gepflegt und hatte ihre langen Haare zu einem Zopf geflochten, der zwischen ihren Schulterblättern herabhing, die Haut rein und glatt. »Ach, kommen Sie schon, Inspector. Kopf hoch«, war ihr Standardsatz, oft noch unterstrichen durch einen freundschaftlichen Schlag auf die Schulter oder einen Stoß in die Rippen. Andere seiner Einheit wichen ihm aus, da sie seine sarkastische Art nicht einzuschätzen wussten. Wahrscheinlich hatten sie zudem Angst, sich an seiner Karriere im freien Fall anzustecken, wie Eberard zynisch vermutete. Karisa jedoch schien seinen Depressionen entschlossen entgegenzutreten, beinahe so, als ob sein Pessimismus ein Spiel wäre, eine Herausforderung, der man sich zu stellen hatte und die man besiegen musste.

Eberard verstand nicht ganz, was sie antrieb, aber respektierte ihre Arbeit als Polizistin. Den Bürokram erledigte sie ordentlich, pünktlich und exakt. Man konnte sich auf sie verlassen, und sie machte sich oft die Mühe, sich um Dinge zu kümmern, die andere liegengelassen hatten. Sie bildete das Gegenstück zu Colonel Dirks, Leiterin des Dezernats für Schwerverbrechen und Eberards Vorgesetzte. Colonel Dirks war übergewichtig, hatte fettige Haare und ebensolche Haut. Mithilfe des Programms zur Strukturumwandlung war es ihr gelungen, diese Position zu ergattern, doch fehlten ihr jegliche Polizeikenntnisse. In einer Reihe von katastrophalen Ernennungen war auch sie befördert worden. Man hatte sie in der Führungsriege aufsteigen lassen und sie aus einem normalen Revier ins Provinzialmanagement geholt, wo ihre großen Schwächen durch die allgemeine Bürokratie verdeckt wurden, die diese Institution bestimmte. Jedenfalls sah das Eberard so. Zweifellos betrachteten ihre Fans ihren Aufstieg als durchschlagenden Erfolg. Gleichzeitig war Eberard noch nie ein Kollege begegnet, der etwas Positives über sie zu sagen hatte.

»Wunderbar«, erklärte Sergeant Pillay, ohne sich von seiner hörbaren Katerstimmung abschrecken zu lassen. »Okay, danke, Inspector. Genießen Sie den Tag.«

Er schüttelte den Kopf und warf das Handy aufs Sofa. Den Tag genießen? Hatte sie irgendeine Ahnung, wie unmöglich das schon lange für ihn geworden war – selbst ohne ein Treffen mit Colonel Dirks?

Es kam einer riesigen Anstrengung gleich, sich zu duschen und anzuziehen. Als der schwarze Kaffee auf seinen Rachen traf, musste er würgen, doch es gelang ihm trotzdem, ihn hinunterzuschlucken. Dann stieg er in seinen Wagen, den er draußen auf der Straße geparkt hatte, und fuhr zum Büro. Sein Kopf dröhnte, und seine Augen schmerzten hinter der Sonnenbrille. Er lenkte das Auto in eine Parkbucht, die mit dem Schild NUR FÜR ANGEHÖRIGE DER POLIZEI versehen war. In dem grauen Monolithen fühlte er sich deplatziert. Während er die Stufen zum Betoneingang hinaufstieg, spürte er, dass ihn alle anstarrten wie eine Art von Dinosaurier. Nach dem Fall Du Preez war Eberard hierherversetzt worden. Es galt als Beförderung, obwohl er keinen höheren Dienstgrad und auch kein besseres Gehalt bekam. Ihm wäre ein Revier lieber gewesen, wo sich viele andere erfahrene Beamte noch immer hochzuarbeiten versuchten und zugleich auf ihre Pensionierung warteten. Dieses Gebäude hingegen war voll von Neueingestellten, vor allem jungen schwarzen Männern und Frauen, die mit frischen Uniformen samt Dienstgradabzeichen und personalisierten Jacken ausgestattet waren. Keiner kannte ihn, und es schien auch kein kollegiales Bedürfnis zu geben, einander zu grüßen. Er fuhr mit dem Lift in den dritten Stock hinauf und ging durch die langen Gänge bis zu den Büros seiner Einheit.

Sergeant Pillay winkte ihm zu, als er an ihr vorbeischlurfte. Sie notierte sich gerade etwas, den Telefonhörer zwischen Ohr und Schulter geklemmt. Das Großraumbüro, das Eberard sich mit vier anderen Detectives teilte, roch nach abgestandenem Essen und Speiseöl. Er blieb nicht an seinem Schreibtisch stehen, der voller Akten und Papiere lag, sondern ging gleich weiter zum Büro seiner Vorgesetzten. Die Tür war angelehnt, und der Geruch nach Essen wurde stärker. Er klopfte und trat ein, ohne eine Antwort abzuwarten.

Zu seiner Enttäuschung erwischte er sie nicht dabei, wie sie gerade in einen Hamburger von McDonald's biss. Ihr Schreibtisch wirkte überraschend ordentlich. Nur wenige Akten waren auf einer Seite gestapelt. Eberard fragte sich, wo sie das Essen versteckte. Ihr Leibesumfang verblüffte ihn jedes Mal. Sie erhob sich halb von ihrem Stuhl, überlegte es sich dann aber anders und setzte sich wieder.

Ihre erste Reaktion auf sein Erscheinen war ein finsterer Blick. »Bleiben Sie stehen, Februarie«, sagte sie mit ihrer schrillen Stimme, die ihn sofort innerlich wütend machte. »Es wird nicht lange dauern.« Ihr Mund waberte wie Haferbrei. Trotz der morgendlichen Kühle überzog ein Schweißfilm ihre Stirn. Er stellte sich vor, sie mit einem Hochdruckwasserschlauch abzuspritzen – so einem, mit denen man manchmal hinter der Polizeistation *Bergies* abspritzte, die sich vollgemacht hatten. Sie starrte ihn einen Moment lang an, als ob er das Treffen anberaumt hätte und sie darauf wartete, dass er erklärte, worum es ging. Dann zog sie einen Aktenordner zu sich heran. Ihre Wurstfinger machten sich an einer Ecke zu schaffen, und der Daumen hinterließ einen feuchten Abdruck auf dem Karton, als sie den Ordner endlich aufklappte. Im Inneren lagen einige Papiere. Das oberste DIN-A4-Blatt hatte jemand mit einer blauen Kugelschreiber-Notiz versehen.

»Februarie.« Sie brüllte beinahe. »Hören Sie, okay? Es gibt einen Toten. Irgendeinen alten Mann. In der jüdischen …« Sie hielt inne, als ob die folgende Information besonders gewichtig wäre. »… In der jüdischen Kirche. Hier ist die Adresse.« Sie schob ihm das Blatt hin.

Es glitt über den Rand der Schreibtischplatte und segelte auf den Boden, wo es Eberard aufhob. Er bemühte sich nicht, seinen Ärger zu verbergen. Wieder starrte sie ihn so an, als hätte er etwas gesagt. Wie war es möglich, dass eine Frau mit solchen Kommunikationsmethoden einem Dezernat vorstand, dachte er.

»Ich habe keine weiteren Angaben für Sie. Der Fall kam heute Morgen herein. Vor einer Stunde. Der Commissioner hat mich angerufen. Er will, dass Sie das übernehmen. Eine große Sache. Anweisung von oben.« Wieder bedachte sie ihn mit einem Blick, als hätte er sie unterbrochen.

Er nickte, um sie zum Aufhören zu bringen. Die Ader über seinem linken Lid pochte, ein klares Anzeichen für eine bevorstehende Migräne.

»Das ist die Adresse«, fuhr sie fort. »Machen Sie sich gleich auf den Weg und schauen Sie sich um. Man erwartet Sie. Die

Kapstadt-Kripo ist schon vor Ort. Ich habe diesen Idioten befohlen, nichts zu tun, ehe Sie da sind.«

Eberard wartete, bis ihre schrille Stimme verstummte. Seine Ohren dröhnten, und sein Magen verkrampfte sich noch immer. »Gottverdammt, Madam! Nichts für ungut, aber …« Er schluckte, um nicht würgen zu müssen. Der Geruch nach Pommes frites half nicht gerade, seinen Magen zu beruhigen.

»In meinem Büro wird der Name des Herrn nicht missbraucht, Inspector. Sie wissen sehr wohl, dass ein solches Fluchen bald als Straftat gelten wird.«

»Ja, weiß ich – und auch, dass jetzt in Malawi Furzen zum Verbrechen erklärt wurde. Und in Bahrain sind Tätowierungen verboten.«

»Versuchen Sie, mich zu ärgern, Februarie? Falls ja, sind Sie wirklich gut darin.«

»Sie wissen, was ich von diesen so genannten Gesetzen halte. Sie hindern gute Polizisten daran, echte Verbrechen aufzuklären. Bald werden wir noch als Fashion-Police durch die Gegend laufen und Leute dafür verhaften, dass sie ihre Haare nicht kämmen oder rote Socken tragen. Ich verhafte keine Rastas wegen Hasch. Auch keine Nigerianer, weil sie in einer Wohngegend singen. Ich werde niemanden hopsnehmen, nur weil er eine Burka trägt. Und garantiert werde ich niemanden wegen verdammter Blasphemie einbuchten.« In seinem Kopf pochte es, und er musste einen Moment warten, um wieder klar denken zu können. »Warum will der Commissioner, dass ich den Fall übernehme? Wie wär's mit Benny Griessel? Er ist inzwischen Captain. Oder mit Riedwaan Faizal? Der ist dieses Wochenende der diensthabende Beamte. Warum kann keiner der beiden das machen?«

»Woher soll ich das wissen?« Ihre Stimme zitterte vor Empörung. »Ich habe den Commissioner nach Captain Griessel gefragt. Er meinte, Griessel würde wieder trinken. Und Sie wissen, dass er Faizal nicht ausstehen kann. Wegen seiner Freundschaft mit dieser Hart.«

»Er hat gesagt, Benny würde wieder trinken?« Eberard lief es kalt den Rücken hinunter. »Verdammt und zugenäht, das sind schlechte Nachrichten. Sind Sie sicher?«

»Kein Fluchen wider den Herrn in meinem Büro!«, entgegnete sie schrill. Offenbar wartete sie auf eine Entschuldigung. Eberard schwieg. Sie schüttelte den Kopf und fuhr dann mit ihrer Jammerei fort. »Wie auch immer – was weiß ich schon von Griessel? Mir sagt man ja nichts. So lauten jedenfalls die Anweisungen von oben – das ist alles. Jetzt gehen Sie. Fahren Sie zum Tatort, bevor die da alles vermasseln.«

Eberard eilte zur Tür, ehe ihm einfiel, dass er sich noch nicht verbeugt hatte. Er drehte sich um und holte es nach. Benny Griessel war für ihn immer ein Vorbild gewesen. Nicht nur für ihn. Er galt vielen als ein Mann, der seine Dämonen besiegt hatte. Benny war ein guter Polizist, einer der wenigen weißen Detectives, die vor kurzem unter Minister Favi befördert worden waren. Ein Mann, der seine Sucht mit gnadenloser Entschlossenheit bekämpft hatte. Angeblich war er seit über einem Jahr trocken. Und jetzt hatte er wieder zu trinken begonnen? Eberard ging den Korridor entlang. Es schockierte ihn, dass der neue Captain einen Rückfall erlitten hatte. Seine eigene Lage kam ihm dadurch noch hoffnungsloser vor.

Der Gedanke, dass ihn der Commissioner ausgewählt hatte, um diese Untersuchung zu leiten, verstärkte seine Unruhe. Es schien zudem tatsächlich so, als ob der Befehl von ganz oben gekommen wäre. Welches Interesse konnte das Ministerium an dieser Sache haben? Er war nicht in der Verfassung, auch nur einen kleinen Fall zu übernehmen, ganz zu schweigen von einem mit einem Toten in einer Synagoge. Dirks wusste das, und sie hatte das sicher auch dem Commissioner gesagt. Verdammter Mist, fluchte er innerlich, was weiß ich denn über Juden?

Drei

Eberard blieb an der Kreuzung stehen. Die Ampel hatte sich gegen ihn entschieden. Der Wind schaukelte seine Limousine leicht hin und her. Der kastenförmige Toyota Corolla hatte schon bessere Tage gesehen. Der grüne Lack war vom Parken in der Sonne ausgebleicht, die Heckscheibe hatte einen Riss, und die Karosserie rostete. In einer Ecke des Kofferraums gab es ein Loch mit braunem Rand, durch das Regenwasser eindrang. Manchmal konnte Eberard den modrigen Teppich und den schwarzen Schimmel in den durchgesessenen Sitzen riechen. Im Handschuhfach war ein Polizeifunkgerät angebracht, die einzige Ergänzung zu einem kaum mehr funktionierenden Wagen, den er nicht durch einen neuen ersetzen konnte. Von seinem mickrigen Gehalt war es ihm kaum möglich, monatlich Christines Unterhalt zu zahlen. Der Motor stotterte und ließ das Auto zittern, während es an der Ampel stand und wartete.

Obwohl die Sonne gerade erst aufgegangen war, herrschte auf der Main Road von Sea Point bereits Hochbetrieb. Eberard spürte noch die kühle Feuchtigkeit der Nacht, schwer von Wasserdunst und Nebel, der vom Ozean kam. Die Taxibusse begannen schon vorüberzudonnern, und die Schaffner steckten ihre Köpfe in die kalte Luft hinaus, um frühmorgendliche Passagiere zu finden und sie herbeizurufen. Ein rumpelndes Müllauto wendete auf der Kreuzung, wobei seine breite Stoßstange beinahe die Motorhaube des Toyotas mitnahm, ehe es in einer Wolke aus Gestank und den Rufen der Männer, die sich hinten festhielten, davonbrauste. Einige der kleineren Geschäfte hatten ihre Lichter angeschaltet, und die Besitzer waren mit Besen und Wischmopp beschäftigt, sich für einen weiteren Tag zu rüsten. Die koschere Claremont-Metzgerei mit ihrem griechisch anmutenden weißblauen Äußeren, der türkische Schawarma-Express, der chinesische Chop-Chop-Imbiss – ein ganzes Spektrum exotischer Küchen, die alle nach Aufmerksamkeit gierten. Doch der Glanz von Sea Point war bereits seit Jahren vergangen, als die eleganten Jachten und die luxuriösen Einkaufszentren an der Victoria & Albert Waterfront Einzug hielten. Die Main Road wirkte nun vergessen und verblichen, und ihre vielen kleinen Geschäfte wetteiferten um die schwindende Kundschaft.

Eberard beobachtete ein Pärchen, wie es den Bürgersteig entlanglief, zögerte und am Bordstein stehen blieb. Der Mann trug einen schwarzen Anzug, seine Ringellocken schauten zerdrückt unter einem hässlichen Hut mit einer schwarzen Krempe hervor. Unter seiner Jacke war ein Stück weißer Stoff zu sehen und flatterte im Wind. Die Frau hatte ein kariertes Kleid an, das ihr bis zu den Knöcheln reichte. Ihr frisiertes Haar wirkte steif, als ob es nicht zu ihr gehören würde. Mit einer Hand hielt sie einen großen grünen Hut auf dem Kopf fest. Eine seltsame Art, sich in Afrika zu kleiden, dachte Eberard. Die beiden erinnerten ihn an einen Fernsehfilm, den er zusammen mit Angel gesehen hatte, während sie auf seinem kaputten Sofa Brandy tranken. Ein Ritter aus König Artus' Tafelrunde fand sich plötzlich in unserer Zeit in den Straßen Brooklyns wieder, wo er nun überleben musste. Immer wieder fuchtelte er mit seinem Schwert vor Bettlern und wütenden New Yorkern hin und her. Für Angel war Fernsehen ein interaktives Theater. Sie hatte gelacht und die Figuren beschimpft, wie ein Kind, das hoffte, den Verlauf der Geschichte beeinflussen zu können. Er hatte mit ihr gelacht, froh, abgelenkt zu sein. Doch letztendlich ließ ihn die verzweifelte Situation der Hauptfigur und auch seine eigene verstummen. Er hatte das Gefühl, in der Realität, für die er nur schlecht ausgerüstet war, ebenfalls zu straucheln und von einer Krise zur nächsten zu stolpern. Wie er nun das jüdische Paar beobachtete, ahnte er bei ihnen die gleiche Traurigkeit. Mitgefühl erfasste ihn. Die Taxis rauschten lärmend vorbei, die Fahrer schrien ihre Nichtigkeiten potenziellen Passagieren zu, zeigten auf den Mann im schwarzen Anzug und lachten. Die beiden hielten ihre Hüte fest und versuchten, nicht das Gleichgewicht zu verlieren, als ob sie sich unter Karren und Kutschen auf einer mittelalterlichen Straße zurechtfinden müssten.

Die Ampel zeigte Grün, und Eberard fuhr weiter, nur um wenige hundert Meter später bei der nächsten Ampel wieder anzuhalten. Seine Aufmerksamkeit wurde diesmal durch eine Bewegung zu seiner Rechten gefesselt. Ein Schwarzer mit hervortretenden Augäpfeln kam auf ihn zu, in der Hand einen Stapel zusammengefalteter Papiere. Er grinste Eberard an. Seine weißen Zähne blitzten und schienen die ärmliche, abgetragene Kleidung und die Schuhe mit den heruntergelaufenen Sohlen Lügen zu strafen.

»Wie wär's mit Witzen, mein Freund? Kaufen Sie einem armen Mann einen Witz ab.« Der Mann hielt ihm eines der gefalteten Papiere hin. Seine Stimmung schien sich einen Moment lang zu heben, als Eberard in seine Jackentasche fasste. Doch statt Geld zog er seine Polizeimarke heraus. Für eine Sekunde war die Frustration des Mannes echt, doch dann verwandelte sie sich in gespieltes Entsetzen. Er gab sich indigniert und hob ungläubig die Arme zum Himmel, die Wolken anflehend. Trotz seiner schlechten Laune musste Eberard lachen. Er kurbelte die Scheibe herunter.

»Hier, mein Freund.« Er hielt ihm eine Fünf-Rand-Münze hin. »Tut mir leid, wenn ich dein Herz gebrochen habe.«

»Und das schon am frühen Morgen.« Der Mann blieb in seiner Rolle und schüttelte übertrieben betrübt den Kopf. »Grausam, grausam.« Dann begann er breit zu grinsen. »Danke, Captain. Ich hoffe, Sie erwischen sie.«

Wen soll ich erwischen, überlegte Eberard. Er warf beim Wegfahren einen Blick in den Rückspiegel und sah, wie sich der Mann gespielt ehrfurchtsvoll verbeugte. Dann war er verschwunden. Und die kurze Unterbrechung in seiner schlechten Laune ebenfalls. Mit dem offenen Stadtplan auf dem Beifahrersitz trat er aufs Gas und fuhr die Main Road weiter. Obwohl es zwei Spuren gab, war die linke von Minibustaxis beherrscht, die ohne Vorwarnung anhielten und Arbeiter in den morgendlichen Graupel entließen. Jedes zweite Geschäft schien ein Friseur zu sein. Hochglanzreklame von Frauen mit goldblonden Haaren und makelloser Haut in den gehobenen Salons stand im krassen Gegensatz zur Aufmachung der billigen Salons mit Haarteilen und Zeitschriftenbildern an den Wänden sowie den handgemalten Schildern, die Haarverlängerungen und Hautaufheller anpriesen. Sea Point war eine seltsame Mischung. Hier gingen trendbewusste Geschäftsfrauen ebenso shoppen wie nigerianische Hostessen. Ältere Männer mit Herzproblemen spazierten über die Promenade, ohne die Heroindealer zu beachten, die dort auf Parkbänken warteten.

Eberard blieb an der nächsten Ampel stehen. Links von ihm befand sich das leerstehende Gebäude der Tafelberg School. Als die Ampel auf Grün schaltete, fuhr er sofort an, um sich vor einem luxuriösen SUV einzureihen, dessen Fahrer gerade damit beschäftigt war, eine SMS auf seinem Handy zu schreiben. Unerlaubt schoss Eberard eine Einbahnstraße hinunter. Die Milton Road war mit alten Bäumen gesäumt, deren große Wurzeln die Teeroberfläche des Bürgersteigs aufwölbten. Er konnte das Meersalz in der Luft riechen, vermischt mit dem Schwefelgestank der Algen, die von den Winterstürmen angeschwemmt worden waren und nun wie Pergament auf den Felsen und dem Sand trockneten. Ein riesiges Tankschiff füllte den Horizont, wo es vor Anker lag und darauf wartete, in den Hafen fahren zu dürfen. Die Nähe dieser Metallmasse ließ die Straße noch verstopfter wirken.

Bereits von ferne erkannte Eberard die Transporter, deren Blinklichter noch angeschaltet waren. Als er sich näherte, fuhr ein weiteres Auto mit zwei neugierigen Constables vor und versperrte die Straße, während sich die beiden nach blutigen Details umsahen. Polizisten waren nicht besser als andere, dachte er, wenn es um Unfälle ging, an denen sie vorbeikamen. Sie starrten ebenso hin, um dann entsetzt erregt wieder wegzusehen. Eberard hupte, doch das Auto fuhr nicht weiter. Er drückte den Knopf für die Sirene, und ein dröhnender Ton erfüllte den Wagen. Das Auto vor ihm rollte langsam an und hielt dann noch einmal, um einen letzten Blick auf die Szene zu werfen, ehe es endlich verschwand. Eberard stellte sich vor einen der geparkten Transporter.

Die junge Polizistin, die neben dem Tor stand, wirkte unsicher.

»Detective Eberard Februarie«, erklärte er ruppig.

Sie nickte, salutierte aber nicht. Eberard machte sich nicht die Mühe, sie deshalb zurechtzuweisen. »Luthusi«, sagte er, nachdem er einen Blick auf ihr Namensschild geworfen hatte.

»Von jetzt an lassen Sie hier niemanden mehr rein oder raus. Verstanden? Niemanden.«

»Ja, Inspector«, erwiderte sie noch immer unsicher. »Es sind bereits Leute da.«

»Wenn noch jemand hineinwill, rufen Sie mich über Funk. Ganz gleich, wer es ist. Ich bin auf West One zu erreichen. Okay?« Er drehte die Scheibe auf seinem Funkgerät, um sicherzustellen, dass sie ihn verstanden hatte. Der Apparat begann zu knacken. Eberard kontrollierte die Frequenz auf dem kleinen beleuchteten Bildschirm und befestigte das Gerät an seinem Gürtel.

Er öffnete das Tor, wo er sogleich auf einen gut gebauten Mann mit kurz geschorenem Schädel stieß. Seine Haut war tief gebräunt, und er trug trotz der Kälte nur ein Baumwollhemd. Dicke Adern liefen von seiner Armbeuge bis zu seinen Handgelenken. Seine Brust war in zwei Muskelpakete unterteilt, und Eberard fiel die Beule an seiner rechten Hüfte auf. Eine Spraydose oder ein Schlagstock, dachte er. Oder eine Waffe. Der Mann wirkte aggressiv, und seine gestählte Gestalt füllte den Raum. Er machte keine Anstalten, zur Seite zu treten.

»Entschuldigen Sie«, sagte Eberard und sah ihm direkt in die Augen. Er spürte, wie ihm das Adrenalin durch die Adern schoss.

»Wer sind *Sie* denn?«, fragte der Mann. Lag da etwas Rassistisches in der Betonung des Wortes »Sie«? Langsam bewegte Eberard seine Hand auf seine Brusttasche zu. Der Mann kniff die Augen zusammen, wie ein Reptil, das sich in trübes Wasser zurückzog.

»Ich bin Detective Inspector Eberard Februarie vom Dezernat für Schwerverbrechen, westliche Kap-Provinz.« Er klappte seine Dienstmarke auf. »Und wer zum Teufel sind

Sie?« Er konnte nicht anders. Es kam ihm über die Lippen, ehe er sich zusammenzureißen vermochte. Außerdem pochte sein Schädel noch immer. Der Mann zuckte, schob dann aber seine Brust vor und schien einige Zentimeter größer zu werden.

»Ich bin Larry Bender vom CSO. Ich bin für die Sicherheit der Synagoge zuständig. Und mit der da dürfen Sie nicht rein.« Seine Augen wanderten zu Eberards Waffe, die in einem Holster an seinem Gürtel hing.

»Larry.« Eberard lauschte einen Moment lang dem Namen hinterher. »Larry, jetzt hören Sie mir mal genau zu. Sie haben zwei Sekunden, um mir den Weg freizumachen, ehe ich Sie wegen Behinderung eines Polizeibeamten verhafte. Ich schere mich einen … Es ist mir egal, wer Sie sind. Ich habe keine Ahnung, was CSO sein soll, aber Sie sind nicht Mitglied der Polizei. Ich werde Sie später befragen, um zu erfahren, was hier passiert ist. Aber jetzt treten Sie erst mal beiseite. Entweder freiwillig, oder ich lasse Sie aus dem Weg räumen. Mir egal.«

Das Gesicht des Mannes zuckte um seine Augen und den Mund herum. Eberard wusste, dass ihm der andere keinen weiteren Widerstand entgegenbringen würde, und er wollte ihm eine Chance geben. »Hören Sie, Großer. Tun Sie mir einen Gefallen. Helfen Sie der Beamtin vor dem Tor und achten Sie darauf, dass niemand rein- oder rauskommt, ehe er nicht mit mir gesprochen hat. Können Sie das tun?« Es war offensichtlich, warum er das vorschlug, doch keiner von beiden hätte das zugegeben. Der Mann nickte, wenn auch wenig begeistert.

»Danke«, knurrte Eberard, als er sich an ihm vorbei in den Innenhof drängte. Die Pflastersteine waren alt und etwas uneben. Der Ort wirkte friedlich. Grüne Pflanzen und die

Stämme hoher Bäume standen entlang der Mauern. Zu seiner Linken befand sich in einer Ecke eine Konstruktion aus Holzpfählen. Für das Dach hatte man Palmenwedel verwendet, die jedoch bereits teilweise herabgefallen waren und auf dem Boden lagen. Zu seiner Rechten hatte sich eine kleine Gruppe von Leuten um eine Bank unter einem riesigen Palisanderbaum versammelt. Ein älterer Mann saß eingesunken auf der Bank, sein Gesicht war blutverschmiert, und seine Jacke hatte rotbraune Flecken. Ein uniformierter Beamter kniete neben ihm, während ein hochgewachsener Schwarzer in Zivil dastand und sich Notizen machte. Der diensthabende Detective von Caledon Square, dachte Eberard. Er war als Erster gerufen worden, es war sein Revier, sein Fall. Und jetzt sollte ihn ein Säufer aus der Provinzialniederlassung verdrängen.

Der junge Detective entdeckte Eberard und löste sich von der Gruppe. »Inspector, man hat mir gesagt, Sie würden kommen. Danke, dass Sie sich die Mühe machen.« Die Freundlichkeit des Mannes überraschte ihn. Mit einem gewissen Argwohn ergriff Eberard dessen Hand, die sich leicht und schlank wie die Hand eines Pianisten anfühlte. Sein Kopf war geschoren und schimmernd, was seine feinen Gesichtszüge noch unterstrich. Er schien an einem Ort des Verbrechens völlig fehl am Platz zu sein.

»Ich bin Thabani Makosi, Inspector. Ich bin heute Morgen in Kapstadt der diensthabende Beamte.«

»Es freut mich, Sie kennenzulernen, Constable Makosi. Soweit ich weiß, sind wir uns bisher noch nicht über den Weg gelaufen. Es tut mir leid, dass ich Ihnen von der Provinzialverwaltung vor die Nase gesetzt wurde. Man scheint ja sowieso einen Fehler gemacht zu haben.« Eberard wies auf den älteren Mann, der sich jetzt mit einer abwesend wirkenden

Miene den Kopf rieb und dadurch das Blut über seine Schläfe verteilte. »Man hat mir erklärt, dass es einen Toten gebe. Der alte Mann ist verletzt, aber ganz offenbar noch am Leben. Ich werde also die Zuständigen darüber informieren und Sie jetzt wieder Ihre Arbeit aufnehmen lassen.«

Einen Moment lang sah ihn Makosi verwirrt an. Dann lächelte er freudlos. »Nein, Inspector, es gibt tatsächlich einen Toten. Der alte Mann da ist der Hausmeister. Er hat ihn gefunden. Im Inneren der Synagoge.« Makosi senkte dann die Stimme. »Es ist ernst, Inspector. Sehr ernst. Ich bin so froh, dass Sie hier sind. Kommen Sie besser mit und schauen Sie es sich an.«

Eberard wartete auf eine Stichelei, auf einen Seitenhieb, der offenbaren würde, dass Makosi nur ein weiterer Vertreter der neuen College-Abgänger war, die sich über die alten Polizisten lustig machten. Aber sein Gesicht zeigte ernsthaftes Interesse.

Eberard trat einen Schritt näher. »Verstehe. Und warum ist der alte Mann verletzt?« Der junge Constable schien zusammenzuzucken, und Eberard begriff, dass die Ausdünstungen des Alkohols vom Abend zuvor deutlich an ihm zu riechen sein mussten.

»Er ist gestürzt. Seine Brillengläser haben ihn seitlich ins Gesicht geschnitten. Es blutet so stark, weil seine Haut so dünn ist. Sie wissen ja, wie die Haut von alten Leuten wird.«

Eberard nickte.

»Aber er ist nicht allzu schlimm verletzt. Die Sanitäter sind bereits auf dem Weg hierher.« Während er sprach, zog Makosi eine Rolle mit Pfefferminzbonbons aus der Tasche. Er hielt sie Eberard hin – der wurde rot. Sollte er sich darüber ärgern? Er drückte eines der Bonbons aus der Packung.

»Danke«, sagte er und beobachtete, wie sich Makosi ebenfalls eines in den Mund schob. »Dann zeigen Sie mir mal, womit wir es zu tun haben.«

Makosi stellte ihn der zusammengesackten Gestalt auf der Bank vor. »Mr. Shimansky, das ist Detective Inspector Februarie. Der leitende Beamte, von dem ich Ihnen bereits erzählt habe. Auf den wir gewartet haben, damit wir mit unseren Untersuchungen beginnen können.«

Eberard streckte seine Hand aus, doch der Mann zitterte und war zu mitgenommen, um ihn auch nur ansehen zu können. »Es ist so schrecklich. So schrecklich. Ist mein Sohn schon da? Bitte, ich brauche meinen Sohn. Es ist schrecklich. So schrecklich. Ich brauche meinen Sohn.«

»Ich muss mir den Innenraum der Synagoge ansehen, Mr. Shimansky. Dann komme ich und rede mit Ihnen. Bitte warten Sie hier. Wir lassen Ihren Sohn holen, sobald es möglich ist. Jetzt müssen Sie erst einmal auf uns warten.«

»Er steht unter Schock«, sagte Makosi, als sie gemeinsam zur Tür der Synagoge gingen. »Ich nehme an, dass sein Sohn irgendwo in Kapstadt lebt. Vielleicht kann er den alten Mann beruhigen.«

»Zieht man sich hier die Schuhe aus?« Eberard hatte noch nie eine Synagoge betreten und hielt jetzt unsicher auf der Schwelle an. Die Tür stand offen. Dahinter sah man einen Vorraum aus Marmor, eine schmale Holztreppe, die linker Hand nach oben führte, sowie eine weitere Tür. Weiße Schals mit blauen Bordüren und baumelnden Quasten hingen an Aufhängern neben einem offenen Bücherregal, in dem Gebetbücher gestapelt waren.

Makosi trat ein und öffnete die zweite Tür. »Keine Sorge, Inspector. Sie können Ihre Schuhe anbehalten. Streng genommen müssten Sie eine Kippa tragen, aber ich glaube, unter diesen Umständen wird keiner darauf bestehen.«

»Wie ich merke, sind Sie ein Experte in jüdischen Traditionen.«

»Ich hatte eine jüdische Freundin.«

Eberard zog eine Augenbraue hoch.

»Die Welt ändert sich, Inspector. Sie sollten mehr unter die Leute.« Makosi grinste ihn an. »Hat allerdings nicht lange gehalten.«

»Ja, kulturelle und ethnische Unterschiede. Das wird immer schwierig sein.«

»Hatte nichts damit zu tun, Inspector. Sie kam nur mit meinen Arbeitszeiten nicht zurecht.« Makosi lachte über seinen eigenen Witz. Eberard musste ebenfalls lächeln. Er ging am Constable vorbei in den Hauptraum der Synagoge.

»Aber ich kenne natürlich nicht alle Regeln«, meinte Makosi hinter ihm. »Was auch immer wir tun, Sie und ich, wir beide werden wahrscheinlich völlig fehl am Platz sein. Dass man uns als Ermittlerteam geschickt hat – ich bin mir nicht sicher, ob sie uns leidtun sollten. Oder wir ihnen.«

Eberard fiel auf, dass Makosi von einem Team ausging. Er sagte jedoch nichts. Er hörte das Heulen eines näher kommenden Krankenwagens, als er über die Schwelle trat. Leise fiel die Tür hinter ihnen ins Schloss. Mit einem Mal waren die Geräusche von draußen kaum mehr zu hören. Es fand eine erstaunliche Verwandlung statt, als wäre er von einer Realität in eine andere getreten, von einer Wirklichkeit voller gedankenloser Störungen in eine zeitlose Zone der Ruhe. Die Luft war kühl, ohne kalt zu sein, und vollkommen still. Dennoch wirkte sie frisch. Im Gegensatz zu einer Kirche befand sich der Eingang an der Seite und nicht hinten. Eberard war als Kind gezwungen worden, seine Mutter jede Woche in die Kirche zu begleiten. Daher kannte er deren typischen Aufbau aus Hauptschiff mit zwei Bankreihen, zwischen denen man auf den Altar und den Priester zuging. Die Konstruktion dieses Raums hingegen kam ihm beinahe chaotisch vor. Wo befand sich der Priester, um seine Gemeinde zur Ordnung zu rufen? Zu seiner Rechten standen kirchenähnliche Bänke, die in den hinteren Teil der Synagoge führten, wo sie sich rund um ein Podest mit Balustraden aus dunklem Holz teilten. Hier schien das Zentrum des Ganzen zu sein, doch die Bänke verliefen weiter zu seiner Linken. Dort bemerkte er eine kleinere erhöhte Konstruktion, von wo aus der Priester vielleicht seine Predigt hielt. Sie war nach hinten versetzt, um einer kleinen Marmorplattform Platz zu machen, die über zwei Stufen zu erreichen war. Diese erhöhte Plattform endete an einer Wand, von der zwei purpurne Vorhänge herabhingen. Das Licht fiel durch mehrere Fenster an den Seiten und dem hinteren Teil des Raums. Es gab zudem ein zweites Geschoss. Hinter einem schmalen Balkon mit weiteren Bänken sah Eberard kleine bunte Bleiglasfenster wie die in der Kathedrale von St. George. Es fiel ihm schwer, sich diesen Raum voller Menschen vorzustellen.

»Kommen Sie, folgen Sie mir«, flüsterte Makosi nach einer Weile. Er trat vor und ging an den Bänken vorbei auf die Mitte des Raums zu. Vor den niedrigen Stufen, die zu der marmornen Plattform hinaufführten, blieb er stehen. Einer der Vorhänge war zur Seite gezogen worden. Ein Licht schimmerte im Inneren der Konstruktion, doch Eberard konnte nicht erkennen, was sich dort befand. Es sah wie eine symbolische Figur aus. Neben den Vorhängen stand ein Kandelaber mit flackernden Lampen in Kerzenform, und oberhalb der Vorhänge verdeckte eine Holzbalustrade einen weiteren, höher gelegenen Bereich. Eberard lief es seltsam kalt über den Rücken. War das die Anspannung? Seine Augen wanderten von oben über die Samtvorhänge und die Stränge mit den goldenen Quasten auf den Marmorboden. Dort hielten sie inne.

Auf dem Marmorpodest lag ein Junge mit ausgestreckten Gliedern. Er trug eine weiße Kappe und eine weiße Baumwollrobe, die über seine Beine und bis zu seinen Ellbogen reichte. Oben hatte man sie herabgezogen, um seinen kindlichen Oberkörper zu entblößen. Sein Körper war von unterhalb seines Nabels bis zum Brustbein aufgeschnitten worden. Die Gedärme schauten hellrot hervor. Ein weiterer Schnitt befand sich auf seiner Brust und war tief zwischen seine Rippen auf der linken Seite eingedrungen. Die Robe war dunkelrot verschmiert, doch auf dem Marmorboden gab es keine Blutlache. Das einzige Blut dort war für eine Reihe von seltsamen Zeichen verwendet worden – Quer- und Längslinien, die sich dort überkreuzten, wo der Kopf des Jungen lag.

»Herr im Himmel!« Eberard hatte nicht bemerkt, dass er die Luft angehalten hatte. Jetzt atmete er zischend aus. Erst dann wurde ihm klar, was er gesagt hatte. »Mist, ich muss aufpassen.«

Sein Funkgerät begann zu rauschen. Er zog es von seinem Gürtel und hielt es ans Ohr. »Inspector Februarie, hier Constable Luthusi. Ich glaube, es wäre besser, wenn Sie kommen.« Die Stimme der Frau klang angespannt und ein wenig atemlos.

»Okay, bin gleich da«, erwiderte er und fühlte sich trotz der frühen Stunden bereits erschöpft und müde. Makosi setzte an, um etwas zu sagen. »Wir sprechen nachher, Constable«, erklärte Eberard, wobei er eine Hand hochhielt. »Bin sofort zurück.« Makosi nickte. Er verstand den Befehl auch ohne Worte: Er würde bei dem Toten bleiben.

Der CSO-Mann stand am Tor und redete lebhaft mit Luthusi und einer weiteren Person – einem kleinen, untersetzten Mann in Anzug und Krawatte. Als Eberard näher kam, zeigte Luthusi erleichtert auf ihn und eilte dann wieder zur Straße.

Ohne sich vorzustellen, drehte sich der Mann zu Eberard. Sein Gesicht war dunkelrot angelaufen. »Was um Himmels willen ist hier los? Ihr Constable will mich nicht in die *Schul* lassen.« Der CSO-Mann baute sich neben dem Neuankömmling auf und ließ seine Muskeln spielen.

Eberard seufzte. »Also, zuerst einmal: Wer sind Sie eigentlich?«

»Wer ich eigentlich bin? Eigentlich? Was soll das heißen? Ich bin der Vorsitzende des Synagogenkomitees. Ich leite das alles. Der bin ich. Aber was tun Sie hier, eigentlich?«

Eberard starrte den Mann kalt an. Einen Moment lang antwortete er nicht. Es hätte ihm großen Spaß gemacht, den Kerl auf der Stelle verhaften zu lassen. Die Handschellen um seine feisten Handgelenke zu legen und seine Arme so fest hinter den Rücken zu reißen, dass er aufschrie. Sein Gesicht seitlich gegen einen Transporter zu knallen und so zu tun, als würde er ihm seine Rechte vorlesen. Er fühlte sich vollkommen ruhig – ein Zeichen der heftigen Aggression, die in ihm zu brodeln begonnen hatte. Er ballte die Fäuste und begann auf den Fersen vor und zurück zu wippen. Er durfte jetzt nicht die Kontrolle verlieren. Der CSO-Mann beobachtete ihn.

»Wenn Sie derjenige sind, der hier die Leitung hat, dann sind Sie auch derjenige, den ich vorladen lassen möchte.« Der untersetzte Mann wurde blass, als er Eberards Fauchen hörte. »In Ihrer Synagoge ist ein toter Junge. Liegt wie ein Geopferter auf Ihrem Altar. Wenn Sie hier also die Leitung haben, dann sind Sie auch mein erster Verdächtiger.« Eberard zeigte seine Zähne.

Zu seiner Verblüffung ließ sich der andere nicht einschüchtern. Stattdessen begann er noch wütender zu werden. »Ein Geopferter! Ein verdammter Geopferter! Sind Sie wahnsinnig? Ein Geopferter? In der *Schul*?« Er klang jetzt fast hysterisch. »Wo ist der *Rov*? Haben Sie auch nur die geringste Ahnung, was Sie da sagen, Sie verdammter Antisemit? Mein Gott, ein Geopferter!«

»Wer ist der *Rov*?« Eberard versuchte, nicht ebenfalls schrill zu klingen. Inzwischen war Makosi aus der Synagoge gekommen. Er hatte wohl gespürt, dass es Probleme gab, und stellte sich nun neben Eberard.

»Der *Rov*, Mann. Der Rabbi. Wissen Sie überhaupt nichts? Wer sind Sie eigentlich? Wer hat Sie geschickt? Gibt es denn keinen Weißen, der hätte kommen können? Es wäre natürlich zu viel verlangt gewesen, einen Juden zu schicken. Aber zumindest jemanden, der was in der Birne hat!«

»Stanley.« Hinter Eberard erklang eine Stimme, die sowohl sanft als auch autoritär klang. Er drehte sich zu dem Neuankömmling um. Es war ein junger Mann in schwarzem Frack, schwarzer Hose und einem makellosen weißen Hemd. Sein schwarzer Hut und sein Bart hätten ihn eigentlich konservativ wirken lassen müssen, doch seine Augen funkelten lebhaft. »Ich habe gehört, dass etwas Tragisches passiert ist. Stanley, Larry, auch wenn wir gerne die Situation im Griff behalten möchten, sollten wir doch die Rolle der Polizei respektieren.« Er sah jeden Einzelnen direkt an, ehe sich seine Augen auf Eberard richteten, dem er dann die Hand hinstreckte. »Ich bin Rabbi Jonathan Levitt. Das hier ist die Synagoge meiner Gemeinde.«

Eberard rührte sich einen Moment lang nicht von der Stelle. Er musterte den Mann vor sich. Da ihm die beiden anderen offenbar misstrauten, brauchte er einen Verbündeten. Er brauchte einen Ratgeber, um die ersten Befragungen durchführen zu können, und der Rabbi schien die beste Option zu sein. Außerdem gefiel ihm sein Auftreten. Er fasste nach seiner Hand und schüttelte sie. »Detective Inspector Februarie, Dezernat für Schwerverbrechen. Es tut mir leid, Sie unter diesen Umständen kennenzulernen, Sir.«

»Meine Freunde nennen mich Rabbi.« Der Mann schenkte ihm ein selbstironisches Lächeln. Die Lippen zeichneten sich voll und rot unter dem schwarzen Bart ab. »Und wenn wir es uns aussuchen könnten, wann wir uns kennenlernen, Inspector, würden wir wahrscheinlich unser Leben lang Einsiedler bleiben. Wir Menschen sind nun mal misstrauisch.« Sein Händedruck war fest. Dann drehte er sich zu Makosi und gab auch diesem die Hand, ehe er sich wieder Eberard zuwandte. »Doch soweit ich weiß, haben wir ein schwerwiegenderes Problem als bloßes Misstrauen. Vielleicht können Sie mir zeigen, was passiert ist.«

Der CSO-Mann begann zu protestieren. Doch der Rabbi unterbrach ihn. Eberard war dankbar, dass zumindest einen Moment lang Stille herrschte. Ihm gefiel dieser seltsame Mann immer besser, dem es mit ruhiger Autorität gelang, selbst eitle Pfauen zum Verstummen zu bringen. »Rabbi, darf ich Sie bitten, dass diese beiden Herren …«, er musterte vor allem den Komiteevorsitzenden, »… hier am Tor bleiben. Es geht um den Tatort eines Verbrechens, und da können wir keine unnötige Verunreinigung durch Außenstehende gebrauchen.«

»Jonathan, es ist Samstagmorgen.« Der Vorsitzende war noch immer wütend. »Wir dürfen es nicht gestatten, dass die *Schul* von diesen Leuten abgesperrt wird. Heute ist die Bar-Mizwa der Blochs. Die Familie wird gleich hier sein. Und dann müssen wir uns auf Tischa beAv in der nächsten Woche vorbereiten.« Wieder lief er rot an. Der Rabbi sah Eberard fragend an.

»Rabbi, heute werden Sie garantiert keinen Gottesdienst abhalten können«, erklärte Eberard schlicht. »Tut mir leid. Wenn Sie gesehen haben, womit wir es hier zu tun haben, werden Sie es sicher verstehen.«

Der Rabbi zuckte mit den Achseln. Ihm schien diese Erklärung völlig auszureichen. »Stanley, würden Sie jemanden zu Rabbi Sher von Gardens schicken? Vielleicht kann er heute Vormittag aushelfen. Es ist eine außergewöhnliche Situation. Er wird es verstehen.« Der Komiteevorsitzende murmelte etwas Unverständliches, gab sich aber geschlagen. Eberard nickte den Männern zu und drehte sich dann wieder zum Eingang.

Gemeinsam mit dem Rabbi ging er auf das Gebäude zu. Keinen der beiden drängte es, die Synagoge zu betreten. »Was erwartet mich da drinnen, Detective? Sie sollten wissen, dass diese Sache kaum zu einem schlechteren Zeitpunkt hätte passieren können. Politisch betrachtet.«

Eberard bewunderte seine Ruhe, fragte sich aber zugleich, ob ihm bewusst war, welche Katastrophe seine Gemeinde heimgesucht hatte. Als ob der Rabbi seine Gedanken gelesen hätte, fuhr er fort: »Ich muss zugeben, ich stehe ziemlich unter Schock, Detective. Ich kann kaum glauben, was man mir am Telefon gesagt hat. Ist es wirklich wahr, dass jemand … dass ein Junge in die Synagoge eingebrochen ist und dort irgendwie … zu Tode kam?«

Eberard blieb am Eingang stehen. »Rabbi, ich habe ganz offenbar den Herrn dort drüben beleidigt, und zweifellos werde ich noch andere beleidigen – einschließlich Ihnen. Aber ich kann Ihnen nur sagen, was ich sehe. Und was ich sehe …«, er räusperte sich, »… scheinen die Überreste einer

Art von religiösem Ritus zu sein. Von einer Opferung. Die in der … in der Synagoge stattfand.«

»Ihre Vorurteile, Inspector«, sagte der Rabbi und musterte Eberard eindringlich. »Ich befürchte, dass Ihre Vorurteile Sie die Dinge auf eine bestimmte Weise sehen lassen. Und diese Vorurteile könnten eine der schrecklichsten Verleumdungen überhaupt scheinbar bestätigen.«

»Ich mag Vorurteile haben, Rabbi. Vielleicht sogar viele. Aber ich kann nur sagen, was ich sehe. Und ich weiß nichts von Ihnen, von Ihren Leuten oder Ihren Praktiken.«

»Das ist möglicherweise der wahre Grund für Ihre Vorurteile. Was Sie da andeuten, Inspector, ganz gleich wie vorsichtig, ist zutiefst verletzend. Vielleicht werden Sie mit der Zeit verstehen, wie verletzend es ist. Für den Moment kann ich Ihnen nur versichern, dass Sie falschliegen. Und hoffen, dass Sie sehr rasch begreifen, wie falsch.«

Einen Augenblick lang herrschte angespannte Stille. Dann wechselte der Rabbi das Thema. »Wie geht es Mr. Shimansky? Soweit ich weiß, wurde er verletzt.«

»Ihr Hausmeister? Er wurde inzwischen ins Krankenhaus gebracht. Ich werde mich später mit ihm unterhalten. Er war sehr aufgewühlt und wollte dringend seinen Sohn sehen. Wissen Sie, wo wir den Sohn finden?«

Die Miene des Rabbi wirkte jetzt bedrückt. »Das ist eine komplizierte Angelegenheit. Es gibt eine Sozialarbeiterin, die Ihnen gerne die Situation der Familie erklären kann, falls es nötig sein sollte. Aber jetzt zeigen Sie mir doch bitte, was passiert ist.«

Eberard ließ sich von dem Rabbi in den Vorraum und durch die großen Türen ins Innere der Synagoge führen. Der beißende Metallgeruch des Bluts hing schon in der Luft. Sie gingen die niedrigen Stufen hinunter, wobei der Rabbi immer langsamer wurde, als hätte er Angst vor dem, was ihn erwartete. Als die Beine des Jungen in sein Blickfeld rückten, schoss seine Hand zu seinem Gesicht. Eberard hörte ein leises Aufschreien, gefolgt von einem Murmeln. Vielleicht ein Gebet. Sie traten näher und betrachteten den Jungen auf dem Marmorboden. Eberard, der neben dem Rabbi stehen blieb, sah, wie totenbleich dieser geworden war. Er wirkte unsicher auf den Beinen, und Eberard streckte eine Hand aus, um ihn festzuhalten. Der andere schien es gar nicht zu bemerken, so gebannt starrte er auf das, was vor ihm lag.

»Das kann nicht sein.« Der Rabbi blickte Eberard gequält an. »Wir müssen es wegräumen. Das kann nicht hierbleiben.« Seine Stimme klang lauter und ein wenig schrill. »Es muss weg. Tun Sie es weg. Weg.« Er ging einige Schritte auf den Toten zu, ehe Eberard seinen Arm packte. Der Rabbi zitterte am ganzen Körper, und seine Augen schienen nichts mehr zu sehen. »Es kann nicht hierbleiben. Bitte, Sie verstehen das nicht. Es muss von hier weggebracht werden.«

Eberard brachte ihn dazu, sich von dem Toten abzuwenden. Er führte ihn zum Eingang zurück, wo sich der Rabbi losriss und die Stufen hinauf aus der Synagoge stürzte. Eberard ließ ihn gehen. Langsam folgte er ihm in den Vorraum. Dort saß der junge Mann auf einem Stuhl, die Hände vor das Gesicht geschlagen, die Finger tief in den schwarzen Locken unter dem Hut vergraben. Eberard blieb neben der Tür stehen und wartete. Nach einer Weile seufzte der Rabbi und sah auf. Er blickte dem Detective in die Augen.

»Sie müssen entschuldigen. Das war schrecklicher, als ich mir das vorgestellt hatte. Verzeihen Sie meinen Ausbruch. Es war unpassend …«

»Es war ganz und gar passend. Sie müssen sich nicht entschuldigen. Am wenigsten bei mir, und das bleibt sowieso unter uns.«

Der Rabbi nickte dankend und vergrub dann wieder sein Gesicht in den Händen.

»Leider muss der Tote dort liegen bleiben, bis die Spurensicherung und die Fotografen ihre Arbeit erledigt haben. Leider wird es eine Weile dauern, bis Sie Ihre Synagoge zurückbekommen.« Er holte tief Luft und überlegte, wie er seine nächste Frage am besten formulieren konnte. »Rabbi, ich kann Ihren Schock gut verstehen. Aber es gibt noch eine andere, noch ernstere Angelegenheit zu besprechen.«

Der Rabbi sah verängstigt zu ihm auf und öffnete mehrmals hintereinander den Mund, ohne dass ein Laut über seine Lippen kam.

Eberard fuhr fort. »Offenbar ist der Junge ermordet worden. Jedenfalls war er heftiger Gewalt ausgesetzt.« Die Worte hallten die Treppe hinauf zu dem Raum über ihnen. »In seiner Brust und seinem Bauch wurden … wurden Schnitte … gemacht.«

Zuerst schien dieser Satz keine Reaktion auszulösen. Der Rabbi starrte ihn verständnislos an, als ob Eberard in einer ihm unbekannten Sprache gesprochen hätte. Dann flatterten seine Lider. Er stand auf und rannte durch die Tür, die nach draußen führte, während er eine Hand auf seinen Mund presste. Eberard hörte, wie er sich übergab.

Seine Kopfschmerzen wurden stärker, und seine eigene Übelkeit stieg erneut in ihm hoch. Er schloss die Augen und versuchte sich auf seine Aufgabe zu konzentrieren. Zuerst einmal musste die Spurensicherung den Tatort untersuchen, damit der Tote abtransportiert werden konnte. Aufnahmen, Fingerabdrücke, Flüssigkeitsproben, Abmessungen – es würde mehrere Tage dauern, ehe man die Synagoge wieder betreten durfte. Er würde einen Pressesprecher brauchen, jemanden, der geschickt auf die Flut von Fragen antwortete, die garantiert kommen würde. Konnte er die Angelegenheit noch einen Tag unter Verschluss halten? Er stellte sich vor, in welche Schwierigkeiten er geraten würde, wenn das herauskam.

Auf einmal bemerkte er Makosi, der neben ihm stand. »Was?«, fuhr er ihn an, bedauerte aber sogleich seinen Tonfall. »Sie wollten vorher noch etwas sagen?« Jetzt bemühte er sich, freundlicher zu klingen.

»Inspector«, erwiderte Makosi ruhig und zeigte in die Richtung des Toten. »Ist das nicht ein muslimischer Gebetsmantel, den der Junge trägt?«

Vier

Als Eberard in sein Büro zurückkehrte, war es bereits spät am Nachmittag. Er verfluchte Colonel Dirks dafür, ihm den Fall übertragen zu haben. Es war ein anstrengender Tag gewesen. Seine Unkenntnis und der Argwohn, den er auslöste, hatten die Nachforschungen mühsam gemacht. Die meiste Zeit über hatte er das Gefühl, den Boden unter den Füßen zu verlieren, anstatt voranzukommen. Jede seiner Fragen schien Feindseligkeit hervorzurufen, brennenden Schmerz und Hass. Er war wie ein Blinder durch ein Minenfeld gestolpert. Anfangs hatte er noch versucht, den Rabbi auf seine Seite zu ziehen, ihn um Rat zu fragen und sich von ihm leiten zu lassen. Doch selbst der junge Mann hatte sich irgendwann gegen seine unaufhörlichen und unwissenden Fragen gesträubt. Bei den Schriftrollen war es endgültig zur Krise gekommen.

Die Untersuchung des Tatorts hatte ergeben, dass einer der Vorhänge oberhalb der Marmorplattform möglicherweise vom Täter zur Seite gezogen worden war. Bei den Kultgegenständen dahinter, die Eberard ursprünglich für kleine Figuren gehalten hatte, handelte es sich um Schriftrollen, bedeckt mit einem speziellen Stoff. Eine der Rollen war bewegt worden. Fingerabdrücke der Gemeinde gab es überall, wodurch es unwahrscheinlich erschien, dass die Abdrücke auf der Schriftrolle mit dem Verbrechen in Zusammenhang gebracht werden konnten. Doch am oberen Rand waren die Rollen mit einer schimmernden Metallkappe verschlossen, und dort hoffte die Polizei, einen verwendbaren Abdruck zu finden. Eberard bat die Spurensicherung, die Schriftrolle für weitere Untersuchungen mitzunehmen. Der Komiteevorsitzende Stanley Green hörte die Anweisungen und verlor den Kopf. Der Streit wurde immer erhitzter. Eberard ließ sich nicht beirren, sondern erklärte, dass eine gute Chance bestand, auf der Schriftrolle einen identifizierbaren Fingerabdruck zu finden.

»Hören Sie. Wir werden das Ding nicht kaputtmachen, und danach können Sie es problemlos wieder von dem Pulver reinigen.«

»Sie fassen die Schriftrolle nicht an. Sind Sie wahnsinnig? Hören Sie mich? Wer ist Ihr Vorgesetzter? Ich will sofort seinen Namen wissen!«

Eberard fragte Green, ob er eigentlich etwas zu verbergen habe. Es war eine billige Retourkutsche, und der kleine untersetzte Mann wurde rasend vor Wut. Eberard war nahe daran zuzuschlagen, nur um diesen lautstarken Ausbruch ein für alle Mal zu beenden.

Da mischte sich Rabbi Levitt ein, indem er sich zwischen die beiden Männer stellte. Er versuchte, Green zu beruhigen, was ihm jedoch nicht gelang. Der Komiteevorsitzende stürmte davon.

»Es tut mir leid, wenn ich Mr. Green schon wieder auf die Zehen getreten bin«, sagte Eberard. »Aber die Schriftrolle ist schließlich ein Gegenstand. Mir war nicht klar, dass in Ihrer Religion auch greifbare Gegenstände heilig sind.«

Der Rabbi ignorierte den sarkastischen Unterton, und Eberard bedauerte seine Aggressivität. »Inspector, Sie müssen verstehen, dass die Sefer Tora – die handschriftliche

Tora-Rolle – der heiligste Gegenstand des Judentums ist. Jeder Buchstabe wird von einem Schriftgelehrten niedergeschrieben, und dann wird das Pergament nie mehr berührt. Wir verwenden einen silbernen *Jad* – einen Zeigestab –, wenn wir aus der Rolle lesen, damit wir sie nicht mit unseren Fingern berühren. Sie ist so heilig, dass man eine Rolle, die bereits zu zerlesen ist, auf einen jüdischen Friedhof bringt, um sie dort zu begraben. Deshalb ist es ganz ausgeschlossen, dass Sie die Rolle wegbringen lassen, egal aus welchem Grund. Es tut mir leid.«

Der Rabbi klang entschieden, wenn auch freundlich. Eberard bemühte sich um einen ähnlichen Tonfall. »Es handelt sich hier vermutlich um einen Mord, Rabbi. Ich kann jeden Gegenstand untersuchen lassen, wenn mir das bei meinen Nachforschungen hilft. Jeder Versuch, mich davon abzuhalten, kommt einer Behinderung der Justiz gleich.« Die zwei Männer wichen einige Schritte zurück und starrten einander schweigend an. Eberard merkte, wie in ihm die Frustration hochkochte, und es fiel ihm schwer, die Ruhe zu bewahren. »Nicht zu vergessen das Durchsuchungsrecht, das mir ebenfalls durch den Social Values Act zusteht. Ich könnte diese Synagoge problemlos für unbestimmte Zeit schließen lassen, Rabbi.«

Levitt überlegte. Der Hinweis auf die Rechte der Polizei durch das neu verabschiedete Gesetz hatte den Einsatz erhöht. »Wir Juden wurden im Laufe der Geschichte schon so vieler Dinge bezichtigt«, sagte er nach einer Weile. »Beschuldigt zu werden, sich der Justiz zu widersetzen, ist da in unseren Augen eher zu vernachlässigen. Natürlich wäre jeder Verstoß gegen das neue Gesetz ausgesprochen unerwünscht, und wir möchten bestimmt nicht zu einem Präzedenzfall werden. Es ist nicht unsere Absicht, uns Ihren Nachforschungen in den Weg zu stellen. Aber können Sie zumindest genau abwägen, was wirklich unabdingbar ist? Vielleicht würden wir so in Zukunft solche Auseinandersetzungen vermeiden.«

Eberard schämte sich insgeheim dafür, dem Rabbi mit dem neuen Gesetz gedroht zu haben. Doch so hatte er zumindest etwas angesprochen, was bisher ungesagt geblieben war. Mit einem mulmigen Gefühl überlegte er, ob dies der erste Fall sein würde, der unter den neuen Strafverordnungen verhandelt werden würde. Sollte er zu einem widerstrebenden Vorreiter dieser ekelhaften Rechtsprechung werden? »Ich kann Ihnen Folgendes anbieten«, erklärte er. »Die Synagoge bleibt bis Montag geschlossen. Keiner darf diesen Ort betreten. Wir werden unsere Untersuchungen so weit wie möglich bis dahin abschließen, und danach lasse ich Sie wissen, ob ich die Schriftrolle brauche oder nicht.« Dieser Vorschlag schien den Rabbi etwas zu beruhigen. »Und ich muss wohl nicht extra darauf hinweisen, dass niemand die Medien informiert. Es darf absolut nichts nach außen dringen.«

»Inspector. Glauben Sie ernsthaft, dass wir irgendetwas mit alldem zu tun haben? Glauben Sie das?«

Eberard hatte nicht geantwortet und sich abgewandt. Tatsächlich hatte er keine Ahnung, was er glauben sollte. Er wusste es immer noch nicht. Er hatte einige Aussagen aufgenommen und Makosi die übrigen überlassen. Keine von ihnen half, das Rätsel zu lösen, und der wichtigste Zeuge befand sich unter dem Einfluss starker Beruhigungsmittel in der kardiologischen Station des Christiaan-Barnard-Krankenhauses. Der Hausmeister hatte Herzrhythmusstörungen entwickelt, während er auf die Sanitäter wartete. Als sie eintrafen, war sein Herzschlag völlig unregelmäßig gewesen, während sein Blutdruck immer niedriger wurde. Man hatte ihn ins Krankenhaus gebracht, wo er mindestens bis zum nächsten Tag bleiben musste. Ihre Bemühungen, seinen Sohn zu finden, hatten zu einem unerwarteten Ergebnis geführt: Josh Shimansky war zweiunddreißig Jahre alt und geistig stark zurückgeblieben. Er lebte in der verwirrenden Welt eines Sechsjährigen. Der Hausmeister hatte nicht nach seinem Sohn gefragt, um von ihm getröstet zu werden, sondern er hatte befürchtet, sein Sohn könnte allein zurückbleiben. Der Rabbi hatte den Sozialarbeiter des Sohnes kontaktiert, damit sich dieser um ihn kümmerte, während sich sein Vater erholte.

Doch selbst wenn der Hausmeister mit ihnen reden konnte, was würde er ihnen erzählen? Die Polizei wusste vom Rabbi, dass die Einzigen mit einem Schlüssel zur Synagoge Shimansky, Stanley Green und der Rabbi selbst waren. Es schien unmöglich, dass einer der drei etwas mit dem Mord zu tun hatte. Die Reaktionen von Shimansky und dem Rabbi auf den Anblick des Toten waren unverstellt und echt gewesen, ein unmittelbares Entsetzen. Die Aggressivität des Komiteevorsitzenden hingegen war zwar zutiefst irritierend, aber auch der Ausdruck tatsächlichen Zorns. Dennoch hatte man die Tür nicht gewaltsam geöffnet. Es gab keine Kratzspuren, die Scharniere und das Schloss waren unbeschädigt, und niemand hatte versucht, das Schloss zu knacken. »Arthur hätte die Tür nie unversperrt gelassen«, erklärte der Rabbi. Dennoch war es jemandem gelungen, nachts in die Synagoge einzudringen.

Auch an dem Tatort war etwas seltsam. Es gab zahlreiche Schuhabdrücke, einige aus Erde und Schlamm, andere aus Blut um den Toten herum. Der Mörder hatte sich kein bisschen bemüht, nicht in das Blut zu treten, das aus dem Jungen gelaufen war. Außerdem fand man am Stufenrand auf dem Podest eine Blutschliere. Offenbar hatte sich hier jemand mit einer Hand abgestützt, während er den Toten niederlegte.

Der Pathologe, Dr. Rademan, hatte bestätigt, was Eberard bereits vermutete. »Er wurde fast ausgeweidet. Wenn wir seine Brust öffnen, kann ich Ihnen sagen, ob auch das Herz entfernt wurde. Es sieht jedenfalls ganz danach aus. Aber er wurde nicht hier getötet. Dafür ist zu wenig Blut da.« Rademan war ein alter Hase und hatte wohl schon alles in den dunklen Gassen und den hell erleuchteten Schlafzimmern dieser Stadt gesehen, was ein Mann in seinem Beruf so zu Gesicht bekam. Doch dieser Tatort schien ihn besonders zu faszinieren. Er verwendete ungewöhnlich viel Zeit darauf, sich nicht nur mit der Leiche, sondern auch mit allen anderen Dingen dort zu beschäftigen. Er betrachtete eingehend den Kandelaber und bewunderte die schöne Messingarbeit. Dann trat er zu den beiseitegezogenen Vorhängen. »Mein Gott, eine Sefer Tora. Ein Goi wie ich sieht so etwas nicht jeden Tag«, flüsterte er beeindruckt. Er streckte die Hand aus, um die Schriftrolle zu berühren, hielt sich dann aber zurück. Eberard bemerkte einen Fleck auf dem Ärmel des Pathologen und hoffte, dass es sich nur um einen Überrest seines Mittagessens handelte.

Auch die seltsamen Zeichen auf dem Marmor um den Kopf des Jungen erregten Rademans Aufmerksamkeit. Schräge vertikale und horizontale Linien, die schwächer geworden waren, als das Blut an den Händen des Mörders trocknete. Die Spurensicherung hatte das Muster mehrfach fotografiert, sowohl aus der Nähe als auch von weiter weg. Dr. Rademan verbrachte eine Zeitlang zu Füßen des Toten und betrachtete die Linien. Schließlich räusperte er sich und gab aufgeregte Schluckgeräusche von sich. »Ich denke, Sie sollten den Rabbi bitten, noch einmal hereinzukommen, Detective.«

Der Rabbi war widerstrebend der Bitte gefolgt und versuchte wegzusehen. Rademan zeigte sich jedoch unsensibel für dessen Empfindlichkeiten und wies ihn immer wieder auf den Leichnam und die blutigen Zeichen darüber hin. Nach einer Weile trat der Rabbi näher und starrte mit zunehmender Anspannung auf die Linien.

»Es könnte sich vielleicht um den ungeschickten Versuch handeln, das *Sch'ma* zu schreiben. Allerdings ist es fast nicht zu lesen.«

»Was ist das *Sch'ma*?«, erkundigte sich Makosi und sah Eberard fragend an. Dieser zuckte mit den Schultern.

Rademan antwortete für ihn, wobei er den Constable tadelte. »Das *Sch'ma*! Das heilige Gebet, der Grundpfeiler alles Jüdischen, das Wesentliche des Judentums. Mein Gott, Mann, es ist das Gebet der Gebete. Man legt es sogar in diese kleinen Kästchen, die sie tragen, wissen Sie …« In einem seiner Mundwinkel sammelte sich Speichel.

Eberard hörte zu. Der Rabbi wandte sein bleich gewordenes Gesicht ab. »Das *Sch'ma* ist das zentrale Gebet im Judentum. Es ist dem Deuteronomium 6,4 entnommen und befindet sich auch in den Tefillin – den schwarzen Lederkästchen, die wir verwenden, wenn wir morgens beten. Es ist schwierig zu übersetzen. Im Wesentlichen geht es darum, dass der Herr unser einziger Gott ist.«

»Es ist der Grundpfeiler des Monotheismus«, fügte der Pathologe hinzu. »Ohne das *Sch'ma* würde man noch immer gemeinsam mit den Heiden die verdammte Sonne, den Mond und eine Obstschale anbeten.«

Mit den Heiden? Eberard überlegte. Er war sich bewusst, dass er in dieser Unterhaltung den Eindruck eines unwissenden Dummkopfes erweckte. Ohne etwas zu sagen, ließ er Rademan und den Rabbi ins Gespräch vertieft stehen – der eine angeregt, der andere offensichtlich verstört. Einige Stunden später entdeckte Eberard zu seiner Überraschung den Pathologen noch immer in der Synagoge. Er blätterte gerade in einem Gebetbuch, während er sich am Kinn zupfte. Als er Eberard sah, dankte er ihm, als ob ihm Eberard mit diesem Toten an diesem Ort ein makabres Geburtstagsgeschenk gemacht hätte. »Faszinierend. Absolut faszinierend. Das freut mich, Inspector, das freut mich wirklich.«

»Wann erhalte ich Ihren Bericht, Doktor?«

»Wie Sie wissen, beschäftigen mich die üblichen Wochenendfeiereien in Kapstadt bis Mitte der Woche. Aber da das ein besonderer Fall ist, bekommen Sie Montagvormittag schon mal einen ersten Bericht. Blut, Histologisches und so weiter folgen dann wahrscheinlich innerhalb einer Woche. Wie klingt das?«

Dr. Rademan lächelte, und Eberard brachte es nicht über sich, seine Enttäuschung zu zeigen. »Gut, danke, Doktor. Das ist nett.«

»Sonst alles in Ordnung, Detective? Sie sehen etwas … etwas mitgenommen aus.«

»Es geht mir gut, danke. Ich frage mich nur, wo Gott war, als das hier passiert ist.«

Rademan sah ihn belustigt über den Rand der Brille hinweg an. »Ach, Gott hat uns schon vor langer Zeit auf seinem Labortisch liegen lassen. Wahrscheinlich ist er mit etwas Besserem beschäftigt. Wir leben in einer trostlosen Welt, Inspector.«

Eberard lief durch die Korridore zu seinem Büro. Er musste noch immer an die unerwartet zynische Bemerkung des Pathologen denken. Die Lampen waren an diesem winterlichen Nachmittag bereits angeschaltet worden, und einige der Neonröhren flackerten wie Stroboskope. Draußen warf sich der Wind gegen die verdunkelten Scheiben wie ein wildes Tier, das einzubrechen versuchte. Als er das Büro betrat, wollte Sergeant Pillay gerade aufbrechen. Sie schlüpfte in ihre Jacke und setzte sich die Kapuze auf. Zuerst winkte sie ihm fröhlich zu, doch als er näher kam, wurde sie ernster.

»Inspector, ich habe eine Nachricht für Sie. Von einer Frau namens Angel. Sie wollte Sie sprechen, und als ich ihr erklärte, Sie seien nicht da, klang sie richtiggehend aufgewühlt. Mehr hat sie aber nicht gesagt. Nur dass Sie sie anrufen sollen.«

»Kein Problem. Danke, Karisa. Und Ihnen einen schönen Abend.« Er runzelte gespielt besorgt die Stirn, und sie lachte, knuffte ihn in die Schulter und drohte ihm mit dem Finger. Er gab sich ihr gegenüber väterlich und ungefährlich, dennoch verspürte er ein leises Bedauern und Eifersucht bei dem Gedanken an den Mann, der vermutlich schon bald seine Hände über die glatte Haut der jungen Frau wandern lassen würde. Noch hatte er keinen Freund kennengelernt, doch unter den Polizisten taten sich immer wieder Abgründe an Treuebrüchen und verbotenen Fummeleien auf. Er konnte nicht so tun, als ob die hübsche Karisa dagegen immun wäre. Einen Moment lang fragte er sich, ob sie ihre Beziehung genauso sah wie er. Und hielt alles andere für unvorstellbar.

Auf den Straßen herrschte der übliche Betrieb zu Beginn eines Samstagabends. Autos voll lachender Jugendlicher bahnten sich ihren Weg durch den Verkehr auf dem Nelson-Mandela-Boulevard. Das dumpfe Dröhnen von Bässen erfüllte die kalte Luft. Eberard überlegte, ob er in einer Kneipe in Mowbray anhalten sollte, um dort vielleicht jemanden zu finden, mit dem er seinen Trübsinn teilen konnte. Aber sein Kopf schmerzte noch immer, und sein Körper fühlte sich nach dem Tag müde und abgeschlagen. Er sehnte sich nach einem Abend allein mit Angel. Manchmal goss sie etwas Johnson's Babyöl auf seinen Rücken und knetete mit ihren spitzen Fingerknöcheln an seinem Rückgrat entlang. Sie lachte, wenn ihn ihre Berührungen zum Zucken brachten und sich seine Rückenmuskeln in ein formloses Gelee zu verwandeln schienen, von ihren massierenden Händen gewalkt und zusammengeschoben. Dann setzte sie sich auf seine Pobacken, wobei ihre kurz geschnittenen Haare über seine Haut kratzten. Erst wenn sie beide völlig glitschig vor Öl und außer Atem waren, drehte sie ihn um, und sie schliefen miteinander, offen und entspannt. Diese Abende waren die schönsten – wenn die Welt zurückwich und sie in Ruhe ließ. Sie konnten ölig schimmernd daliegen und auf ihren Schenkeln Muster zeichnen, während sie kleine Albernheiten austauschten. »Oh, mein ganz persönlicher Polizist«, scherzte sie lachend, während sie in das weiche Fett an seinem Bauch kniff. »Was hab ich nur für ein Glück!«

Eberard hatte begonnen, sich nach diesen Momenten zu sehnen. Doch Samstagabend herrschte Hochbetrieb auf der Straße, weshalb Angel auch nicht da war, als er diesmal nach Hause kam. Er versuchte sie anzurufen, erreichte aber nur ihre Mailbox, deren Text er furchtbar fand – so verführerisch und falsch. Sie machte ihm sein Unbehagen deutlich, das Gefühl, dass er nur ein weiterer Kunde war, der für ihre Aufmerksamkeit bezahlte. Noch vor dem Ende ihrer Begrüßung klappte er sein Handy wieder zu. Stattdessen schickte er ihr eine SMS und warf sich dann aufs Bett. Die Laken rochen nach ihrem Parfüm, ein allgegenwärtiger Blumenduft, der ihn an das Raumspray seiner Mutter erinnerte. Er strich mit den Handflächen über die Matratze, doch noch ehe er das Nagen der Einsamkeit spüren konnte, war er bereits eingeschlafen. Das Licht der Nachttischlampe blieb eingeschaltet. Seine Träume waren voll von dem zerbrechlichen Gesicht des ermordeten Jungen und dem aus Blut gezeichneten Muster. Auch der Gerichtsmediziner tauchte einmal auf und verschmierte dämonisch die Wände mit Blut, um dann mit seinen langen Beinen wie ein Affe herumzutanzen. Mitten in der Nacht schreckte Eberard verwirrt hoch, schaltete die Lampe aus und stürzte zurück in seine wirbelnde Traumwelt. Am Morgen fühlte er sich ausgelaugt und nervös.

Die Sonntagvormittage verbrachte er gewöhnlich mit Christine. Meistens besuchten sie gemeinsam seine Mutter, wobei er sich Mühe gab, dort erst nach ihrem Kirchgang einzutreffen, aber noch früh genug, um nicht zum Mittagessen bleiben zu müssen. Doch an diesem Morgen fuhr er zuerst ins Büro. Er wusste eigentlich nicht genau, warum er das tat, nur dass er zu unruhig war, um die Ermittlungen bis zum Montag liegenzulassen. Außerdem hatte ihm Tanja bereits eine SMS geschickt, um ihm mitzuteilen, dass Christine in einem Jugendlager war und ihn deshalb an diesem Tag nicht sehen konnte. Er war enttäuscht, seine Tochter nicht zu treffen, aber auch froh, einmal einen Tag für sich zu haben. Je älter sie wurde, desto gequälter fühlten sich seine Besuche an – fast so, als ob sie beide nur noch eine Pflicht erfüllen würden.

Im Dezernat war es ruhig. Nur wenige Kollegen saßen an ihren Schreibtischen. Der diensthabende Sergeant spielte Patience auf seinem Rechner und blickte kaum auf, als Eberard vorbeiging. Eberard setzte sich an seinen Schreibtisch und rief das Christiaan-Barnard-Krankenhaus an. Arthur Shimansky lag noch immer im künstlichen Koma und konnte keine Besucher empfangen, wie ihm eine übereifrig klingende Krankenschwester erklärte. Nach dem Telefonat bemerkte er einen dünnen braunen A4-Umschlag auf seinem Schreibtisch. Jemand hatte in ordentlichen schwarzen Buchstaben seinen Namen darauf geschrieben. Es gab jedoch weder einen Absender noch eine abgestempelte Briefmarke. Eberard schlitzte den Umschlag mit einem Okapi-Messer aus seiner Schublade auf. Es war ein Armutszeugnis seines Lebens, dass er dieses Jagdmesser, das dazu dienen sollte, Springböcken das Fell abzuziehen, nur zum Öffnen von Briefen benutzte. Aus dem Umschlag fielen zwei Blätter.

»Jeder Jude, der das Blut der Gottlosen (Nicht-Juden) vergießt, handelt so, als ob er Gott ein Opfer darbringen würde.« (Bamidbar Rabbah, c 21 & Jalkut 772). Beherzigt dies, denn so lautet die Lehre der Juden.
Martin Luther schrieb in seiner Schrift ›Von den Juden und ihren Lügen‹: »Sie stachen und durchbohrten den Körper des Jungen Simon von Trient. Sie ermordeten auch andere Kinder … diejenigen, die sie begehren und die sie glauben umbringen zu müssen, um die Heiden zu vernichten.«
SIE BETEN DEN TEUFEL AN UND BRINGEN MENSCHENOPFER DAR! HÖRET, SATANISMUS IST JÜDISCH!
Sogar Shitskin Oprah hat gezeigt, dass »zionistische Juden dem Satan Babys opfern«. Sie befragte ein Opfer in ihrer Show und konnte es nicht ableugnen.
Nehmt Euch in Acht vor den Opferungen der Juden. Das Herz des geopferten Kindes wird durch einen Schnitt über der siebten Rippe von der Milz entnommen, eine symbolische Ehrung von Luzifer.

»Was liest du denn da, mein Guter?«

Eberard schreckte hoch. Ihm schoss das Blut in die Wangen, als ob man ihn beim Masturbieren oder beim Rollen eines Joints erwischt hätte. Unter der Tür stand der grinsende Captain Benny Griessel. »Mein Gott, Benny, hast du mich erschreckt, Mann. Wie zum Teufel geht es dir so?«

»Ganz okay.« Benny war kräftig gebaut und hatte eine tiefe Stimme. Seine Erscheinung schien seine Stellung als angesehener und erfahrener Polizeibeamter zu bestätigen. »Ich wollte dir nur sagen, dass mein *Impimpi* erzählt, man rede in den Moscheen nur noch über deinen Fall. Angeblich soll es ein Menschenopfer gegeben haben – einen muslimischen Jungen, ermordet in einer Synagoge. So was breitet sich schnell aus, Eberard. *Moerse* schnell. Jemand stellt sicher, dass alle davon erfahren. Du weißt, was ich meine«, sagte er mit hochgezogenen Augenbrauen.

»Danke für die Warnung, Captain.«

Griessel blickte einen Moment lang zu Boden. Dann erkundigte er sich, mit wem Eberard arbeite. Als er Makosis Namen hörte, nickte er anerkennend. »Ein guter Polizist. Ich hab mit ihm bei dieser Menschenschmuggelgeschichte zusammengearbeitet. Kluger Kerl, der sich anstrengt. Schon irgendwelche Hinweise?«

»Bisher noch nichts. Sag mal, du hattest doch vor einer Weile mit diesem Satanisten-Fall zu tun. Gibt es an der Front Bewegung?«

»Alles ruhig in Western Cape. Für jetzt. Die sind immer irgendwo, wie du weißt. Auf der ganzen Welt. Die neuesten Fälle gab es in Moskau. Stell dir das vor. Sechs Kultmitglieder opferten in einem Wald zwei Kinder. Wurden in kleine Teile zerstückelt.« Er fuchtelte mit seinem dicken Daumen und dem Zeigefinger herum. »Auch in den USA gab es einen Vorfall. In Kalifornien vergewaltigten drei Teenager ein junges Mädchen und töteten es. Sie haben erklärt, die Vergewaltigung und Ermordung einer Jungfrau wäre ihr Pass, um den

Obermacker persönlich kennenzulernen. Und damit meinten sie nicht den mit dem Heiligenschein.« Der Captain hielt inne und überlegte. »Eine Gesellschaft wie die unsere, wo es ohnehin überall Verbrechen gibt, ist doch ein wahrer Spielplatz für Psychopathen aus der ganzen Welt.« Griessel winkte ihm freundlich zu und ging.

Eberard drehte das Blatt um. Mehr Einzelheiten zu jüdischen Opfern, Verstümmelungen, satanischen Praktiken sowie Zitate aus Lehren, von denen er noch nie gehört hatte. Ihm wurde anders, als er das las, wie nach einer Überdosis Pornografie, und er brach ab. Er schob die Blätter in den Umschlag zurück, den er auf seinen Schreibtisch legte – weitere Papiere in einem Meer von Dokumenten. Was er da gelesen hatte, war beunruhigend, selbst wenn es nur zur Hälfte stimmen sollte. Das wusste er. Doch wirklich Sorge machte ihm die Tatsache, dass ihm der Brief anonym und eigenhändig zugestellt worden war. Er wollte gerade sein Büro verlassen, als er sich wieder umdrehte und den Umschlag erneut in die Hand nahm. Es galt noch einige Fragen zu stellen.

Als er an jenem Nachmittag nach Hause kam, war Angel noch immer verschwunden. Am späten Vormittag hatte er seine Mutter besucht, sich ihre kleinen Probleme angehört, ihre unbedeutenden Beschwerden, die ihn jedoch immer mehr unterhöhlten: über den Nachbarn, der nachts den Motor seines Autos aufheulen ließ; über den Hund, der auf der anderen Straßenseite bellte; über die Frau in der Kirche, die sie angestarrt hatte; die Schmerzen in ihren Gelenken; die Stromrechnung, die so nicht stimmen konnte; die Kosten für ihr Essen; die Angst, für immer allein zu sein. Eberard hatte beim Regal gestanden, neben dem Fernsehapparat auf seinem geklöppelten Spitzendeckchen. Er hatte nicht genau zugehört, sondern die kleinen Porzellanfiguren in die Hand genommen – eine von Maria mit dem Kind, eine seltsame Darstellung von Jesus als Hirte mit einem kleinen Lamm, das wie ein Hund aussah. Über ihm hing an der Wand ein großes Kreuz, eine linkische Wiedergabe des Herrn, über dessen Hüfte Blut aus einem Schnitt in der Seite lief. Die Schweißperlen auf seiner Stirn waren von der Dornenkrone hellrot gefärbt. Seine Mutter redete ununterbrochen weiter und erzählte von der Predigt des Pfarrers und seiner Ermutigung an diejenigen, die stoisch ihr Leid ertrugen. Ob sie sich selbst wohl so sah, fragte er sich. Voller Kraft leidend? Die endlosen Klagen, die kleinen Nörgeleien, der eingeschränkte Blick auf die Ecke, in der sie ihr Leben führte. Er versuchte ihr von seiner Arbeit zu erzählen, aber sie hielt erschreckt die Hand hoch, um ihn zum Schweigen zu bringen – als ob Nachrichten aus der realen Welt ihre zerbrechliche Geistesverfassung zerstören könnten. Draußen knisterte in den schmutzigen Straßen von Bokmakierie das bedrohliche Schweigen der Gangmitglieder, man hörte das leise Rollen der Plastikwürfel auf dem Bürgersteig und ein gelegentliches Aufheulen von Hunden, die zur Seite gestoßen wurden. Seine Mutter besaß nicht die Statur, um sich gegen all das zu wehren, und so hatte sie sich zurückgezogen in ihr Versteck, eingesperrt hinter ein rostiges Tor und beschützt durch ihren Glauben an ein Jenseits. Er gab ihr einen flüchtigen Kuss auf ihr stoppeliges Kinn und ging mit einem Gefühl der Sprachlosigkeit davon.

Sein Verlangen nach Angel kam tief aus dem Bauch heraus – ein animalisches Bedürfnis, einen anderen Körper in Besitz zu nehmen. Er sehnte sich danach, Sex zu haben. Er wollte ihre Bewegungen spüren, während sie wie Aale übereinanderglitten. Vier Mal rief er sie auf ihrem Handy an, und jedes Mal hörte er ihre jugendliche und vitale Stimme, die behauptete, sich über den Anruf zu freuen. Er schaltete den Fernseher an. Das Sonntagnachmittagsprogramm war noch immer schrecklich. Favi, der Minister für Sicherheit und Soziale Werte, hielt auf einer Kundgebung eine Rede, in der er für die parlamentarische Gesetzabänderung des Social Values Act eintrat. Eberard dachte düster daran, dass dies sein höchster Boss war. Neben Favi standen einige Würdenträger auf dem Podium und grinsten in die Kamera. Da gab es den rätselhaften Anführer der Bewegung One Church, der triumphierend seine Arme hob. Die Münder bewegten sich, die Hände zeigten nach oben und riefen den Namen der Gottheit, während die Menge hin und her schwankte und betete. Doch Eberard vernahm nichts. Er sah sich verzweifelt in der leeren Wohnung um. Die Flasche Wodka lockte, doch er schob sich stattdessen seine Neun-Millimeter-Parabellum in den Gürtel seiner Jeans und nahm seine Jacke. Er wusste, wo er mit der Suche anfangen musste.

Die Hinterstraßen von Salt River waren menschenleer, und der schwache Schein der Lampen tauchte sie in ein düsteres, unnatürliches Licht. Die Welt hier schien von einem seltsamen Orange überzogen und merkwürdig tiefenlos zu sein. Eine Ratte hastete vor seinem Auto über die Straße und wedelte mit dem Schwanz, ehe sie in einem Abwassergully verschwand. Vom Teerbelag der Straße stieg Nebel auf und wirbelte durch die Luft. Eberard hielt unter einer Brücke, wo er den Motor abstellte. Obwohl er sich im Stadtzentrum befand, schluckten die vielen Lagerhäuser und leerstehenden dreistöckigen Gebäude jegliches Geräusch, so dass nichts zu hören war.

Er prüfte seine Taschenlampe, lud seine Pistole und vernahm das Klicken der Patrone im Schloss. Dann entsicherte er und kontrollierte, ob sich der kleine rote Punkt seitlich zeigte. Schließlich tauchte er in die Schatten unter der Brücke. Eine Ecke war voller Müll – alte Einkaufswagen, zertrümmerte Fernsehapparate, verbrannte Matratzen. Die Überreste menschlicher Existenz. Irgendwo in dieser Müllhalde regte sich etwas. Ein alter Mann setzte sich auf, wie ein nachtaktives Tier, das im Scheinwerferlicht eines Wildhüters erstarrt war. Der Mann sah ihn an und blinzelte, als Eberard weiterging. Keiner der beiden sagte etwas, und beide warteten darauf, dass der Moment vorbei sein würde. Als Eberard um die Ecke bog, hörte er das Rascheln des *Bergie*, der es sich wieder für die Nacht bequem machte. Vor ihm lag ein verwahrlostes Feld, durchzogen von zerborstenen Betonstücken und Schutt. Auf einer Seite stand ein ausgebranntes Gebäude ohne Dach und mit rußschwarzen Wänden. Eberard schlich leise darauf zu. Der Wind schlug ihm ins Gesicht und überzog es mit einem schleimigen Film. Er konnte die Fäkalien und den sauren Urin riechen, je mehr er sich näherte. Seine Taschenlampe anzuschalten wagte er nicht, so dass er nur langsam vorwärtskam und fast darauf wartete, jeden Moment in etwas Feuchtes und Ekliges zu treten. Als er die Mauer erreicht hatte, schlich er daran entlang. Er vernahm Geräusche – keine Stimmen, aber einen zischenden Laut aus dem Inneren des großen Hauses. Eine riesige trübe Pfütze hatte sich neben der Mauer gesammelt, und Eberard ging darum herum, wobei seine Stiefel leise schmatzten. Er bog um die Ecke und sah nun das zerstörte Innere des Gebäudes. Eine einsame Gestalt, eine junge Frau, hockte zwischen zwei Ziegelsäulen. Ihr dünnes Kleidchen war bis zu ihren Schenkeln hochgerutscht. Vor ihr brannte ein Reifen, der immer wieder zischte. Ölig schwarzer Rauch kroch an den Ziegeln entlang nach oben in die kalte Nachtluft. Das Feuer überzog ihr Gesicht mit flackerndem Licht, und sie hielt die Hände ausgestreckt, wie verzaubert von den tanzenden Flammen. Eberard trat aus dem Schatten und kam langsam auf sie zu. Sie blickte zu ihm auf, das vernarbte Gesicht ausdruckslos. Die Droge hielt sie in Bann und umschlang sie fest, zog sie in einen einsamen Tanz. Sie wandte sich wieder dem Feuer zu.

Er ging um sie herum und trat zwischen das Feuer und die Mauer. Der Rauch brannte ihm in den Augen. Er wusste, dass er sich auf gefährlichem Terrain bewegte, und gab sich Mühe, ihr ständig zugewandt zu bleiben. Nervös wartete er auf eine Reaktion, doch sie war zu sehr vom Flackern des Feuers fasziniert, als dass sie ihn wirklich wahrgenommen hätte. Langsam bahnte er sich einen Weg über einen früheren Innenhof, der jetzt derart nach Abwässern und Müll stank, dass Eberard würgen musste. Am anderen Ende, wo das Dach noch nicht zerstört war, führten einige Gänge in die Dunkelheit. Vor einem dieser Gänge lehnten Bretter, und nachdem er leise eines zur Seite geschoben hatte, schaltete er seine Taschenlampe an. Ihr Strahl fiel auf ein Labyrinth aus schmalen Korridoren, die durch Sperrholz, alte Matratzen und Laken unterteilt waren. An einigen Verschlägen hingen Schlösser und Ketten, vergebliche Versuche, Privatsphäre und Sicherheit zu schaffen. Meist jedoch markierten die Laken den Eingang zu kleinen, engen Räumen. Eberard schlich vorwärts, wobei er mit beiden Schultern die Stoffe vor den Zimmern berührte. Seine Pistole war geladen und bereit, während der Strahl der Taschenlampe über den Boden vor ihm glitt. Er hatte das Gefühl, lebendig begraben worden zu sein. Jemand rief ihm etwas zu, aber er achtete nicht darauf. Langsam ging er weiter, bis er zu einer Bretterwand kam, die jemand als eine Art Tür vor sein privates Leben gelehnt hatte.

Eberard richtete das Licht auf Brusthöhe und trat mit dem Stiefel gegen das Holz. Die Wand stürzte in das Zimmer, wo sie auf eine schmutzige Matratze und einen Berg alter Kissen fiel. Eine Frau schrie erschreckt. Wie erwartet sprang ihm Angels Zuhälter Marnie »Lastig« Solomon mit gezücktem Messer direkt entgegen.

Eberard richtete die Taschenlampe und die Pistole auf das Gesicht des Mannes. »*Polisie, Lastig! Staan stil of ek skiet jou fokken vreck!*«

Marnie sah ihn verwirrt an und machte dann ein finsteres Gesicht. Einen Moment lang überlegte er offenbar, ob er sich dennoch auf den Eindringling stürzen sollte, selbst wenn dieser ein Polizist war. Doch dann ließ er das Messer neben sich fallen.

»Nein, Mann, Inspector. Sie haben mich verdammt kalt erwischt, Mann. Und wenn ich Sie jetzt erstochen hätte? Was dann, Mann? Dann ist Marnie in der *Kak*. Aber an so was denken Sie natürlich nicht, wenn Sie hier meine Tür eintreten und mich erschrecken.«

Eberard ließ den Lichtstrahl der Taschenlampe durch den winzigen Raum wandern. Zuerst erkannte er sie nicht, da ihre blonden Haare jetzt von pinkfarbenen Strähnen durchzogen waren. Er tat einen Schritt ins Zimmer. Angel hatte sich zusammengerollt, ihr Gesicht in *Tik*-Schweiß getaucht. An ihrer Wange war eine hässliche Quetschung zu sehen, ein geschwollener Striemen, der vom Auge bis zum Kinn reichte.

»Hast du das gemacht, Marnie?« Eberard wies auf Angels Gesicht.

»Nein, Mann, Inspector. Sie wissen doch, das ist *mos* mein Angel.« Er sprach in einem aufgesetzt gefühlvollen Singsang. Eberards Finger umschlossen den Griff seiner Pistole fester. »Das war ein Kunde. Hat sie hart geschlagen. Also hab ich für ihre Haare bezahlt – *lyk mooi, né?* – und sie dann hierhergebracht. Damit sie sich besser fühlt, wissen Sie, Inspector. Um zu chillen und sich besser zu fühlen. Bei ihrem Marnie.«

»Auf welchem Trip ist sie gerade, Lastig? Was hast du ihr gegeben?«

Der Zuhälter wand sich, unsicher, welche Antwort in diesem Fall die beste war.

»Hast du ihr einen von deinen Scheiß-*Whoonga* gegeben? Hast du?«

Der toxische Cocktail war eine Mischung aus antiretroviralen Drogen, Crystal Meth oder Kokain und Rattengift. Die Kombination führte zu einem heftigen High, gefolgt von einem gnadenlosen Absturz – *Whoonga* sorgte auf den Straßen für Chaos und Verwüstung. Marnie sah den Detective an und zuckte mit den Schultern. Er unterdrückte ein Lachen.

Eberard schlug mit aller Kraft zu. Die Frustrationen, der Zorn, die Verzweiflung, die seinen ganzen Tag begleitet hatten, konzentrierten sich in diesem einen Racheakt. Der Schlag traf Marnie an der Schläfe, der Pistolenknauf knallte hörbar gegen seinen Schädel und riss die Haut oberhalb seines Ohrs auf. Blut troff aus seiner Wunde, noch ehe er auf dem Boden aufprallte, und sein Hals zuckte ruckartig. Dann lag er völlig still zwischen den zusammengeknüllten Kissen da. Eberard erfüllte ein wahres Hochgefühl, ehe ihm der Schmerz in die Finger schoss, seine Hand durchflutete und auf unvorstellbar quälende Weise seinen Arm zu lähmen begann. Einen Moment lang wurde ihm schwindlig, und er vermochte nichts mehr zu sehen. Er musste würgen und tastete mit der anderen Hand nach der Türöffnung. Seine Finger pochten mit jedem Herzschlag, ein übelerregendes dumpfes

Pulsieren. Er wusste, dass Knochen gebrochen sein mussten, und hoffte, dass es nur ein Finger war. Jedenfalls brauchte er Schmerzmittel und einen Verband. Doch zuerst musste er Angel nach Hause zurückbringen.

Fünf

Eberards Finger hielt ihn wach. Er pulsierte heftig, während der Knöchel violett und blau anlief. Eberard trank, um den Schmerzen entgegenzuwirken und irgendwann einschlafen zu können, doch der Schlaf weigerte sich zu kommen. Also lief er unruhig durch die kleine Wohnung und hielt dabei seine Hand über den Kopf, unterbrach das Pochen. Sobald er sie wieder sinken ließ, strömte das Blut in seine Fingerkuppen und begann zu brennen, während es durch das gequetschte Fleisch zirkulierte. Angel zuckte und stöhnte im Schlaf. Ihr Gesicht schwoll um ihr linkes Auge und ihre Wange. Sie hatte kaum verstanden, wo sie war, als er sie in seine Wohnung getragen, sanft auf dem Bett abgesetzt und sie zugedeckt hatte. Sie roch sauer, und ihre Arme und Beine waren verschmutzt, doch ihr Körper war zu schlaff und schwer, als dass er sie baden könnte. Er hatte seinen Finger verbunden und vier Schmerztabletten mit einem großen Glas Brandy geschluckt. Doch seine Hand tat weiterhin weh – ein stechender Schmerz, der ihn zusammenzucken ließ, wenn er sie bewegte.

In den frühen Morgenstunden kam Angel zu sich. Sie hielt sich den Bauch und begann zu würgen. Er brachte ihr einen Eimer, doch sie beugte sich nur darüber und hustete vor sich hin. Es gab nichts, was er für sie tun konnte.

»Kein *Whoonga*, Angel. Du weißt doch …«

»Ich weiß, ich weiß …«, unterbrach sie ihn, ehe ein weiterer Hustenanfall sie am Sprechen hinderte. »Ich bin müde, Eberard. Ich bin das alles so leid. Ich will nicht mehr weitermachen.«

Vielleicht in diesem Moment, dachte er finster – während sie beide zusammen waren. Aber er stellte sich auch seine Kollegen vor, die gegen Angels verdreckten Körper stießen, während sie Abstriche nahmen und verächtlich lachten, als sie die beiden nebeneinanderliegend fotografierten. Sie würden über ihre rosafarbenen Haare lachen und den Kopf schütteln beim Anblick der Kondome in der Nachttischschublade. Die Toxikologen würden die Drogen in ihrem Blut und den hohen Alkoholgehalt in seinem feststellen. Offenbar war es ihm doch wichtig, welches Bild er im Bewusstsein der anderen abgab, ganz gleich, wie wenig er auch zurücklassen mochte.

Eberard gelang es endlich einzudösen, als der Morgen dämmerte. Er hatte kaum eine Stunde geschlafen, da weckte ihn sein Handy. Während er danach tastete, stieß er mit der verletzten Hand gegen das Nachtkästchen. »Verdammt!«, rief er und hielt sich das Handgelenk fest, als ob er den Schmerz damit aufhalten könnte, ein Signal an sein Hirn zu senden. Er nahm das Handy in die andere Hand. »Was?«, fragte er verärgert.

»Inspector.« Es war Makosi. Er klang angespannt. »Tut mir leid, so früh anzurufen. Aber ich befürchte, wir haben heute ein Problem. Zwei Minibustaxis sind vor der Synagoge eingetroffen. Sie sind voller … Protestler. Und die sagen, dass noch mehr anrücken. Können Sie kommen?«

»Makosi, Sie wissen doch genauso gut wie ich, dass die Polizei nicht der richtige Ort für Political Correctness ist. *Swart is mos swart*, Coloured ist Coloured. Was zum Teufel ist also ein ›Protestler‹? Und bitte in Worten, die ich auch verstehen kann.«

»Tut mir leid, Inspector. Also, noch einmal. Es sind zwei Minibusse mit sehr aufgebrachten Muslimen eingetroffen, die die Synagoge niederbrennen wollen. Und mehr sind bereits angekündigt.« Makosi unterdrückte ein Lachen. »Ist das besser so, Inspector?«

»O mein Gott«, stöhnte Eberard, während er sich aus dem Bett hievte. Angel regte sich nicht. Ihr lächerlich pinkfarbenes Haar war zerzaust und feucht auf dem Kissen ausgebreitet. Er würde später die Bettwäsche wechseln müssen. Unterwegs wollte er in der Apotheke vorbeischauen und herausfinden, ob es etwas gab, das ihren Magen zu beruhigen vermochte. Die Schmerzen würden mindestens zwei Tage lang andauern, das wusste er aus Erfahrung.

Eilig zog er sich an und kontrollierte dann seine Pistole, ehe er sie ins Halfter schob. Sein Kopf fühlte sich dumpf vom Alkohol an, den er nachts getrunken hatte, doch für eine Dusche hatte er jetzt keine Zeit. Er kritzelte eine Nachricht auf ein Blatt Papier – »Bitte bleib hier, bis ich zurück bin« – und ließ es auf dem Tisch liegen. Als er gerade die Wohnung verlassen wollte, warf er noch einen widerstrebenden Blick in die Küche. Da surrte sein Handy mit einer Nachricht. »Ich habe Kaffee. Makosi.« Guter Mann, dachte Eberard und zog die Wohnungstür hinter sich ins Schloss.

Er brauchte über vierzig Minuten, um von Goodwood bis zur Synagoge zu gelangen. Der morgendliche Verkehr begann bereits dichter zu werden, und er verbrachte frustrierende Minuten damit, darauf zu warten, sich in die Voortrekker Road einreihen zu können. Ein großer Lastwagen vor ihm stieß schwarze Dieselabgase aus, während der Fahrer den Gang wechselte und versuchte weiterzufahren. Als der Lkw endlich auf die Kreuzung rollte, war die Ampel wieder rot, und Eberard sah dem verschwindenden Koloss fluchend hinterher. Kaum hatte er grünes Licht, fand er sich gleich erneut hinter demselben Laster wieder, der an der Stelle entlangkroch, wo sich die zwei Spuren der Straße zu einer verengten. Er nutzte die Zeit, um Dr. Rademan anzurufen. Der Pathologe klang fröhlich und lachte, als sich Eberard für den frühen Anruf entschuldigte.

»Es ist Montagmorgen, Inspector. Keine Sorge, ich wurde heute schon mehrmals angerufen. Die Bürger Kapstadts suchen bereits nach all denjenigen, die vergangenes Wochenende verschwunden sind.«

Eberard bemühte sich, verzweifelt zu klingen. »In diesem Fall wird uns schon jetzt die Hölle heißgemacht, Doktor. Ich wäre für alles dankbar, was Sie mir sagen können – und zwar so schnell wie möglich. Bitte.«

Der Pathologe versicherte ihm, er sei sich der Dringlichkeit bewusst. »Aber Montage sind für uns Pathologen schlechte Tage, Inspector. Ich musste bereits Captain Bizo aus Athlone versprechen, dass ich mich zuerst einmal um sein Opfer kümmere. Ein kleines Mädchen, das wie zum sonntäglichen Kirchgang gekleidet ist – Zöpfchen, sauber geputzte weiße Schühchen, alles sehr niedlich, bis auf den halben Ziegelstein, der in ihrem Hinterkopf steckt, und die aufgerissene Vagina.«

»Danke für die Info, Doktor. Jetzt geht es mir gleich viel besser.«

»Sie sollten froh sein, dass Sie nicht die Autopsie vornehmen müssen, Inspector. Aber ich werde mich so schnell wie möglich bei Ihnen melden, sobald ich mehr über den ermordeten Jungen weiß.«

Eberard gelang es, sich einen Weg auf die Schnellstraße zu bahnen. Er setzte einfach sein magnetisches Blaulicht aufs Dach und lenkte den Wagen in der Hoffnung, dass ihm die Kollegen seine Erklärung abnehmen würden, wenn er seine Strafzettel erhielt, auf die Spur für Busse und Taxis. Die Radarkameras schienen ihm zuzuzwinkern, als er an ihnen vorbeiraste. Er brauste jetzt mit hundertzehn dahin, so dass die wartenden Autos auf der Nebenspur zu unklaren Schlieren verschwammen. Dennoch gelang es einem vollgepackten Minibus, dicht hinter ihm aufzufahren und mit seiner Lichthupe zu drängeln.

Diesmal erreichte Eberard die Milton Road von der Beach Road und fuhr dann die Anhöhe des Signal Hill hoch. Die Menge war bereits deutlich größer als zwei Minibusladungen voll. Makosi stand am Eingangstor zur Synagoge, geschützt durch einen Polizeitransporter. Zwei uniformierte Constables beobachteten, ebenfalls im Schutz eines Wagens, nervös die Menge. Die Menschen hatten sich etwas oberhalb aufgestellt, circa hundert Meter von den Polizeiautos entfernt. Sie schienen sich noch immer zu organisieren, denn es herrschte eine lautstarke Diskussion – vor allem innerhalb einer Gruppe von Frauen mittleren Alters, die lange Kleider und Kopftücher trugen. Viele von ihnen hatten Plastiktüten aus dem Supermarkt mit Lebensmitteln dabei, die sie verteilten. Ein junger Mann begann zu singen, wurde jedoch von den Frauen wieder zum Schweigen gebracht. Alles wirkte wie ein harmloses, etwas chaotisches Picknick. Niemand schien auf die Polizisten oder die Synagoge zu achten. Eberard begann sich ein wenig zu entspannen.

»Das sieht nicht sonderlich bedrohlich aus, Makosi.«

Der Constable wirkte skeptisch. Er reichte Eberard einen Kaffee in einem Styroporbecher. Eberard nahm einen Schluck.

Der Kaffee war fast kalt, aber das Koffein tat trotzdem seine Wirkung.

»Wir lassen sie einfach in Ruhe. Vielleicht wollen sie ein paar Parolen rufen, und dann fahren sie wieder ab.« Noch während er sprach, fragte er sich, woher er diesen Optimismus nahm.

Makosi schüttelte den Kopf. »Ich bin mir nicht sicher, dass es so einfach sein wird, Inspector. Schauen Sie sich mal den Mann hinter der Frauengruppe an.« Er starrte zur Menge hinüber. »Ich kenne ihn von irgendwoher.«

Eberard sah sich nun die Leute ebenfalls genauer an. Sie aßen alle. Kalter Wind wirbelte Butterbrotpapier auf. Zwei Frauen traten zur Seite. Eine der beiden lachte über etwas, was die andere gesagt hatte. Durch die entstandene Lücke entdeckte Eberard einen drahtig wirkenden Mann. Er hatte einen kleinen Schnurrbart und dunkelbraune Haut, die von Aknenarben überzogen war. Momentan telefonierte er mit seinem Handy, wobei er mit ernster Miene redete. Auch Eberard hatte ihn schon einmal gesehen, da war er sich sicher. Er erkannte die narbige Haut und die sportliche Figur. Selbst die Art, wie der Mann seinen Kopf hielt, kam ihm bekannt vor. Er wandte sich wieder Makosi zu und sah ihn fragend an.

»Während unserer Ausbildung hatten wir einen Kurs über radikale Gruppierungen, unter anderem über PAGAD«, meinte Makosi.

»Er sieht älter aus«, erwiderte Eberard, der jetzt wusste, wer der Mann war. »Aber Sie haben recht. Das ist Saliem Achmat, Ex-Qibla aus den Achtzigern. Militant und radikal. Hatte eine Ausbildung in Afghanistan.«

Achmat war nach Südafrika zurückgekehrt, nachdem er den aktiven Nahkampf gegen die Sowjets miterlebt hatte.

Obwohl er als Held galt, hielt er sich bedeckt, vielleicht war er sich des Stimmungswechsels der Amerikaner bewusst, die den militanten islamischen Gruppen nun skeptischer begegneten. In den neunziger Jahren trat er PAGAD bei und verwandelte die Organisation rasch in eine durchstrukturierte Miliz, die skrupellos ihre eigenen Interessen verfolgte. Mit ihren ununterbrochenen Rohrbombenangriffen, über Monate hinweg, zwang sie die Stadt fast in die Knie, ehe es der Polizei gelang, die Zellen zu zerstören. Mehrere Mitglieder wurden wegen Erpressung, Einschüchterung und des illegalen Besitzes von Sprengstoff zu Haftstrafen verurteilt. Achmat konnte man nichts nachweisen. Er hatte immer darauf geachtet, dass andere die Angriffe ausführten, auch wenn die Ideen zweifellos von ihm kamen. Danach war es um die Organisation still geworden, die sich nun vor allem darum bemühte, ihre Mitglieder vor Gericht zu unterstützen. Seit kurzem gab es jedoch Anzeichen für eine Neubelebung, wenn auch mit strikter Konzentration auf gewaltlosen Protest.

»Er telefoniert jedenfalls seit mindestens einer halben Stunde«, meinte Makosi, der immer beunruhigter wirkte. Die Menge hatte sich wieder geschlossen, so dass beide den Mann nicht mehr sehen konnten. Eine weitere Gruppe aus sieben Frauen und zwei Männern tauchte nun aus der Richtung Main Road auf und wurde lauthals von den Demonstranten gegrüßt, als sie zu ihnen stieß.

Eberard zog sein Handy heraus und durchsuchte seine Kontaktliste. Als er auf den Namen Abdullah Toefy stieß, hielt er inne. Er kannte den Leiter des Muslim Judicial Council – kurz MJC – seit Beginn seiner Zeit im Rauschgiftdezernat, als Toefy noch Imam einer Moschee in Mitchell's Plain gewesen war. Auch wenn er oft die harsche Vorgehensweise der Polizei gegenüber Mitgliedern seiner Community kritisiert hatte, verstand Toefy doch, dass man mit der Polizei zusammenarbeiten musste, und hatte seine Gemeinde dazu angehalten. Als Eberard damals einen der Jugendarbeiter der Moschee wegen Ecstasyhandels verhaftete, hatte Toefy ihn klaglos unterstützt. Seitdem war er weiter aufgestiegen, galt als einer der Honoratioren der moderaten muslimischen Westkap-Gemeinde und war vor kurzem Vorsitzender des MJC geworden.

Eberard war überrascht, als er feststellte, dass der Imam seine Nummer offenbar ebenfalls gespeichert hatte. »Captain Februarie. Interessant, dass Sie mich gerade heute anrufen. Wie geht es Ihnen?«

»Guten Morgen, Abdullah. Leider bin ich immer noch Inspector. Aber nett von Ihnen, dass Sie mir das zutrauen. Sie haben von dem Toten gehört, den wir in der Synagoge in Sea Point gefunden haben?«

»Ja, ich habe davon gehört. Eine verstörende Nachricht. Ich habe auch gehört, dass der Fall Ihnen übertragen wurde. Um diesen Job beneide ich Sie nicht.«

Toefy wusste besser Bescheid, als Eberard angenommen hatte. »Nein, das kann ich verstehen. Wenn ich dann gleich zum Anlass meines Anrufs kommen darf.« Er hielt inne und hörte, wie der Imam zustimmend murmelte. »Übers Wochenende scheint sich die Nachricht in der ganzen muslimischen Gemeinde verbreitet zu haben, denn wir haben hier vor der Synagoge eine große Gruppe von Demonstranten. Noch ist alles friedlich, aber ich mache mir Sorgen um einige … radikale Elemente in der Menge. Ich habe mich gefragt …«

Der Imam unterbrach ihn. »Inspector, ich habe sowieso vor, gleich ebenfalls dort zu erscheinen. Wir waren davon ausgegangen, dass die Gemeinde reagieren würde. Schließlich sind wir dafür bekannt, auf solche Gerüchte zu reagieren, nicht wahr?« Er lachte. »Ich komme sofort zu Ihnen.«

Eberard dankte ihm und legte auf. Selbst während des kurzen Telefonats war die Menge größer geworden. Einige Leute drohten mit den Fäusten in Richtung der Synagoge und riefen etwas ihm nicht Verständliches. Vielleicht auf Arabisch, dachte er. Andere hielten sich im Hintergrund, mehrere telefonierten mit ihren Handys. Man befand sich wirklich im Zeitalter problemloser Kommunikation, die Umstürze in Tunesien, Ägypten und Libyen hatten das gezeigt. Diese Art von sofortiger Kontaktaufnahme konnte sowohl für demokratische Bewegungen als auch für paramilitärische Splittergruppen eingesetzt werden. Oder für einen großflächigen Aufstand. Eberard überlegte einen Moment lang, ob er die Sicherheitseinheit anfordern sollte, entschied sich aber dagegen. Bei der Polizei galt meist die Regel, dass ein Aufstand erst zu einem Aufstand wurde, wenn die Einheit erschien. Die hohe Intoleranz und Heftigkeit dieser Spezialtruppe machte sie zu einer ausschließlich letzten Option.

Der Rabbi kam nervös ans Tor, wobei er sich immer wieder über den schwarzen Bart strich. »Detective, könnten Sie einen Moment hereinkommen?« Er reckte den Hals, warf einen Blick auf die Menschenansammlung und zog sich dann wieder zurück. »Ich möchte Sie jemandem vorstellen.«

Der Detective nickte Makosi zu, der ihm durch eine Geste bedeutete, dass er draußen bleiben und die Menge im Auge behalten würde. Eberard betrat den Innenhof, wobei er das Tor hinter sich offen stehen ließ.

Neben dem Rabbi stand eine große, imposant wirkende Frau mit schwarzen Haaren, die in ihr markantes, gebräuntes Gesicht fielen. Sie hatte sichtbare Falten und wirkte doch eigenartig jugendlich, als ob sie gegen das unvermeidliche Altern ankämpfen würde. Ihr Körper hatte etwas Kraftvolles, und sie strahlte ein beinahe einschüchterndes Selbstbewusstsein aus. Über ihre linke Augenbraue und Schläfe verlief eine weiße Narbe, die unter ihrem Haaransatz verschwand. Ein Nasenstecker glitzerte in ihrem rechten Nasenflügel. Sie streckte Eberard schon die Hand entgegen, ehe der Rabbi sie einander vorstellen konnte.

»Das ist Yael Rabin, die Sozialarbeiterin für Josh Shimansky. Yael, das ist Detective Februarie.« Die Frau umschloss Eberards Hand, und er bemerkte zu spät, dass sie nach seinem verletzten Finger griff. Ihm wurde schwindlig, als sie fest zudrückte. Er versuchte dennoch, ihren ernsten Blick zu erwidern, wobei er vor Schmerz fast die Augen schloss.

»Einen schrecklichen Job haben Sie da, Detective.« Sie lächelte nicht, sondern ließ seine Hand los wie einen zerquetschten Nager. Er verbarg seine Hand hinter dem Rücken und rieb sie unauffällig an seinem Gürtel, um den Schmerz zu lindern.

»Sozialarbeiterin für einen geistig zurückgebliebenen Dreißigjährigen zu sein klingt auch nicht viel spaßiger. Freut mich, Sie kennenzulernen. Allerdings ist es gerade etwas ungünstig.«

Sie kniff die Augen zusammen und sah ihn unverwandt an. Ihre Art verunsicherte ihn, und er hatte das Gefühl, irgendwie vor Gericht zu stehen. »Wenn Sie nicht mehr mit Ihren Freunden da draußen spielen, lassen Sie es mich wissen. Dann bringe ich Sie zu dem *Zurückgebliebenen,* damit Sie ihn kennenlernen können.« Ihre Worte sollten ihn treffen, als ob sie nicht in der Lage wäre, sie weniger hart zu formulieren.

Sie drehte sich um und ging auf das Verwaltungsbüro zu, das neben der Synagoge lag, Eberard sah ihr stirnrunzelnd hinterher. »Vielleicht darf man ›zurückgeblieben‹ nicht mehr sagen«, meinte er in bedauerlichem Tonfall. »Aber ich bin auch nur ein Polizist.«

»Sie ist Israeli«, erwiderte der Rabbi, als ob das irgendetwas erklären würde. Eberard hatte keine Zeit nachzufragen, denn jetzt tauchte eine Gestalt in einer eleganten Robe am Tor auf und betrat den Innenhof. Sein geschnittener Bart und die durchdringenden Augen verliehen dem Imam eine beinahe surreal wirkende Würde.

Abdullah Toefy streckte dem Rabbi die Hand entgegen. »*Salam alaikum*, Jonathan.«

»*Shalom aleichem.*« Der Rabbi lächelte und schüttelte dem Imam die Hand. »Freut mich, Sie zu sehen, Abdullah. Unter anderen Umständen wäre es allerdings schöner.«

Eberard sah die beiden überrascht an. »Sie kennen sich bereits?«

»Natürlich«, erwiderte der Imam. »Wir sind Mitglieder des interreligiösen Forums, bei dem es um Toleranz und gegenseitiges Verständnis geht.« Der Rabbi warf einen Blick auf das halb offene Tor, hinter dem die Menge zu brüllen begann.

»Etwas, was in unserem Land momentan nicht gerade großgeschrieben wird«, entgegnete Eberard.

»Wohl wahr. Zu dem Forum gehören auch der anglikanische Erzbischof, ein Vertreter der katholischen Kirche, ein Quäker und andere. Mit den zunehmenden konservativen Tendenzen und ihren Problemen sind wir seit Jahren konfrontiert – nicht nur lokal. Zuerst das Burka-Verbot in Frankreich, das dann auch in Südafrika eingeführt wurde. Und jetzt wollen die Franzosen Rastalocken ebenso wie Kopftücher in der Öffentlichkeit verbieten.«

»Ja, aber was ist mit Spaniens Haltung seiner orthodox-jüdischen Gemeinde gegenüber? Die Regierung behauptet, dass die Trennung von Männern und Frauen in der Synagoge die Menschenrechte verletze.« Der Rabbi schüttelte den Kopf. »Und dann hier der Social Values Act, der unserer Regierung das Recht gibt, den Glauben anderer genau unter die Lupe zu nehmen. Festzulegen, wie akzeptable religiöse Praktiken auszusehen haben.«

»Ein Wahnsinn aus Intoleranz und Konservatismus greift weltweit um sich«, stellte der Imam fest. »Eine Verringerung eines gemeinsamen Nenners, ein wahrer Aufruf an die weniger Gebildeten und Intoleranten unter uns. Im Grunde ist es unwichtig geworden, was man sagt, Hauptsache, man schreit möglichst laut.«

»Es gibt eine neue Inquisition, und wir scheinen nicht in der Lage zu sein, sie zu stoppen. Oder vielleicht sind wir auch nicht bereit dazu.«

Eberard hörte das Pfeifen des Geschosses eine Sekunde, bevor es einschlug. Sein Körper spannte sich an. Der Pflasterstein schlug gegen die Mauer des Gebäudes, und ein Splitterregen aus Putzbrocken und Zement flog wie Schrapnell durch die Luft, ehe der abgeprallte Stein die Schulter des Rabbi traf. Er stieß einen leisen Schrei aus und krümmte sich, bevor er heftig seine Schulter zu reiben begann. Ein weiterer, kleinerer Stein zerbrach eine hohe Fensterscheibe. Buntes Glas fiel in den Vorraum, während man draußen lautes Gegröle und wütende Stimmen vernahm.

Eberard rief einem der uniformierten Polizisten zu, den Rabbi im Gebäude in Sicherheit zu bringen. Dann packte er den Imam am Arm, und sie rannten gemeinsam auf die Straße hinaus. Die Menge war noch größer geworden und verstellte jetzt Straße und Bürgersteig. Alles wirkte inzwischen organisierter. Vorne stand eine Reihe Frauen, von denen die meisten schlichte schwarze Kleider und Kopftücher trugen. Sie drohten mit Fäusten, während sie die paar Polizisten beschimpften. Hinter ihnen wurden Plakate hochgehalten. Einige waren handgeschrieben, andere jedoch gedruckt. Auf ihnen standen in dicken schwarzen Lettern: *Es lebe Hamas! Nieder mit israelischem Terrorismus!* Oder *Juden trinken unser Blut.* Die gedruckten Plakate zeigten, dass es eine gewisse Vorausplanung gegeben haben musste, was Eberard an sich allerdings nicht beunruhigte. Nervöser machte ihn der Anblick mehrerer junger Männer, deren Gesichter von Palästinensertüchern umschlungen waren. Zweifelsohne hatte Saliem Achmat die Jugendbrigade von Qibla mithilfe seines Handys mobilisiert. Die militante Bewegung war erst kürzlich wieder in den Cape Flats aufgetaucht. Es gab immer mehr Beschwerden zu Erpressungen und Drohungen. Die Formierung einer Jugendbrigade war dabei überaus bedenklich. Nach außen hin schien sie eine drogenfreie Jugendkultur zu fördern, aber es gab verschiedene Hinweise, dass sie in Wahrheit einen fruchtbaren Boden für militante Tendenzen bildete.

Die Menge begann wieder zu skandieren, wobei die Leute bei jedem Wort, das sie brüllten, die Fäuste und Plakate in den wolkenverhangenen Himmel streckten. Irgendwo von hinten kam erneut ein Stein, der über die Plakate hinwegflog und gegen die Mauer auf der anderen Seite der Straße knallte. Eberard wandte sich an Toefy. »Wie entschärfen wir die Situation?«

Der Imam schüttelte den Kopf. »Ich weiß nicht so recht. Einige gehören einfach der Gemeinde an, aber es ist ungewöhnlich, dass es da keinen Anführer zu geben scheint. Ich erkenne niemanden, mit dem ich reden könnte. Wir müssen also mit allen sprechen.«

Eberard nickte widerstrebend. Er wollte gerade antworten, als er in der Mitte der Menschenmenge einen Arm sah, der einen Revolver hochreckte. Dann verschwand er wieder. Er merkte, dass der Mann neben ihm die Luft anhielt. Manchmal wird einem die Entscheidung entrissen, dachte er grimmig. Er zog sein Funkgerät vom Gürtel und bat um ein dringendes Gespräch mit der Zentrale.

»Sprechen Sie.«

»Zentrale, hier ist Detective Inspector Februarie vom Dezernat für Schwerverbrechen. Ich brauche sofort eine Sicherheitseinheit – und zwar in der Milton Road in Sea Point. Vielleicht auch ein Sondereinsatzkommando, je nachdem, wie schnell das hier sein kann. Etwa zweihundert Leute haben sich vor der jüdischen Synagoge versammelt. Steine sind bereits geflogen. Unter den Demonstranten befinden sich mehrere militante Elemente, mindestens einer hat eine Handfeuerwaffe. Momentan sind wir zu sechst – fünf Uniformierte und ich.« Während er sprach, trafen zwei weitere Transporter ein. Unter dem Gebrüll der Menge hielten sie mit quietschenden Reifen. Die uniformierten Kollegen mussten bereits um Verstärkung gebeten haben. Sie waren hinter dem Polizeiauto in Deckung gegangen, die Pistolen gezückt, während sie nervös die Menge beobachteten. Wieder flog ein Stein, der diesmal scheppernd gegen das Polizeiauto schlug. Der Constable, der hinter dem Steuer gesessen hatte, sprang heraus, als ob auf ihn geschossen worden wäre, und rannte mit gesenktem Kopf über die Straße, um sich hinter einem geparkten Wagen zu verstecken. Die Menge tobte.

Makosi trat zu Eberard. »Inspector, was tun wir?«

Eberard antwortete nicht. Er beobachtete, wie ein schnittiger weißer Toyota Camry von der Küste aus zu ihnen hochfuhr. Makosi folgte seinem Blick. Er runzelte die Stirn, als er den Wagen sah. Das Auto parkte in zweiter Reihe in der Straße hinter den Transportern. Bei laufendem Motor stieg ein Mann in teurem Anzug und mit Sonnenbrille aus und steuerte auf Eberard zu. Einen Moment lang schien die Menge die Luft anzuhalten, während sie beobachtete, was sich beim Feind so tat.

»Captain Simelane. Geheimdienst. Sie sind Februarie?«

Eberard nickte, die Zähne zusammengebissen. Das Gesicht das Mannes hatte einen staubig schwarzen Teint, als ob es mit einer matten Politur bearbeitet worden wäre. Seine Brust und seine Schultern waren breit, und er strahlte etwas Bedrohliches aus. Simelane nickte Makosi zu, schien aber an einer Vorstellung nicht interessiert zu sein. »Was haben Sie mit denen da vor?«

»Warum schickt der Geheimdienst einen Captain zu dieser kleinen Auseinandersetzung?«, entgegnete Eberard und vermied es so, die Frage des Mannes zu beantworten.

»Wir interessieren uns für viele Dinge. Es ist nicht Ihre Aufgabe, Fragen nach dem Was und Warum zu stellen.« Er setzte seine Sonnenbrille ab und musterte die Menge voller Verachtung. Dann richtete er seinen Blick wieder auf den Detective. Das Weiß seiner Augäpfel war von kleinen roten Venen durchzogen. »Das ist nicht der Mittlere Osten, Februarie. Das ist nicht unser Kampf. Das hier ist das christliche Afrika. Wenn die kämpfen wollen, können die sich gern gegenseitig umbringen. Aber nicht in diesem Land. Die sollen von uns aus gern ihr Blut dort vergießen, wo sie herkommen. Aber nicht hier.« Er setzte wieder seine Brille auf, so dass sich Eberard aufs Neue in den Gläsern spiegeln konnte. »Sagen Sie ihnen das«, fügte der Agent finster hinzu.

Ehe Eberard antworten konnte, hatte sich der Captain auf dem Absatz umgedreht und kehrte zu seinem Wagen zurück.

Er setzte sich hinter das Steuer, wo er bei offener Tür in sein Handy redete. Ein Tumult in der Menge ließ Eberard dorthin blicken. Noch während er sich ihr zuwandte, war eine Explosion zu hören. Die Frauen in den ersten Reihen duckten sich schreiend. Eberard sah, wie sich ein junger Constable, der hinter einem geparkten Auto versteckt gewesen war, zitternd aufrichtete und seine Waffe auf die Straße richtete.

»Nicht schießen! Nicht schießen!«, rief Eberard und eilte mit erhobenen Händen über die Straße. »Das war nur ein Böller, Constable, stecken Sie die Pistole ein!« Der Mann sah ihn unsicher an. »Stecken Sie Ihre verdammte Knarre weg!« Eberard brüllte jetzt. Seine Lunge schmerzte, und einen Moment lang stach es in seiner Brust. Langsam schob der Constable seine Waffe wieder in sein Holster. Die Menge formierte sich erneut, wobei diesmal die jungen Kerle mit den Palästinensertüchern vorne standen und eine aggressive Schutzmauer zu bilden schienen. Eberard bemerkte Achmat auf der anderen Seite des Bürgersteigs in einer gewissen Entfernung, wie er die Vorgänge mit dem Handy an seinem Ohr aufmerksam beobachtete.

»Makosi«, sagte Eberard und winkte den jungen Constable zu sich. »Bleiben Sie ruhig, okay? Ich werde jetzt auf die Leute zugehen. Wenn einer von denen eine Waffe zieht, richten Sie Ihre auf ihn. Wenn er sie hebt, um mich ins Visier zu nehmen, schießen Sie. Verstehen Sie? Ein sauberer Schuss, um ihn auszuschalten. Ohne einen anderen zu treffen. Können Sie das?«

Makosi nickte, wirkte aber nervös.

»Dann sehen Sie nach, ob Ihre Waffe in Ordnung ist.«

Makosi holte das Magazin heraus, zog den Verschluss zurück und warf die Patrone aus. Er kontrollierte, ob sie irgendwelche Defekte hatte, klickte sie ins Magazin und ließ es wieder einrasten. Dann lud er durch.

»Entsichert und eine im Lauf«, sagte er. Eberard nickte, ehe er seine eigene Waffe nahm und sie Makosi in den Gürtel schob. Makosi trat auf den Bürgersteig, wo er an der Mauer entlanglief, um sich von dort aus der Menge zu nähern. Die Demonstranten waren still geworden. Sie sahen interessiert zu Eberard hinüber. Er hatte sich ihnen zugewandt und hielt jetzt seine Hände hoch, um zu zeigen, dass er unbewaffnet war. Ein junger Mann mit einem Palästinensertuch begann ihn zu beschimpfen. Einige johlten, aber die Frauen protestierten murrend. Langsam lief Eberard in die Mitte der Straße. Die Menge begann sich zu schubsen, ein paar traten ihm entgegen, andere wichen zurück. Achmat telefonierte noch immer, war aber näher gekommen, um einen besseren Blick zu haben. Ein junger Mann aus der Jugendbrigade hatte die erste Reihe verlassen und beobachtete Eberard jetzt wie ein aufmerksamer Jäger. Er hielt etwas unter seinem weiten Mantel versteckt. Eberard war sich Makosis Anwesenheit zu seiner Rechten bewusst, während er langsam weiterging. Der Jugendliche schaute von Makosi zu Eberard und wieder zurück, als ob er sich seine Chancen ausrechnete. Dann blickte er hinter Eberard in Richtung Meer. Eberard hörte den Motor des Nyala der Sicherheitseinheit, die hinter ihm die Straße hochfuhr. Aber er wagte es nicht, sich umzudrehen.

»Leute, bitte!«, rief er. »Ich will mit euch reden!«

Der Mann wandte sich ihm wieder zu.

»Ich will mit euch allen reden. Entweder mit demjenigen, der euch repräsentiert, oder mit euch allen. Ich möchte euch etwas erklären.«

Einige grölten, aber die Mehrheit sah ihn misstrauisch an. Was will ich ihnen denn erklären?, dachte er. Was wollte er sagen, um sie zu beruhigen? Was immer er jetzt behaupten würde, wäre reine Spekulation, weder auf Fakten noch auf Beweisen beruhend. Er trat noch einen Schritt vor. Der junge Mann hielt den Gegenstand unter seinem Mantel fester umschlungen. Sein Gesicht wirkte entschlossen, als er ebenfalls näher kam. Doch Eberard sah die Unsicherheit in seinen Augen. Sie wussten beide nicht, wie sie diese Pattsituation lösen sollten. Der Wind blies in den Mantel des Mannes, und Eberard glaubte einen Moment lang den kurzen Lauf einer .38er Special zu erkennen.

»Ich weiß nicht, was Sie da in der Hand halten«, sagte er und zeigte auf den Mantel. »Aber wenn Sie eine Waffe zücken, bleibt uns nichts anderes übrig, als zu schießen. Ich habe nicht vor, hier einen Krieg anzuzetteln. Doch falls Sie eine Waffe ziehen, wird mein Kollege schießen.« Eberard wandte leicht den Kopf, um Makosi einen Blick zuzuwerfen. Dessen Gesicht wirkte grimmig, während er die Pistole auf den jungen Mann gerichtet hielt. Die Menge wirkte unentschlossen. Einige pfiffen nervös, andere stießen Beschimpfungen aus. Der Mann im Mantel trat einen weiteren Schritt vor. Jetzt waren sie nur noch zwanzig Meter voneinander entfernt. In Eberards Bewusstsein rückte die Menschenansammlung zurück, während er sich ganz auf sein Gegenüber konzentrierte. Um ihn herum wurde alles still, selbst der Wind schien sich gelegt zu haben. Er konnte seinen Herzschlag in seinen Ohren pochen hören und spürte den Schmerz hinter seinen Augen. Er richtete jetzt die volle Aufmerksamkeit auf den Arm des Mannes und fühlte dabei fast, wie sich dessen Faust anspannte, die die Waffe hielt. Wenn er tatsächlich eine Pistole zückte, würde er auf ihn zustürmen. Allerdings nicht direkt, um sich nicht die Kugel einzufangen, die Makosi dann abfeuerte. Er würde in einem leichten Bogen auf ihn zukommen und ihn im Bauch erwischen. Makosi würde den jungen Mann nur einmal mit der Neun-Millimeter treffen, der wiederum könnte höchstens einen Schuss aus seiner .38er abgeben, ehe ihn Eberard erreichte. Dennoch wäre dieser eine Schuss fatal. Aus dieser Nähe würde er nicht danebenschießen. Eberard pumpte das Adrenalin durch die Adern. Vielleicht war das der Moment, mit dem für ihn alles endete. Auf der Straße liegend, während das Blut Richtung Meer lief.

Eberard spürte, wie sein Handy in der Tasche vibrierte. Auf einmal war die Welt um ihn herum wieder da – die Geräusche der Menge, der Wind, der ihm eine Gänsehaut bereitete, das Kreischen der Möwen über ihm. Der Mann vor ihm wirkte noch angespannter. Eberard konnte den Diesel des Nyala riechen, während sich das riesige Fahrzeug hinter ihm langsam in Position brachte.

»Ich fasse jetzt in meine Tasche, um mein Handy herauszuholen. Ich bin unbewaffnet.« Eberard bemühte sich um eine ruhige Stimme. Noch im Sprechen schob er seine Hand in die Tasche. »Ich hole nur mein Handy heraus. Ich will sehen, wer mich zu erreichen versucht. Ich bin unbewaffnet.« Der Mann fuchtelte mit dem Gegenstand unter seinem Mantel herum. Eberard warf einen Blick auf das Display. Es war der Gerichtsmediziner.

»Haben Sie gerade eine Minute Zeit?«

»Nicht wirklich, Doktor. Fassen Sie sich so kurz es geht.«

»Okay. Ich habe das Kind äußerlich untersucht. Morgen Vormittag kann ich Ihnen höchstwahrscheinlich den ausführlichen Bericht vorlegen. Bisher weiß ich, dass es sich um einen etwa siebenjährigen Jungen handelt. Vielleicht auch etwas älter. Ernährung und Körperpflege waren ausgesprochen schlecht. Die Bluttests werden vermutlich niedrige Eiweißwerte zeigen, und ich bin mir sicher, dass eine Lungenautopsie Anzeichen früherer Erkrankungen wie TBC zutage fördern wird. Was die Hygiene betrifft …«

»Doc, entschuldigen Sie, wenn ich unterbreche. Ich stehe gerade einer Ansammlung sehr aufgebrachter Muslime gegenüber, die glauben, dass einer aus ihrer Mitte in einer Synagoge geopfert wurde. Haben Sie irgendwas für mich, das mir in dieser Situation weiterhelfen könnte?«

»Oh.« Der Pathologe klang ehrlich überrascht. »Aber der Junge war nicht muslimisch. Da bin ich mir fast sicher. Er war nicht beschnitten, und man scheint sich seit seiner Geburt nicht um ihn gekümmert zu haben. Außerdem litt er wohl unter dem fetalen Alkoholsyndrom. Ich wäre sehr überrascht, wenn die muslimische Gemeinde eines ihrer Mitglieder derartig verwahrlosen lassen würde. Nein, das war ein Straßenkind, Inspector.«

»Und was ist mit dem Gebetsmantel?« Eberard wandte sich halb zu Abdullah Toefy um. Er stand noch immer am Tor, und der Inspector winkte ihn hektisch zu sich herüber.

»Das wollte ich gerade erwähnen. Es ist zwar ein Gebetsmantel, aber er gehört nicht dem Kind. Er würde einem kleinen Erwachsenen passen. Außerdem ist er brandneu und zeigt die typischen Falten durch das Zusammengelegtsein in einer Zellophanhülle oder Ähnlichem. Ich glaube nicht, dass er jemals benutzt wurde, auf keinen Fall von dem Kind. Der Körper des Jungen ist verschmutzt und voller Läuse.« Der Mediziner lachte leise. »Das Letzte, was stirbt, sind immer unsere Parasiten.«

»Danke, Doktor. Das hat mir sehr weitergeholfen.« Eberard bezweifelte, dass der Pathologe seine letzten Worte hörte, denn er schob das Handy bereits wieder in seine Tasche, während er sie murmelte. Imam Toefy stand nun neben ihm. Die Wirkung, die sein Anblick auf die Menge hatte, war deutlich. Mehrere der Frauen beschwichtigten die Skandierenden, und der junge Mann aus der Jugendbrigade zog seinen Mantel fester um sich, um die Waffe ganz zu verbergen. Rasch erklärte Eberard dem Imam, was ihm der Gerichtsmediziner mitgeteilt hatte. Imam Toefy hörte aufmerksam zu, während er die Menge im Auge behielt. Die Leute schienen abzuwarten, was er tun würde. Sobald Eberard zu Ende gesprochen hatte, trat er ein paar Schritte zurück. Die Hydraulikbremse des Nyala wurde gelöst und der Motor abgestellt. Der Imam stand nur wenige Meter von den Demonstranten entfernt, als sich die Schiebetür des Nyala öffnete. Der junge Mann im Mantel wich zurück und verschwand in der Menge. Als der Imam sprach, schwiegen die Leute, wobei einige aus den hinteren Reihen nach vorne drängten, um ihn besser zu verstehen.

Eberard ging die Straße hinunter und wies die Polizisten an, sich ebenfalls zurückzuziehen, damit sich die Menge nicht von ihnen bedroht fühlte. Hinter den Beamten formierte sich die Sicherheitseinheit aus etwa zwanzig Mann mit Helmen und Gewehren. Simelane war wieder ausgestiegen und gerade in ein ernstes Gespräch mit dem Captain der Einheit vertieft. »Gut gemacht«, sagte Eberard zu Makosi, als er an ihm vorbei zum Captain ging. »Einen kühlen Kopf bewahrt – ausgezeichnet.«

Makosi zuckte mit den Achseln und grinste dann erleichtert, während er seine Pistole ins Halfter zurückschob.

Die Neuigkeiten des Pathologen waren einerseits beruhigend, andererseits verstörend. Die Tatsache, dass jemand den Toten in einen frischen Gebetsmantel gehüllt und in der Synagoge abgelegt hatte, deutete auf mehr Absicht hin, als der Detective bisher vermutet hatte. Er hörte, wie die Demonstranten mit Toefy diskutierten. Sie wollten seine Nachricht nicht einfach so annehmen. Doch einige der Plakate waren bereits gesenkt worden, und die Leute hörten ihm zumindest zu.

Simelane eilte davon, als Eberard näher kam. Er stieg in

seinen Wagen, fuhr rückwärts in eine Einfahrt und wendete von dort aus in der engen Straße. Der Motor des Camry dröhnte, das Automatikgetriebe heulte auf.

Der leitende Beamte der Sicherheitseinheit war Captain Viljoen, Mitglied des berüchtigten Überfallkommandos der achtziger Jahre. Nach den demokratischen Wahlen war er für eine Weile in ein kleines ländliches Polizeirevier versetzt worden, bis man dringend jemanden brauchte, der wusste, wie man mit Menschenansammlungen umzugehen hatte.

»Morgen, Captain«, begann Eberard und versuchte entspannt zu klingen. »Ich glaube, wir schaffen es, dass sie wieder friedlich abziehen. Der Imam redet gerade mit ihnen.«

Viljoen war weniger freundlich gestimmt. »Mir wurde mitgeteilt, dass mindestens einer von ihnen bewaffnet ist. Und es sind *Opstokers* unter ihnen, *Agent provocateur*, wie wir sie jetzt nennen.« Er ließ die Wörter in seinem Mund kreisen, als ob es sich um eine exotische Frucht handeln würde. »Das riecht für mich nach einem Problem.«

»Captain, ich möchte Ihnen nicht vorschreiben, wie Sie Ihren Job zu machen haben. Aber das ist eine ungewöhnliche und höchst explosive Situation. Die Demonstranten glauben, dass Mitglieder der Synagoge ein schreckliches Verbrechen an einem ihrer Community begangen haben, ein anti-islamisches …«

»Mir doch egal, was irgendjemand glaubt, Inspector. Es ist nicht meine Aufgabe, das herauszufinden. Sonst wäre ich Psychologe geworden.« Viljoen schüttelte den Kopf, um Eberard davon abzuhalten, ihn zu unterbrechen. »Ganz richtig, Sie können mir nicht vorschreiben, wie ich meinen Job zu machen habe. Die Situation ist nur so explosiv, wie ich das zulasse. Und jetzt lautet mein Befehl, diese kleine Party aufzulösen.«

Eberard seufzte frustriert, während er einen Blick auf die Menge warf. Es stimmte, dass einer von ihnen eine Waffe hatte. Viljoen hatte auch recht damit, dass sich Provokateure unter die Leute gemischt hatten. Er würde es niemals schaffen, dem Captain die Feinheiten der Situation zu vermitteln. Dass es denjenigen, die es so weit hatten kommen lassen, in die Hände spielte, wenn jetzt die Sicherheitseinheit eingriff. Wer auch immer diese Leute sein mochten. Noch während Eberard dastand und sich all das durch den Kopf gehen ließ, erteilte der Captain seinen Männern den Befehl, ihre Waffen zu laden. Die meisten wählten Gummigeschosse, aber mindestens drei von ihnen nahmen richtige Kugeln, während zwei R5-Sturmgewehre hatten.

»So mache ich meinen Job, Inspector. Warum gehen Sie nicht und machen den Ihren?« Der Captain schob sich an ihm vorbei. Er führte seine Leute auf die Straße hinaus, wo sie ihre Positionen den Demonstranten gegenüber einnahmen. Toefy drehte sich um und fuchtelte mit beiden Händen. Ein Stein flog über die Köpfe hinweg und knallte vor den Polizisten auf den Asphalt, schlitterte unter ein Auto.

Eberard drehte sich um und ging die Straße hinunter zu seinem Toyota. Er konnte die leuchtend bunten Klettergerüste und Schaukeln auf dem Rasen neben der Promenade sehen. Weiße und graue Möwen saßen auf dem Geländer, dem starken Wind zugewandt. Ein Mitarbeiter der Gemeinde lief langsam den Zaun entlang und gabelte mit einem spitzen Stock leere Chipstüten auf. Die ruhige Atmosphäre dieser Szene stand im krassen Gegensatz zu dem Chaos, das jeden Moment hinter Eberard ausbrechen würde. Er blieb dem Meer zugewandt stehen und rief den Gerichtsmediziner an.

»Noch etwas, Doktor. Der Schnitt in der Brust. Wo sitzt der ungefähr? Zwischen welchen Rippen?«

»Der Schnitt befindet sich zwischen der vierten und der dritten Rippe – eine schwierige Stelle, um ans Herz zu gelangen. Ziemlich unschön, würde ich sagen.«

»Und wo ist die siebte Rippe von der Milz aus?«

»Siebte Rippe von der Milz aus? Mein Gott, Detective, was haben Sie sich denn da aufgeladen? Also wirklich! Siebte Rippe von der Milz. Haben wir es etwa mit Satanisten zu tun?« Eberard antwortete nicht. Er hörte, wie der Mediziner seufzte und dann vor sich hinmurmelte, während er zählte. »Medizinisch betrachtet ist das eine ungewöhnliche Zählweise, von unten her. Aber das wäre dann zwischen der sechsten und der fünften Rippe. Wenn man die freien Rippen mitzählt. Um genau zu sein, nimmt man sie immer mit rein. Sie sind schließlich auch Rippen. Allerdings würde ein Laie vermutlich nur die festen Rippen mit den Fingern ertasten, wenn er vom Brustbein ausgeht, also zwei weniger. Das wäre dann genau an der Stelle, an der dieser Schnitt liegt – zwischen der vierten und der dritten.« Er hielt inne. »Womit haben wir es hier zu tun, Eberard?«

»Es war kein … kein Profi?«

»Du liebe Zeit! Sie sollten die Frage noch einmal überdenken, ehe Sie diese laut äußern, Detective.«

»Sie haben recht, Doc. Danke. Das ist alles, was ich wissen wollte«, erwiderte Eberard.

Doch es war zu spät. Noch während er das Handy vom Ohr zog, stieg ihm bereits der Geruch von Kordit in die Nase, nachdem die ersten Schüsse gefallen waren.

Sechs

»Ich habe Sie heute Morgen beobachtet.« Yael Rabin kam durch den Innenhof auf Eberard und Makosi zu. »Dumm. Aber trotzdem beeindruckend. Und das schon so früh an einem Montagmorgen.« Der Akzent der groß gewachsenen Israelin verlieh ihren Worten einen scharfen Klang. »Benehmen Sie sich immer so? Oder nur, wenn Sie einen Kater haben?«

»Nur wenn ich mit meinen Freunden spiele«, sagte Eberard, indem er die gleiche Redewendung wie sie zuvor benutzte. Sie lächelte anerkennend, blieb äußerlich gefasst. Makosi dagegen fühlte sich sichtlich unwohl und tat, als würde er sich für sein Handy interessieren, indem er etwas eintippte und dann auf das Display starrte.

Der Vormittag war katastrophal gewesen. Die Sicherheitseinheit hatte als Reaktion auf ein paar Steine eine ganze Ladung Gummigeschosse in die Menge gepfeffert. Die Situation eskalierte so schlagartig, dass Abdullah Toefy sich gerade noch rechtzeitig aus der Schusslinie retten konnte. Er zog sich wütend zurück, wobei er schwor, sich beim Ministerium zu beschweren. Die Menge war damit führerlos. Einige warfen Geschosse, was allerdings nur zu einer Delle in der Haube des Sea-Point-Transporters führte. Mehr blieb nicht von der Empörung der Leute, ehe sie ihre Versammlung auflösen mussten. Eine Frau wurde ins Krankenhaus gebracht. Die mit Gummi überzogenen Metallkugeln, mit denen die Einheit geschossen hatte, konnten gefährliche Verletzungen verursachen. Ein Geschoss war auf den Asphalt zu Füßen der Demonstranten gefeuert worden und abgeprallt, hatte die Frau im Gesicht getroffen. Eine Augenbraue war aufgeplatzt und das Auge verletzt worden. Im Chaos war sie gestürzt und stöhnend liegen geblieben, während sich allmählich der Rauch verzog. Eberard hatte gesehen, wie sie zu Boden ging und sich dabei das Gesicht hielt. Er hatte das Schlimmste befürchtet. Zu seiner Erleichterung war es ihr gelungen, sich auf alle viere aufzurichten, obwohl Blut vor ihr auf den Teer tropfte. Die Sekretärin der Synagoge hatte eine Tupperware-Schale mit warmem Wasser herausgebracht und war zu ihr geeilt, um ihr so gut es ging zu helfen. Die beiden Frauen wirkten durch die Gewalt um sie herum traumatisiert und benommen, wie sie so schweigend nebeneinander zwischen den Steinen, Flaschen und Transparenten hockten. Als die verletzte Frau schließlich vom Krankenwagen abgeholt wurde, war das Gesicht der Sekretärin tränenüberströmt.

Acht Leute wurden verhaftet und sollten wegen öffentlicher Gewalt am nächsten Tag vor Gericht erscheinen. Die Sicherheitseinheit war noch immer damit beschäftigt, ihre abgefeuerten Geschosse aufzusammeln und einen Bericht zusammenzustellen. Man hatte die Straße mit einem Polizeiband, das im Wind flatterte, abgeriegelt, während die Verkehrspolizei die Fahrbahn mit Autos und blinkenden Lichtern blockiert hatte. Reporter waren eingetroffen, allerdings zu spät, um noch Fotos von den Ereignissen zu machen. Deshalb also wollte die Sicherheitseinheit möglichst schnell handeln, dachte Eberard verärgert. Die Journalisten bombardierten ihn mit Fragen, doch er verwies sie auf den Captain.

Vielleicht hatte Yael recht. Vielleicht war seine Einmischung tatsächlich ein Zeichen seiner Sturheit und letztlich

»dumm« gewesen. Es war alles genauso verlaufen, wie er das befürchtet hatte. PAGAD hatte bereits eine Erklärung an die Presse weitergegeben, in der die Organisation die Polizei »faschistisch« genannt und ihr eine »Zusammenarbeit mit den Juden und Zionisten« unterstellt hatte. Sie schwor, mit mehr Demonstranten zur Synagoge zurückzukehren und Gerechtigkeit zu fordern. Die Presseerklärung war weniger für ihre banale Rhetorik bedeutsam, als vielmehr für das, was sie nicht enthielt. Es gab keine Anschuldigungen hinsichtlich des ermordeten Jungen und auch keine Erläuterung, wofür eigentlich Gerechtigkeit gefordert wurde. Offensichtlich waren sich die Organisatoren des Protests nicht sicher, was genau vorgefallen war, und hatten deshalb beschlossen, in ihren Behauptungen möglichst allgemein zu bleiben. Für den Moment hielten sie sich zurück, da sie kaum Fakten kannten und deshalb nicht wussten, wie weit sie mit ihrem Angriff gehen konnten.

Eberard hatte den Imam gebeten, ein Treffen mit dem radikalen Anführer Achmat zu vereinbaren, nahm aber eigentlich nicht an, dass so etwas stattfinden würde. Es war klar, dass man die wachsende Spannung zwischen den Ethnien nur entschärfen konnte, indem man den Fall löste und den Mörder verhaftete. Keine Erklärung der Polizei würde helfen, die Gerüchteküche vom Brodeln abzuhalten. In der Zwischenzeit war es die Aufgabe von Captain Viljoen, die öffentliche Ruhe zu bewahren, selbst wenn er das auf derart falsche Weise tat. Die Lösung des Falls lag an Eberard. Letztlich war es sein Versagen und nicht das Viljoens, das zu dem Gewaltausbruch auf der Straße geführt hatte. Er war wie gelähmt und musste doch dringend seine Nachforschungen vorantreiben.

»Ich muss mit Mr. Shimansky und seinem Sohn Josh sprechen.«

Shimansky sei wieder zu Hause, erklärte ihm Yael. Der alte Mann war noch immer wackelig auf den Beinen, aber mit einer Ladung Medikamente aus dem Krankenhaus entlassen worden. Sie hatte bereits kurz mit ihm gesprochen und meinte, er könne zur Sache nichts weiter beitragen. Eberard ärgerte sich über ihre Einmischung. Sie schien sich gar nichts dabei zu denken, dass sie mit diesem wichtigen Zeugen ohne ihn geredet hatte. Shimansky habe allerdings einen Straßenjungen mit einer gelbgrünen Mütze erwähnt, fuhr sie fort. Dieser Junge sei ihm früh am Samstagmorgen die Straße entlang gefolgt, was ihn beunruhigt habe. »Vielleicht haben *die* dieses furchtbare Verbrechen begangen«, hatte Shimansky offenbar gemeint. Er hatte Yael zudem erzählt, wie er gestürzt sei, als er die *Schul* betreten habe. Obwohl sein Gesicht geblutet habe, sei es ihm gelungen, seine Brille aufzuheben und einen Blick ins Innere der Synagoge zu werfen. Er hatte den Toten nur von ferne gesehen, aber dabei das Blut und die Wunde im Bauch wahrgenommen. Deshalb sei er sofort wieder hinausgestürzt. »Mehr hatte er nicht zu sagen«, schloss Yael.

Eberard überlegte. »Straßenjungs? Nein, das waren keine Straßenjungs, die so was getan haben. Das ist etwas viel Beunruhigenderes.«

Makosi nickte zustimmend, gab aber keine weitere Erklärung ab.

Yael stand schweigend da und wartete darauf, dass Eberard weitersprechen würde. Sie machte ihn nervös, und er murmelte etwas Unverständliches. Doch sie ließ sich nicht abschrecken, sondern hielt den Blick unverwandt auf ihn gerichtet, als würde er ihr ganz sicher die Ergebnisse seiner Nachforschungen mitteilen. Er hatte das Gefühl, in eine Ecke gedrängt zu werden. Um ihrem Blick zu entkommen, fasste er in seine Tasche und holte den Umschlag heraus, den er am Tag zuvor im Büro auf seinem Schreibtisch vorgefunden hatte.

»Schauen Sie sich das an und sagen Sie mir dann, was Sie davon halten«, bat er sie und reichte ihr die zwei gefalteten Blätter.

Sie las schweigend und aufmerksam. Ihr Kiefer war angespannt, ab und zu kniff sie die Augen zusammen. Ihr Gesicht verdüsterte sich, und jetzt konnte man die dünne Narbe deutlich erkennen. Schließlich faltete sie die Blätter wieder sorgfältig und gab sie ihm zurück. »Kommen Sie mit«, sagte sie mit einer Stimme, die keinen Widerspruch duldete. Eberard sah Makosi schulterzuckend an und folgte ihr, als sie an der Synagoge vorbei zu einem kleinen Büro ging, das zwischen die alte Ziegelmauer des Gotteshauses und das Glas-Stahl-Konstrukt des Gemeindesaals gepresst war. Die Sekretärin, die nach den Vorfällen am Morgen noch immer nervös wirkte, blickte beunruhigt auf. Yael fragte, ob sie den Computer benutzen könne. Die Frau sprang sogleich beiseite und stürzte aus dem Zimmer, wobei sie ein Päckchen Zigaretten mitnahm, ehe sie die Tür hinter sich zuzog.

Wenige Sekunden später hatte Yael bereits eine Webseite aufgerufen. Das Banner »Arische Nationen« flatterte oben auf dem Bildschirm. Eberard überflog die Seite und entdeckte mehrere der Zitate, die auch in dem Brief genannt waren: die Bemerkung Martin Luthers und ein Hinweis auf das Fernsehinterview mit Oprah Winfrey. Yael scrollte weiter hinunter und klickte einen Link an. Ein Foto ging auf und füllte die Seite. Es zeigte einen Mann, der an einem Baum erhängt worden war, der Hals verrenkt, der Körper schlaff. Gestalten im Vordergrund zeigten auf ihn. Der Mann war schwarz. Die Gesichter der Umstehenden konnte Eberard wegen der Kapuzen, die sie trugen, nicht erkennen. Yael klickte noch einmal, und das Bild wurde durch eine Fotografie Hitlers ersetzt, dessen Arm zum Gruß ausgestreckt war. Neben ihm, etwas verschwommen, sah man mehrere Panzer, gepanzerte Fahrzeuge und Soldaten in Reih und Glied. Schließlich öffnete sie eine Seite mit Text. Eberard trat näher. Sein Blick wanderte über die Zitate: »Nigger sind die Ausgeburt des Teufels.« »Untersuchungen haben bewiesen, dass Neger minderwertige Tiere sind, die zu Gewaltausbrüchen und Aggression neigen.« »Die Geschichte hat gezeigt, dass man keinem Neger trauen kann. Sie sind der Abschaum der Schöpfung.« Eberard richtete sich auf und fuhr sich mit der Hand über das Gesicht.

»Juden und Schwarze wurden schon immer verfolgt«, erklärte Yael. »Unsere Verfolger finden immer neue Möglichkeiten, uns zu schaden. Das Internet ist eine menschliche Erfindung, voller Schwächen und Vorurteile, und wird immer ein geeigneter Ort für die Darstellung selbstsüchtiger Interessen sein.«

»Fast wie die Religion«, meinte Eberard.

Yael stand auf. Sie hielt den Blick auf den Bildschirm gerichtet, während sie zum ersten Mal kurz lächelte. »Unter Ihrem langweiligen Äußeren lauert ein wahrhaft gefährlicher Verstand, Mr. Februarie.« Das Lächeln brachte ihre Augen zum Leuchten, und einen Moment lang blitzten ihre Zähne auf. Dann war es wieder verschwunden, und er sah sich erneut mit ihrer harten Schale konfrontiert. »Der Inhalt ist genauso sinnentleert wie ein Vakuum. Aber es geht nicht um den Inhalt. Es geht darum, dass jemand Ihnen das zukommen lassen wollte. Sie haben eine Welt betreten, von der Sie nicht die geringste Ahnung haben. Ich war viele Jahre lang als Sozialarbeiterin im Mittleren Osten tätig. Und vor allem eines habe ich gelernt: Menschen sind auf der ganzen Welt zu fast allem fähig. Sie begehen Gewalttaten, Perversionen, Obszönitäten – im Namen der Religion, der Kultur, der Politik, der Nation. Das sind nur Ausreden für ihre Schlechtigkeit. Wir sind selbstsüchtige, egozentrische Wesen. Wohin man auch blickt. Die schlimmsten Kreaturen dieser Erde.«

»Aber wenn alle so schlecht sind, dann kann ja *jeder* dieses Verbrechen begangen haben.«

»Den Jungen als Muslim zu verkleiden lässt Sie in eine bestimmte Richtung denken. Ich verstehe durchaus, wie Sie die Dinge sehen. Für Sie mag es so wirken, als ob jemand versuchen würde, einen Krieg zwischen den beiden Gruppen zu entfachen, weshalb Sie nach den Militanten auf beiden Seiten suchen: nach PAGAD, der Hisbollah, der ultra-orthodoxen jüdischen Miliz, dem israelischen Militär. Vielleicht hat man diese Synagoge ausgesucht, weil Jonathan im interreligiösen Forum sitzt. Aber vielleicht hat das alles gar nichts damit zu tun. Diese Stadt ist voller Verrückter, Detective. Vielleicht war es ja auch ein religiöses Ritual von Teufelsanbetern. Oder eine seltsame Botschaft von einem Drogenbaron an einen anderen. Das wissen Sie nicht, Detective. Das werden Sie vielleicht niemals wissen.« Sie hielt die ganze Zeit über den Blick auf ihn gerichtet. Er versuchte wegzuschauen, wurde aber von ihrer Stimme in Bann gehalten. »Nur eines ist sicher. Es war *nicht* die Tat irgendeines Komiteemitglieds dieser Synagoge. Wenn sie auch nur die geringste Ahnung hätten, würden Sie das spüren und damit wissen.«

Er befürchtete, dass sie ihm ihren Finger in die Brust bohren würde, so aufgebracht wirkte sie. Doch sie berührte ihn nicht, sondern hielt stattdessen für einen Augenblick inne, als ob sie sich nicht sicher wäre, was sie nun sagen sollte. »Morgen Abend ist Tischa beAv«, fuhr sie schließlich fort. »Im jüdischen Kalender ist das ein besonderer Tag. Ich möchte Sie zum Gottesdienst einladen, Detective. Vielleicht wird dieses Erlebnis sogar der wichtigste Teil Ihrer Untersuchung werden.«

Eberard hätte die Einladung lieber abgelehnt. Er versuchte es mit Ironie. »Sie wirken auf mich eigentlich nicht so gläubig. Hätte nicht gedacht, dass es Ihr Ding ist, zu Gott zu beten.«

»Sie sollten nicht annehmen, dass Sie wissen, wer ich bin.« Ihre Augen blitzten auf, und sie hielt sich kerzengerade. Eberard war eingeschüchtert. Er wich einen Schritt zurück, doch als sie weitersprach, klang ihre Stimme wieder weicher. »Ich war Sozialarbeiterin für das israelische Verteidigungsministerium. Ich war dabei, als man in Gaza einmarschierte. Ich war dabei, als man die Siedlungen im Westjordanland angriff. Ich habe Siege und Niederlagen auf beiden Seiten erlebt. Sie glauben, Sie haben schon Schreckliches erlebt. Und vielleicht haben Sie das auch. Aber Sie haben den Horror nicht miterlebt, zu dem junge Männer mit Maschinengewehren fähig sind – ganz gleich, auf welcher Seite sie stehen. Wenn es einen Gott gibt, würde ich sein Kommen auf diese Welt mehr als gutheißen, denn dann kann man ihn endlich seiner vielen Verbrechen gegen die Menschheit anklagen. Bis das passiert, würde ich Ihnen raten, Kultur nicht mit Glauben zu verwechseln.«

»Tut mir leid«, sagte Eberard, der noch verwirrter war als zuvor, jedoch nicht weiter nachfragen wollte. Er überlegte, ob er sie mit ihrem Vornamen ansprechen konnte. Aber das erschien ihm unnatürlich. Ihr Nasenstecker irritierte ihn aus irgendeinem Grund, und er musterte ihr Gesicht. »Das war grob von mir, und ich möchte mich dafür entschuldigen. Es ist alles so kompliziert. Ich trete hier ständig in Fettnäpfchen.

Leider müssen Sie mit einem Tölpel wie mir zurechtkommen.«

»Endlich«, erwiderte sie mit ihrer harten Stimme. »Eine gewisse Einsicht.« Eberard zuckte zusammen, sagte aber nichts. »Der Agnostiker fragt: Warum brauchen wir einen Gott? Das ist doch ganz einfach: Wir brauchen ein Publikum. Die wichtige Frage lautet vielmehr: Warum braucht Gott uns? Vielleicht hat er sich gelangweilt und wollte zusehen, wie wir uns gegenseitig zerfleischen – fast wie bei einem Hundekampf.«

Makosi, der die ganze Zeit über schweigend neben der Tür des Büros gestanden hatte, räusperte sich. Eberard wurde erst jetzt bewusst, dass der junge Constable darauf wartete, dass er endlich die Führung übernehmen würde, anstatt sich von dieser Israelin in irgendwelche Gespräche verwickeln zu lassen. Für den Moment schien es nur zwei Spuren zu geben, die sie verfolgen konnten. Er wollte den Hausmeister Shimansky und seinen Sohn aufsuchen. »Constable, können Sie sich um diesen Straßenjungen kümmern? Es ist zwar recht unwahrscheinlich, aber vielleicht hat er ja etwas gesehen. Wer weiß, ob er den alten Mann einfach beklauen wollte. Versuchen Sie ihn zu finden.« Makosi nickte und verschwand ohne ein weiteres Wort.

Yael klickte etwas auf dem Schirm an, um die Webseite zu schließen. »Folgen Sie mir«, sagte sie und nickte Eberard zu.

Die Wohnung des Hausmeisters befand sich in einem Wohnkomplex in der Main Road, nahe der Synagoge. Eberard und Yael gingen an Saul's Saloon vorbei, wo ein Mann auf einem Barhocker saß, ein Bier und Zigaretten vor ihm auf der Theke. Mit seinem verwitterten Gesicht starrte er auf die geschäftige Straße hinaus, als hockte er in einer riesigen, einsamen Wüste. Einen Moment lang empfand Eberard ein widersprüchliches Gefühl von Empathie für ihn und schaute weg. Sie warteten auf eine Lücke im Verkehr und überquerten dann die Straße, um schweigend nebeneinander herzulaufen. Schließlich erreichten sie das Stahltor zu einem gesicherten Gebäude. An der Mauer war eine Reihe von Namensschildern mit Klingeln, und Yael drückte auf den zweituntersten Knopf. Sie warteten eine Weile, während ihnen der kalte Wind um die Nase blies. Aus der kleinen Gegensprechanlage war nichts zu hören. Stirnrunzelnd klingelte Yael erneut. Wieder warteten sie.

»Das ist seltsam«, meinte sie. »Ich habe ihm gesagt, dass wir kommen.«

Vielleicht hat er etwas zu verbergen, dachte Eberard. Aber er musste sich nur den alten Mann vorstellen, wie dieser blutend nach seinem Sohn rief, um diese Idee als absurd abzutun.

»Hallo.« Ein alter Mann mit zerzausten weißen Haaren bog um die Ecke, eine zusammengerollte Zeitung in einer Hand, einen Gehstock in der anderen.

»Hallo, Mr. Kopolsky. Wie geht es Doris?«

Der Mann sah Yael verständnislos an und nickte dann vor sich hin. Er holte eine Fernbedienung aus der Tasche und drückte darauf, während er sie auf das Tor richtete. Der Motor ging an, und das Tor rollte langsam auf.

»Danke, Mr. Kopolsky. Ich komme morgen zu Ihnen. Einverstanden?«

Der Mann winkte freundlich, während er offenbar in Gedanken ganz woanders war.

»Er und seine Frau leiden beide unter Demenz«, erklärte Yael. »Früher hat der eine noch gewusst, was der andere schon vergessen hatte, und so kamen sie irgendwie noch mit ihrem Leben zurecht. Inzwischen wissen sie kaum mehr voneinander und sind natürlich nicht mehr in der Lage, einen Haushalt zu führen. Sie müssen bald ins Highlands House ziehen.« Eberard fragte nicht nach, was er sich darunter vorzustellen hatte, sondern murmelte nur eine Art Bestätigung.

Shimansky lebte in Nummer zweiunddreißig, einer Erdgeschosswohnung mit einer offenen *Stoep*, die in Richtung des Rasens und der Freizeitlandschaft des Häuserkomplexes blickte. Ein Blumenbeet mit Petunien und Azaleen markierte seinen kleinen Gartenanteil. Eberard quälte einen Moment lang ein schlechtes Gewissen, weil er angenommen hatte, der Hausmeister könnte etwas mit dem Mord zu tun haben. Es gab keine Klingel, und Yael klopfte gegen die undurchsichtigen Glaspaneele seiner Wohnungstür. Niemand meldete sich. Hinter der Scheibe war keine Bewegung zu erkennen. Eberard trat an ein Fenster, um einen Blick in die Wohnung zu werfen. Er sah ein Kinderzimmer mit kleinen Flugzeugen, die von der Decke hingen. Auf dem ordentlich gemachten Bett lag eine Wollmütze mit breiten gelben und grünen Streifen.

Yael wollte gerade erneut klopfen, als jemand aus dem gemeinschaftlichen Garten hinter ihnen zu rufen begann. Es klang wie die Stimme einer Frau, die jemanden ausschimpfte. Yael eilte auf die Ecke des Gebäudes zu, doch Eberard wollte ihr nicht folgen. Er hatte keine Lust, sich mitten in einem Mordfall von einer solchen Banalität ablenken zu lassen. Doch als Yael die Ecke erreicht hatte, fluchte sie laut und rief ihm zu, ihr zu folgen. Er eilte ihr nach.

Eine kleine, untersetzte Frau mit übermäßig gefärbten Haaren stand am Beckenrand eines Swimmingpools und fuchtelte in Richtung eines Mannes. »Holen Sie ihn raus! Holen Sie ihn raus! Sie Idiot!«, rief sie. Shimansky starrte vor sich hin, vom Lärm um ihn herum unerreicht. Er beobachtete das Lichtspiel auf der Wasseroberfläche. Als Eberard näher kam, sah er am tiefen Ende des Beckens einen weiteren Mann. Er schien zu schweben, die Arme ausgebreitet, still und in sich gekehrt. Seine Jacke trieb um ihn, als hätte man über ihm Farbe ausgekippt. Eberard riss sich Waffe und Funkgerät vom Leib und ließ sie auf den Rasen fallen, während er zum Rand des Pools rannte. Er faltete die Hände wie zum Beten und hechtete ins Wasser. Dennoch schnitt ihm die eisige Oberfläche ins Gesicht, als er mit dem Kopf zuerst eintauchte. Einen Moment lang blieb ihm der Atem weg. Würde man ihn unter Wasser schreien hören? Ein greller Schmerz breitete sich über seine Stirn aus und bohrte sich in seine Augen.

Er glaubte, zuerst wieder hochkommen zu müssen, ehe es ihm möglich sein würde, noch einmal zu tauchen. Doch als er die Augen öffnete, bemerkte er, dass er sich bereits auf dem Boden des niedrigen Beckens befand. Wenn der Mann stehen würde, hätte er es vielleicht geschafft, seinen Mund oberhalb der Wasseroberfläche zu halten. Doch er trieb ein paar Meter weiter, als ob es ein Spiel wäre, bei dem er die Leichtigkeit des Wassers genoss. Er hatte die Augen offen, war jedoch gänzlich regungslos. Nicht einmal Blasen kamen aus seinem Mund. Sein Gesicht war groß und rund, seltsam ausdruckslos. Weder beunruhigt noch aufgeregt. Eberard fasste nach dem Arm des Mannes. Das feste menschliche Fleisch ließ ihn beinahe zurückzucken, als ob er bloß eine Schimäre erwartet hätte. Doch er hielt fest und stieß sich vom Boden ab. Laut Luft holend tauchte er wieder auf. Er musste so heftig husten und keuchen, als wäre er nicht nur wenige Sekunden unter Wasser gewesen. Während er an den Rand schwamm, streckte jemand die Hände aus und griff nach dem leblosen

Körper in seinen Armen. Er bewunderte Yaels Kraft, als sie den Mann mit einer einzigen Bewegung aus dem Becken zog. Draußen rollte sie ihn auf den gepflasterten Weg. Eberard hatte das Gefühl, ebenfalls Hilfe zu benötigen, und wollte fast nach ihr rufen. Er versuchte sich aus dem Wasser zu hieven, doch die Kälte ließ seine Muskeln zittern, und er fiel wieder zurück. Also glitt er am Rand entlang, bis er den Beckenboden unter seinen Füßen spürte, so dass er problemlos hinausklettern konnte. Er lieferte einen würdelosen Anblick, aber seine Brust war wie zusammengeschnürt, und sein Puls raste. Dass die Kälte so brutal sein kann, dachte er, während er mühsam aufstand – benommen und außer Atem.

Shimansky beugte sich über den regungslosen Körper des Mannes. »Ist schon okay, Josh. Alles in Ordnung, mein Junge. Okay, Josh.« Yael versuchte, Shimanskys Sohn wiederzubeleben, indem sie Luft in seine Brust presste. Chlorwasser lief in dünnen Rinnsalen aus seinen Mundwinkeln und über die Pflastersteine. Sie begann ihn anzuschreien, ihm Ohrfeigen zu verpassen und auf seine Brust einzutrommeln. Eberard kniete sich neben ihn und suchte einen Puls. Nichts. Er sah Yael kopfschüttelnd an und streckte die Hand nach ihr aus. Sie schlug sie weg wie ein Insekt. »Nein!«, rief sie. Wieder begann sie die Brust des Mannes zu bearbeiten, wobei sie so heftig presste, dass sein ganzer Körper zuckte. Zu Eberards Erleichterung war die alte Dame bereits am Handy und rief einen Krankenwagen, obwohl er wusste, dass es bereits zu spät war. Der Mann konnte nicht mehr gerettet werden. Aber er wusste auch, dass er das nicht sagen durfte. Sie mussten es weiterhin versuchen. Yael würde ihm nicht verzeihen, wenn sie jetzt aufhörten. Also legte er die Hände auf die Brust des Toten und begann ebenfalls zu pumpen, während er Yael ein Zeichen gab, zur Seite zu rücken. Nach zwanzig schnellen Druckbewegungen hörte er auf und ließ sie Luft in die Lunge voller Wasser blasen. Es war anstrengend, aber wenigstens wurde ihm so wieder warm. Nach einer Weile zitterte er nicht mehr. Sie machten weiter, bis sie das Sirenengeheul eines Krankenwagens hörten. Zwei Sanitäter hasteten auf sie zu, und endlich konnte sich Eberard ausruhen. Er ließ sich auf den Rasen fallen. Seine Arme schmerzten. Er keuchte, während er sich fragte, ob er lieber auch seinen eigenen Puls kontrollieren lassen sollte. Yael achtete nicht auf ihn. Sie kniete neben Josh, das Gesicht grimmig.

Noch ein Auto blieb mit quietschenden Reifen draußen vor dem Tor stehen, und ein weiterer Sanitäter in einem Overall sprintete über den Rasen. Die Sanitäter berieten sich, schlossen den Mann an tragbare Monitore an und pressten ihm eine Sauerstoffmaske auf den Mund, um Luft in seine Lunge zu pumpen. Eberard lag da und blickte in die schwache Sonne hinauf. Der Wind blies Wolkenfetzen über den Himmel, die ständig ihre Gestalt veränderten. Es war noch früh, aber er konnte bereits den Brandy schmecken, den er brauchte – das fruchtige Brennen, die Wärme in seinem Bauch, das langsame Bewusstwerden, dass nichts eine Bedeutung hatte. Er sehnte sich nach einem Drink und danach, dass das Heulen der alten Dame endlich ein Ende hatte. Wie von ferne hörte er das ununterbrochene Murmeln des alten Mannes, der neben dem Toten auf seinen Fersen hin und her wippte.

»Was sagt er?«, brachte Eberard schließlich heraus, ohne sich zu erheben.

»Er spricht das Kaddisch«, erwiderte Yael mit einer angestrengt klingenden, unsicheren Stimme. Eberard hatte keine Kraft, um nachzuhaken. Der Sanitäter schüttelte den Kopf und zog die Klammer von Joshs Finger. Die beiden anderen Sanitäter begannen die Spritzen und die aufgerissenen Packungen wegzuräumen. Es war vorbei. Yael weinte. Dann stand sie auf und ging davon, zuerst über den Rasen und schließlich um die Ecke des Gebäudes. Es wirkte alles surreal: Während die Sanitäter aufräumten und der alte Mann noch immer sein Gebet murmelte, lag Josh regungslos da und Eberard neben ihm, beide blickten zu den Wolken hoch – wenn auch nur einer von ihnen sah, wie sie vorüberzogen.

»Ich konnte nicht zulassen, dass Sie ihn mitnehmen.« Eberard setzte sich ruckartig auf. Shimansky redete jetzt direkt mit ihm. »Ich konnte das nicht zulassen.«

Eberard stand mühsam auf. Ihm war schwindlig, und er brauchte einen Moment, um sein Gleichgewicht zu finden, ehe er sprechen konnte. »Mr. Shimansky. Hören Sie mir genau zu. Ich will nicht wissen, was hier passiert ist. Verstehen Sie mich? Ich bin der Falsche, dem Sie das erzählen sollten, wenn Sie es überhaupt erzählen wollen. Hören Sie mich?« Shimansky sah ihn mit einem wirren Blick an, doch Eberard fuhr trotzdem fort. »Ich will nicht wissen, was hier vorgefallen ist. Mit dem Pool. Aber ich will, dass Sie mir vom Samstag erzählen. Können Sie mir da irgendwas sagen? Über Josh und den Samstag?«

Der alte Mann betrachtete den reglosen Körper seines Sohnes. »Ich bin heute Morgen aus dem Krankenhaus zurückgekommen. Yael hat mir geholfen. Dann ließ sie uns allein. Ich ging in Joshs Zimmer, um aufzuräumen. In seinem Schrank habe ich ein Messer gefunden. In ein Hemd gewickelt. An dem Messer war Blut. Er hatte es ganz hinten in seinen Schrank gelegt, wie ein Junge, der etwas ausgefressen hat. Er ist wirklich noch ein Junge, Detective. Noch ein kleiner Junge. Er sah, dass ich es herausgeholt hatte. Er begann zu stöhnen, setzte sich auf sein Bett, schlang die Arme um seine Knie und stöhnte. Da wusste ich Bescheid… Ich wusste, dass Sie ihn holen würden.« Der alte Mann wirkte verzweifelt. »Er muss meinen Schlüssel genommen haben. Mit den falschen Leuten in Kontakt gekommen sein. So ein guter Junge, hat immer versucht zu helfen. Immer getan, worum man ihn gebeten hat.« Shimansky hörte einen Moment lang auf, vor und zurück zu schaukeln, und sah Eberard an. Der Leichnam seines Sohnes lag zwischen ihnen auf dem Gras. »Ich habe ihm nie das Schwimmen beigebracht.«

Eberard begann zu zittern. Zuerst zitterten seine Beine, und dann fing sein Oberkörper mit einer solchen Heftigkeit an, dass er befürchtete zu stürzen. Einer der Sanitäter trat zu ihm und legte ihm eine silberne Folie um seine Schultern. Er sank auf die Knie, Joshs Körper direkt vor ihm – als ob er beten würde. Wenn ich ein Gebet kennen würde, dachte Eberard, dann würde ich es jetzt sagen. Für die bereits Gestürzten, für die Unschuldigen und für die jämmerlich Verstorbenen.

Er spürte das Zittern noch immer in den Händen, als er später am Abend endlich seine Wohnung betrat. Der restliche Tag war in einen diffusen Nebel aus unzusammenhängenden Ereignissen getaucht. Makosi hatte ihn zum Büro zurückgefahren, wo Eberard in seine Polizeiuniform geschlüpft war, um aus der nassen Kleidung zu kommen. Die Uniformhose drückte an der Leiste, und der Gürtel schnitt ihn in die Hüfte. Es war lange her, seit er sie zuletzt getragen hatte. Wahrscheinlich zur Beerdigung eines Kollegen. Dann kehrten sie in Shimanskys Wohnung zurück, um im Zimmer des Ertrunkenen Beweise zu sammeln. Yael war nirgendwo zu sehen. Offenbar hatte sie Shimansky wieder ins Krankenhaus zurückgebracht.

Jetzt saß Eberard in seinem kleinen Wohnzimmer am Rand des Sofas, ein großes Glas mit Brandy in der Hand. Es war schnell dämmrig geworden, und auf einmal hüllte Dunkelheit den Raum ein. Er blieb sitzen, ohne Licht anzuschalten, und ließ den Alkohol seine Emotionen mit einer ölig dicken Schicht überlagern. Unendlich sehnte er sich danach, neben Angel ins Bett zu schlüpfen. Ihren heißen Atem auf seiner Brust zu fühlen und wie sie nach ihm krallte, wenn sie sich liebten. Wie sie schließlich neben seinen Bauch glitt und den Tag davonschweben ließ. Doch die Wohnung war kalt und leer. Er zwang sich zum Aufstehen und ging ins Schlafzimmer hinüber. Dort legte er sich in seiner Uniform aufs Bett, das Licht noch immer ausgeschaltet, das Glas beinahe leer neben ihm. Zum Glück war er noch so weit bei Sinnen, dass er seine Waffe auf der anderen Seite des Zimmers deponiert hatte. Die Anstrengung, die es bedeutete aufzustehen, würde ihm möglicherweise in der Nacht das Leben retten. Das wusste er.

Sieben

Eberard saß im Besprechungszimmer. Der billige Plastikstuhl bohrte sich in seinen Rücken. Es war früh am Dienstagmorgen, er und seine Kollegen waren die Ersten im Haus. Sein Finger pochte schmerzhaft unter dem schmutzigen Verband, und sein Kopf fühlte sich von dem Alkohol und der unruhigen Nacht dumpf und schwer an. Er war sich sicher, dass jemand diese Stühle für Schulkinder entworfen hatte. Missmutig beobachtete er, wie sich seine Kollegen auf ihnen niederließen. Ihre Pistolenhalfter und Bäuche pressten sich durch die Plastiklatten an den Seiten, während die Rückenlehnen gefährlich schief nach hinten kippten, wenn einer von ihnen sein Gewicht verlagerte. Das Zimmer war ein gesichtsloser Raum mit leeren Wänden, der Boden von braunen Teppichfliesen bedeckt, die sich teilweise abzulösen begannen. Eine Fliese fehlte völlig. Im Jahr zuvor hatte einer der Kollegen eine Dose mit Genkem-Kleber verschüttet. Anstatt danach den Boden zu reinigen oder zumindest eine Erklärung abzuliefern, hatte der Übeltäter einfach ein Brotmesser aus der Küche geholt und die ganze Fliese herausgeschnitten. So war die Polizei, sinnierte Eberard – eine schnelle Lösung für die Unannehmlichkeiten des Lebens, der kürzeste Weg vom Problem zur Lösung.

An der Weißwandtafel stand noch immer das Diagramm des Hauses, wo während des *Muti*-Mordfalls eine Razzia durchgeführt worden war. Die klaren farbigen Linien ließen nichts von dem schlecht gelaunten Hund erahnen, der hinten auf dem Grundstück auf sie gelauert hatte, oder von dem improvisierten Hühnerstall an der Seite des Hauses, voller rostiger Kabel und Stacheldraht. Der Hund hatte einen der Uniformierten in den Oberschenkel gebissen, woraufhin der Polizist jeden um sich herum wild mit Pfefferspray besprüht hatte. Hustend und hechelnd war Eberard mit dem Fuß im Hühner-*Hok* gelandet, hatte sich die Haut seiner Wade aufgerissen und sich mit den Schnürsenkeln seiner Stiefel im kotverkrusteten Draht verfangen. Das Ganze hatte deutlich vor Augen geführt, wie selbst die besten Pläne durch kleine Unvorhersehbarkeiten scheitern konnten. Viele Razzien waren wegen solch winziger Fehler schiefgegangen, wegen häuslicher Hindernisse, wegen unzähliger unbekannter Faktoren. Letztlich war es in diesem Fall allerdings egal gewesen, denn das Haus hatte leergestanden.

Makosi saß neben ihm und nippte an einem Kaffee. Immer wieder stellte er den Styroporbecher mit dem Logo aus Kaffeebohnen vor sich auf den Tisch. Eberard beäugte schlecht gelaunt seinen eigenen Kaffee, der blass und ohne Geschmack in einer Tasse vor ihm stand. Jetzt traf der Pathologe ein. Er schwitzte trotz der Kälte und fummelte an seiner alten Aktenmappe herum, als er sich niederließ, wobei er ruckartig ausatmete, als ob man ihm einen Schlag in die Magengrube versetzt hätte. Er holte sofort ein Sandwich heraus, das in Butterbrotpapier eingewickelt war, und begann zu essen. Immer wieder fuchtelte er damit in Eberards Richtung, so dass das Salatblatt wie eine alte gebrochene Schuhsohle hin und her wackelte. Einige junge Constables, die dem Detective zugeordnet worden waren, saßen hinter ihm und plauderten miteinander, während sie in ihre Handys tippten.

Zwei der Techniker aus der forensischen Abteilung waren in ein ernstes Gespräch vertieft. Ihre Stühle befanden sich auf der anderen Seite des Zimmers, nahe der Wand. Sie sahen beide blass aus und hätten dringend mal wieder die Haare waschen müssen. Einer von ihnen ließ seine Haare hinten wachsen, wodurch feuchte lange Strähnen an seinem Nacken klebten.

Die Stühle kratzten über den Boden, als alle aufsprangen und eine stramme Haltung einnahmen. Auch Eberard erhob sich hastig und drückte den Rücken durch. Dann ließ er sich wieder nieder, ohne jedoch Colonel Dirks aus den Augen zu lassen, die sich zwischen den Stühlen durchschlängelte. Sie schien mehr zu waten als zu laufen.

»Setzen Sie sich, setzen Sie sich. Danke«, sagte sie und bemühte sich so locker wie möglich zu klingen.

Du bist nicht unsere Freundin, dachte Eberard.

Sie bedachte die versammelte Mannschaft mit einem halbherzigen Lächeln, schien dann das Interesse zu verlieren und kehrte zu ihrem normalen, grellen Tonfall zurück. »Makosi, schreiben Sie das Protokoll?« Der junge Detective sah sich im Zimmer um, als ob man ihm eine Ohrfeige verpasst hätte und er nach dem Schuldigen suchen würde. Er brauchte ein oder zwei Sekunden, um zu begreifen, dass die Frage eine Anordnung war und ihm nichts anderes übrig blieb, als Stift und Papier zu nehmen und sich Notizen zu machen. Unsicher nickte er und versuchte dann die Namen der Anwesenden zusammenzubringen.

»Gut.« Dirks schien mit dem Beginn zufrieden zu sein. Sie schüttelte wie ein großer Raubvogel kurz vor dem Sturzflug die Schultern und ließ sich auf ihrem Plastikstuhl nieder. Eberard hoffte für einen Moment, dass die Stuhlbeine dieses Gewicht nicht aushalten würden. »Doktor, können wir mit

Ihnen anfangen? Die Ergebnisse der Post-mortem-Untersuchung an dem geopferten Kind.« Eberard schnitt bei ihrer Wortwahl eine Grimasse, beschloss aber, nichts zu sagen.

Schuldbewusst zerknüllte Dr. Rademan sein Butterbrotpapier und schob es in seine Aktenmappe. Er holte einen Stapel Papiere heraus. Der Ball aus Wachspapier zeigte sich noch einmal, als er aus der Mappe und zu Boden fiel. Der Mediziner schien es gar nicht zu bemerken. Er begann aufzustehen. Doch dann besann er sich eines Besseren und ließ den Papierstapel auf seinen Schoß fallen. Er wirkte etwas überrascht, dass er das Meeting beginnen sollte, und murmelte leise vor sich hin, während er seine Dokumente durchging. Ganz offensichtlich las er sie nicht, sondern brauchte nur Zeit, um sich zu sammeln.

»Okay. Nun. Faszinierender Fall. Wirklich faszinierend.« Er hielt inne und sah neugierig auf. Ihn traf der harte, wenn auch ölige Blick von Colonel Dirks. »Wie Sie ja wissen«, fuhr er fort, »war das Kind – also das Opfer – kein Muslim. Wahrscheinlich ein Straßenjunge. Etwa sieben Jahre alt, möglicherweise älter, aber mit retardiertem Wachstum. Schlechte Ernährung, schlechte Hygiene, schwaches fetales Alkoholsyndrom.«

»Doktor«, unterbrach ihn Colonel Dirks. »Das wissen wir bereits. Wir möchten vor allem erfahren, *wie* das Kind ums Leben kam.«

Eberard setzte sich überrascht auf. War das denn nicht die wichtigste Erkenntnis? Dass das Kind nicht muslimisch war, sondern dass jemand versucht hatte, es als solches zu verkleiden? Er räusperte sich, aber etwas in Dirks' Miene ließ ihn innehalten.

»Die Art, wie das Opfer umgebracht wurde«, überlegte der Pathologe laut und lächelte dabei vor sich hin. »Nun, fangen wir mal mit einem heftigen Schlag auf den Kopf an. Wahrscheinlich hat der ihm das Bewusstsein geraubt, dem armen Kleinen. Dann gibt es Stichverletzungen im Hals, ein Durchbohren der Halsschlagader und eine Stichwunde in der Brust, die wahrscheinlich für das Herz gedacht war, aber ihr Ziel verfehlt zu haben scheint. Das Messer durchdrang den Brustkorb, brach eine der Rippen auf der linken Seite und schnitt durch den linken Lungenflügel. Ich lasse die technischen Details weg, einverstanden?« Eberard vernahm ein heiseres Knurren von Dirks. Rademan kicherte, als ob sie etwas Amüsantes beigetragen hätte.

»Der Tod muss durch den Blutverlust über die Halsschlagader eingetreten sein«, sagte er. »Es ist schwierig, genau zu bestimmen, wie viel Blut austrat. Aber wenn die Halsschlagader durchtrennt wird, geht das gewöhnlich katastrophal schnell. Vor allem, wenn jemand so jung ist. Der Blutdruck wird zusammengebrochen sein, es folgten Sauerstoffmangel sowie Herz- und Lungenstillstand. Ein schneller Tod.« Er sah Colonel Dirks mit hochgezogenen Augenbrauen an, doch diese senkte nur den Kopf. »Fahren Sie fort«, lautete die Botschaft. Dr. Rademan spielte erneut mit seinem Papierstapel. »Gut. Irgendwann nach Eintreten des Todes, nach dem Atemstillstand und dem Stoppen des Kreislaufs, wurde ein Schnitt entlang des Unterleibs gemacht. Man hat jedoch nicht versucht, Organe zu entfernen, und alle Unterleibsorgane sind noch immer dort, wo sie sein sollen – wenn ich das mal so sagen darf.« Er gab ein kurzes Lachen von sich.

»Woher wissen Sie so sicher, dass das nach dem Tod passiert ist?« Einer der jungen Constables hatte seine Hand gehoben. Die Techniker in ihrer Ecke rollten ungläubig mit den Augen.

»Ah …« Der Pathologe drehte sich zur Seite und betrachtete den Fragenden über den Rand seiner Brille hinweg. »Nun, wollen wir es mal so formulieren …« Alle im Raum begriffen, dass Dr. Rademan diese Gelegenheit nutzen wollte, um einen Exkurs über das faszinierende Thema der Gerichtsmedizin zu halten. Doch Dirks ließ sich nicht so leicht beirren.

»*Bly stil,* Maduma. *Jissis,* Mann, lassen Sie den Doktor erst mal zu Ende reden.«

Maduma lehnte sich wieder auf seinem Stuhl zurück, seine Hand fiel so schnell herunter, als hätte er sie nie erhoben. Dr. Rademan wirkte enttäuscht, fuhr aber trotzdem fort.

»Also gut. Nun, es gab noch einen zweiten Schnitt. Auch nach dem Tod ausgeführt.« Er wartete hoffnungsvoll auf Maduma, doch der getadelte Mann blieb diesmal ruhig. »Er erfolgte im Brustkorb zwischen den Rippen und trennte sie vom Brustbein ab.« Rademan warf Eberard einen Blick zu. Dieser schüttelte ganz leicht den Kopf, um ihm zu bedeuten, dass er hier nicht alles ausbreiten wollte. Nachdenklich schürzte der Gerichtsmediziner seine Lippen. »Nur ein Teil des Herzens wurde entfernt.«

»Nur ein Teil?« Dirks sah ihn angewidert an, als ob er derjenige gewesen wäre, der diese missglückte Operation durchgeführt hätte.

»Ja, nur ein Teil. Man hält das Herz landläufig für ein leicht zu identifizierendes Organ, das einfach an der Wurzel herausgerissen werden könnte. Aber tatsächlich ist es ein komplexes Organ, umgeben von zahlreichen Arterien, Venen und Bindegewebe. Der Laie weiß nicht einfach so, wo es anfängt und wo es aufhört. In diesem Fall wurde versucht, die Gefäße zu durchtrennen, um es herauszunehmen. Doch das verlief sehr chaotisch. Eine Herzkammer wurde dabei zerschnitten und ein Teil zurückgelassen. Den Teil des Herzens, der entfernt wurde, hat man wohl nicht gefunden, oder? Das wäre alles zu dem Jungen.«

Colonel Dirks sah so aus, als ob sie etwas zu erwidern gedachte. Rademan wartete höflich ab, hatte ihr Zögern bemerkt. Eberard beobachtete Dirks genau. Es irritierte ihn, dass sie anscheinend das Thema der Herzentfernung noch nicht abhaken mochte. Hatte sie auch einen Brief wie er erhalten? Er hatte das Ganze eigentlich jetzt ansprechen wollen, doch nun entschied er sich dagegen. Er wollte es zumindest so lange aufschieben, bis er wusste, woher der Brief stammte.

»Kann ich fortfahren?«, fragte der Gerichtsmediziner. Als Colonel Dirks mit der Hand ein Zeichen gab, redete er weiter. »Der Tod trat eine Weile vor dem Zeitpunkt ein, an dem der Leichnam in die Synagoge gebracht wurde. Der Körper hatte bereits viel Blut verloren. Offenbar wurde die weiße Robe auch erst hinterher angezogen, da die Menge des Bluts auf dem Stoff recht gering ist. Die seltsamen Schmierereien auf dem Marmorboden neben seinem Kopf – die stammen vom Blut des Jungen. Wahrscheinlich aus dem Schnitt im Unterleib oder in der Brust. Ich habe mit einem Gelehrten darüber gesprochen, und es könnte sich um einen schlechten Versuch handeln, hebräische Buchstaben nachzuahmen. Aber das ist nicht sicher, da die Zeichen recht schwach sind, weil das Blut bereits trocknete.« Rademan blätterte in seinen Unterlagen und las einen Moment darin. »Ein Zeichen gibt es auf dem Vorhang vor dem Schrein.«

»Dem Schrein?« Colonel Dirks zog ihre Augenbrauen hoch, und einer der Constables hinter Eberard lachte nervös.

»Im Schrein werden die heiligen Schriftrollen der Synagoge aufbewahrt. Geschützt durch Vorhänge. Einer von ihnen war zurückgezogen worden, und daran haben wir auch

Blut gefunden. Das Blut auf dem Boden und das Blut auf dem Vorhang stammen beide von dem Jungen.«

»Okay. Wir reden gleich noch über den Mann, der ertrunken ist. Fourie?« Sie wandte sich an den Techniker mit dem strähnigen Haar, der immer wieder seinem Kollegen etwas zuflüsterte. Als er seinen Namen hörte, zuckte er zusammen und sprang auf. Einen Moment lang lief er rot an. Dann hatte seine Haut wieder ihre übliche, ungesund wirkende Schattierung. Colonel Dirks musterte ihn finster.

»Ja, also …« Fourie blätterte in der Mappe, die vor ihm auf dem Tisch lag. »Also … Um neun Uhr zwanzig betraten wir den Tatort durch den östlichen Eingang …«

»Fourie! Zum Wesentlichen! Für solch überflüssiges Zeug haben wir keine Zeit. Schildern Sie uns einfach, was Sie gefunden haben.«

Fourie schien verletzt zu sein, dass sie es ablehnte, seinem genauen Bericht zu folgen. Er schwieg einen Moment, in dem er seinen Blick über das Papier vor ihm wandern ließ. Dann kratzte er sich am Kopf. Schuppen rieselten auf seine Schultern. Er seufzte und fuhr fort: »Der Tatort ist wirklich chaotisch. Wahnsinnig chaotisch, wissen Sie. Fingerabdrücke über Fingerabdrücke, Fußabdrücke, Haare. Der Handabdruck auf dem Boden … Na ja, er befand sich direkt neben dem Toten und ist der gleiche wie der von diesem … äh … diesem Josh Shimansky, der ertrunken ist.« Fourie fiel es nicht leicht, vor Publikum zu reden. Er holte tief Luft. »Äh, die Fußabdrücke sind die von den Tennisschuhen, die wir im Zimmer des Mannes gefunden haben. An den Schuhen war sehr wenig Blut. Wir haben sie dem Doktor hier zukommen lassen.« Er nickte eifrig Dr. Rademan zu. »Das Messer war blutig. Das haben wir auch ins Labor geschickt. Kleidungsstücke mit Blut gab es sonst keine. Wir haben von niemandem Abdrücke gefunden, die … na ja, Sie wissen schon … die gepasst hätten. Der Bereich um die Vorhänge, die Wand und so, der war ziemlich voll von Abdrücken. Aber wir … äh … Bisher ist es uns nicht gelungen, die jemandem zuzuordnen.«

Eberard spürte das Vibrieren seines Handys. Zum Glück hatte er daran gedacht, es leise zu stellen. Er warf einen Blick auf das Display. Es war Yaels Nummer. Noch hatte er ihren Namen nicht in seine Kontaktliste eingegeben, aber die Nummer erkannte er. Einen Moment lang überlegte er, ob er kurz hinausgehen und ihren Anruf entgegennehmen sollte. Sie hatten seit Joshs Tod keine Gelegenheit gehabt, miteinander zu sprechen. Aber Dirks winkte dem Techniker gelangweilt ab, und Fourie ließ sich, offenbar ziemlich erschöpft, wieder auf seinen Stuhl fallen.

»Okay, Doktor. Der Ertrunkene. Irgendwas zu ihm?« Eberard drückte auf die rote Taste seines Handys und schob es in seine Jackentasche zurück. Yael musste sich etwas gedulden.

»Noch konnte ich die volle Post-mortem-Untersuchung nicht machen. Aber erste Analysen haben ergeben, dass die Todesursache Ertrinken war. Sein Körper weist keine Gewalteinwirkungen auf. Ich weiß noch nicht, ob das Blut, das wir auf dem Messer aus seinem Zimmer gefunden haben, das des Jungen ist, aber es scheint so. Die Größe der Klinge würde jedenfalls passen.«

»Okay. Dieser debile Josh Shimansky lebt bei seinem Vater. Er tötet einen Straßenjungen aus Gründen, die wir vermutlich nie erfahren werden. Dann legt er den Körper in die Kirche … die Synagoge … als eine Art von Opfer. Er versteckt die Waffe in seinem Schrank. Als ihm bewusst wird, was er getan hat, springt er in den Pool. Ertrinkt. Wir müssen noch den Vater reinbestellen, um ihn zu befragen. Zumindest müssen wir herausfinden, woher der Behinderte all diese Sachen hatte. Und ich kann nicht glauben, dass der Alte nicht wusste, was sein Sohn so gemacht hat. Oder er wurde benutzt. Februarie, hat der Rabbi was damit zu tun?« Dirks verschränkte ihre Arme.

Eberard war müde. Er hatte jetzt keine Kraft für eine Auseinandersetzung. Die Dummheit nahm ihm seine ganze Energie. Er begann im Sitzen zu sprechen, hielt dann aber inne und stand auf. Bewusst drehte er sich zu den Constables hinter ihm um und wandte so Colonel Dirks den Rücken zu. »Josh Shimansky spielte nur eine Rolle in dem Ganzen: Er lieferte dem Mörder den Schlüssel zur Synagoge. An seiner Kleidung ist kein Blut zu finden. Das bedeutet, dass er an dem Mord nicht teilgenommen hat. Wahrscheinlich hat er den Leichnam kaum berührt. Vielleicht versuchte er etwas über dem Kopf des Toten auf den Boden zu schreiben. Vielleicht öffnete er den Vorhang vor dem Schrein und begann eine der Schriftrollen herauszuholen. Aber er führte nicht zu Ende, was er mit dieser Rolle vorhatte. Josh Shimansky tat all diese Dinge, weil ihm jemand *sagte*, sie zu tun. Sie dürfen eines nicht vergessen: Er war ein Kind im Körper eines Erwachsenen, mehr oder weniger ein Sechsjähriger.« Eberard spürte, wie ihm während des Redens vor Wut immer heißer wurde, und bemühte sich um eine ruhige Stimme. »Josh Shimansky hat diesen Jungen nicht umgebracht. Jemand, dem er vertraut hat, *sagte* ihm, was er machen soll, nachdem der Junge bereits tot war.«

»Okay, das ist eine Möglichkeit.« Colonel Dirks funkelte Eberard finster an. Ihre Lippen bewegten sich, als ob sie während des Sprechens etwas essen würde. »Wenn das so gewesen ist, wer soll ihm dann diesen Auftrag gegeben haben? Sein Vater und der Rabbi müssen unsere Hauptverdächtigen sein. Was wissen wir über sie?«

»Nein, Colonel.« Eberards Stimme klang ungewollt laut. Selbst die Techniker blickten von ihren Handys auf. Colonel Dirks runzelte die Stirn. »Entschuldigen Sie, aber ich glaube nicht, dass die Situation so war. Ich glaube, hier soll jemandem die Schuld für den Mord in die Schuhe geschoben werden. Irgendwer versucht hier einen Krieg zu provozieren. Den Straßenjungen in einen muslimischen Gebetsmantel zu kleiden, der Versuch, das Herz zu entfernen, die Zeichen auf dem Boden – das ist alles eine Falle. Wir wissen, dass es in der jüdischen Gemeinde Leute gibt, die nur so nach einer Auseinandersetzung lechzen. Wir wissen auch, wozu die militanten Mitglieder der muslimischen Community fähig sind und dass ihnen jeder Grund recht für einen Angriff ist. Dieser Mord soll eine ernsthafte Krise zwischen den beiden Gruppen bewirken. Der Rabbi gewinnt dabei nichts. Und der alte Shimansky ebenso wenig.« Er wiederholte im Wesentlichen die Worte, die Yael zuvor geäußert hatte. Sie hatte betont, dass es für Josh unmöglich gewesen wäre, ein solches Verbrechen zu begehen. Er musste ihre Einschätzung ernst nehmen und damit zurechtkommen, dass Joshs Tod den Fall keineswegs löste.

»Detective, Sie schließen also aus, es könnte sich um ein jüdisches Ritual handeln, das irgendwie schiefgelaufen ist? Ich habe gehört, dass solche Dinge nicht allzu selten hinter den geschlossenen Türen von Synagogen auf der ganzen Welt geschehen sollen.«

»Ich kenne diese Gerüchte auch. Und ich werde sie bei der Untersuchung dieses Falls im Kopf behalten.« Eberards Stimme war voll kalter Verachtung. »Aber für den Moment sollten wir meiner Meinung nach einen Extremisten suchen. Wenn man die Geschwindigkeit betrachtet, mit der gestern dieser Protest auf die Beine gestellt wurde, sowie die Aktivitäten in den Moscheen, dann lässt mich das vermuten, dass wir es mit jemandem wie einem Mitglied von Qibla oder PAGAD zu tun haben.«

»Wir ziehen jede Möglichkeit in Erwägung«, erwiderte Colonel Dirks schrill. »Und für den Moment ist die Möglichkeit, dass es sich um eine Opferung handelt, die wahrscheinlichste – jedenfalls ebenso wahrscheinlich wie die anderen Möglichkeiten.« Ihr Mund öffnete und schloss sich indigniert. »Ich will von beiden die Aussagen auf meinem Tisch. Und in der Akte. Noch heute. Habe ich mich klar genug ausgedrückt?«

Eberard seufzte und setzte sich wieder. Sollte er den Straßenjungen erwähnen, den Shimansky gesehen hatte? Er beschloss, erst einmal nichts zu sagen. Colonel Dirks war ohnehin noch nicht fertig. Sie fuchtelte mit ihren schwabbeligen Armen in der Luft herum und zeigte dabei auf die versammelte Mannschaft. »Sie haben nach Abschnitt neunundsiebzig des Social Values Act das Recht, hart durchzugreifen. Tun Sie das auch! Genau für solche Situationen war das Gesetz gedacht. Also, nichts wie los und geben Sie Ihr Bestes!«

»Wissen Sie eigentlich, warum sich der Geheimdienst in diese Geschichte eingeschaltet hat, Colonel?«, unterbrach Eberard ungeduldig. Sie tat so, als hätte sie ihn nicht gehört, und begann den beiden Technikern Anweisungen zu geben, die ihre Art sichtlich beleidigend fanden.

Makosi lehnte sich zu Eberard hinüber und flüsterte: »Soll ich Shimansky und den Rabbi genauer unter die Lupe nehmen, Inspector?«

»Kommt gar nicht in Frage. Sie und ich, wir beide kümmern uns jetzt um diesen Straßenjungen – sobald die Dame da endlich zu jaulen aufgehört hat.«

Acht

Eberard parkte vor einem heruntergekommenen Laden auf der Main Road, der gebrauchte Möbel verkaufte. Makosi verabschiedete sich und lief langsam Richtung Innenstadt zurück, während Eberard überlegte, wo er am besten mit der Suche beginnen sollte. Schon viele Schichten von Postern und Plakaten waren an das Schaufenster geklebt, wieder abgerissen und neu befestigt worden, so dass sich ein dicker Belag aus altem Papier wie ein Pilz auf der Oberfläche ausgebreitet hatte. Im Inneren war der Laden voller Bücherregale und kaputter Schränke mit offen stehenden Türen. Über dem Geschäft befanden sich Wohnungen. An den Fenstern mit provisorischen Vorhängen blätterte die Farbe ab. Feuchte Kleidungsstücke hingen heraus, die in der salzigen Luft nur schwer trockneten. Straßenmädchen drängten sich um den Eingang des Hochhauses, als Eberard vorbeiging. Eine ältere Frau mit wilden roten Haaren und lässigen Klamotten kam mit einem rattenartigen Hund an einer Leine auf ihn zu. Das Tier hob sein Bein, um an eine Plastikmülltonne zu pinkeln. Eine kleine Pfütze Urin sammelte sich auf dem Boden. Sie zog an der Leine. Eberard trat zur Seite, damit sie mit dem Hund vorbeikam. In ihrer Miene war nur kalte Verachtung zu sehen. An einer Ecke unterhielten sich ein paar Drogendealer, die ihn mit wenig Interesse musterten, da sie ihre Ware sicher in Briefkästen und Hydranten versteckt wussten.

Die Luft war vom Hupen der Taxis erfüllt, die ihren Motor aufheulen ließen oder abrupt abbremsten, um einem möglichen Kunden zuzupfeifen. Auf einem stand hinten in großen violetten Buchstaben »Die beste Miez im Kiez«, und dessen Bässe hämmerten so heftig, dass die Fensterscheiben klapperten.

Eberard überquerte die Straße und entdeckte ein junges Mädchen, das bei den Telefonzellen herumhing. Hinter ihr pries *Adult World* DVDs und Sexspielzeuge an. Ein kluger Ort, um sich darzubieten, dachte Eberard. Sie war klein und geschmeidig und schien aus dieser Entfernung mit ihren kniehohen weißen Stiefeln und einem bauchfreien Tanktop höchstens fünfzehn zu sein. Sie hatte ein falsches Pelzjäckchen gegen die Kälte angezogen, aber Eberard konnte trotzdem die Gänsehaut auf ihren dünnen Armen sehen. Sie bearbeitete gerade einen Kaugummi mit ihren Backenzähnen, wobei sich ihre violetten Lippen wie funkelnde Flüssigkeit hin- und herbewegten. Sie wirkte völlig anders als Angel, noch viel kindlicher und weniger straßenerfahren. Aber ihre Frechheit und Haltung waren nicht unähnlich. Während er auf sie zutrat, fühlte er sich einen Augenblick lang zutiefst einsam.

Sie klappte ihr Jäckchen auf, um dem potenziellen Kunden einen Blick auf ihre Brüste zu gestatten, deren Brustwarzen sich provozierend unter dem Stoff des eng anliegenden Tops abzeichneten. Er zog seine Polizeimarke heraus, und ihr ganzes Gesicht fiel in sich zusammen.

»Keine Sorge«, sagte er. »Ich habe nicht vor, dich zu verhaften. Ich brauche deine Hilfe.« Sie betrachtete ihn höchst misstrauisch. Er beschrieb ihr den Straßenjungen, so weit es ging, und meinte dann, dass sie ihn vielleicht im Park gesehen haben könnte.

»Nein, Sergeant, ich kenn keine Kinder. Von denen halt ich mich fern. Und auch vom Park. Ist nicht gut, wissen Sie? Und Priscilla weiß, was gut für sie ist. Sie steckt schon in genug Schwierigkeiten, wissen Sie.«

Eberard seufzte. Sie schenkte ihm ein siegessicheres Lächeln und drückte ihr Becken noch weiter nach vorn, so dass der Venushügel unter ihren Hotpants beinahe sein Bein berührte. Der Kaugummi zeigte sich pinkfarben und klebrig zwischen ihren Lippen, ehe er wieder in ihren Mund zurückgesogen wurde.

Ihn verließ die Hoffnung. »Wie alt bist du, Priscilla?«

»Ich, Sergeant? Bin achtzehn. Ganz Frau«, fügte sie hinzu und grinste breit. »Ich kann Ihnen ein echt gutes Gefühl geben. Kommen Sie mit mir um die Ecke.« Obwohl er es nicht wollte, begann sein Herz schneller zu schlagen. Er konnte den fruchtigen Kaugummi auf ihren Lippen riechen, während seine Hand nur wenige Zentimeter von ihrer Taille entfernt war. Sie schien ihn mit einem zarten Netz gefangen zu haben und ihn langsam mit ihrem flüssigen Mund und den lockenden Augen zu sich zu ziehen. Diese männliche Gefangenschaft war grotesk. Solch primitiven Instinkten zu erliegen. Ausgelöst durch ein Kind.

»Woher kommst du, Priscilla?«

Sie runzelte die Stirn. Seine Frage war zu formell, viel zu sehr die Frage eines Polizisten als die eines Kunden. Er hätte sich für ihren Preis interessieren sollen. Dennoch ließ sie ihren Körper noch weiter auf ihn zugleiten, bis ihr Schritt seinen Schenkel berührte. Er könnte sich jetzt gehen lassen, dachte er durch einen Nebel aus Pheromonen hindurch. Warum sollte er nicht einfach seinem Verlangen nachgeben und die Freuden zwischenmenschlichen Kontakts genießen? Wäre das wirklich so schrecklich?

»Ich komme von einem Ort namens ›Befriedigung‹«, erwiderte sie frech und presste das Gewicht ihres Körpers gegen sein Bein.

»Noch nie davon gehört«, entgegnete er heiser. »Aber in der Schule vermissen sie eine Schülerin. Ich würde also vorschlagen, dass du da so schnell wie möglich zurückkehrst.«

Sie fauchte ihn an, als ob er sie geschlagen hätte. Er glaubte fast, dass sie ihn anspucken würde, so wütend wirkte sie. Ihr Zorn dauerte nur einen winzigen Moment lang, eine Sekunde wahren Gefühls, und dann senkte sich wieder die Fassade der Unterwürfigkeit über ihr Gesicht.

»*Nei*, seien Sie doch nicht so, Sergeant.« Sie zog einen Schmollmund. Als er nicht antwortete, gab sie nach. »Ich seh einige der Straßenjungs manchmal vor dem McDonald's drüben. Die suchen Essensreste. Probieren Sie's da mal.«

»Danke, Priscilla.« Er musterte sie erneut von Kopf bis Fuß – ihre dürren Beine, die aus den großen Stiefeln hervorschauten, die Hotpants zwischen ihren Beinen, das strähnig gefärbte Haar. »Du bist ein schönes Mädchen, Priscilla. Du solltest aufhören.«

»Ich mach, was ich mach, Sergeant«, lachte sie. »Weil ich gut darin bin. Und weil sich niemand sonst um mich kümmert, wissen Sie.« Ihr Gesicht strahlte weiter, selbst als sie diese traurigen Worte von sich gab. Eberard wandte sich zum Gehen, während er an seine Tochter dachte. Und an Angel.

Er ging die Main Road weiter auf das geschäftige Adelphi Centre zu. Das zarte Aroma von frischem Fisch und Wasabi aus der koreanischen Sushi-Bar wurde rasch vom Geruch nach Backfisch und fettigen Pasteten überlagert, ehe er die grelle Fassade von McDonald's erreichte. Jedes Essen auf der Karte schien mit einem »Mc« und einem Foto versehen zu sein. Das Bild eines halbrohen Eies, das auf einer Frikadelle lag, drehte ihm fast den Magen um. Die Hocker im Inneren hatten die Farbe von roten Kirschlutschern und waren alle besetzt. Eine Schlange wartete bereits im öligen Gestank darauf, ihre Bestellungen aufgeben zu können. Draußen standen zwei Straßenkids in Lumpen und ließen ihre Blicke zwischen den Leuten drinnen und dem Polizisten in Zivil hin und her wandern. Sie erkannten jeden Polizisten. Einer der beiden Jungen war höchstens sechs Jahre alt. Seine zerrissene Strickjacke reichte fast bis zum Boden. Er sprang nervös von einem Fuß auf den anderen, da er weder geschlagen noch verhaftet werden wollte, aber auch um sofort dabei zu sein, falls sich irgendwo etwas zu essen auftreiben ließ. Der Ältere, vielleicht acht oder neun, beobachtete Eberard aus schmalen Augen.

Ein Kunde in einer Chinohose und einer warmen Jacke kam mit einer Styroporschachtel heraus. Er würdigte die beiden Jungen keines Blicks, sondern öffnete nur im Vorübergehen seine Hand und ließ die Schachtel fallen. Ihr Inhalt ergoss sich auf den schmutzigen Bürgersteig. Ein halbes Brötchen und etwas Fleisch rollten heraus, während ein Stück Salat an der Schachtel kleben blieb. Die zwei Kinder stürzten sich auf das Essen. Eines fasste nach dem grauen Stück Fleisch, das andere nach dem nassen Brötchen. Sie blickten zu Eberard auf. Offenbar erwarteten sie eine Reaktion. Er lächelte sie traurig an, woraufhin sie anfingen, das Essen in ihre kleinen Münder zu stopfen. Eberard fühlte sich schwach. Weshalb?, dachte er. Aus Reue, Wut, Frustration? Er sah zu, wie die Jungen rasch hinunterschluckten und dann wieder ihre Plätze einnahmen und die Tür beobachteten. Die Plastikschachtel blieb neben der Mauer liegen.

Einer der Männer, die hinter dem Grill standen, tauchte mit einem warmen Fleischküchlein in der Hand auf. Er war ein attraktiver Mann, der in seiner Schürze und dem lächerlichen gelben Papierhut fehl am Platz wirkte. Er hielt das Fleisch den Jungen hin. Sie versuchten es ihm zwar nicht direkt zu entreißen, konnten sich aber nicht zurückhalten. Den Mann schien das nicht zu stören. Er grinste. Seine Haut war sehr dunkel. Eberard fragte sich, woher er wohl kam. Irgendwo aus dem Norden. Er sah ihn mit hochgezogenen Augenbrauen an.

»Hab meinem Boss gesagt, dass es auf den Boden gefallen ist«, erklärte er mit einem französischen Singsang in der Stimme, ehe er wieder nach drinnen ging.

Eberard näherte sich den Jungen, während sie aßen. Sie schienen ihn nicht zu bemerken, bis er direkt neben ihnen stand. Der Jüngere der beiden sah erschreckt auf, aber Eberard hob die Hand, um ihnen zu bedeuten, dass er nichts Böses wollte.

»Ich suche einen Jungen. So alt wie ihr. Lebt auf der Straße. Trägt eine grüngelbe Wollmütze. Wisst ihr, wo ich ihn finden kann?«

Beide Jungen schüttelten die Köpfe. Allerdings zu schnell, um die Frage wirklich verarbeitet zu haben.

»Ich will nichts von ihm. Er wird nicht verhaftet oder so. Ich glaube nur, dass er etwas gesehen hat. Während er unterwegs war. Ich brauche ihn, damit er mir helfen kann. Das ist alles.«

Die Jungen sahen ihn skeptisch an, während sie kauten. Aus dem Mundwinkel des Jüngeren lief etwas Saft, den er aber nicht wegwischte. Seine Nase war rotzverklebt und schmutzig. Der ältere Junge hatte tote Augen wie ein Blinder. »Coenie«, sagte er und musterte Eberard scharf.

»Coenie?«

»Ja. Schläft unter der Brücke bei der Stadt.« Eberard

beugte sich herab, in der Hoffnung, dass noch mehr kommen würde. Der Junge zuckte mit den Achseln. »Wir schlafen nicht dort. Wir bleiben hier, auf der Main Road.«

»Okay, Jungs«, meinte Eberard und richtete sich auf. »Guten Appetit.« Der Ältere streckte die Hand aus, die Handfläche nach oben, ohne ein Wort zu sagen. Eberard schnitt eine Grimasse, suchte aber in seiner Tasche nach seinem Geldbeutel. Der Junge musterte enttäuscht das Geld in seiner Hand, steckte es dann jedoch ein und wandte sich wieder McDonald's zu. Eberards Handy vibrierte.

»Wir suchen anscheinend nach einem Jungen namens Coenie«, sagte Makosi.

»Das habe ich auch erfahren«, erwiderte Eberard. »Irgendeine Ahnung, wo wir ihn finden?«

»Es heißt, er würde sich zwischen der City Bowl und Sea Point bewegen. Oft schläft er unter einer Autobrücke auf dem Helen Suzman Boulevard.«

Eberard holte Makosi in seinem Auto ab. Er war sich des Geruchs bewusst, den der verschimmelte Teppich in seinem Kofferraum verströmte, und kurbelte das Fenster herunter, um ihn zu vertreiben. Die kalte Luft ließ ihn zittern, als sie ihn mitten im Gesicht traf, und schon bald schloss er das Fenster wieder. Sie fuhren Richtung Innenstadt. Eberard gefiel es, dass sein Partner offenbar nicht sehr gesprächig war. Sie saßen da, beide in ihre Gedanken versunken und mit den Informationen beschäftigt, die sie so weit zusammengetragen hatten und die bisher keinen richtigen Sinn ergaben. Als sie zur Stadt hinunterfuhren, die unfertige Schnellstraße zu ihrer Linken, zeigte Makosi auf die Schatten neben einem geschwärzten Betonpfeiler. Eberard sah Gestalten, die sich um ein kleines Feuer drängten und warm zu werden versuchten, während sie gleichzeitig die Flammen vor neugierigen

Augen verbergen wollten. Er machte an der Ampel eine illegale Kehrtwendung und fuhr eine Anliegerstraße zurück, um dann in einer gewissen Entfernung von dem Pfeiler zu parken. Er konnte den öligen Rauch sehen, der sich um die Betonkonstruktion schlängelte.

Ein kleiner Junge hockte neben dem Pfeiler zwischen Müll und alten Autowracks. Er bemerkte die Polizisten sofort, als sie ausstiegen, und rannte davon, um die anderen zu warnen. Makosi hob die Hände über den Kopf, als er langsam über den Kies lief, es wirkte so, als ob eine Waffe auf ihn gerichtet wäre. Einige Köpfe tauchten hinter dem Pfeiler auf, wobei sich ein paar gleich wieder zurückzogen, während ihn zwei neugierig musterten.

»He, nicht schießen«, sagte Makosi laut und hielt seine Hände noch höher. »*Moenie skiet'ie.*« Eberard glaubte, eines der Kinder kichern und schnauben zu hören. »Wir machen keine Probleme«, fügte Makosi hinzu, als er näher kam. Eberard hielt sich in einiger Entfernung hinter ihm und wartete darauf, dass sein Kollege die Nerven der Kids beruhigte. Er hörte, wie er jetzt leiser sprach und sich an eines der Gesichter wandte, die noch immer um den Pfeiler blickten. Langsam zeigte sich der ganze Junge, der durch Makosis sanfte Art angezogen schien. Makosi senkte die Arme und blieb eine Weile still stehen. Dann näherte er sich wieder und umrundete den Pfeiler, wobei er Eberard mit einer Geste bedeutete, ihm zu folgen, ehe er außer Sichtweite verschwand.

Es waren sechs Kinder unterschiedlichen Alters, die sich um das Feuer versammelt hatten. Das älteste schien etwa dreizehn zu sein und verströmte eine Bösartigkeit, die es herausstechen ließ. Das jüngste war ein kleiner magerer Junge, um dessen Schultern der Arm des einzigen Mädchens der Gruppe lag, das ein schmutziges Kleid und eine Jacke in Erwachsenengröße trug. Die Kinder machten für die beiden Polizisten Platz, die sich neben das Feuer knieten und ihre Hände darüberhielten, um sich zu wärmen. Es waren vor allem Autoschläuche, die da verbrannten, ein Haufen wie aus dicken Schlangen, der einen stechenden Rauch produzierte. Gelegentlich stieß eines der Kinder einen Schrei aus, wenn ein heißes Stück Gummi auf seinem nackten Arm oder Bein landete. Die anderen lachten und fluchten dann, als wären sie Betrunkene. Eberard lächelte. Er genoss den Augenblick, mochte es, von diesen kleinen Körpern umgeben zu sein. Über ihnen donnerten Autos über die Metallstreben der Brücke, was jedes Mal ein Geräusch wie ein nasses Handtuch machte, das heftig gegen eine Säule geschlagen wurde.

»Wir brauchen eure Hilfe«, sagte Makosi so leise, als würde er mit sich selbst reden. Eberard nickte zustimmend. Ihm gefiel Makosis Art. »Wisst ihr, ein kleiner Junge wurde umgebracht. Einer von euch, glauben wir. Vielleicht kennt ihr ihn.« Die Kinder starrten plötzlich alle nur noch ins Feuer, als ob niemand mit ihnen gesprochen hätte. Makosi gab nicht so schnell auf. »Wir wollen euch keine Probleme machen. Wir wollen nur den finden, der das getan hat.« Zum ersten Mal blickten ein paar der Kids auf. Sie musterten ihn, wollten herausfinden, wie ernst er es meinte. Dann schauten sie wieder in die schwelenden Gummischläuche. »Wir glauben, dass ihr uns helfen könnt.« Makosi hielt inne und fügte vorsichtig hinzu: »Wisst ihr, ob einer eurer Freunde verschwunden ist?«

Das Mädchen blickte zuerst zu Makosi und dann zu Eberard. Diesmal sah sie nicht wieder weg, sondern behielt sie beide im Auge. Ihr Gesicht war hager und wettergegerbt. Es schien so gar nicht zu ihrem schmalen, noch kindlichen Körper zu passen. An einem Ohr hing ein Plastikohrring, während eine zerbrochene Spange in ihren kurzen lockigen Haaren befestigt war. Eberard lächelte sie an, aber sie erwiderte sein Lächeln nicht.

»Da gibt es einen Jungen namens Coenie. Wir glauben, dass er uns helfen könnte.« Eberards Stimme klang heiser.

Das Mädchen schüttelte den Kopf und zog den kleinen Jungen näher an sich heran. »Nein.« Eberard wartete darauf, dass sie fortfahren würde. »Er ist der.«

»Was meinst du mit: ›Er ist der‹? Was soll das heißen?« Makosi wirkte beunruhigt und streckte die Hand in die Richtung des Mädchens aus. Sie reagierte nicht, sondern behielt weiterhin Eberard im Blick, als ob sie befürchten würde, dass er sonst auf sie zuspringen und ihr den kleinen Jungen entreißen könnte.

»Er ist der, der verschwunden ist.«

»Coenie ist verschwunden?«

»Ja.«

Die beiden Detectives dachten eine Weile über diese neue Entwicklung der Dinge nach. Keiner der beiden wollte das, was sie da gehört hatten, akzeptieren oder wusste, wie sie jetzt weitermachen sollten. Dann stand der älteste Junge still auf und ging zu dem Haufen aus Matratzen und Decken hinüber. Das Mädchen folgte ihm mit den Augen und beobachtete, wie er einige Kleidungsstücke durchging, ehe er zu ihnen zurückkehrte. Er warf eine ausgefranste gelbgrüne Wollmütze vor Eberards Füße auf den Boden. Es war eine schmutzigere Version der gleichen Mütze, die man in Josh Shimanskys Zimmer gefunden hatte. Der Junge hockte sich wieder hin, als ob nichts passiert wäre, während das Mädchen zustimmend nickte.

»Ist das Coenies Mütze?«

Das Mädchen nickte erneut.

»Wo habt ihr die gefunden?« Keines der Kinder sagte etwas, aber Eberard hatte das Gefühl, die Mauer des Schweigens könnte jeden Moment zusammenbrechen. Er warf Makosi einen Blick zu, und dann senkten beide die Augen. Eine Weile beobachteten sie das Feuer und warteten scheinbar entspannt. Eberard spürte den stillen Austausch, der zwischen dem älteren Jungen und dem Mädchen stattfand. Überrascht wurde ihm klar: Sie traf die Entscheidungen für die Gruppe. Aber es war der bedrohlich wirkende ältere Junge, der die Informationen hatte, die sie brauchten. Das Feuer spuckte eine Kugel brennenden Gummis aus. Die Kinder sahen schweigend zu, wie sie zischte und Blasen warf, bis die Flammen erloschen.

Erst dann sprach der ältere Junge. Seine Stimme klang wohlüberlegt, beinahe erwachsen. Seine Sprache war verblüffend gebildet, und wieder einmal wunderte es Eberard, wie das Schicksal manchmal zuschlagen konnte.

»Das ist Coenies Mütze. Ich habe sie im Park an der St. John's Road gefunden, oben bei Sea Point. Ich habe sie mitgenommen und ihn dann gesucht. Die Mütze war sein bestes Stück. Die hätte er nie freiwillig im Park zurückgelassen. Ich wusste also, dass etwas nicht stimmen konnte. Darum habe ich nach ihm gesucht. Aber ich habe ihn nicht gefunden. Ist er tot?«

In seiner Frage lag eine Weichheit, die Eberard traf. Einen Moment lang wusste er nicht, was er antworten sollte. Dann zog er mit einer bedächtigen Bewegung ein Foto des toten Jungen aus der Tasche, das in der Leichenhalle angefertigt worden war. Das Blitzlicht hatte sich im Metall der Autopsiebahre reflektiert. Die Kinder blickten alle zu ihm auf. Er reichte dem älteren Jungen die Aufnahme. Er hockte eine lange Zeit über da und betrachtete das Bild, als handelte es sich nicht bloß um ein Foto des toten Gesichts, sondern könnte ihm mehr erzählen. Nach einer Weile gab er das Foto dem Mädchen. Sie warf einen kurzen Blick darauf. Reichte es schweigend Eberard zurück.

»Das ist Coenie«, meinte sie schließlich emotionslos. Der ältere Junge hielt den Blick gesenkt.

»Warum bist du Mr. Shimansky in die Synagoge gefolgt?«

Die Frage schien ihn wie ein Stein zu treffen. Er riss den Kopf hoch und starrte Makosi an – zuerst mit Angst und dann mit etwas wie Bösartigkeit. Eberard wollte sich gerade einmischen, da streckte das Mädchen die Hand aus. Sie ließ sie langsam über die Flammen wandern, als ob sie über ein Seidentuch streichen würde. Es war ein Moment der Zartheit, die das Gesicht des Jungen ein wenig weicher werden ließ.

»Coenie hing gerne im Park ab. Manchmal warfen die Kids dort Pommes frites und alte Süßigkeiten in den Mülleimer. Und er sah ihnen gerne dabei zu, wie sie mit ihren Kindermädchen spielten. Manchmal auch mit ihren Müttern. Dieser Mann, dieser Sohn des alten Mannes aus der Synagoge, der kam auch oft in den Park. Er war schon groß, aber er saß gerne auf den Schaukeln. Und er lachte gern über die Vögel.« Einer der Jungen kicherte. »Coenie redete oft mit ihm. Sie waren irgendwie Freunde. Sie trafen sich im Park und lachten über die Vögel. Der Mann schenkte Coenie die Mütze, er selbst hatte auch so eine. Sie trugen sie zusammen und lachten.«

Über ihnen donnerte ein Lastwagen hinweg, und sie warteten alle geduldig, bis er vorüber und es wieder stiller war.

»Als ich Coenies Mütze im Park fand, dachte ich: Wenn ich den Mann finde, dann finde ich vielleicht auch Coenie. Es war früh am Morgen, als ich dem alten Mann zur Synagoge hinunter gefolgt bin. Ich wollte ihn fragen, ob er was über Coenie weiß. Aber mir war klar, dass er Angst vor mir hatte. Und ich hatte Angst, er könnte sich erschrecken und stürzen, wenn ich zu nahe komme. Oder die Polizei rufen, damit sie mich abholt. Also bin ich ihm einfach bis zum Eingang der Synagoge nachgegangen. Dann ist er durchs Tor.«

»Und was ist in der Synagoge passiert?« Makosis Miene war sehr ernst.

»Nichts. Er hat nur so komisch gerufen. Das Tor stand offen, und ich habe hineingeschaut. Er lag da auf den Stufen. Der alte Mann. Ich hatte Angst, dass man sagen würde, ich hätte ihn geschubst. Aber das habe ich nicht. Und ich habe auch nicht versucht, was von ihm zu stehlen.« Seine Stimme war lauter geworden, und er warf den beiden Polizisten einen wütenden Blick zu. »Dann bin ich weggerannt. Und Coenie habe ich nicht gesehen. Bis gerade eben nicht – bis Sie mir das Foto gezeigt haben.«

Die letzten Worte stieß er beinahe lautlos aus. Er stand auf und wandte sich von der Gruppe ab, ging ein paar Schritte zur Seite, nahm einen Stein und schleuderte ihn gegen die Tür eines alten *Bakkie*. Der Ton hallte unter der Autobahnbrücke wider.

Makosi zog eine Grimasse und wollte gehen. Eberard spürte, wie seine Knie knacksten, als auch er sich aufrichtete. Sein Rücken schmerzte, und er massierte ihn mühsam mit der Hand. Das Mädchen beobachtete ihn. »Danke«, sagte er zu allen Kindern. »Danke für eure Hilfe. Es tut mir sehr leid, was da mit eurem Freund passiert ist. Mit Coenie.«

Er hatte sich bereits umgedreht, als das Mädchen sagte: »Da war noch ein anderer Mann.« Eberard hielt inne. Einen Moment lang wagte er nicht, sich zu bewegen. Dann wandte er sich langsam wieder der Gruppe zu. »Da war ein Mann. Er hat versucht, sich mit ihnen im Park anzufreunden. Coenie mochte ihn nicht. Er hat ihnen Eis gekauft. Coenie meinte, er mag das Eis, aber nicht den Mann.«

»Ja, er hat nicht über die Vögel gelacht.« Der ältere Junge war zum Feuer zurückgekommen. Er war wie ein Schatten aufgetaucht und stand mit seinem drahtigen Körper da, abwehrend und nervös.

»Habt ihr den Mann selbst gesehen?«

»Zweimal. Einmal im Park mit Coenie und dem … dem lustigen Mann. Und einmal auf dem Video.«

Eberard bohrte seine Fingernägel in die Handfläche, um nicht aufzuschreien. Er befürchtete, jeden Moment die Selbstbeherrschung zu verlieren, wobei er deutlich spürte, wie wichtig es jetzt war, die kleine Gruppe nicht zu verschrecken. »Okay«, sagte er und versuchte, entspannt zu wirken. »Wie heißt du eigentlich?«

Der ältere Junge dachte einen Augenblick lang über die Frage nach, ehe er antwortete. »Simon«, erwiderte er schließlich.

»Okay, Simon. Kannst du mir sagen, welches Video du gemeint hast?«

»Am Dienstagvormittag gehen wir immer in die Suppenküche. Die in der Gemeindehalle, Napier Street. Sie geben uns Brot und Käse und etwas Saft, im Winter manchmal Suppe. Einmal haben wir sogar Kuchen und Süßigkeiten bekommen. Ich weiß nicht mehr warum.«

»Da hatte der Pastor Geburtstag, *Mos*«, meldete sich einer der anderen Jungen zu Wort. Der Ältere nickte bedächtig, als ob es sich um eine besonders wichtige Information handelte.

»Bevor wir was zu essen kriegen, müssen wir uns ein Video anschauen. Selbst wenn wir so hungrig sind, dass wir fast umfallen. Manchmal schlafen die Kleineren ein. Vielleicht fallen sie auch wirklich um – ich weiß es nicht. Aber wir sitzen da mit leeren Bäuchen und gucken diese Videos. Über Jesus. Über die Kirche und wie sie den Menschen hilft. Und wie uns die Regierung hilft und so.«

»Und du hast den Mann – den Mann aus dem Park – in einem dieser Filme gesehen?«

Der Moment schien eine halbe Ewigkeit zu dauern. Doch schließlich nickte Simon, das Gesicht gequält.

Eberard und Makosi brauchten keine zwanzig Minuten, um den Hausmeister der Gemeindehalle aufzutreiben. Er war ein Mann mittleren Alters, der zuerst alles andere als hilfsbereit wirkte. Aber Eberard machte seinem Gegenüber ausgesprochen aggressiv deutlich, wer hier das Sagen hatte. Makosi war zurückhaltender. Er spielte den vernünftigen Cop, der dem Hausmeister das Gefühl gab, eine bedeutende Rolle in einem wichtigen Mordfall innezuhaben. Es dauerte einige Minuten, doch dann änderte sich die Einstellung des Mannes schlagartig.

»Diese Halle wird nicht zum Gottesdienst genutzt«, erklärte er. »Am Dienstag findet die Essensausgabe für die Armen statt, und am Mittwochabend gibt es Bibelstunden. Davon abgesehen, benutzt man sie für Ballettunterricht, und die Kirchenjugend trifft sich hier. Das ist alles. Hier lagern wir auch nichts. Sie sagen, Sie suchen nach Videos. Die werden Sie hier nicht finden. Die Kirchenleute bringen sie immer mit. Und nehmen sie an sich, wenn sie gehen. Die müssen Sie fragen.«

Der Hausmeister sah zu dem Auto hinüber, wo Simon sich auf dem Rücksitz lümmelte. »Steckt dieser kleine Mistkerl wieder in Schwierigkeiten?«

Eberard ignorierte die Frage. »Welche Kirche kümmert

sich um die Suppenküche? Ich möchte die genauen Kontaktdaten haben.«

»Ist ja gut. Nur One Church hat was mit dieser Gemeindehalle zu tun. Denen gehört auch das Gebäude.«

»Wie heißt die Kirche?«

»One Church. Hab ich doch gerade gesagt.« Der Hausmeister zuckte spöttisch mit den Schultern. Eberard hätte ihm am liebsten einen Fausthieb verpasst, einfach nur um zu sehen, wie das Blut aus seiner Nase spritzte. Aber Makosi spürte die Anspannung und meldete sich erneut zu Wort, indem er dem Mann dankte. Eberard wandte sich zum Gehen, während Makosi die Adresse der Gemeinde notierte.

»One Church.« Makosi ließ sich auf dem Beifahrersitz nieder. »Pastor Isaiah Jackson. Es soll die am schnellsten wachsende Kirche unter den *Coloured* sein und sich auch in einigen Townships ausbreiten. In Langa kamen sogar mal zwei Nachbarn zu mir und haben versucht, mich anzuwerben. So was hatte ich noch nie.«

»Das ist diese neue Art von Religion, aufregend und dynamisch«, meinte Eberard. »Raus mit den langweiligen Predigten und harten Bänken, rein mit den hübschen Mädchen, die Zeiteinheiten im Himmel unter die Leute bringen. Ich habe diesen Jackson im Fernsehen gesehen. Er orientiert sich an den charismatischen amerikanischen Priestern und wedelt so mit den Armen in der Luft herum. Mir wird übel bei solchen Sachen.«

»Verstehe ich. Allerdings ist es *seine* Kirche, die diese Suppenküche für die Straßenkinder organisiert. Sonst sind bisher noch nicht viele auf die Idee gekommen.«

Eberard schnitt eine Grimasse, erwiderte aber nichts weiter.

Sie ließen Simon bei der Autobahnbrücke aussteigen, weil

Eberard darauf bestanden hatte, dass der Junge sie nicht zur Kirche begleiten sollte. Er wollte nicht riskieren, dass sein potenzieller Kronzeuge von vornherein in eine schwierige Situation kam, vor allem da Simon immer wieder höchst schreckhaft wirkte.

Die Kirche war ein großes Gebäude aus Stein und Beton. Der Eingang erinnerte Eberard an etwas, was er in den Nachrichten gesehen hatte, an einen Bau der Vereinten Nationen in Europa oder im Mittleren Osten – ein Gebäude, das Ehrfurcht erzeugen sollte. Riesige Fenster und Schiebetüren aus Glas, auf denen in großen, sandgestrahlten Buchstaben ONE CHURCH geschrieben stand, begrüßten sie, als sie über den geziegelten Vorplatz auf das Gebäude zugingen. Das Innere wirkte ebenso einschüchternd. Die Decke war enorm hoch. Quer durch den Raum verliefen lange Spruchbänder mit Sätzen über den Glauben und Gott. Das mittlere Banner hing knapp über ihren Köpfen: »Eine Kirche, ein Volk, eine vereinte Front«.

Der Empfangsbereich war höhlenartig und kühl, die schwarzen Granitfliesen auf dem Boden sowie die Betonmauern strahlten in der schwachen Wintersonne etwas Unwirtliches aus. Große braun eingerahmte Plakate hingen an den Wänden. Auf vielen war Pastor Jackson zu sehen. Die schwarzweißen Bilder zeigten ihn mitten in der Predigt, die Faust zornig wegen einer Ungerechtigkeit auf der Welt geballt. Zentral befand sich eine Aufnahme von ihm, wie er die Hand des bereits ziemlich gealterten Nelson Mandela schüttelte.

Eine strenge Blondine kam ihnen entgegen. Sie trug ein modisches graues Kostüm, und ihre hohen Absätze klapperten auf dem gefliesten Boden.

»Was ist nur aus der Bescheidenheit Christi geworden?«, flüsterte Eberard Makosi zu.

»Kann ich Ihnen behilflich sein, meine Herren?« Die Art der Frau wirkte höflich professionell, wenn auch brüsk. Sie zog fragend die Augenbrauen hoch. Eberard zeigte ihr seine Polizeimarke und erklärte, sie würden gerne mit Pastor Jackson sprechen. Die Tatsache, dass es sich um Polizisten handelte, veränderte ihre Haltung keineswegs.

»Sie haben also keinen Termin. Der Pastor bricht gerade zu einem Meeting auf. Sie müssen leider an einem anderen Tag wiederkommen. Wenn Sie einen Termin vereinbart haben.«

Eberard überlegte sich gerade, wie er antworten sollte, als sich eine Seitentür öffnete und ein Mann auftauchte, der einen teuren Anzug und eine grelle gelbe Krawatte trug. Eberard hatte Pastor Jackson nicht so korpulent in Erinnerung gehabt. Ein gewaltiger Bauch drohte sein zugeknöpftes Jackett zu sprengen. Seine ganze Haltung strahlte ein übermäßiges Selbstbewusstsein aus. Er war Eberard vom ersten Moment an zutiefst unsympathisch.

»Guten Morgen, meine Herren. Ich bin gerade unterwegs zu einem Meeting mit dem stellvertretenden Minister. Leider muss das, was Sie mit mir zu besprechen haben, also warten.«

Die Frau warf ihnen einen triumphierenden Blick zu, ehe sie ihnen den Rücken zukehrte und den Pastor ansah. Sie strich seine Krawatte glatt und zupfte ein unsichtbares Stäubchen von seinem Kragen. Er rührte sich nicht, während er derart versorgt wurde. In der Art und Weise, wie sie ihm nahe kam, lag etwas auffallend Vertrautes, die beiden schienen es gewohnt zu sein, einander zu berühren. Als sie sich wieder von ihm löste, wirkte sie überrascht, dass die beiden Detectives noch immer da waren.

»Sicher kann uns Ihre Sekretärin auch bestens weiterhelfen.« Eberard blickte dem Pastor in die Augen. Die Laune des Polizisten war denkbar schlecht, was seine Miene inzwischen deutlich widerspiegelte. Der Pastor ließ sich jedoch nicht aus der Ruhe bringen, und so fuhr Eberard fort, als hätten sie alle Zeit der Welt. Er erklärte, dass sie einen Mordfall untersuchten und einen Blick auf die DVDs werfen wollten, die vor der Suppenausgabe abgespielt wurden. »Wir vermuten, dass sich auf einer der DVDs ein Mann befindet, der wichtige Informationen für uns haben könnte.«

»Inspector. Sie untersuchen den Opfermord in der Synagoge in Sea Point. Sie wissen und ich weiß, dass es entweder die Tat eines jüdischen Fanatikers oder eines radikalen Islamisten war, der Aufruhr verursachen wollte. So sind diese Leute. Genau aus diesen Gründen brauchen wir dringend Gesetze wie den Social Values Act. Lustigerweise wird es bei meinem Meeting mit dem stellvertretenden Minister heute genau um dieses Thema gehen. Ich bin aktiv daran beteiligt, eine neue Korrektur auszuarbeiten.«

»Die Menschenrechtsbewegung versteht diesen Act als einen gesetzlich abgesegneten Albtraum.« Makosis Stimme klang ungewöhnlich scharf. Eberard konnte sich den wütenden Ausdruck seines Partners dabei vorstellen, beschloss aber, sich nicht zu ihm umzudrehen. Stattdessen beobachtete er, wie sich einen Moment lang Ärger im Gesicht des Pastors zeigte. Auch die Sekretärin lief rot an, und es sah so aus, als würde sie sich noch mal zu Wort melden. Doch der Pastor legte ihr sanft die Hand auf den Arm.

»Ein Polizist mit einer eigenen Meinung.« Um den Mund des Pastors zuckte etwas Höhnisches, wobei seine Augen eiskalt blieben. Er trat einen Schritt auf Makosi zu. »Sagen Sie mir – sind Sie ein Anhänger der Nigerianer, die ihre Ziegen in unseren Wohnanlagen schlachten, nur weil das angeblich ihren religiösen Riten entspricht? Unterstützen Sie diese absurde religiöse Erklärung dafür, Marihuana rauchen zu können und auf jegliche Hygiene zu verzichten? Glauben Sie, dass Frauen ihre natürlichen Haare, die ihnen von Gott gegeben wurden, in der Öffentlichkeit schamvoll verbergen sollten? Sind Sie vielleicht ein Verfechter der Burka? Was halten Sie von religiösen Opferungen? Wie sieht es mit der Fatwa aus? Wie lässt sich *die* mit den Menschenrechten vereinbaren?« Der Pastor redete sich immer mehr in Rage, seine Arme begannen sich zu bewegen, und seine Stimme wurde schriller. »Wir erleben Angriffe von allen Seiten. Es sind Angriffe auf unsere ganz normalen christlichen Werte, die der Familie, der Gleichheit, der Würde – Werte, die sich in unserer Verfassung niederschlagen. Das sind keine Werte, die man im Iran oder in Gaza oder in Lagos findet. Das sind die Werte der guten, anständigen Menschen dieses Landes, die Werte, für die wir gekämpft haben und für die wir notfalls auch sterben. Es sind universell gültige Werte, die nicht missachtet werden dürfen. Wenn man sich dafür entscheidet, ihnen nicht zu folgen, weil man einer fehlgeleiteten, fundamentalistischen Religion glaubt, dann sollte man sich nicht wundern, dass der Staat eingreift und gewisse Richtlinien vorgibt. Wenn bestimmtes Verhalten diese Werte verletzt, muss gehandelt werden. So einfach ist das. Ansonsten werden wir von Irrlehren überflutet – und von Konflikten anderer Völker, die nichts mit den unseren zu tun haben.«

Eberard meldete sich endlich zu Wort. »Wir sind nicht hier, um über Irrlehren oder den Act zu sprechen. Wir untersuchen den Mord an einem kleinen Jungen. Kann uns Ihre Sekretärin die DVDs jetzt zeigen, oder muss ich mit einem Durchsuchungsbefehl wiederkommen?«

Der Pastor lächelte schmallippig. »Entschuldigen Sie, Inspector. Ich hatte nicht vor, Sie von Ihren Ermittlungen abzuhalten. Allerdings kann ich mir beim besten Willen nicht vorstellen, was Sie auf unseren DVDs zu finden hoffen, die sich mit allen möglichen Themen zur Kirche und zu ihrem Bestreben um soziale Gerechtigkeit auseinandersetzen. Es sind zu viele, als dass Sie sich alle ansehen könnten, aber es gibt ein paar – ich glaube zwei –, die sich mit der Bedrohung durch den Islam beschäftigen. Ich denke, die wären die besten für Sie in Ihrer Lage.« Er wandte sich an seine Sekretärin, die inzwischen dunkelrot angelaufen war. »Celia, würden Sie den beiden Herren die DVD über Qibla und deren Verbindungen nach Afghanistan zeigen? Und dann haben wir doch noch die aus Wisconsin, über die Schariagesetze. Wissen Sie, welche ich meine?«

Celia nickte nur widerstrebend.

Jackson lächelte den Detectives zu und verließ das Gebäude durch die großen Glastüren. Ein Mercedes mit verdunkelten Scheiben war vorgefahren, und ein Mann in einer Chauffeursuniform wartete neben der hinteren offen stehenden Tür.

»Kommen Sie mit«, sagte Celia kurz angebunden. Sie folgten ihr in ein Zimmer, in dem sich zwei Regalreihen voller DVD-Hüllen befanden. Sie strich mit einem Finger die untere Reihe entlang und zog dann eine DVD heraus, die sie Makosi wortlos reichte. Es dauerte etwas länger, ehe sie die zweite entdeckt hatte. Während sie suchte, drängte sich Eberard an ihr vorbei und betrachtete die beiden Reihen genauer. Die oberen DVDs waren verstaubt. Einige der Schilder hatten sich bereits an den Rücken der Hüllen gelöst. Die untere Reihe hingegen wirkte jüngeren Datums und schien in letzter Zeit öfters benutzt worden zu sein.

»Danke«, sagte er. »Wir nehmen jetzt erst mal die.« Er begann die DVDs herauszuholen und aufeinanderzutürmen. Insgesamt waren es etwa zwanzig Hüllen, von denen er Makosi einen Stapel reichte. Celia begann zu protestieren, wobei sie indigniert mit ihrem kleinen Mund schnalzte. »Keine Sorge«, fügte Eberard hinzu, als er das Zimmer verließ. »Sie bekommen sie rechtzeitig zurück, um mit Ihrem Propagandaprogramm fortfahren zu können.«

Sie warfen die DVD-Sammlung auf die Rückbank. »Die Popcorn und ein Straßenjunge.«

»Glückliche Tage«, meinte Makosi trocken.

Neun

Das Treffen fand in einem der Seitenräume der Kathedrale von St. George statt. Eberard stellte den Wagen auf einem kleinen Parkplatz hinter der Queen Victoria Street ab. Das Auto schepperte unheilvoll, als er es in die schmale Lücke presste. Er sah aus dem Fenster und entdeckte ein Poster, eine hastig gesetzte A4-Seite, die über eine Werbung für ein Konzert geklebt worden war. »PAGAD-Treffen, Gatesville-Moschee, 20 Uhr, Athlone.« Heute Abend, dachte der Polizist düster. Als er die Wale Street hinunterblickte, entdeckte er an jedem zweiten Laternenpfahl solche Zettel. Einer hing sogar an der Ampel. Diese Art von Plakatwerbung war verboten. Die Stadtverwaltung musste jedes Poster, das aufgehängt wurde, erst einmal genehmigen, und schon bald würden wohl Mitarbeiter der Stadt diese Plakate entfernen. Aber dann würde es zu spät sein. Die Nachricht hatte sich bis dahin bereits in den sozialen Medien und somit in der ganzen Stadt verbreitet. Eberard fragte sich, was wohl gerade in den Moscheen vor sich gehen mochte.

Seine Gedanken wurden vom Klingeln seines Handys unterbrochen. Yaels Nummer zeigte sich auf dem Display. Einen Moment lang fühlte er sich schuldig, weil er sie nicht zurückgerufen hatte. Er wusste nicht warum, aber er hatte jetzt nicht die Kraft zu einem Gespräch über Josh. Sein Umgang mit ihr war seltsam aufgeladen und voll unausgesprochener Vorwürfe, als hätten sie eine höchst emotionale gemeinsame Geschichte. Wie ein altes Liebespaar. Er hatte den Eindruck, dass sie ihn absichtlich falsch verstand und seine Motive skeptisch, ja misstrauisch hinterfragte, während er selbst unfähig war zu verstehen, was sie antrieb. Einen Moment lang überlegte er, den Anruf von seiner Voicemail entgegennehmen zu lassen, entschied sich dann aber, doch abzuheben.

»Yael. Entschuldigen Sie, dass ich nicht zurückgerufen habe. Wie geht es bei Ihnen? Es tut mir so leid, was gestern passiert ist.« Er merkte, wie gehetzt er redete und dass seine Entschuldigung schwach und unausgegoren wirkte.

»Warum? Haben Sie ihn in den Pool gestoßen?«

»Nein …«, stammelte Eberard und seufzte dann genervt auf. Jetzt bedauerte er, abgehoben zu haben. »Es tat mir nur leid für Sie, dass Sie das sehen mussten. Und natürlich für den Sohn des alten Mannes. Für alle Beteiligten.«

»Machen Sie sich um mich keine Sorgen.« Sie ließ die Worte wie eine Drohung klingen.

Er erklärte, dass er einen Bericht über Josh Shimansky brauchte, vor allem hinsichtlich seines emotionalen und geistigen Zustands und seiner leichten Beeindruckbarkeit. Jede Geschichte, die ihr dazu einfiel, würde weiterhelfen.

»Klar, mache ich«, erwiderte sie mit ausdrucksloser Stimme. »Ich muss Sie sowieso sprechen. Kommen Sie heute Abend in den Gottesdienst? Vergessen Sie nicht, es ist ein besonderer Gottesdienst. Seien Sie um achtzehn Uhr fünfzehn in der Gardens-Synagoge in der Hatfield Street. Danach können wir reden.«

»Okay«, antwortete er lustlos. Aber Yael hatte bereits aufgelegt. Was für ein unmöglicher Mensch, dachte er. Es ärgerte ihn, dass sie ihn so mühelos in die Defensive drängte.

Sie schien einen Stahlring um sich zu haben, der undurchdringlich war. Er fluchte laut, während er seinen Wagen verriegelte.

»Kein guter Tag?« Die Stimme hinter ihm ließ ihn zusammenzucken. Er drehte sich um und sah sich Abdullah Toefy gegenüber, der lächelnd vor ihm stand. Sein kurz geschnittener Bart folgte genau der Linie seines Kiefers. Eberard erwiderte das Lächeln. Er freute sich, seinen alten Bekannten wiederzusehen, und reichte ihm die Hand.

»Entschuldigen Sie, Abdullah. Bisher war es ein frustrierender Tag. Die Ermittlungen scheinen momentan immer wieder zu ihrem Ausgangspunkt zurückzukommen, und in der Stadt nehmen die Anspannungen zu.«

»Ich wünschte, Sie irrten sich, Inspector. Aber das tun Sie leider nicht. Und das Verhalten dieses Überfallkommandos hat die Dinge nicht gerade vereinfacht. Einige leben offenbar noch immer im Jahr 1985. Ich habe mich beim Polizeipräsidenten offiziell beschwert, auch wenn ich mir nichts davon verspreche. Trotzdem habe ich ein paar gute Nachrichten für Sie. Es ist mir gelungen, ein Treffen mit Saliem Achmat und einigen seiner Handlanger von Qibla zu organisieren. Sie sind bereit, Sie heute Nachmittag zu treffen. Alles inoffiziell, an einem Ort Ihrer Wahl. Nur Sie allein. Ist Ihnen das so recht?«

Eberard überlegte, wie weise es war, sich auf dem Territorium eines potenziellen Gegners zu treffen. Aber sie würden nichts gegen ihn unternehmen – nicht wenn Toefy wusste, dass er sie traf. Eberard gefiel die Vorstellung zwar ganz und gar nicht, sich mit diesen Leuten zu treffen, aber er wusste, dass es ihm helfen würde, die Gewaltbereitschaft dieser militanten Gruppe besser einschätzen zu können. »Danke, Abdullah. Das ist großartig. Vielen Dank, dass Sie das für mich arrangiert haben.«

Toefy reichte ihm einen Zettel mit einer Adresse. »Fünfzehn Uhr, Upper Leeuwen Street Nummer siebenundsechzig in Bo-Kaap«, sagte er und wandte sich dem Gebäude zu, um es gemeinsam mit Eberard zu betreten. Der Imam geleitete Eberard einen kurzen Gang entlang in ein kleines Konferenzzimmer. Rabbi Levitt saß bereits da und unterhielt sich mit einem Mann in einem dunklen Jackett und einem Priesterkragen. Sie begrüßten sich herzlich, und dann stellte Toefy dem Detective Duncan Phillips vor, einen katholischen Priester der Gemeinde von St. Mary's. Kurz darauf trafen andere ein: der persönliche Assistent des Erzbischofs Naidoo, eine Vertreterin der Quäker und ein junger Mann von der Reformsynagoge in Green Point. Mit einem lauten Kratzen der Stühle und lockerem Geplauder nahmen sie ihre Plätze ein. Es war deutlich, dass sich diese Gruppe bereits gut kannte und oft getroffen hatte.

»Die müssen vorsichtig sein. Die Leute sind es leid, erklärt zu bekommen, wie sie ihr Leben führen sollen. Schauen Sie sich nur Ägypten und Libyen an«, hörte Eberard den Reformrabbi zu der Vertreterin der Quäker sagen. Sie war eine ernst wirkende Frau mit grauen Locken und einer altmodischen Brille, die Eberard ungestört musterte, als ob er ein besonders interessantes Exemplar wäre. Er saß währenddessen still da und wartete darauf, dass das Treffen offiziell beginnen würde.

Phillips stellte den Anwesenden den Detective vor. »Wir haben eine Reihe von Punkten auf unserer Tagesordnung, unter anderem den Vortrag, der in unserem Namen vor dem Parlament hinsichtlich der Gesetzänderung gehalten wird. Aber zunächst hat sich Detective Februarie freundlicherweise Zeit genommen, um uns persönlich über die schrecklichen Ereignisse in Jonathans Synagoge zu berichten.« Der Priester wandte sich mit einem väterlichen Lächeln an Eberard. »Als Erstes möchten wir Ihnen danken, Detective, dass Sie gekommen sind und einverstanden waren, sich mit uns zu treffen. Zweitens sind wir natürlich aus rein egoistischen Gründen daran interessiert, so viel wie möglich von Ihnen zu erfahren. Aber«, fuhr er fort und zeigte auf die anderen, »ich glaube, ich spreche für alle hier, wenn ich sage, dass wir ebenso daran interessiert sind, der Polizei zu helfen, so weit es in unserer Macht steht. Sowohl was das Lösen dieses schrecklichen Falls betrifft als auch – und das ist vielleicht noch wichtiger – zu versuchen, in unseren Gemeinden einen kühlen Kopf und eine offene Einstellung zu bewahren, während die Ermittlungen laufen.«

Eberard dankte ihnen für die Möglichkeit, sie persönlich kennenzulernen. Er fragte sich insgeheim, ob dieses Treffen irgendwelche Vorteile mit sich bringen würde. Die Erwartungen der versammelten Kleriker waren greifbar hoch, was ihn verunsicherte, und er brauchte einen Moment, um sich zu besinnen. Er begann mit einer Skizzierung der zunehmenden Gewalt in Kapstadt gegen die jüdische Gemeinde. Die meisten Vorfälle waren nicht schwerwiegend, aber insgesamt betrachtet zeigte sich eine deutliche Tendenz. Sie hörten aufmerksam zu, während er den Mordfall in der Synagoge schilderte und kurz die Meinung des Pathologen hinsichtlich des Jungen und des Gebetsmantels zusammenfasste. Dann wandte er sich Josh Shimansky zu.

»Es gab eine weitere Entwicklung in diesem Fall. Noch haben wir der Presse keine Einzelheiten genannt, aber heute konnten Sie lesen, dass gestern Josh Shimansky, der Sohn des Hausmeisters, ertrunken ist. Die Medien spekulieren darüber, ob Josh etwas mit dem Mord zu tun hatte, und eine Zeitung behauptete, laut einer anonymen Quelle soll es tatsächlich eine solche Verbindung gegeben haben. Ich möchte Ihnen Folgendes sagen: Es gibt keinen Zweifel daran, dass Josh Shimansky etwas mit der Platzierung des Toten in der Synagoge zu tun hatte – vielleicht sogar direkt. Aber es besteht die Gefahr, diese Verbindung dazu zu missbrauchen, die Synagoge, die Familie Shimansky oder Mitglieder der jüdischen Gemeinde im Allgemeinen zu bezichtigen, dieses Verbrechen begangen zu haben.«

Die Dame von den Quäkern sah ihm mit halb offenem Mund zu. Eberard befürchtete, dass sie jeden Moment in Tränen ausbrechen könnte, so gequält wirkte ihr Blick.

»Joshs Verwicklung in den … Vorfall.« Eberard suchte nach dem richtigen Wort. Wie hatte Joshs Verwicklung tatsächlich ausgesehen? Es war nicht nur am Rande beteiligt gewesen. Und es wäre falsch gewesen zu behaupten, dass er keine zentrale Rolle gespielt hatte. Doch seine geistigen Fähigkeiten und seine Beeinflussbarkeit machten ihn auf keinen Fall zu einem Täter. Er war vielmehr zum Werkzeug eines anderen geworden. Eberard räusperte sich und fuhr fort. »Josh fehlte die mentale Fähigkeit, seine Handlungen zu begreifen. Wir glauben, dass er benutzt wurde, um Zugang zur Synagoge zu bekommen, indem man ihm befahl, die Schlüssel seines Vaters an sich zu nehmen. Aber es ist sehr unwahrscheinlich, dass er irgendetwas mit dem eigentlichen Mord zu tun hatte. Dennoch habe ich seine Sozialarbeiterin gebeten, uns einen eingehenden Bericht über seine tatsächlichen geistigen Fähigkeiten zu liefern.« Rabbi Levitt warf ihm einen anerkennenden Blick zu.

»Trotzdem steht die Polizei bereits unter großem Druck, die Verbindung von Josh zu dem Mordfall zu bestätigen.« Eberard sah zu Toefy hinüber. »Sobald diese Bestätigung erfolgt, wird man es als klaren Beweis werten, dass der Mord von Mitgliedern der jüdischen Gemeinde begangen wurde. Vermutlich kommt es zu einer Eskalation von militanten Aktionen und Protesten.«

»Wann erfolgt diese Bestätigung? Was glauben Sie?«, erkundigte sich Rabbi Levitt sorgenvoll.

»Wir zögern sie so lange wie irgend möglich hinaus, Rabbi. Wahrscheinlich erfolgt sie aber morgen Vormittag, wenn eine Pressekonferenz abgehalten wird. Länger als bis dahin kann man so etwas nicht geheim halten.« Er hielt inne und presste die Handflächen auf den Tisch vor sich. »Aber ich plane, diese Bestätigung bereits heute Nachmittag einigen militanten Mitgliedern der muslimischen Community zu geben, wenn ich sie treffe.« Eberard sah, wie der Rabbi die Stirn runzelte. »Ich weiß, dass das riskant ist, und ich möchte die Gelegenheit nutzen, ihnen die Umstände zu erläutern – und das auf eine Weise, von der ich hoffe, dass sie ihre Reaktionen zügeln wird. Eine bloße Presseerklärung gießt nur Öl ins Feuer. Aber wenn ich ihnen konkrete Informationen liefern kann, gelingt es mir vielleicht, die Katastrophe zu vermeiden.«

Eberard nahm einen großen Schluck Wasser aus dem Glas, das vor ihm stand. Keiner sprach, sondern alle hingen mit sorgenvollen Mienen ihren Gedanken nach. »Wir sollten uns keine Illusionen machen«, fuhr Eberard fort. »Möglicherweise kommt es zu gewaltigen öffentlichen Protesten und Bürgerunruhen, wenn es uns nicht gelingt, diesen Fall schnell abzuschließen. Unsere Ermittlungsgruppe geht davon aus, dass das Verbrechen tatsächlich dazu dienen sollte, die Spannung zwischen den Religionen zu schüren.« Sein Hinweis auf die Gruppe und nicht auf die Polizei im Ganzen wurde von den Versammelten durchaus wahrgenommen. Imam Toefy sah so aus, als wollte er etwas einwerfen, besann sich aber eines Besseren und lehnte sich wieder auf seinem Stuhl zurück.

»Wer sind die Hauptverdächtigen, Detective?« Der Priester erinnerte sich an seine Rolle des Moderators.

»Momentan haben wir noch keine klaren Hauptverdächtigen. Wir haben einige Spuren, denen wir folgen. Der offensichtlichste Verdächtige ist ein Fundamentalist namens Saliem Achmat, ein ehemaliger Gegner des Apartheidsregimes, ehe er sich dem Jihad in Afghanistan anschloss. In den achtziger Jahren war er ein Mitglied von Qibla. Er ist außerdem ein ausgebildeter Militanter und schreckt nicht davor zurück, Gewalt und Terror einzusetzen. Und eben weil er ein so offensichtlicher Verdächtiger ist, müssen wir höchst vorsichtig sein. Keine Anschuldigungen ohne Beweise.« Eberard machte erneut eine Pause, wobei er es vermied, den Rabbi anzusehen. »Er ist es übrigens, den ich heute Nachmittag treffen werde.«

»Das gefällt mir nicht.« Jonathan Levitt wirkte nicht mehr so freundlich und umgänglich wie zuvor. »Sie wollen die Verbindung zwischen dem Mord und Josh einem Mann gegenüber bestätigen, der zu Ihren Hauptverdächtigen gehört und ein militanter Jihadist ist?«

»Mir gefällt das auch nicht«, warf Abdullah Toefy ein. »Allerdings glaube ich, dass Eberard mit seiner Einschätzung recht hat. Wir wissen nicht, ob diese Männer den Mord begangen haben. Aber sie stecken auf jeden Fall hinter den Protesten. Und sie werden die Strippenzieher hinter weiteren Gewaltausbrüchen sein. Wir müssen unsere Feinde kennen. Wir müssen wissen, wie ernst und bedrohlich das Ganze tatsächlich wird.«

Der Rabbi schüttelte stumm den Kopf.

»Werden Sie uns auf dem Laufenden halten?«, wollte der Priester wissen und erhob sich, um zu signalisieren, dass

Eberards Teilnahme an dem Treffen damit abgeschlossen sein würde.

»Natürlich«, erwiderte der Detective und stand ebenfalls auf. Er reichte dem Mann die Hand. Die anderen murmelten ihren Dank.

Abdullah Toefy zeigte seinen Respekt, indem auch er sich erhob und Eberard die Hand schüttelte. »Viel Glück«, flüsterte er ihm zu, ehe er sich wieder hinsetzte.

Eberard war bereits draußen auf dem Parkplatz, als jemand seinen Namen rief. Rabbi Levitt eilte aus dem Gebäude auf ihn zu.

»Rabbi?«

»Sie haben wohl recht, es ihnen zu sagen. Wenn ich so darüber nachdenke, ist es vielleicht besser, ihre direkte Reaktion zu erleben. Und ein Tag mehr oder weniger macht keinen echten Unterschied.« Levitt zögerte, während er das Gesicht des Polizisten musterte, als ob er darin eine Antwort finden könnte. »Aber wohin führt das alles, Detective?«

»Um ehrlich zu sein, Rabbi, weiß ich das auch noch nicht. Das beste Szenario wäre es, wenn wir den Mörder heute Nachmittag stellen und es sich um einen Satanisten handelt, der seinen Vater hasst. Dann würden sich die Wogen wahrscheinlich gleich wieder legen.«

»Und das schlimmste Szenario?«

»Das schlimmste? Na ja, das wäre unangenehm. Wenn wir den Fall nicht innerhalb der nächsten ein, zwei Tage lösen, werden vermutlich Polizeiwachen vor den Synagogen in der ganzen Stadt nötig sein. Vielleicht müssen wir sie sogar vorübergehend schließen.«

»Können Sie sich auch nur im Geringsten vorstellen, was passieren würde, wenn Sie die Kirchen in der ganzen Stadt schließen müssten, Detective? Oder die Moscheen? So etwas ist natürlich undenkbar. Aber weil es die Juden sind – da wird so etwas wieder einmal akzeptabel.«

Eberard hob nur beide Hände, als wollte er sich entschuldigen.

»Es tut mir leid, Detective. Sie haben bereits genug zu stemmen, das weiß ich. Aber ich flehe Sie an: Bitte lassen Sie es nicht so weit kommen – um unseretwillen, um des Friedens und der Freiheit willen. Bitte tun Sie alles, um das zu vermeiden.«

»Meiner Einschätzung nach haben wir etwa achtundvierzig Stunden, um so etwas zu vermeiden, Rabbi. Mehr nicht.«

Eberard quetschte sich mit seinem alten Corolla zwischen zwei geparkte Autos in der Upper Leeuwen Street. Die Häuser hier waren in Pastellfarben, leuchtenden Grün-, Blau- und Ockertönen gestrichen, was dem Ganzen etwas Spielerisches verlieh. Einige der *Stoeps* hatten hohe schmale Zementstufen, die von der Straße hochführten, welche hier steil nach unten in die Stadt abfiel. Unten lag der Kapstädter Kessel, der von den Anhöhen des Tafelbergs in einem weiten Schwung bis zum Meer hinablief. Bo-Kaap schien am Rand zu hängen, eine schwankende Siedlung, die so aussah, als könnte sie jeden Moment in die eckigen, im Nebel liegenden Gebäude darunter abstürzen. Darüber erhob sich der vernarbte Signal Hill mit seinen hellgrünen Abhängen, die nach den Bränden im Spätsommer wieder neu bewachsen waren. Reihenhäuser zogen sich den Hügel hoch und schienen seine Steilheit Lügen zu strafen. Eine Moschee befand sich auf der anderen Seite der Straße, davor eine untersetzt wirkende Palme, die gegen den Wind ankämpfte. Die Moschee war frisch in Lachsrosa gestrichen und um die Fenster und die Tür herum weiß abgesetzt. Ihr weißes Minarett schimmerte im Nebel.

Eberard stieg aus dem Wagen und hatte dabei das Gefühl, den Boden unter den Füßen zu verlieren.

Eine Frau in einem violetten Gesichtsschleier kam die steile Kopfsteinpflasterstraße auf ihn zu, ein kleines Mädchen an der Hand. Das Mädchen hatte eine Tüte Chips, die sie fest umklammerte, damit sie der Wind nicht forttragen konnte. Die Kleine trug ein schlichtes schwarzes Kleid und ein schwarzes Tuch mit silberner Borte auf dem Kopf. Bei jedem Schritt der beiden klapperten die Absätze ihrer Schuhe. Eberard lächelte sie an, als sie an ihm vorübergingen. »Salam«, sagte die Frau leise, ohne die Augen von der unebenen Straße abzuwenden. Eine Joggerin kam schnaufend auf der anderen Seite entlanggerannt. Ihre Beinmuskeln krampften sich sichtbar zusammen, während sie sich den Hügel hochkämpfte. Ihr platinblondes Haar war zu einem Pferdeschwanz gebunden, und iPhone-Kopfhörer steckten in ihren Ohren. Die Gentrifizierung einer traditionell von Malaien bewohnten Gegend, dachte Eberard. Er fragte sich, was die Frau wohl dachte, wenn über die Lautsprecher der Moschee zum Gebet gerufen wurde oder was ihre Nachbarn sagten, wenn sie mit tief ausgeschnittenem Dekolleté an ihnen vorüberjoggte oder ihren Pimm's abends auf ihrer *Stoep* trank.

Er hörte einen Motor hinter sich aufheulen und drehte sich um. Makosi parkte gerade zwei Straßen weiter in einem unscheinbaren Golf. Eberard verriegelte sein Auto und begann auf die Reihenhäuser zuzulaufen. Zwei junge Männer saßen draußen auf einer *Stoep* und rauchten. Sie nickten, als er vorüberging, sagten aber nichts. Er erreichte die Straßenecke und sah nach den Hausnummern. Zu seiner Linken verlief eine schmale stille Gasse mit Häusern aus unbehauenem Stein, die an sommerliche Kricketspiele und heimliche Küsse denken ließ. Eberard wandte sich um und blickte wieder die Reihenhäuser entlang. Nummer siebenundsechzig befand sich an der Ecke: ein kleines Bistro mit einem Coca-Cola-Schild, das auf die weiße Wand gemalt war, und einer schmalen Tür ins Innere. Er runzelte die Stirn und ging noch mal zurück, um sicherzustellen, dass er sich nicht geirrt hatte. Nein, kein Zweifel, das war die richtige Adresse.

Das Bistro hatte geöffnet. Ein paar Plastikstühle waren an einer Wand aufgereiht. Eine müde wirkende Frau mit einem Kopftuch stand hinter dem Tresen und beobachtete Eberard. Sie bedeutete ihm, doch einzutreten. Unter dem Tresen waren leuchtende Flaschen Coo-ee aufgereiht, die rot und grün schimmerten. Hier trifft sich normalerweise niemand, dachte er. Ein toter Ort. Er wollte gerade das Bistro betreten, um nachzusehen, ob tatsächlich niemand sonst da war, als er den Motor eines Autos hörte, das hinter ihm anhielt. Er drehte sich um und sah eine weiße Limousine, die halb auf dem Bürgersteig stand. Ein junger Mann mit einem Palästinensertuch lehnte sich über den Beifahrersitz.

»Steigen Sie hinten ein.«

Eberard blickte die Straße hinunter. Ein weiteres Auto hatte sich neben das von Makosi gestellt und blockierte ihn. Eberard blieben nur wenige Sekunden, um eine Entscheidung zu treffen. Er sah Makosi in seinem Golf, wie er ihn beobachtete. Der Mann in der Limousine ließ ungeduldig den Motor aufheulen. Eberard roch die Abgase, die aus dem Auspuff strömten. Er war doch derjenige gewesen, der um das Treffen gebeten hatte. Entschlossen öffnete er die hintere Tür und stieg ein.

»Sack drüber und hingelegt.«

Eberard wollte protestieren, aber es war eindeutig, dass der Mann den Befehl hatte, ihn nirgendwohin zu bringen, wenn er nicht gehorchte. Ein schwarzer Baumwollsack lag neben ihm auf der Rückbank. Er passte locker über seinen Kopf, so dass er auch etwas Platz um sein Kinn hatte. Der Plastiksitz fühlte sich kalt und glatt an. Der chemische Geruch eines Putzmittels kitzelte ihn in der Nase, als der Wagen mit einem Ruck losfuhr. Eberard spürte die Reifen auf dem Kopfsteinpflaster und das Schwanken des Autos, wie es den Signal Hill hinunter in die Stadt brauste.

Die meiste Zeit über fuhren sie schweigend dahin. Das Handy des Fahrers klingelte einmal, und er gab einsilbige Antworten auf die Fragen, die ihm gestellt wurden. Sie hielten vor mehreren Ampeln, und Eberard konnte das Rauschen des Verkehrs hören. Er strengte sich an, um die verschiedenen Geräusche zu unterscheiden und herauszufinden, woher sie kamen. Schließlich verließen sie die Stadt, der Wagen beschleunigte und wackelte heftig, als sie begannen, die Kurven der Schnellstraße um den Berg zu nehmen. Eberard hörte die Presslufthammer der Bauarbeiter, die mit dem Anbau des Groote-Schuur-Krankenhauses beschäftigt waren, als sie um die Kurve bogen und dann in Richtung Cape Flats weiterfuhren. Irgendwo in der Nähe der Athlone-Abwasseranlage verließen sie die Schnellstraße – jedenfalls nach dem Geruch zu urteilen. Nach einigen weiteren Kurven wurde das Fahrzeug langsamer und blieb stehen, wobei Kies unter den Reifen knirschte. Eberard hörte das Quietschen eines Garagentors, das geöffnet wurde, und dann ruckelte das Auto über eine kleine Schwelle. Das Tor wurde scheppernd geschlossen. Ihm schoss Adrenalin durch die Adern, als ihm bewusst wurde, wie unmöglich es für Makosi war, ihn jetzt noch zu finden.

»Sie können den Sack runterziehen«, erklärte der Fahrer. Eberard gehorchte und kletterte aus dem Wagen. Die Garage aus Betonwänden und einem Betonfußboden war leer. Keine Hinweise auf seinen Aufenthaltsort. Der Mann öffnete eine

Tür, die direkt ins Haus führte, und bedeutete ihm zu folgen. Im Haus roch es nach Gewürzen und heißem Bratöl. Der Flur wurde von einer Lampe an der Decke beleuchtet, und die meisten Türen, die von ihm abführten, waren geschlossen. Nur eine Tür zur Linken stand offen, und als sie näher kamen, sah Eberard eine dickliche Frau mittleren Alters, die gerade dabei war, Teig in eine Pfanne mit Öl gleiten zu lassen. Der Fahrer zog die Tür zu, als sie vorbeigingen. Irgendwo im Haus lief ein Fernseher. Ein Programm für Kinder, wahrscheinlich ein Zeichentrickfilm, dachte Eberard und vernahm das knallende Geräusch angeblicher Pistolen.

Am Ende des Flurs betraten sie ein verdunkeltes Zimmer. Die Vorhänge vor den Fenstern schlossen die Welt aus. Eine nackte Glühbirne hing von der Decke. Auch hier war der Raum fast leer – ohne Hinweise auf seine Bewohner. Einige Stühle waren in einem Halbkreis zusammengestellt worden und standen einem einzelnen Stuhl gegenüber. Wo er sitzen sollte, war somit klar. Auf dreien der Stühle saßen bereits Männer.

»Salam alaikum«, begrüßte der Fahrer die Männer. Sie nickten ihm zu, ohne zu antworten. Saliem Achmat befand sich in der Mitte und gab Eberard zu verstehen, sich zu setzen. Seine Haut war pockennarbig mit mehreren tiefen Narben auf Hals und Wangen. Er strahlte eine sehnige Kraft aus, die etwas greifbar Bedrohliches hatte. Eberard hörte, wie die Tür hinter dem Fahrer geschlossen wurde, als dieser das Zimmer leise verließ.

»Detective Inspector Eberard Februarie. Dezernat für Schwerverbrechen. Western Cape.« Achmats Stimme klang leise und heiser. »Verteidiger der Rechte weißer Mädchen der gehobenen Mittelschicht, die von ihren Vätern vergewaltigt werden, und von zerstückelten Albinokindern aus den

Townships. Jetzt Beschützer Israels vor seinem selbstverantworteten Untergang.«

Eberard schwieg. Er und sein Gegenüber starrten sich unverhohlen hasserfüllt an.

»Seltsame Anliegen, für die Sie da so eintreten. Ich habe Sie beim Protest vor der Synagoge gesehen. In diesem Fall etwas überfordert, Inspector?«

»Achmat, Sie wissen genauso gut wie ich, dass ich mir meine Fälle nicht aussuche. Ein Verbrechen wurde begangen, und es ist meine Aufgabe zu ermitteln. Das ist alles.«

»Ah ja. ›Wir wählen unsere Schlachten nicht aus.‹ Ich erinnere mich an diesen Satz. Die israelische Armee sagte das, als sie sich Gaza einverleibte. Ich erinnere mich. Sie müssen von dieser Israelin unterrichtet worden sein. Hat sie Ihnen auch noch ein paar Extras mitgegeben, Inspector?«

Eberard hatte nicht vor, brav dazusitzen und sich von Achmat beschimpfen zu lassen. Er erhob sich zornig, und Achmat lächelte kalt. »Sie haben um dieses Treffen gebeten, Inspector. Sie können jederzeit wieder gehen, wenn Ihnen das lieber ist. Wir werden Sie nicht zurückhalten. Aber wir haben uns die Zeit genommen, Sie kennenzulernen. Vielleicht erklären Sie uns also, was Sie uns sagen oder uns fragen möchten. Nennen Sie uns den Grund für Ihr Kommen. Haben Sie etwa Samosas und eine Fußmassage erwartet? Tut mir leid, falls wir Sie enttäuschen. Aber da Sie nun mal hier sind: Was wollen Sie?«

Der Mann zu Achmats Rechter sah gelangweilt und desinteressiert aus, aber der zur Linken, dessen dichter Bart in seltsamem Kontrast zu seiner Jugend stand, schien angespannt zu sein. Er saß am äußersten Rand seines Stuhls und schlug mit einem Fuß auf den Boden. Seine Augen glühten förmlich, während er Eberard musterte, als ob er sich extrem zurückhalten müsste, um ihn nicht zu attackieren. Eberard glaubte, ihn schon einmal gesehen zu haben. Vielleicht bei der Demonstration vor der Synagoge? Er versuchte sich die Gesichtszüge für eine spätere Identifizierung im Revier einzuprägen. Man konnte nie wissen.

»Es gibt eine Verbindung zwischen dem Sohn des Hausmeisters, Josh Shimansky, und dem toten Jungen in der Synagoge«, erklärte Eberard.

Achmats Miene veränderte sich nicht, beinahe so, als hätte Eberard gar nichts gesagt. Dafür biss der junge Mann neben ihm die Zähne zusammen, so dass sich die Kiefermuskeln anspannten, und murmelte etwas Unverständliches.

Eberard fuhr fort. »Nach unseren Ermittlungen ermöglichte Josh Shimansky vermutlich den Zugang zur Synagoge. Obwohl er offiziell als erwachsen galt, war er geistig schwer behindert. Wir glauben nicht, dass er am Mord selbst teilgenommen hat, der auch nicht in der Synagoge passierte. Josh hat höchstwahrscheinlich nicht verstanden, worin er da verwickelt war. Das bedeutet, dass Josh Shimansky zwar in die Geschichte involviert war, es sich aber um keinen Mord handelt, der auf dem Grund und Boden der Synagoge stattfand. Es gibt keinen Beweis für eine rituelle Opferung.«

Achmat explodierte. Er sprang auf und ließ dabei den Stuhl hinter sich umfallen. Zitternd vor Wut zeigte er mit dem Finger auf Eberard. »Halten Sie mich für einen Idioten!?«, rief er. Seine Stimme hallte in dem kleinen Zimmer wider, und sein Gesicht war vor Zorn verzerrt. Sogar seine Unterarmmuskeln spannten sich sichtbar an. Es war eine Reaktion, die absurd übertrieben schien, und die Tatsache, dass sein Kollege neben ihm fortfuhr, mit einem Streichholz in seinen Zähnen zu stochern, wies auf das Einstudierte der Szene hin. »Halten Sie uns für völlige Narren? Sind Sie deshalb hierhergekommen? Um uns zu sagen, dass wir bigotte antisemitische Idioten sind?«

»Das war nicht meine Absicht«, erwiderte Eberard und versuchte ruhig zu bleiben, während Achmats Finger wie ein Pistolenlauf vor seiner Nase hin und her zuckte. »Ich verstehe nicht ganz, warum Sie so reagieren.«

Achmat stellte seinen Stuhl auf und setzte sich mit angewiderter Miene wieder hin. »Sie glauben, Sie müssen ein Treffen einberufen und uns ignoranten Extremisten erklären, dass Jonathan Levitt keinen Jungen auf dem Altar seiner Synagoge rituell abgeschlachtet hat? Als ob wir sonst so etwas Absurdes glauben würden? Sie kommen hierher, um Ihre cleveren Polizeierkenntnisse uns dämlichen Rassisten mitzuteilen. Und außerdem haben Sie geschlagene drei Tage gebraucht, um zu diesem Entschluss zu kommen. Glauben Sie wirklich, dass uns diese wichtige Entwicklung dazu bringen wird, die Hunde zurückzupfeifen?«

»Sie haben in dieser Angelegenheit keine Erfahrung, Inspector.« Der Mann, der bisher in seinen Zähnen herumgestochert hatte, ergriff nun das Wort, wobei er den Mund noch immer halb mit seiner Hand verdeckte. »Es geht hier um Politik, nicht um Religion. Der Mossad und die israelische militante Rechte haben darauf hingearbeitet. Aber unsere Jugendbrigaden sind vorbereitet. Wir wussten, dass es so kommen würde. Das überrascht uns alles nicht. Es ist nur eine Frage des richtigen Timings. Der Krieg stand schon immer auch vor Ihrer Tür, Inspector – genau wie in Beirut. Nur werden wir diesmal siegen. *Allahu Akbar!*«

»Der zerstückelte Junge in der Synagoge ist ein Anlass, kein Grund.« Achmats Stimme bebte noch immer vor Wut. »Kriege bereiten sich über Jahre vor, aus vielen Gründen. Sie dienen vielen Interessen. Ein Anlass löst sie nur aus, wie wenn man mit einer Nadel in eine Blase sticht. Man ermordet einen Präsidenten, versenkt ein Schiff, eröffnet das Feuer auf Grenzwachen – damit wirft man den Wölfen nur Fleisch hin, um sie anzulocken. Dieser Junge war einfach das Fleisch, das jemand hingeworfen hat.«

Wieder sprach der Mann zu Achmats Rechter. »Und jetzt sind die Wölfe angelockt, Inspector. Sobald sie einmal aus ihren Höhlen gekommen sind, ist es schwer, sie wieder dorthin zurückzubefördern.«

Zehn

Eberard war sich seines schlecht sitzenden Anzugs und des Dreitagebarts in seinem Gesicht unangenehm bewusst. Den Anzug hatte er seit der Hochzeit von Inspector Jantjies nicht mehr getragen, und die lag bereits vier Jahre zurück. Der Stoff war an den Seiten zerknittert und saß schief auf den Schultern, da er jahrelang schräg auf einem Bügel in seinem Kleiderschrank gehangen hatte. Der Ärmelaufschlag hatte einen Fleck, der sich nicht entfernen ließ, obwohl Eberard ihn bereits mehrmals mit dem Spülschwamm attackiert und dabei einen fettigen Schimmer hinterlassen hatte. Den obersten Knopf konnte er nicht schließen, und sein Krawattenknoten rutschte nach unten. Er verfluchte sich, dass er einverstanden gewesen war, mit Yael in den Abendgottesdienst in der Synagoge zu gehen. Anstatt sich hier zu quälen, hätte er lieber zu Hause herumgehangen, einfach in Unterhose, dabei Brandy getrunken und auf Angel gewartet. Sie hätten Pizza bestellen, vor dem Fernseher sitzen und irgendeine schlechte Serie anschauen können, ohne miteinander reden zu müssen. Angel liebte die schnellen Polizeiserien, in denen ein Verbrechen begangen, die Ermittlungen abgeschlossen und der Mörder verhaftet wurde – innerhalb der Zeit, die man brauchte, um eine Margherita zu essen. Die Geschichten bestanden aus aneinandergereihten Einzeilern, die von cartoonhaften Charakteren gesprochen wurden in einer Welt aus Hightech und Low-Intelligence. Zuerst hatte sich Eberard über die simplifizierte Pedanterie aufgeregt, die in diesen Serien als Polizeiarbeit durchging, ohne jegliche Traumatisierung oder auch nur menschliches Verhalten. Doch Angel verteidigte ihren Geschmack jedes Mal so wild entschlossen, dass er aufgegeben und irgendwann sogar verstanden hatte, warum ihr diese Programme so gut gefielen. Sie liefen immer nach demselben Muster ab und gaben eine Sicherheit vor, die trotz der Thematiken etwas Beruhigendes hatte. Hier fehlte es völlig an menschlicher Fehlbarkeit, und somit waren diese Welten weit von der entfernt, in der sich Angel normalerweise bewegte.

Eberards Laune wurde nicht besser, als er ein lautes Piepen vernahm, nachdem er durch das Tor auf das Grundstück der Gardens-Synagoge getreten war. Der Wind peitschte inzwischen die Hatfield Street hinunter, und er wollte dringend der Kälte entkommen. Doch zwei stämmige Männer in ähnlichen schwarzen Anzügen tauchten aus dem Nichts auf und stellten sich ihm in den Weg. Er brauchte einen Moment, um zu begreifen, dass er gerade einen Metalldetektor passiert hatte. An einem Ort, wo ein Gottesdienst stattfinden soll, dachte er überrascht. War das wirklich nötig? Was für eine Frage, wenn man bedachte, dass er selbst gerade als Fremder und Nicht-Jude versucht hatte, die Synagoge mit einer Neun-Millimeter-Parabellum unter seiner Jacke zu betreten.

»Entschuldigen Sie«, sagte er und zog seine Polizeimarke hervor. Sie zeigten sich nicht erstaunt, wenn auch nicht sonderlich angetan. Vermutlich hatte man ihnen angekündigt, dass er kommen würde. Er musste seine Waffe herausholen, die sie in einem kleinen Büro in der Nähe des Tors begutachteten. Bei uns ist sie sicher, erklärte einer der Sicherheitsmänner, ohne dabei zu lächeln. War das Paranoia oder

Realismus? Eberard wusste es nicht, obwohl ihn das Treffen mit Saliem Achmat und seinen Schergen verunsichert hatte. Die Gefahr, dass es zu einer Eskalation der Gewalt kam, war durchaus real.

Er passierte noch einmal den Metalldetektor, der diesmal nicht piepste, und bahnte sich dann einen Weg durch mehrere Grüppchen auf einen großen Innenhof zu, der von Gebäuden eingerahmt war. Vor ihm dehnte sich der eindrucksvolle Bau der Synagoge in die Dunkelheit aus. Elegant gekleidete Leute schlenderten durch den Hof. Niemand grüßte ihn. Viele ignorierten ihn einfach, andere blickten zu ihm hin und starrten ihn unverhohlen an. Ein Mann senkte den Kopf, ehe er wieder wegsah. Eberard war es gewöhnt, sich fehl am Platz zu fühlen, und ohnehin niemand, der leicht soziale Kontakte knüpfte. Doch hier hatte er den Eindruck, bewusst ausgeschlossen, ja sogar verachtet zu werden. Erinnerte seine Gegenwart an die jüngsten Vorfälle, die diese Community heimgesucht hatten? Oder war er einfach als Nicht-Jude in ihrer Mitte unwillkommen?

Eberard stand kurz davor, sich umzudrehen und wieder zu gehen, als er Rabbi Levitt neben einer Frau an einer Seite des Hofs entdeckte. Er brauchte einen Moment, bis er begriff, dass es sich bei der Frau um Yael handelte, die jetzt ein langes Kleid und ein Jackett trug. Sie schien sich in dieser femininen Aufmachung nicht wohl zu fühlen. Doch Eberard gefiel ihr neuer Stil. So wirkte sie jedenfalls weniger bedrohlich. Die beiden sahen ihn nicht, und er zögerte einen Augenblick, sich ihnen zu nähern. Dann blickte Yael auf und bedeutete ihm mit einem heimlichen Winken, dass er zu ihnen treten solle.

»Inspector«, sagte der Rabbi und schüttelte mit ernster Miene seine Hand. »Sie müssen uns für sehr unhöflich halten. Sie suchen uns aber zu einer besonders schwierigen Zeit auf. An Tischa beAv ist es üblich, sich nicht zu begrüßen, da die Tragödie, auf die dieser Tag Bezug nimmt, so groß ist. Wären es Schavuot oder Pessach, hätten Hunderte von Fremden Sie umarmt, wenn Sie die Synagoge betreten. Am heutigen Tag dagegen begrüßen wir uns nicht oder zeigen auch keine Freude in Gegenwart anderer. Es ist der traurigste Tag im jüdischen Kalender.«

»Ich verstehe, Rabbi. Ich bin mir sicher, dass ich an die Tragödie der vergangenen Tage erinnere.«

»Nein, Sie verstehen mich anscheinend nicht. Tischa beAv erinnert an die Tragödien des jüdischen Volkes vor vielen Jahrhunderten, bis zur Zerstörung des Ersten Tempels. Wir fasten den ganzen Tag über, und viele von uns auch die ganze Nacht. Wir lesen aus den Klageliedern Jeremias und erinnern uns an die Unglücke und Schrecken, die unser Volk ertragen musste. Bitte glauben Sie nicht, dass unsere Gottesdienste immer so ablaufen.« Die Erklärung des Rabbi machte es für Eberard keineswegs leichter. »Ich muss jetzt hinein. Könnten Sie mir noch kurz sagen, wie das Treffen heute Nachmittag verlief?«

»Merkwürdig. Zweifellos sind diese Männer höchst gefährlich. Und sie haben garantiert vor, die Anspannung auszunutzen, die durch den Mord entstanden ist. Aber Achmats Reaktion ließ mich seine Verwicklung in das Verbrechen überdenken. Ich weiß nicht, ob das jetzt eine gute oder eine schlechte Nachricht ist.«

Der Rabbi kratzte sich am Bart. »Das kann ich auch nicht sagen. Aber ich befürchte, dass wir vor schweren Zeiten stehen. Tischa beAv verfolgt uns noch immer.« Er verabschiedete sich, und Yael zog den Detective am Arm fort, bis sie unter einem Baum mit breiten Blättern standen.

»Ihre Ignoranz haben Sie wohl liebgewonnen?« Er spürte, wie ihm das Blut in die Wangen schoss, tat aber so, als würde ihn ihr Kommentar nicht verletzen. »Es heißt, alle Katastrophen der Welt sind mit Tischa beAv verbunden. Ich kann Ihnen nicht sagen, ob das stimmt, aber ich weiß, dass 1914 der Erste Weltkrieg an Tischa beAv ausbrach. Während des Zweiten Weltkriegs 1942 begann die Massendeportation der Juden aus dem Warschauer Ghetto nach Treblinka am Abend dieses Tages. Es ist kein Tag, der auf die leichte Schulter genommen werden sollte. Von niemandem.«

»Am wenigsten von mir? Wollen Sie das damit sagen?«

»Es ist eine Gelegenheit, an das Leid und Elend zu denken, das man selbst und andere erfahren haben. Indem man dem Ganzen einen Namen gibt, einen eigenen Namen, ist es möglich, das restliche Jahr über nicht ständig an diese Dinge zu denken. Es ermöglicht, glücklich zu sein.«

»Glück ist ein Mythos«, erwiderte Eberard und versuchte, flapsig zu klingen. Doch in Wahrheit tat ihm ihre Äußerung weh, und er bemühte sich darum, diese Verletzung zu verbergen. »Ich könnte mich übrigens an dieses Nicht-Grüßen gewöhnen. Es entspricht meiner antisozialen Ader.«

Yael ließ sich offensichtlich nicht hinters Licht führen, sondern sah ihn einige unangenehm lange Sekunden an. Er zuckte unter ihrem Blick zusammen und schaute weg, um ein paar Kinder zu beobachten. Die kleine Gruppe von Jungen schaffte es nicht, der Ernsthaftigkeit des Anlasses zu entsprechen, sondern schoss sich gegenseitig unauffällig einen Ball zu, wobei einer von ihnen immer wieder laut lachen musste.

Yael geleitete Eberard zur Synagoge, die sie durch eine hohe Doppeltür betraten. Sie fanden sich in einem Vorraum wieder, wo sie ihn zu einer geschlossenen Tür führte, ehe sie ihn stehen ließ und die Holztreppe zu seiner Linken hinaufstieg, immer zwei Stufen auf einmal nehmend. Ein Mann in einem grauen Anzug und einem dazu passenden, spitz zulaufenden Hut drückte Eberard ein Stück Stoff in die Hand. Es handelte sich um eine runde Kappe mit einem bestickten Rand. »Für Ihren Kopf«, sagte der Mann und zeigte auf seinen Hinterkopf. Eberard setzte mit unsicherer Geste die Kippa auf seine kurz geschnittenen Haare und öffnete die Tür.

Nichts hätte ihn auf den Eindruck vorbereiten können, den dieser Raum, in dem er sich nun wiederfand, auf seine Sinne hatte. Das Innere der Synagoge war riesig und dehnte sich in eine undurchdringliche Dunkelheit aus. Er sah sich zahlreichen Bänken gegenüber, die auch neben ihm verliefen und voller Männer waren. Alle beugten sich über ihre Gebetbücher. Hunderte von Menschen füllten den Raum, singend, den Worten der Gebete folgend, die Stimmen kehlig und melodisch zugleich. Eine Gruppe in weißen Hemden hatte sich auf einem Podest in der Mitte versammelt und führte den Gesang an. Im Zentrum stand ein Mann mit einem verzierten Hut und einer Robe und blickte stolz über die Gemeinde hinweg, um zwischendurch immer wieder das skandierte Beten anzuleiten.

Eberard schlüpfte in die ihm am nächsten stehende Bank. Die Männer dort rutschten zur Seite, machten ihm Platz. Er nickte ihnen dankend zu. Einer lächelte und grüßte ihn stumm mit funkelnden Augen. Das Hebräisch klang so ganz anders als alles, was Eberard bisher gehört hatte. Es strahlte für ihn eine fast greifbare Exotik aus, auf die er intuitiv reagierte. Er hatte das Gefühl, durch einen Spiegel getreten zu sein und sich in einer anderen Welt zu befinden, in einem anderen Land, einer anderen Zeit – als wäre er durch eine weite Ebene gereist, um schließlich an einem Ort unendlicher Andersheit einzutreffen. Und dennoch war er zweifellos nur eine Straße von einem Kwikspar und eine kurze Strecke von der Polizeistation auf dem Caledon Square entfernt. Es war, als wäre der Stoff der Zeit gerissen und weit entlegene Länder hätten sich über die Banalität seiner Vaterstadt gelegt. Doch es waren dieselben Menschen, die in seiner Stadt arbeiteten und lebten, die sich hier versammelten und ihre Stimmen gemeinsam erhoben, verbunden in ihrer Getrenntheit von den dröhnenden Straßen draußen vor der Synagoge. Eberard stand fasziniert und wie benommen da, während er dem hebenden und senkenden Rhythmus der Stimmen lauschte.

Durch eine Berührung an seinem Jackenärmel wurde er aus seinen Träumereien gerissen. Er drehte sich um und sah sich einem älteren Mann mit flaumig weißen Haaren und einer schuppigen Haut gegenüber, der ihm sein Buch reichte. Das Buch war aufgeschlagen. Rechts standen nicht entzifferbare, schwarze Zeichen in dickem Druck. Eberard nahm das Buch und nickte dankend. Links befand sich die englische Übersetzung in Kursivschrift samt Fußnoten und Kommentar.

> *Tröste, o Herr, die Trauernden von Zion und Jerusalem und der verwüsteten Stadt, verlassen und geschmäht. Trauernd um ihre Kinderlosigkeit sind ihre Häuser verwüstet, geschmäht im Niedergang ihrer Pracht.*

Tröste die Trauernden der verwüsteten Stadt. Eberard erschauderte. Der Gesang riss nicht ab, sondern wurde lauter und dann wieder leiser. Geschmäht im Niedergang ihrer Pracht. Er las weiter: »Legionen haben sie verschlungen, Verehrer fremder Götter haben sich ihrer bemächtigt.« Der

Augenblick schien in seiner Tiefe undurchdringlich zu sein. Eberard fühlte sich klein und nichtig angesichts der Klagen über eine Geschichte, von der er nichts wusste.

Er erinnerte sich daran, wie er in der Schule im Klassenzimmer gesessen und einer jungen Lehrerin zugehört hatte, die ein Gedicht vorlas. Er war damals noch kein Teenager gewesen. Seine Klassenkameraden hatten herumgealbert und sich lustig gemacht, die Mädchen hatten an ihren Wimpern gezogen und mit den Augen gerollt. Aber er war verzaubert gewesen, während sich die Worte wie eine Welle in ihm aufbauten. Die rhythmische Schichtung von einem Gedanken auf den nächsten hatte ihn völlig gebannt. Einer der Jungs behauptete, Eberard habe Tränen in den Augen gehabt. Eberard hatte ihm einen Schlag ins Gesicht verpasst, während die Lehrerin zusah. Sie schickte ihn zum Rektor der Schule, der ihm drei Hiebe mit dem Stock verpasste. Danach hatte die Lehrerin mehr Interesse an ihm gehabt, doch er hatte sie zurückgewiesen, war absichtlich grob und undankbar. Manenberg war kein Ort für einen Jungen, sich von Dichtung begeistert zu zeigen.

Der Gesang hörte auf. Eberard schaute sich um, während sich die Männer auf dem Podest umstellten. Der Mann mit dem verzierten Hut trat vor und begann zu singen. Einige Männer setzten sich, andere schlossen die Augen, wieder andere starrten vor sich hin. Obwohl Eberard die Worte nicht verstand, begriff er doch, dass sie voll Trauer waren. Die Stimme des Sängers klang kraftvoll und nuancenreich, wie sie so über die Zuhörer hinwegsang und jeden Einzelnen mit der vollen Macht des Trauernden anzusprechen schien. Eberard war zutiefst berührt, und alle möglichen Gefühle begannen in ihm zu brodeln. Er sah den jungen Josh, im Pool treibend, wie er die Hand nach ihm ausstreckte und sich beinahe spielerisch drehte und wendete, als der Polizist ins Wasser hechtete. Er sah den daliegenden Körper des kleinen Jungen in der Synagoge. Er sah Angel, halb bewusstlos und voller *Tik*, das Gesicht übersät von blauen Flecken. Er stellte sich vor, dass dieses Lied in einer kalten Nacht in der Wüste gesungen wurde, der endlose Horizont eine Linie aus Blau und Schwarz, wie eine Prellung – ohne Trost, ohne Hoffnung. Es war ein Lied für die Verlorenen und die Verschwundenen. Dann war es vorbei, ebenso abrupt, wie es begonnen hatte.

Ein junger Mann mit einem kurz geschorenen Bart und einem schwarzen breitrandigen Hut erhob sich in einer anderen Bank. Bedächtig nahm er den Hut ab und rückte seine Kippa zurecht. Er war offenbar der Rabbi dieser Synagoge, denn jetzt legte er sich einen weißen Schal über die Schultern und ging feierlich zu den Stufen, die zum Podest hinaufführten. Oben lächelte er – nicht strahlend, sondern traurig – und blickte von einer Seite seines Publikums zur anderen.

»Welchen Sinn sehen wir im Leid des jüdischen Volkes?« Er machte eine Pause, als ob er auf eine Antwort warten würde. Einen Augenblick lang befürchtete Eberard, dass die Predigt mit einer aktiven Teilnahme des Publikums gehalten werden sollte. Der Rabbi sah nun ihn direkt an, und Eberards Handflächen wurden feucht. »Wie finden wir Sicherheit, Sinn, Zuspruch in Zeiten der Verfolgung? Was spendet uns Trost?«

Eberard sah sich um und beobachtete die Gesichter, die alle dem Rabbi zugewandt waren. Der Mann neben ihm lauschte aufmerksam. Oben entdeckte er Yael, die ebenfalls genau zuhörte.

»Möget ihr alle Frieden und Trost in der Erinnerung an Tischa beAv finden. Möget ihr in dem Wissen fasten, dass ihr bald wieder essen werdet. Möget ihr an die denken, die von uns gegangen sind, in dem Wissen, dass ihr weiterlebt. Möget ihr um die trauern, die euch zurückgewiesen haben, in dem Wissen, dass ihr diejenigen liebt, die um euch sind. Heute wollen wir an all diejenigen denken, die unter uns weilen, wir wollen an die Fortgegangenen denken ebenso wie an uns selbst und an das, was wir verloren haben.«

Eberard hatte noch nie eine vergleichbare Predigt gehört. Es gab keine Vorhaltungen darüber, dass man den Glauben annehmen solle, es gab keine Schelte. Es war vielmehr eine Feier des Geistes und der Gemeinschaft.

»Welchen Sinn sehen wir im Leid des jüdischen Volkes? Wie verstehen wir die jüngsten schrecklichen Ereignisse in Sea Point?«

Es folgte eine lange Pause. Eberard blickte auf. Er wusste, dass der Rabbi ihn ansehen würde. Und das tat er auch, aber nicht verurteilend, sondern mit hochgezogenen Augenbrauen, fragend, als rede er direkt zu dem Polizisten. »Vielleicht sucht ihr Trost in eurem Glauben«, fuhr er fort und richtete den Blick auf die restliche Gemeinde. »Vielleicht sucht ihr in den Lehren der Tora nach Zusprache. Aber das wäre falsch, meine Freunde.«

Ein Gläubiger in der ersten Reihe blickte bei den Worten des Rabbi verwirrt auf, runzelte die Stirn. Hieß das etwa, dass der Glaube keine Zuflucht bedeutete? War das nicht der eigentliche Sinn von Glauben? »Eure Zusprache kommt aus der Gemeinschaft, aus den Verbindungen zwischen uns allen, was uns stärker macht, als wenn wir allein wären.« Die Stimme des Rabbi klang leise und ernst. »In Zeiten der Verfolgung mag unser Glaube wanken. Wir mögen uns fragen, warum Gott diese Dinge zulässt. Vielleicht empfindet ihr sogar tief in eurem Inneren, an einem Ort, an den ihr niemand anderen lasst, einen Zorn auf Gott, seid voller Vorwürfe.

Vielleicht fühlt ihr euch verlassen. Aber diese Gefühle werdet ihr nicht auf den Juden übertragen, der neben euch sitzt, der mit euch leidet, der euch so hilft, wie ihr ihm helft. Diese Verbindungen sind es, die ein Volk ausmachen, diese Verbindungen sind es, die eine Gemeinschaft tragen.«

Gedankenversunken verließ Eberard die Synagoge. Der restliche Gottesdienst war in einem Wirbelwind aus Gesang und Worten vergangen. Doch er blieb auf das Gebet und die Predigt des Rabbi fixiert. An welchen seltsamen Ort war er da geraten. Was für ein erhellender, aber schwieriger Ort. Die Stimmung der anderen hatte sich nach dem Ende des Gottesdienstes gewandelt. Mehrere Männer traten auf ihn zu und schüttelten ihm die Hand, dankten für sein Kommen und wünschten ihm viel Erfolg bei den Ermittlungen. Eberard ging in die kalte Nacht hinaus, begleitet von guten Wünschen und Danksagungen.

»Nun, Detective, werden Sie Trost in unserer jüdischen Gemeinschaft suchen?« Rabbi Levitt stand draußen neben der Tür. Offenbar hatte er auf ihn gewartet.

»Versuchen Sie etwa, mir Ihre Religion zu verkaufen, Rabbi?«

»Trost mit religiösem Glauben zu verwechseln wäre ein großer Fehler, Detective. Einer, der von vielen vor Ihnen begangen wurde und sicher von vielen nach Ihnen gemacht werden wird. Ein typischer Fehler, muss ich zugeben, aber ein höchst bedauerlicher. Gott ist keine Ware, die man wie Gemüse von Tür zu Tür karren und dort verkaufen kann. Und Glaube ist ein Zustand, kein Bedürfnis.«

»Dann sollten Sie erleben, wo ich aufgewachsen bin, Rabbi. Dort werden Gott und Religion wie billiger Kohl von der Ladefläche eines *Bakkie* an den Mann gebracht. ›Holt euch Jesus Christus, während er noch frisch ist! Holt ihn euch!‹ Oder wie die *Snoek*-Händler, die auch feilschen, was das Zeug hält.«

Der Rabbi lächelte. Seine Miene wirkte nachdenklich und gelassen. Eberard verspürte ein kurzes Bedauern, obwohl er nicht wusste, worüber. War er dabei, nach einem Sinn zu suchen, jetzt, in diesem Stadium seines Lebens, das sich so sehr auf Talfahrt befand? Hatte dieser seltsame, liebenswerte Mann etwas für ihn in petto – die Möglichkeit, innezuhalten und das zurückzuholen, was er verloren hatte? Eberard war einen Moment lang aufgeregt. Es war ein Gefühl, wie er es seit dem ersten Verliebtsein in Tanja nicht mehr verspürt hatte. Er erinnerte sich an den Optimismus, der ihn erfasst hatte, an die Aufregung, dass sein Ziel zu erreichen war, dass es ihm vielleicht gelingen würde, diese schöne Frau zu der seinen zu machen. An diese erhöhte Konzentration, an das Begreifen, an das Festhalten des Moments, als ob man einen glänzenden, glatten Stein aus einem Bachbett holen würde – etwas Reales, das man mit nach Hause nehmen und für immer behalten konnte.

Der Rabbi musterte ihn aufmerksam und schien die Gefühle, die sich auf Eberards Gesicht widerspiegelten, einzuschätzen. Eberard wandte den Blick ab. Er merkte, wie ihm Tränen in die Augen stiegen. Er durfte nicht weinen. Er war der ermittelnde Beamte in einem Mordfall. Er war ein erfahrener, harter Polizist. Jetzt war nicht der Moment, um sich seinem weichen, kaputten Inneren zu überlassen. Doch er spürte eine Geborgenheit, die es ihm erlaubte, sich gehen zu lassen, wenn auch nur ein wenig. Dieser Mann mit seinen funkelnden Augen und seinem zotteligen Bart würde ihn verstehen und ihn vom Abgrund zurückreißen.

»Gott ist nicht die Antwort, die Sie suchen, Eberard.« Die

Worte klangen mitfühlend und kamen sanft über seine Lippen. Doch sie trafen Eberard mit einer solchen Wucht, dass sein Oberkörper zu zittern begann. »Gott ist nicht die Antwort für einen Verzweifelten. Gott ist mehr als das. Er ist kein vorbeischwimmender Ast, nach dem man fassen kann, wenn man untergeht, und den man wieder wegwirft, sobald man Boden unter den Füßen hat. Lernen Sie zuerst schwimmen. Dann kommen Sie ans Ufer. Dann stehen Sie auf, in sich ruhend und friedlich, und treffen Ihn, von Angesicht zu Angesicht. Er ist nichts, an das man sich klammert. Er ist nicht der leichte Ausweg, den Sie suchen. Er ist genauso wenig die Antwort wie die Flasche Brandy, die Sie leeren, bevor Sie abends einschlafen.«

Eberard traf dieser letzte Satz besonders tief. Er blickte auf und sah seinen Richter an. Der Rabbi hielt dem Blick des Detective stand, freundlich und ernst.

»Weisen Sie etwa meine Seele ab, Rabbi?« Eberard lächelte, während er versuchte, wieder Boden unter den Füßen zu finden.

»Es ist nicht unsere Art, auf Seelenfang zu gehen, Eberard. Das war es noch nie.« Der Augenblick war vorüber, und der Rabbi verabschiedete sich. Er schüttelte Eberard die Hand und schritt dann durch den Innenhof davon.

Eberard spürte, dass Yael hinter ihm stand. Sie roch nicht nach Parfüm, aber nach etwas anderem, einer Lotion oder einem Shampoo – etwas, was eindeutig sie war. Er drehte sich um und stellte fest, dass sie sich direkt neben ihm befand, so nahe, dass ihr Arm sein Jackett berührte. Sie sagte nichts, sondern schien darauf zu warten, dass er über seine Erfahrungen im Gottesdienst sprechen würde. Doch er schwieg. Das Ganze war zu ungreifbar, zu tief unter der Oberfläche, als dass er es hätte beschreiben können. Also lächelte er sie schief an und sagte nichts. Sie drückte seinen Arm und führte ihn dann in die Menge.

Eberard glaubte, von den wartenden Menschen verschlungen zu werden, als sie sich auf ihn stürzten und ihn mit ihren Fragen überhäuften. Viele von ihnen wollten erfahren, was er bisher herausgefunden hatte, aber ebenso viele erkundigten sich danach, wie er den Gottesdienst erlebt hatte. Manche rollten mit den Augen und bedauerten ihn dafür, dass er das hatte erdulden müssen. »Kommen Sie besser zu Schavuot. Da gibt es Essen und Lachen, nicht diese triste Stille«, erklärten sie ihm grinsend. »Aber wir Juden, wir mögen unsere Schuld und unser Leiden beinahe ebenso wie unser Essen«, meinte eine Frau laut lachend. Ihr junger Sohn sah sie tadelnd an und legte seinen Finger auf die Lippen. Sie grinste noch breiter. »Sie müssen uns an einem Freitagabend besuchen, Detective. Und hoffentlich sehen wir Sie auch wieder in der *Schul*. Vergessen Sie nicht eine kleine Gabe für die Zionistenkasse.« Sie lachte noch ausgelassener als zuvor, während sie von ihrem beschämten Sohn hastig fortgezogen wurde.

Im Hof waren nun lange Tapeziertische mit bunt gemusterten Tischdecken und Platten voller Essen aufgebaut. Eine geschäftige Frau drückte ihm einen Pappteller in die Hand und zeigte auf die Tische. Er dankte ihr und bahnte sich einen Weg durch die Menge. Verschiedene Leute taten ihm Essen auf den Teller – winzig kleine Pitabrote, kalten panierten Fisch, kleine aufgerollte Pfannkuchen. Das Ganze erinnerte ihn mit diesem Fokus auf das Essen, der Begeisterung, einen Neuling alles probieren zu lassen, und dem Bedürfnis, über jedes Gericht im Detail zu sprechen, an muslimische Feiern, die er besucht hatte. Er fühlte sich ein wenig überwältigt und war erleichtert, als Yael wieder zu ihm trat.

»Sie sind hier ja offensichtlich der Star. Ich glaube, ich

sollte Sie retten. Wer weiß, wo Sie sonst noch enden? Wahrscheinlich zum Judentum konvertiert und mit *Tefillin* versehen.«

Er schüttelte verständnislos den Kopf. Doch die Israelin lachte nur vor sich hin und führte ihn Richtung Tor.

»Darf ich Sie zum Essen einladen?«, fragte er spontan. Sobald die Worte über seine Lippen waren, malte er sich ihre scharfe Antwort aus. Doch zu seiner Überraschung reagierte sie nicht sofort, sondern ging neben ihm durch das Tor. Sie schwieg, bis sie sich ein Stück von den aufgeregten Gemeindemitgliedern entfernt hatten.

»Ich habe schon gegessen«, sagte sie. Eberard hatte sich bisher nicht vorstellen können, dass ihr finsteres Gesicht einmal verlegen wirken würde. Doch einen kurzen Moment lang sah er, wie ihre Wangen erröteten. Er musterte sie verblüfft. »Ja, ja, ich weiß, an diesem Tag sollte man fasten. Leider bin ich nicht gut im Fasten. Ich bekomme Hunger, verstehen Sie?« Sie lachte laut über ihren Witz. »Aber ich hätte nichts gegen einen Drink, um die Nerven zu beruhigen.« Dann fügte sie nüchtern hinzu: »Wenn ich allerdings an Ihr Alkoholproblem denke, wäre ich auch mit einem Kaffee zufrieden.«

Die meisten hätten sich wohl für eine solche direkte Aussage entschuldigt, oder es wäre ihnen zumindest unangenehm gewesen, so etwas zu sagen. Doch Yael sprach es einfach aus und beließ es dabei – als eine anerkannte Tatsache, die jetzt offen zwischen ihnen lag. Es hatte etwas anziehend Ehrliches, wenn auch Beleidigendes. Eberard wollte protestieren, versuchen, dem Ganzen den Ernst zu nehmen, vielleicht abzulenken. Doch sie hatte es nicht gesagt, um eine Reaktion auszulösen. Es war einfach ein Fakt. Der sich nicht leugnen ließ, wie er wusste. Und wie sie wusste.

»Okay, Kaffee«, erwiderte er und ging neben ihr zu ihrem Auto, das unter einer gelb leuchtenden Straßenlaterne geparkt war. Ein Wachmann tauchte aus dem Dunklen auf, und Eberard holte fünf Rand heraus, um sie ihm zu geben. Yael zog fragend die Augenbrauen hoch. »Folgen Sie mir in Ihrem Wagen«, entgegnete der Detective.

Sie saßen an der Theke und blickten auf die Tankstelle hinaus. Die Pappbecher mit dem Kaffee waren noch zu heiß, um sie anzufassen. »Sie sind also ein Romantiker«, hatte sie gespöttelt, als der Kassierer zwei Kaffee und zwei Muffins gebracht hatte.

»Polypenkaffee«, erwiderte er und zeigte ein Schild neben der Kasse. »Uniformierte« stand dort und daneben »3 Rand«. »Sie bieten Polizisten billigen Kaffee an, damit die hierherkommen. Das nennt man Parasitentum.«

»Das nennt man Symbiose«, verbesserte sie ihn, noch immer sichtlich belustigt von seiner Wahl eines Cafés. Sie wirkte fast wütend, während sie ihre Witze machte, so als ob sie ihn mit ihren Sticheleien eigentlich verletzen wollte.

Sie beobachteten einen Mann, der einen Streit mit dem Tankwart hatte. Er zeigte auf seine große Luxuslimousine und dann auf das Display an der Zapfsäule. Der Fahrer schimpfte laut und aggressiv, während der Tankwart stumm dastand und abwartete. Eberard seufzte. Er war es leid, immer wieder zusehen zu müssen, wie sich die menschliche Tragödie von Neuem abspielte. Der Mann holte etwas Geld aus seiner Hosentasche, eine Handvoll zerknitterter Scheine und Münzen. Er warf alles auf den Boden, dem Tankwart zu Füßen, und stürmte dann zu seinem Auto. Wütend knallte er die Tür zu und brauste mit quietschenden Reifen los. Der Tankwart kniete sich auf den von Benzinflecken übersäten Betonboden und sammelte das Geld ein. Als er in den Laden kam, winkte ihn Eberard zu sich. »Hat das gereicht?«, fragte er und reichte dem Mann die Rechnung für den Kaffee – hinten hatte er die Autonummer des Fahrzeugs notiert. Der Mann schüttelte den Kopf und nahm den Zettel entgegen.

»In dieser Stadt fehlt es an Moral«, sagte Eberard und wandte sich wieder Yael zu.

»Sie übertreiben die Probleme Ihres Landes. Ich habe nach der zweiten Invasion in einem Basislager außerhalb Beiruts gearbeitet. Ich hatte mit Kindern zu tun, die beide Arme verloren haben, weil sie nichtdetonierte Streubomben aufgehoben haben. Ich habe Soldaten begleitet, die von der Hüfte abwärts gelähmt waren, weil Scharfschützen deren Wirbelsäulen zerschossen hatten. In einem Krieg verhält sich niemand nett.«

Eberard fühlte sich wie gezüchtigt. Er fragte sie, warum sie aus Israel weggegangen sei.

»Ich war dort verlobt. Mit einem Arzt in der Armee. Wir waren einige Jahre zusammen, aber keiner von uns dachte daran, den nächsten Schritt zu machen. Dann lachte uns eines Tages eine Freundin aus. Sie fand es lustig, dass wir uns nicht trauten, sondern offenbar Angst voreinander hatten. Also verlobten wir uns und redeten darüber, die Armee zu verlassen und eine Familie zu gründen. Es gelang uns, im Feldlager ein gemeinsames Zimmer zu bekommen, obwohl wir noch nicht geheiratet hatten. Eines Tages – es war ein warmer Morgen im Juni – küsste er mich zum Abschied und ging aus der Tür. Eine Rakete schlug ganz in der Nähe ein, bei den Lkws und Panzerwagen. Ein Granatsplitter riss ihm seitlich den Kopf weg. Als ich zu ihm rannte, war er bereits tot. Lag im Staub. Das war vor acht Jahren.«

Eberard verspürte ein leichtes Bedauern, vielleicht sogar

so etwas wie Neid. Das tat er immer, wenn jemand von seinem Partner sprach, denn die einzige Beziehung, die er zu halten vermochte, war die zu einer Hure. Doch bei Yael war es mehr als Bedauern. Diese seltsame Israelin hatte etwas, was ihn verunsicherte.

»Ich musste weg von Kriegen. Eine Stelle wurde hier bei der Jüdischen Wohlfahrtsorganisation frei, und ich zog nach Kapstadt.«

Er wartete eine Weile, ehe er fragte: »Haben Sie diese Narbe aus dem Krieg?« Er betrachtete die dünne Linie an ihrer Augenbraue.

Sie hob die Hand und fuhr mit der Fingerspitze daran entlang, bis sie zum Haaransatz kam. »Die? Nein, die stammt von einem Dreirad in einem Urlaub in Eilat. Ich war sechs und wollte einen kleinen Idioten namens Davey Ehrlich beeindrucken. Er lachte wie eine Hupe – bis er das Blut sah, das über mein Gesicht strömte. Dann rannte er schreiend davon. War besser so. Als Erwachsener wurde er ein noch größerer Idiot.«

Eberard grinste. Er genoss die seltsamen Blicke, die sie ernteten, weil sie in einem schlecht sitzenden Anzug und einem formell wirkenden Kleid in einer Tankstelle über ihren Kaffee gebeugt saßen.

»Stört Sie Ihr Nasenstecker gar nicht? Ich meine, gerät der einem nicht irgendwie mal in die Quere?«

»Ihr normales Paar Eier stört Sie ja auch nicht.« Eberard bemerkte an ihrem Blick, dass er ihr zu viel Aufmerksamkeit gewidmet hatte. »Jetzt sagen Sie mir mal, Inspector, ob Sie mit Ihren Ermittlungen weiterkommen.« Eberard fand es enttäuschend, dass sie zum Thema Arbeit überleitete und dass sie seinen Titel und nicht seinen Vornamen verwendet hatte. Er schob seinen Verdruss beiseite.

»Momentan gibt es keine eindeutigen Spuren. Es ist frustrierend, weil alles so eindeutig mit Josh beginnt. Aber dort endet auch alles. Meine Vorgesetzten drängen mich, den Vater genauer unter die Lupe zu nehmen – und vielleicht sogar die Synagoge. Ich brauche mehr, um sie von dieser Idee abzubringen. Das wird nirgendwo hinführen. Das wissen wir beide«, fügte er hinzu und versuchte so, Yael mit einzubeziehen.

Er erzählte ihr von dem Treffen mit den militanten Qibla-Mitgliedern. »Sie bezeichneten den toten Jungen als Fleisch, um die Wölfe anzulocken«, sagte er stirnrunzelnd.

»Um Unheil anzurichten«, meinte sie.

Eberard antwortete nicht. Oder um die Wölfe ins Freie zu locken und dann zu jagen, dachte er, wobei er diesen Gedanken nicht mit ihr teilen wollte.

»Ich weiß, dass es ein *Schlep* ist …«

»Ein *Schlep*?«, unterbrach Eberard neugierig.

»Ja, Schlep. Na ja, unangenehm eben. Anstrengend. Zeigen Sie mir die Berichte des Pathologen? Über Josh und über den Jungen?«

Eberard fragte nicht, warum sie diese sehen wollte. Er nickte. »Ich habe bei mir zu Hause Kopien. Kommen Sie mit, wir trinken etwas, und dann gehen wir sie zusammen durch.«

Keiner der beiden machte eine Bemerkung zum Thema Trinken. Oder über das Motiv für diese Einladung. Yael war ohnehin niemand, den man hereinlegen konnte, schon gar nicht jemand wie er. In gewisser Weise schien es mehr ihre Entscheidung zu sein und nicht die seine. Als ob sie geplant hätte, dass der Abend so verlaufen würde. Er fragte sich, ob sie das vorausgesehen hatte. Vor allem fragte er sich allerdings, ob Angel auf ihn warten würde. Die Vorstellung beunruhigte ihn ein wenig. Schlagartig wurde seine Sehnsucht durch Furcht ersetzt. Er malte sich aus, wie sie in der Küche im Licht der nackten Glühbirne stehen würde und Yael auf ihre pinkfarbenen Haare und das geschwollene Gesicht starrte. War er so untreu? Er verweilte unentschlossen länger als nötig am Parkplatz. Aber es war zu spät: Yael hatte den Motor angelassen und fuhr bereits rückwärts aus der Lücke. Bald würde sie ihn anhupen, wenn er nicht endlich auch einstieg. Also kletterte er in den schlecht riechenden Toyota Corolla und fuhr voll böser Vorahnungen nach Goodwood.

Elf

Eberard wusste, dass etwas nicht stimmte, als er den Schlüssel ins Schloss steckte. Es konnte die Art und Weise sein, wie die Fußmatte mit einer umgeschlagenen Ecke vor der Tür lag. Oder vielleicht war es auch der Geruch in der Luft, als er die Tür einen Spalt breit öffnete. Vielleicht spürte er ja sogar den fettigen Händeabdruck eines anderen Mannes auf der Klinke? Was auch immer es war – als die Wohnungstür aufschwang, tastete seine rechte Hand fast automatisch nach seiner Pistole, während er die Tür festhielt, damit sie nicht noch weiter aufging.

Seine Bedenken, Yael mitzubringen, hatten sich verstärkt, als sie zusammen die Treppe hinaufgegangen waren. Den üblichen Uringeruch im Treppenhaus hatte er plötzlich unangenehm bewusst wahrgenommen, ebenso wie die schäbigen Graffiti an den Wänden und die Müllsäcke vor den Wohnungstüren. Jetzt spannte er sich an und achtete auf nichts mehr als auf die lauernde Gefahr. Yael flüsterte ihm etwas zu, doch er hielt die Hand hoch, um sie zum Schweigen zu bringen. Langsam ließ er die Tür weiter aufgehen, indem er mit dem Pistolenlauf gegen das Holz drückte. Es roch abgestanden mit einem metallischen Unterton. Der Geruch eines anderen Menschen, der Gestank von Schweiß hing in der Luft. Da war aber noch etwas anderes.

In der Wohnung war es dunkel. Er hatte keine Taschenlampe bei sich, weshalb er gezwungen war, das Licht anzuschalten. Der schmale Flur wurde hell. Rechts die Küche wirkte wie immer. Im Spülbecken stand das ungewaschene Geschirr, ein halb gegessener Apfel lag noch auf der Arbeitsplatte. Der Gang war leer. Nichts auf dem Boden. Die Tür zum Schlafzimmer offen. Vielleicht war es falscher Alarm, dachte er. Vielleicht spielten seine Sinne verrückt, vielleicht war er einfach paranoid. Er spürte, dass er vor Scham rot wurde, und senkte die Waffe. Doch da schwebte etwas in der Luft. War Angel zurückgekommen? Schlief sie im Dunkeln einen weiteren Drogenrausch aus? Wie würde er Yael ihre Gegenwart erklären? Seine spontane Entscheidung hatte ihn verletzlich gemacht, angreifbar. Fragwürdig. Es herrschte absolute Stille.

Eberard ging den Flur entlang, wobei sein Rücken leise über die Wand strich. Er wusste, dass er seinen Instinkten vertrauen musste. Selbst wenn das bedeutete, dass er vor Yael sein Gesicht verlieren würde. Sie konnte ihn gerne auslachen, falls es sich tatsächlich um eine reine Nervensache handelte. Aber sein Gefühl sagte ihm, dass jemand hier war. Während er den Gang weiter entlangschlich, rückte das Wohnzimmer ins Blickfeld. Dort gab es keinerlei Anzeichen für einen Eindringling. Der Fernseher war ausgeschaltet, ein schwarzes Feld. Wieder nahm er jedoch den Geruch eines anderen wahr, wieder merkte er, dass etwas nicht stimmte. Er richtete die Pistole auf die Schlafzimmertür und ging dann leise bis zur Schwelle.

Die Tür stand offen, und das Licht aus dem Flur fiel auf sein Bett. Er blieb stehen, damit sich seine Augen an die Dunkelheit gewöhnten. Vage vermochte er eine menschliche Gestalt auszumachen, Beine, die weit gespreizt waren. Er rückte langsam vorwärts, bis seine Schulter den Türrahmen berührte. Im Zimmer sah er die unklaren Umrisse eines regungslosen Körpers, der auf den Decken lag. Der Geruch war hier stärker als zuvor, eine unverwechselbare Mischung menschlicher Gerüche, die er nur allzu gut kannte.

Er hielt seine Pistole auf die Stelle hinter dem Bett gerichtet, während seine linke Hand die Wand neben dem Türrahmen nach dem Lichtschalter abtastete. Er wusste, dass sich Yael direkt hinter ihm befand. Sie atmete stoßweise, als er das Licht anmachte. Der Raum wirkte unnatürlich grell, und Eberard hatte das Gefühl, sein Leben würde auf einmal aus dem Dunklen auftauchen und sie anspringen.

Angel lag nackt auf dem Rücken. Ihre Beine waren gespreizt und ihre Arme geöffnet. Das Leintuch war voller Blut. Jetzt, als er es sah, füllte der metallische Geruch seine Nase noch stärker. Er roch nicht nur Eisen, sondern auch Fäkalien und Urin. Der Geruch einer menschlichen Tragödie. Das Blut war aus einer riesigen Stichwunde über ihrer linken Brust auf Gesicht und Schulter sowie auf das Kissen neben ihrem Kopf gespritzt. Er konnte dunkle Schlieren auf seinem Wecker und dem Lampenschirm sehen. Das Blut war auch zwischen ihren kleinen Brüsten entlanggelaufen, um sich klebrig und rotbraun auf ihrem eingefallenen Bauch zu sammeln. Er musste bei dem Anblick an die Rinderleber denken, die seine Mutter oft gekauft hatte, als er noch ein kleiner Junge gewesen war. Wie das Blut der Leber die Ecken der Plastiktüte gefüllt hatte.

Eberard stand unter der Tür und musterte die Verwüstung auf seinem Bett. Er starrte benommen und ungläubig das Muster aus Blut an seiner Wand und die schimmernde Flüssigkeit in Angels Bauchnabel an. Die Art, wie sie mit zurückgeworfenem Kopf dalag, ihre dämlichen rosafarbenen Haare über das Laken gebreitet, strahlte etwas Ruhiges, Stilles aus. Er senkte die Waffe, während er das volle Ausmaß der Szene in sich aufzunehmen versuchte. Ihre Schamhaare waren sehr kurz geschnitten, und der zarte Schlitz ihres Geschlechts schien ihn anzüglich anzuschauen. Warum hat sie sich nicht zugedeckt?, dachte er in einem Nebel der Benommenheit.

Er hörte Yael keuchen. Auf einmal spürte er die Wärme ihres Körpers, der sich direkt hinter ihm befand, während sie über seine Schulter blickte.

»Sie hatte einen Schlüssel«, sagte er, als würde das alles erklären.

Wortlos drehte sich Yael um. Sie würgte, während sie zur Wohnungstür zurückging, die mit einem Klick ins Schloss fiel. Er versuchte nicht, sie aufzuhalten. Im Grunde hatte er keine blasse Ahnung, wie die Szene auf sie gewirkt haben mochte. Sie würde sich wahrscheinlich durch seine schäbige Existenz herabgesetzt fühlen oder war wütend, weil er sie in seine schmutzige Welt gelockt hatte. Er hörte, wie ihr Auto im Hof aufheulte und dann davonfuhr. Vermutlich würde sie nichts mehr mit ihm zu tun haben wollen – mit dem Polizisten und der toten Prostituierten. Er fühlte sich Angel gegenüber untreu, weil er so an sie dachte, und bereute seine Gedanken. Sie lag regungslos auf seinem Bett, wo sie so oft aufeinandergetroffen und sich wieder voneinander gelöst hatten in ihrem traurigen, verzweifelten Bedürfnis, sich gegenseitig zu brauchen. Und jetzt war diese Energie ebenso plötzlich und unerwartet verschwunden, wie sie gekommen war. Ihr Leben hatte sich aufgelöst, und zurück blieb nur eine blutige Hülle.

In Eberard begann sich ein gewaltiger Zorn zu regen, ein blinder Hass auf alles, was sein Leben war, der Wunsch, all jenen etwas anzutun, die sich verschworen hatten, ihn an diesen grauenvollen Ort zu verbannen, wo man blutige Kadaver auf seinem Bett zurücklassen konnte, damit sie dort verfaulten. Doch es gab keine Zielscheibe, keinen Übeltäter. Er musste seinen Angriff auf irgendetwas richten, das wusste er, sonst würde er ihn gegen sich selbst richten. Und dann wäre die Implosion verheerend.

Er hörte die Sirene eines herannahenden Polizeiautos. Yael hatte seine Kollegen gerufen. Er packte eine leere Brandyflasche, die auf einem Seitentischchen stand, und schleuderte sie gegen die Wand am anderen Ende des Zimmers. Sie zerbrach, und ein Regen aus bernsteinfarbenen Glassplittern prasselte auf den Kleiderschrank und das Bücherregal. Doch Eberard hatte bereits das Zimmer verlassen und stürmte voller Hass den Flur hinunter. Minuten später raste der Polizeitransporter an ihm vorbei, als er in seinem Auto nach Salt River brauste. Er hatte seine Neun-Millimeter-Parabellum zwischen seine Beine geklemmt und entsicherte und sicherte die Waffe immer wieder gedankenverloren, während er dahinjagte.

Eberard bog mit quietschenden Reifen in die Albert Road ab. Am unteren Ende hielt er sich in Richtung der Bahnschienen, an den heruntergekommenen Gebäuden entlang, er fuhr zu dem verwilderten Grundstück. Der Wagen hüpfte über den Bürgersteig und schoss durch schief herabhängende Tore. Eine kleine Gruppe *Bergies* saß um ein Feuer unter der Brücke. Die Männer sprangen panisch auf, als er an ihnen vorbeibrauste und über den Schutt schlingerte. In einer zornigen Wolke aus Staub und fliegenden Steinchen hielt er vor dem ausgebrannten Haus an, sprang aus dem Auto und rannte in den Hof, wo er am Sonntag zuvor die *Tik*-Hure gesehen hatte, die sich am Feuer wärmte. Jetzt war dort nur noch ein Haufen öliger Asche. Mit großen Schritten lief er über das Geröll und verschwand in dem Gewirr aus Korridoren, um nach den bewohnten Zimmern zu suchen.

Die Tür zu Marnies Raum stand offen. Ein junger Mann lag auf der Matratze und rauchte eine *Tik*-Pfeife. Eberard stürzte sich auf ihn, ehe er auch nur eine Chance hatte, die Drogen zu verstecken. In der Miene des Mannes zeigte sich blankes Entsetzen, während er versuchte, sich aus dem Griff des Detective zu befreien. Eberard hörte sich selbst brüllen. Ein giftiger Schwall von Beschimpfungen ergoss sich wie stinkendes Abwasser über den Drogensüchtigen.

»Wo ist Lastig? Wo ist er, du Stück Scheiße? Ich bring dich um, kapierst du, du *Poes*? Wo ist Lastig? Sag's mir oder du bist tot!«

Der junge Mann schüttelte verständnislos den Kopf. In einem weiten Bogen holte Eberard aus und knallte ihm die Unterseite des Pistolengriffs gegen die Schläfe. Der Mann schrie und brach dann auf der Matratze zusammen, wobei er sich den Kopf hielt. Blut quoll zwischen seinen Fingern hervor, und er begann zu schluchzen. Ein feuchter Fleck zeigte sich zwischen seinen Beinen.

»Hör auf, dir in die Hose zu pissen, du Arschloch! *Waar die fok is Marnie*?« Eberard brüllte so laut er konnte. Um ihn herum waren besorgte Rufe zu hören, als die Bewohner der anderen Zimmer aus diesen stürzten und sich in Sicherheit brachten, weg von diesem Wahnsinnigen. Der junge Mann fing zu heulen an und schüttelte den Kopf, so dass das Blut auf seine Wangen tropfte.

»Marnie ist ins Drogenhaus gegangen.« Die Stimme hinter Eberard klang ruhig. Er drehte sich um und entdeckte die Hure, die er am Sonntag neben dem Feuer gesehen hatte. Sie stand mit verschränkten Armen da und starrte ihn an. Ihr Gesicht war übersät von Narben und Pusteln, ihre Augen wirkten wie tot. »Er ist nicht hier. Er ist in der Gympie Street, drüben in Woodstock.« Mit diesen Worten ging sie wieder, wobei sie leise vor sich hinmurmelte.

Gympie Street war kein Ort, den er einfach wie diese Ruine in Salt River stürmen konnte. Dort würde er aufpassen müssen, dass ihn niemand von hinten niederstach. Es war auch sinnlos, das zu überstürzen. Wenn Marnies Hure ihn warnen wollte, dann hatte sie das inzwischen längst getan. Wenn nicht, würde Marnie sowieso die ganze Nacht dort verbringen, *Tik* rauchen und harte Alkoholika trinken. Eberard wusste, dass er einen kühleren Kopf brauchte, um sich im Drogenhaus umzuschauen.

Er ging zum Auto zurück, wobei er vor jedem mit seiner Waffe hin und her fuchtelte, der es wagte, sich zu zeigen. Ein übler Gestank stieg ihm in die Nase, als er sich seinem Wagen näherte. Die Windschutzscheibe war voller Dreck, der gerade zu trocknen begann. Er war auch auf die Scheibenwischer und über die Kühlerhaube geschmiert worden. Erst als Eberard vor dem Auto stand, begriff er, dass jemand Fäkalien über die Scheibe verteilt hatte. Die *Bergies* waren verschwunden, und es gab niemanden, an dem er seinen Zorn hätte auslassen können. Also fuhr er los, fluchend und den Kopf aus dem Fenster haltend, um besser sehen zu können, bis er endlich eine Tankstelle erreichte. Ein Tankwart kam auf ihn zugeeilt, bis er die Windschutzscheibe sah und angeekelt die Nase rümpfte, um sich kopfschüttelnd wieder zu entfernen.

»Ich mach das schon«, brummte Eberard, als er ausstieg und ihm eine Böe Gestank entgegenschlug. Er holte einen Eimer mit Seifenwasser, der neben der Zapfsäule stand, und schüttete das Wasser auf die Scheibe. Er hörte einen der Tankwarte pfeifen und sah, dass er ihm einen Schlauch hinhielt. Eberard fuhr mit dem Auto näher zum Wasserhahn und nahm dort den Schlauch dankend entgegen. Schon bald war die Frontscheibe wieder sauber, und es blieb nichts außer einem unangenehmen Geruch in der Luft zurück. Er gab dem Tankwart etwas Trinkgeld und ging hinein, auf der Suche nach Kaffee. Verdammte *Bergies,* dachte er.

Das Wechselgeld für den Kaffee war weniger als ein Rand. Eberard warf ein paar Münzen in die SPCA-Sammelbüchse neben der Kasse. Den Rest tat er in die zweite Dose, um die ein Schild geklebt war, auf dem stand: »One Church: Für eine hungrige Seele.« Eberard befand sich neben der Tür, nippte an seinem Kaffee und blickte auf den leeren Platz hinaus. Seine Einsamkeit war unbeschreiblich, ein quälender Schmerz, der weder zunahm noch weniger wurde. Er blies in den Becher, so dass der Dampf in sein Gesicht wehte und seine Wangen befeuchtete.

Ihm war nicht nach Weinen, er war zu leer dafür. Er fühlte sich beraubt und zugleich zu erschöpft, um trauern zu können. Es war nicht der Verlust, der ihn in diesen Zustand brachte, sondern die Art des Lebens, das er seit einiger Zeit führte. Dass der Tod einer Hure eine solche Einsamkeit auszulösen vermochte … Es war eine unaussprechliche Erniedrigung, der er sich ausgeliefert hatte. Irgendwo hatte er gelesen – wahrscheinlich in einer Männerzeitschrift voller bescheuerter Einzeiler und Silikonbrüste –, dass ein großer Denker einmal gemeint habe, die einzige echte philosophische Frage sei der Suizid. Was war es, was ihn davon abhielt? Manchmal fühlte sich Selbstmord wie ein Sicherheitsnetz an, eine beruhigende Möglichkeit, die es gab, falls alles andere schieflief.

Er hatte es nie ernsthaft erwogen, außer in jenen wenigen schrecklichen Momenten, als die Wände um ihn herum immer näher rückten und der Kontakt zur Außenwelt fast gänzlich abbrach. Jetzt jedoch beobachtete er, wie die Welt an ihm entlangglitt: Er blieb unbemerkt, losgelöst von den anderen, die an ihm vorbeifuhren. Dies hier war ein gefährlicher Ort – das wusste er. Aber dieser Ort zwang ihn auch dazu, auf den Beinen zu bleiben, seinen Kaffee in einem Satz zu leeren und den Becher in den Mülleimer zu werfen.

Warum machte er sich eigentlich noch die Mühe, den Becher wegzuwerfen? Warum machte er sich noch die Mühe, dem Tankwart dankend zuzunicken? Warum stieg er in sein Auto und reihte sich in den selbstvergessenen Verkehr ein? Weil er seinen Arm um Marnies Hals legen und spüren wollte, wie dessen warmes Blut über seine Haut lief, während der Zuhälter gurgelnd seinen letzten Atemzug tat. Danach, wenn er das erledigt hatte, würde es vielleicht endlich an der Zeit sein für die philosophische Frage. Dann würde er es vielleicht endlich tun.

Eberard parkte das Auto in einer Seitenstraße. Einige Gestalten traten aus den Schatten, um ihn ins Visier zu nehmen, wobei ihm eine von ihnen zuwinkte, ehe sie wieder verschwanden. Weiter oben auf der Straße lachte jemand laut, und eine Flasche wurde gegen eine Graffitimauer geschleudert. Auf der gegenüberliegenden Straßenseite lieferte ein fast fensterloses Haus kein passendes Versteck. Vor den wenigen übrig gebliebenen Fenstern waren Stahlgeflechte angebracht, während man die Tür mit großen Schlössern verhangen hatte. Auf Eberards Straßenseite zogen sich verfallene Doppelhäuser bis zur Kreuzung mit der Albert Road hinauf. Keines von ihnen war renoviert. Einige hatte eingefallene Dächer, andere Mauern, die umgestürzt oder so zur Seite gekippt waren, dass sie sich an die noch stehenden Teile anzuschmiegen schienen.

Ein Wachmann lehnte gegen ein Auto, eine Zigarette im

Mundwinkel. Er beobachtete, wie Eberard näher kam, tat aber so, als würde ihn das kein bisschen interessieren. Eberard gab vor, die Straße zu überqueren. Der Wachmann lächelte. Eberard überlegte es sich jedoch anders und stellte sich neben sein Auto, um auf die Straße zu blicken. Daraufhin sog der Wachmann ein letztes Mal den Rauch seiner Zigarette ein und warf den Stummel in Richtung des Detective – eine Geste, die wie eine Drohung wirkte. Als er sich vom Auto abstieß und aufrichtete, stürzte sich Eberard ohne Vorwarnung auf ihn und packte ihn am Hals. Ehe der andere reagieren konnte, hielt ihm Eberard die Pistole unter das Kinn. Dem Mann entwich vor Schreck die Luft, und er riss die Augen weit auf.

Eberard wusste, dass der andere gleich sein Messer zücken würde, weshalb er ihm sein Knie in den Magen rammte. Der Mann sackte zusammen, und Eberard wurde mit ihm zu Boden gerissen, wo beide keuchend liegen blieben. Erst als Eberard ihn auf den Teer drückte, ließ er seinen Hals los. Der andere ächzte und hechelte verzweifelt nach Luft. Jetzt presste ihm Eberard die Mündung seiner Waffe ins Auge. Das andere Auge des Mannes wanderte panisch von Eberards Gesicht zum Abzug. Einen Moment lang ließ der Polizist seinen Finger über das Metall streichen. Dann zischte er: »Verpiss dich und komm erst in einer Stunde zurück.« Der Wachmann nickte, rappelte sich hoch und rannte die Straße entlang davon.

Der beißende Geruch nach *Tik* und abgestandenem Haschrauch erfüllte die Luft, als Eberard vor der offenstehenden Haustür in die Hocke ging. Zwei Räume lagen links vom Flur, der in einen dritten überging. Eberard hörte Musik aus einem der Zimmer zur Linken, die nicht laut, aber eindringlich war. Jemand hustete und spuckte aus. Eine andere Stimme protestierte murmelnd. Dann wurde wieder geschwiegen, und man konnte nur den dumpfen Beat einer Bassdrum vernehmen.

Eberard schlich geduckt in das düstere Innere des Hauses, wo er sich an der Wand entlang vorwärtsarbeitete. Er blieb an der ersten Tür stehen und warf einen Blick ins Zimmer, das fast leer war. Nur in einer Ecke lag eine regungslose Gestalt, die entweder ohnmächtig geworden oder tot war, ohne dass jemand das bemerkt hatte. Fast alle Bodenbretter fehlten, so dass man die Träger und den Schutt darunter sehen konnte. Die Wände waren schwarz vor Ruß. Eberard schlich weiter zum nächsten Zimmer. Dort lagen schmutzige Matratzen und Wolldecken auf dem Boden verteilt. Ein ramponierter CD-Spieler lieferte die einzige Lichtquelle, ein grünliches Glimmen, das die Wände kaum erhellte. Zwei Männer lagen mit hochgelagerten Köpfen an der Wand, während eine dünne Frau in Embryonalstellung, halb zugedeckt, vor ihnen ruhte. Sie stöhnte leise, ihr Körper war in leichter Bewegung, doch ihre Augen hatte sie geschlossen. Die Männer betrachteten ihn durch halb geschlossene Lider. Selbst in der Düsternis vermochte Eberard zu erkennen, wie entzündet und rot ihre Augen waren. Einer der Männer, ein Weißer mit fleckig roter Haut von Crystal Meth, versuchte etwas zu sagen und gestikulierte eine Weile in Eberards Richtung, ehe er es wieder aufgab. Eberard ging weiter auf das Ende des Gangs zu, der in einem weiteren Raum mündete.

Hier befanden sich mehrere Leute in verschiedenen Stadien des Entkleidetseins. Holzpaletten und alte Sofas hatte man alle auf einen großen Flachbildfernseher hin ausgerichtet. Die Bildqualität war miserabel, körnig und flackernd. Aber Eberard sah eine junge Frau mit jugendlichen Brüsten, die gerade ihren Mund über einen riesigen Penis schob, während ein anderer Mann seinen Körper von hinten in sie rammte. Die Geräusche des Films hallten im Zimmer wider, wobei das Stöhnen der Pornodarstellerin in Wellen kam.

Keiner blickte durch den dichten Rauch zu Eberard auf. Diejenigen, die wach waren, starrten entweder scheinbar verständnislos auf den Bildschirm oder beschäftigten sich damit, ebenfalls Teile ihres eigenen oder eines anderen Körpers zu stimulieren. Die Pornodarstellerin würgte mit der Erektion des Mannes im Mund, was einen Kerl auf einem der Sofas zum Lachen brachte. Er sagte etwas Obszönes. Eberard trat hinter die Zuschauer und schlich in die Küche. Der Raum war nur deshalb als Küche zu bezeichnen, weil es hier ein Spülbecken und etwas gab, das einem Wasserhahn ähnelte. Ansonsten war er genauso unmöbliert wie die anderen Zimmer. Das Linoleum auf dem Boden hatte man aufgerissen, und die Bodenbretter waren fleckig und an mehreren Stellen verfault.

Ein Durchgang führte in ein weiteres kleines Zimmer. Langsam bahnte sich Eberard seinen Weg dorthin, wobei er versuchte, auf kein knarzendes Brett zu treten. Die Geräusche des Fernsehers erklangen auch hier deutlich, und Eberard war sich recht sicher, dass man seine Schritte nicht hörte. Dennoch gab er acht, bis er in den nächsten Raum schauen konnte.

Marnie lag auf dem Rücken. Speichel quoll aus seinem Mundwinkel. Der Detective warf einen Blick hinter sich, um zu kontrollieren, ob ihm jemand folgte. Doch da war niemand. Also trat er leise ins Zimmer. Der Zuhälter wachte kaum auf, als die Tür hinter Eberard zufiel. Einen Moment lang flatterten seine Lider, dann schloss er sie wieder. Die Wunde an seinem Ohr blutete durch die schmutzige Bandage um seinen Kopf. Es roch nach abgestandenem Schweiß und beißendem *Tik*-Rauch.

Eberard schob den Pistolenlauf zwischen Marnies Lippen und drückte ihn gegen dessen Zähne. Dann verpasste er ihm einen harten Schlag auf die Wange. Diesmal öffneten sich die Augen des Mannes rascher, wobei sie erneut eine Weile brauchten, ehe sie sich auf Eberard und die Waffe in seinem Mund fokussierten. Er versuchte sich aufzusetzen, aber der Detective stieß ihn auf die Matratze zurück und hielt ihn dort fest.

»Wage es ja nicht, mich anzulügen, Marnie. Wenn du mich anlügst, drücke ich sofort ab. Kapiert? Ich weiß, dass du es warst. Du weißt, dass ich es weiß. Ich ziehe jetzt also die Knarre aus deinem Mund, nur damit du mir sagen kannst, warum du es gemacht hast. Eine Lüge, und es ist sofort vorbei.« Er starrte den Zuhälter an und spürte, wie die Hitze in ihm aufstieg. »Sag… mir… warum.« Er zog die Pistole aus Marnies Mund, die nass von Speichel war.

Marnie sagte zuerst nichts. Er versuchte die Situation einzuschätzen und schien zu überlegen, ob dieser Polizist vor ihm verrückt genug war, ihn mitten in einem Drogenhaus zu erschießen. Eberard entsicherte die Waffe, um zu demonstrieren, dass er es ernst meinte. Das schien Marnie zu überzeugen, denn er begann zu stammeln. Zuerst verstand Eberard ihn nicht, doch er gab ihm ein Zeichen, langsamer zu reden, und presste erneut die Waffe auf seinen Mund.

»Ich werd Sie nicht anlügen, Inspector. Werd ich nicht. Sie war eine gute Arbeiterin, wissen Sie. Sie hat mir viel eingebracht, jahrelang Knete gemacht. Sie wusste, wie's lief. Hat auf mich gehört, keinen *Kak* gebaut, nicht wie diese anderen Schlampen, die sich ständig über das oder jenes beschweren. Sie war gut für mich. Und für Sie auch, hey, Inspector? Ich wusste, dass sie Ihre spezielle kleine Freundin war. Hey? Wusste ich.«

Eberards Finger legte sich um den Abzug.

»Okay, okay. Sie war großartig, ein tolles Mädchen. Echt. Ich wollte nicht, dass sie so endet. Nein, wollte ich nicht, wissen Sie.«

Eberard merkte, wie eine Schwärze in ihm aufwallte und ihn blind zu machen drohte. Seine Brust zog sich zusammen. Er konnte es nicht länger ertragen, noch ein weiteres Wort von diesem Mann zu hören. Er knallte mit der Pistole gegen Marnies Mund und riss seine Oberlippe dabei auf, hörte, wie die Zähne des Mannes mit lautem Knacken brachen. Es war eine tiefe Wunde, die heftig zu bluten begann. Das Blut lief über die Mündung und tropfte über das Kinn des Zuhälters auf sein graues Unterhemd. Marnie wollte schreien, aber der Schrei wurde durch den Pistolenlauf abgewürgt, während das Blut seine Kehle füllte. Er holte gurgelnd Luft und begann zu husten. Ein paar Blutspritzer tropften auch auf Eberards Arm. Dieser zog die Waffe aus Marnies Mund und platzierte sie stattdessen zwischen seine Augen auf seine Stirn. Der Zuhälter versuchte das Blut von seinem Mund zu wischen, doch es quoll weiterhin aus seiner Lippe.

»Behaupte nicht, dass du es nicht tun wolltest, Marnie. Mir ist das egal. Ich will nur wissen, warum du es gemacht hast. Das ist alles. Dann ist das hier erledigt.«

»Sie hören nicht zu, was ich sage, Inspector.« Marnie wimmerte wie ein kleines Kind. »Ich sag's doch.« Beim Sprechen spritzte Blut von seiner Lippe, und er rang um Luft, während er versuchte, sich nicht zu verschlucken. Seine Worte wurden undeutlicher, als er sich bemühte, mit seiner aufgerissenen Lippe und den eingeschlagenen Zähnen zu reden. »Die haben mir befohlen, es zu tun. Haben mir sogar Geld gegeben, dass ich's mache. Tausend Rand. Aber es war nicht wegen des Geldes, Inspector. So was würde ich nicht für Geld machen.

Ich brauchte einen weiteren Hit nach dem *Whoonga*, wissen Sie, für meinen Magen. Der war total im Eimer. Aber es war nicht fürs Geld. Die haben es mir befohlen. Die haben es mir befohlen, und die sind echt *bedonnerd*. Das sind unheimliche Leute, Inspector. Unheimliche Männer.«

Eberard trat einen Schritt zurück, die Pistole immer noch auf den Zuhälter gerichtet. Er runzelte die Stirn, während er das Gefühl hatte, als ob sich die Schwärze verflüchtigt hätte. Aufmerksam sah er Marnie an und überlegte. »Du redest verdammten Mist, Marnie. Ich werde dich abknallen, Mann, so wie man ein Tier abknallt – und zwar direkt in deine hässliche Visage.«

Marnie kreischte entsetzt und riss eine Hand hoch, als könnte das eine mögliche Kugel aufhalten. Dabei redete er weiter: »Nein, Inspector, nein! Das ist echt die Wahrheit. Echt.« Er würgte vor Furcht und versuchte sich aufzusetzen. »Ich kann Ihnen sogar das Geld zeigen. Etwas davon habe ich schon für *Tik* ausgegeben. Aber der Rest ist hier, in meiner Tasche.« Er fasste in seine Hosentasche und zog einen zerknitterten Umschlag heraus. Eberard entriss ihn ihm. Es befanden sich sieben oder acht Hundert-Rand-Scheine darin. Er schleuderte den Umschlag auf den verängstigten Mann.

»Wer hat dich bezahlt? Hä? Wer sind diese Leute gewesen, Mann?«

»Weiß ich nicht.« Marnie begann zu weinen. Der Rotz aus seiner Nase begann sich mit dem Blut auf seinem Gesicht zu vermischen. »Ich weiß nicht, wer die sind. Es waren zwei. Zwei Männer. Sie erwischten mich in Salt River. Ein Schwarzer und ein Weißer, starke *Okes*.«

»Beschreib mir den Weißen.«

»Ein großer *Ou*, *blerrie* riesige Muskeln, so dass seine Arme fast zu platzen schienen, *jy weet*? Er hatte einen fremden Akzent, den ich noch nie gehört hab. Seltsame Frisur, wie ein Rugbyspieler, wissen Sie. Wie ein Afrikaander oder einer, der für die Bulls spielt.«

»Ein Vokuhila?«

»Ja, so'n Vokuhila. Blond. *Fok,* Inspector, er war stark, und sein Gesicht war nicht *lekker*, Mann. Als wär er vom Teufel persönlich geschickt. Er sagte, ich muss es tun, wissen Sie. Ich muss Angel abmurksen und ihre Leiche in Ihrer Wohnung deponieren. Sie hatte doch einen Schlüssel, *Mos*, also kam ich da bei Ihnen rein, ohne die Tür aufzubrechen.«

Eberard hörte bereits nicht mehr hin. In seinem Inneren überstürzten sich die Gefühle. Er stellte sich seine Wohnung vor, dachte an die Ereignisse in der Synagoge. An Josh, wie er im Schwimmbecken trieb.

Marnie redete weiter. Er spürte, dass die Gefahr gebannt war, und klang deshalb eifriger. »Sie sagten, ich soll sie zerschneiden. Sie aufschlitzen und Zeug aus ihr rausholen. Die waren wahnsinnig, Mann. Diener des Teufels, Inspector. Diener des Teufels. Aber ich konnte das nicht, nicht bei meiner Angel. Meine Angel war doch gut zu mir, Mann.«

Der Schuss kam auch für Eberard wie aus dem Nichts. Ein hallender Knall ließ ihn zusammenzucken. Marnie wurde auf die Matratze zurückgeschleudert. Ein Loch zeigte sich über seiner rechten Braue, und ein schmales Blutrinnsal lief heraus, um sich in seiner Augenhöhle zu sammeln. Sein Mund stand offen, als wäre er mitten im Satz erwischt worden, während sein Blick zeigte, dass ihm sein eigener Tod wohl kaum bewusst geworden war. Eberard umfasste seine Pistole noch fester. Er starrte auf den regungslosen Körper und senkte die Waffe, um sie wieder zu sichern. Wie von ferne vernahm er die Pornodarstellerin, die einen Orgasmus nachahmte. Andere Stimmen waren nicht zu hören.

Eberard wartete ein paar Minuten, ehe er seine Waffe ins Halfter schob. Dann schaltete er das Licht im Zimmer aus, stieß das Fenster auf und sprang mit einem Satz in die dunkle Gasse hinaus.

Zwölf

»Sie sehen grauenvoll aus.«

Yael saß ihm gegenüber in einem kleinen Café auf der Somerset Road. Die Sonne war gerade erst aufgegangen, und die Straße war in einen schmutzig grauen Nebel getaucht, der vom Meer hochkam.

Eberard neigte den Kopf. Seine Augen waren dunkel umrandet und eingefallen. Er hatte nicht geschlafen und trug noch immer die gleiche Kleidung wie am Tag zuvor. Seine Wohnung war von Ermittlungsbeamten umgekrempelt worden, und er hatte nicht dorthin zurückgewollt, weshalb er stattdessen durch die Gegend gefahren war und versucht hatte, wieder einen klaren Gedanken zu fassen. Er wusste, dass er ein Alibi für den Zeitpunkt brauchte, an dem Marnie erschossen worden war. Doch er konnte an nichts anderes denken als an Angel und wie sie in ihrem eigenen Blut auf seinem Bett gelegen hatte. Schließlich hatte er an einem Café gehalten, das die ganze Nacht offen hatte, und den Anruf des hartnäckigen Detective aus Goodwood entgegengenommen. Ja, er würde eine Aussage machen. Nein, er hatte nicht die geringste Ahnung, wer sie umgebracht haben könnte. Ja, er würde sie offiziell identifizieren.

Am frühen Morgen war er in der Leichenhalle in Salt River eingetroffen. Die Leichenwagen standen nebeneinander vor der Tür, als ob es sich um eine Kavallerie handelte, die nur darauf wartete, dass der Stoß ins Horn erfolgte und sie ausrücken würde. Im Gebäude ließ das harsche Neonlicht die Wände weiß leuchten. Keiner der Gerichtsmediziner war anwesend, und ein Assistent führte Eberard in den Raum, in den man kam, um einen Toten zu identifizieren. Eberard fürchtete sich davor, noch einmal Angels Leiche zu sehen. Aus irgendeinem Grund nahm er an, dass sie noch immer blutig war und sich in derselben Position wie zum Zeitpunkt ihres Todes befand. Doch Angel lag unter einem sauberen grünen Tuch, die Arme seitlich neben ihr platziert. Während er sie durch die Glasscheibe betrachtete, kam es ihm fast unwirklich vor, dass sie nicht mehr lebte. Doch als er näher trat, sah er, dass ihre Lippen hochgezogen waren und ihre Zähne enthüllten und dass ihre Backen schlaff über ihre Wangenknochen hingen. Er hatte eine ganze Weile wie angewurzelt vor der Scheibe gestanden. Obwohl er sie nicht so sehen wollte, war es ihm doch unmöglich, sie hier zurückzulassen. Er stand da und starrte sie an, als wartete er darauf, dass sie sich bewegen würde. Schließlich räusperte sich der Assistent.

»Ja, das ist Laetitia Apolis«, sagte Eberard leise. Er hatte zuvor das Bedürfnis verspürt, eine Art Ritual zu durchlaufen, irgendetwas, um sich offiziell von Angel zu verabschieden. Doch die grellen Lichter und die stumme Gegenwart des Fremden hinter ihm machten es unmöglich. Also senkte er nur den Kopf und ließ sie dort zurück.

Jetzt starrte er schwermütig in seinen dampfenden Kaffee. Er hatte Yael angerufen und sie gebeten, ihn zu treffen, um sich zu entschuldigen, sich irgendwie zu erklären und die Kluft, die sich zwischen ihnen aufgetan haben würde, zu überwinden. Sie hatte sich widerstrebend einverstanden erklärt. Jetzt, da sie ihm gegenübersaß, fühlte sich sein Herz leer an, und er vermochte nicht die Gedanken auszudrücken, die ihn belasteten. Das Sportstadion von Green Point tauchte aus dem Nebel auf wie ein gewaltiges Schiff, das an diesem Platz verankert war. Die ersten MyCiti-Busse wurden rumpelnd angelassen und fuhren mit ihren weichen Federungen schwankend wie Motorboote durch die Betonkanäle. Bald würden die Lebensmittelläden öffnen und sich auf der Straße Rikki-Taxis und Bierlaster der SA Breweries tummeln. Doch noch war außer dem dröhnenden Ruf des Nebelhorns alles still.

Eberard nahm einen großen Schluck Kaffee, dessen Bitterkeit in seiner Kehle brannte. »Tut mir leid wegen letzter Nacht«, brachte er mühsam hervor, ehe er wieder in Schweigen verfiel.

Yael betrachtete ihn feindselig und wütend. »Sie machen wohl Witze. Das kann doch nicht Ihr Ernst sein. War's das? Ein ›Tut mir leid‹? Tut mir leid, dass ich Sie mit nach Hause genommen habe, und da war eine Frau, die in Einzelteilen auf meinem Bett lag? Hoppla, tut mir echt leid. Tut mir leid, dass Sie die ganze Nacht auf der Polizei sein mussten und von irgendeinem Idioten befragt wurden. Was zum Teufel soll das?« Zum Glück war das Café leer. Nur der junge Kellner blickte hinter der Theke auf und sah einen Moment lang besorgt zu ihnen hinüber.

Eberard sagte noch immer nichts.

»Okay, ich gebe Ihnen einen Tipp«, fuhr Yael fort. »Wenn Sie möchten, dass ich bleibe, dann reden Sie mit mir. Bieten Sie mir irgendetwas, oder ich gehe. Fangen wir mal damit an: Wer war sie? Nicht nach der offiziellen Version. Ihre Version. Die Wahrheit.«

Eberard sah sie an. Er blickte direkt in ihr zorniges Gesicht. Wie sollte er Yael das erklären? Das Gefühl von Schuld und Scham. Nicht weil er mit Angel zusammen gewesen war. Nicht weil er so tief gesunken war, dass er auf dem Boden neben dem Müll gelegen hatte. Sondern weil er so verzweifelt war, sie verloren zu haben. Warum konnte er die Erinnerung an sie nicht einfach abschütteln? Schließlich war sie nur eine Hure gewesen, mit der er sich manchmal vergnügt hatte. Eine Schlampe, die es nicht anders verdient hatte. Warum war da dieser Schmerz in seiner Brust, diese Einsamkeit, die ihn nicht mehr losließ?

»Sie war eine Freundin«, sagte er.

Er sah, wie sich Yaels Miene sofort änderte. Innerhalb einer Sekunde hatte sie seinen Schmerz und seine Scham erkannt. Ein feuchter Film verschleierte ihre Augen, und ihr Kinn entspannte sich. Er wusste, dass sich seine eigenen Augen mit Tränen füllten, und vermochte es nicht aufzuhalten. Er durfte vor dieser starken, strengen Frau nicht weinen, sagte er sich. Er musste seine Stabilität bewahren. Alles andere wäre katastrophal.

»Ich scheine immer erst zu erkennen, was wichtig ist, wenn ich es verloren habe. Das passierte mit meiner Frau und mit meiner Tochter und jetzt mit Angel.« Eine Träne lief ihm über die Wange. Er wischte sie mit dem Handrücken fort und schaute weg. »Sie war eine Kämpferin. Aber ihr Leben hätte immer so geendet. Irgendwann würde ihr jemand die Kehle durchschneiden und sie wegwerfen – das war ganz klar. Sie war nur ein Eimer, ein Behältnis, in den einsame Männer ihre Traurigkeit schütteten.«

»War sie das auch für Sie?«

»Manchmal«, erwiderte er und rieb sich mit der Hand über die Stirn. »Und manchmal war sie meine einzige Verbindung zum Menschsein. Ich fühle mich verantwortlich, ich habe das Gefühl, dass es meine Schuld war. Ich hätte mich mehr um sie kümmern müssen. Ich hätte …« Er hielt mit gequälter Miene inne.

»Sagen Sie es einfach. Spucken Sie es aus, Sie harter Kerl, Sie!«

»Ich hätte … Ich hätte ihr meine Zuneigung zeigen sollen. Ich hätte ihr ihre Bedeutung klarmachen müssen, was ihre Freundschaft für mich hieß. Ich habe sie nicht geliebt – das habe ich nie getan. Aber ich habe sie gebraucht. Mehr als mir bewusst war. Ich habe sie schon so lange gekannt, dass sie im Grunde unsichtbar für mich wurde. Und jetzt bleibe ich mit dieser Leere zurück. Und der Schuld.«

Yael lächelte traurig, als er dieses Wort sagte. »Für Sie ist Schuld nur ein Gefühl. Für uns ist es eine Art des Lebens. Vielleicht sogar eine Religion.« Sie wirkte jetzt weicher, beinahe nostalgisch. Eberard wünschte sich fast, dass sie wieder so einschüchternd wäre, denn ihr Mitgefühl raubte ihm den Atem.

»Im Judentum sagen wir zu demjenigen, der gerade einen nahestehenden Menschen verloren hat, ›Ich wünsche dir ein langes Leben‹. Nicht-Juden finden das sehr seltsam, glaube ich, dass man jemandem ein langes Leben wünscht, wenn er gerade um jemanden trauert. Aber ich denke, man möchte den Trauernden an das erinnern, was bleibt – dass sie trauern und die Trennung spüren, aber sich nicht darin verlieren, sich nicht dieser Schwärze hingeben sollen. Es gibt weiterhin so vieles, es gibt so viel Leben. Und man kann dieses Leben in vollen Zügen leben, ohne dabei den Menschen zu vergessen, den man verloren hat, ohne die Erinnerung an ihn zu beschmutzen. Das ist eine gute Botschaft – auch für Sie, Eberard.«

»Das ist eine beschissene Botschaft, Yael. Ich habe nichts, wofür es sich zu leben lohnt.«

»Nein, das stimmt nicht.« Yael berührte seine Hand mit einem Finger, und er blickte zu ihr auf. »Sie und ich wissen beide, dass das nichts mit Ihrer Freundin zu tun hatte. Es ging um Sie selbst.«

»Ja«, antwortete er. »Man wollte sich an mir rächen. Sie war die Botschaft, ich war das eigentliche Ziel.«

»Genau, Eberard. Aber es war nicht nur eine Rache. Rache würde sein, wenn man Sie mit gebrochenen Knochen in einer Gasse liegen lässt. Oder aus einem Auto wirft, mit einer Kugel im Kopf. Hier geht es um etwas Subtileres. Man will Sie am Leben lassen, ansonsten wären Sie derjenige, der da im Bett gefunden worden wäre. Man will Ihnen den Verstand rauben, nicht das Leben. Und das hat ganz offenbar funktioniert.« Sie lehnte sich auf ihrem Stuhl zurück. »Sie müssen ihren Mörder finden. Und danach müssen Sie den Mord an diesem kleinen Jungen lösen. Sie wissen genauso gut wie ich, dass die beiden Fälle miteinander verbunden sind. *Das* ist ein guter Grund, um weiterzuleben, wenn es schon keinen anderen geben sollte.«

Sie saßen eine Weile so da und hingen schweigend ihren Gedanken nach. Eberard schloss einen Moment lang die Augen und merkte, wie sich die Welt drehte. Als er sie wieder öffnete, sah er, dass Yael ihn beobachtete. »Ich habe den Bericht über Josh Shimansky fertig und ihn Ihnen heute früh gemailt.« Eberard bedankte sich halbherzig. »Also, kann ich einen Blick auf den Report des Gerichtsmediziners werfen? Vielleicht diesmal ohne ein ermordetes Mädchen, das dazwischenkommt?«

Ihre Härte tat ihm weh. Nachdem ihre Unterhaltung sanfter und weicher geworden war, überraschte ihn ihre Rückkehr zu ihrer gnadenlosen Direktheit. Er fühlte sich sofort wieder angespannt.

»Was interessiert Sie daran? Wollen Sie mich kontrollieren?« Er lächelte und versuchte so, seine Frage souveräner und lockerer wirken zu lassen. Doch Yaels Miene blieb ernst. Eberard runzelte die Stirn und wartete auf ihre Entgegnung. Doch sie sah ihn nur an.

»Verdammter Mist. Sie wollen mich wirklich kontrollieren. Geht es darum? Wer hat Sie gebeten, sich bei mir einzuschmeicheln? Der Rabbi? Traut er einem *Klonkie*-Bullen nicht zu, so einen Fall zu lösen? Ist es das?« Sein Zorn wallte heftig in ihm auf und schlug wie ein Raubtier zu.

»Also bitte. Seien Sie doch nicht so eingebildet«, gab Yael zurück. »Es stimmt, der Rabbi hat mich gebeten, die Ermittlung im Auge zu behalten. Kann man ihm das vorwerfen? Ein alkoholkranker Polizist, der noch nie in einer Synagoge war und nichts über Juden weiß außer den antisemitischen Witzen, die er vom Männerklo kennt – und so jemand ermittelt in einem solchen Mordfall. Können Sie ihm das vorwerfen? Sie führen sich auf wie ein *Bulvan*, ignorant und arrogant, und beschuldigen einen alten Juden und seinen geistig zurückgebliebenen Sohn des Mordes. Versuchen die heilige Tora mitzunehmen, um sie von *Gojim* mit fettigen Händen untersuchen zu lassen. Sie bringen den Vorsitzenden des Synagogenkomitees gegen sich auf.«

Sie stieß einen verächtlichen Pfiff aus und schüttelte den Kopf. Einen Moment lang schien sie sich zu sammeln. Dann schüttelte sie erneut den Kopf, so dass ihr die dicken schwarzen Haare über die Schultern flogen, als wären sie lebendig. »Es tut mir leid, Eberard. Ich erkläre das nicht gut. Es geht nicht nur darum, Sie im Auge zu behalten. So krass ist das nicht gemeint. Es geht auch darum, Ihnen zu helfen – Ihnen die Schwierigkeiten und Empfindlichkeiten in diesem Fall nahezubringen. Meine Community ist wirklich daran interessiert, dass man den Mörder findet. Tatsächlich ist das für uns sogar wesentlich wichtiger als für Sie. Ich bin also hier, um zu helfen. Wo auch immer Sie meine Hilfe brauchen.«

Eberard hätte ihr am liebsten erklärt, dass er keine Hilfe

brauchte. Er hätte ihr gern wegen ihres Selbstbewusstseins Kontra gegeben, ihr sogar eine Ohrfeige verpasst für diese Vermessenheit. Noch nie zuvor hatte er eine solch physische Reaktion bei einer Frau verspürt. Doch trotz seiner Frustration wusste er, dass sie recht hatte. Er wusste, dass er schrecklich unsensibel vorgegangen war, dass seine Ignoranz ihn zu sinnlosen und abscheulichen Schlussfolgerungen geführt hatte. Die Ermittlungen stagnierten, und ohne einen Insider, ohne jemanden, der sich auskannte, war er verloren.

»Was ist ein *Bulvan*?«, fragte er, statt es zuzugeben, störrisch wie ein Kind, das gerade getadelt worden war.

»Ein großer, gewaltiger Ochse – so wie Sie. Nur Fleisch und kein Hirn.« Sie lachte, und ihre weißen Zähne blitzten dabei. Yael hatte etwas Unbändiges und etwas immer wieder zutiefst Beleidigendes an sich. Und Eberard vermochte sich dem nicht zu entziehen.

Sergeant Pillay lächelte, als Eberard das Büro betrat, und zog eine Augenbraue hoch, als Yael ihm auf dem Fuß folgte. Sie ordnete zum Schein einige Papiere, aber behielt Yael genau im Auge, während diese an ihr vorüberging. Sie mochte in Versuchung gewesen sein, etwas zu sagen, doch der gequälte Ausdruck in Eberards Miene ließ sie schweigen.

Makosi saß an Eberards Schreibtisch. Er war unrasiert, und seine Augen wirkten rot und verschlafen, nachdem er die ganze Nacht lang zusammen mit dem Straßenjungen die DVDs durchgeschaut hatte. Zwei leere Styroporbecher standen vor ihm auf dem Tisch.

»Zu viel ferngesehen, Makosi?«

Der junge Detective zuckte zusammen und warf vor Schreck beinahe einen der Becher um. Er schnitt eine Grimasse und wischte sich mit dem Handrücken über das Gesicht. »Ich habe noch nie ein Kind erlebt, das so viel Müll in sich reinstopfen kann wie der Junge. Jedes Mal, wenn wir mit einer DVD fertig waren, wollte er mehr essen, ehe er einverstanden war, sich noch eine anzusehen. Burger, Pommes, Eis, Popcorn, Schokolade. Was ist nur los mit der Jugend?« Makosi grinste schwach und zog dann ein verärgertes Gesicht. »Schließlich hat er sich in den Papierkorb übergeben. Hat beinahe den ganzen vollgekotzt.«

Beim Gedanken daran schüttelte sich Makosi. Dann setzte er sich auf. Er habe gute Nachrichten, fuhr er fort. Das Kind konnte den Mann aus dem Park identifizieren. Er hatte geschworen, dass er es war, auch wenn Makosi den Mann nie zuvor gesehen hatte. Der Fernseher stand noch immer im Besucherraum, und Eberard folgte Makosi den Gang entlang. Yael schloss sich ihnen an, obwohl sie nicht glaubte, dass sie den Mann kennen würde, wie Eberard hoffte.

Auf dem Bildschirm war ein körniges Standbild mit Menschen zu erkennen, die sich gerade an einem langen Tisch mit Essen versorgten. Makosi drückte die Playtaste, und die Szene lief weiter. Die Leute drängten sich an dem Tisch und füllten ihre Pappteller, bis die Ränder nachgaben und Salat oder Kartoffeln auf das Tischtuch fielen. Eine große Frau schaufelte immer mehr Essen auf ihren Teller, wobei sich in ihrer Miene etwas wie Panik zeigte. Die Kamera wanderte den Tisch entlang, der von allen Seiten mit Leuten umgeben war. Da tauchte unter ihnen ein schwerer Weißer auf, der sich mit seinen breiten Schultern problemlos einen Weg durch die Menschenansammlung bahnte. Er musterte eingehend das Essen, ehe er ein oder zwei Stück Fleisch auswählte, sich wieder zurückzog und in der Menge verschwand.

Makosi drückte die Pausentaste, spulte etwas zurück und

ließ dann das Bild des Mannes auf dem Bildschirm stehen, als dieser gerade vom Tisch aus Richtung Kamera blickte. Yael schüttelte den Kopf. Offensichtlich hatte sie den Mann noch nie gesehen.

»Also, das ist er, meint der Junge«, erklärte Makosi. »Ich weiß nicht, ob er die Wahrheit sagt, Inspector. Aber er schien sich sicher zu sein. Und der Typ sieht doch auch irgendwie seltsam aus, oder? Mit diesem riesigen Körper und dem seltsamen Haarschnitt.«

»Ein blonder Vokuhila. Heutzutage nicht allzu modisch.« Eberard starrte auf den Bildschirm, und sein Puls raste, während er sich ein paar Details seiner Unterhaltung mit Marnie ins Gedächtnis rief. Er durfte Marnie vor Makosi nicht erwähnen, doch er wusste, dass der Mann auf dem Bildschirm der Schlüssel zu allem war. Er hatte Kontakt mit Josh vor dem Mord an Coenie gehabt, und er war es auch gewesen, der Marnie dazu gebracht hatte, Angel zu töten. Er war das Verbindungsglied zwischen den beiden Fällen, und dennoch ergab seine Verwicklung in die zwei Morde keinen Sinn. Er war kein bekannter Verbrecher und kein Bandenmitglied. Der Mord an Angel konnte zudem nicht dazu gedacht gewesen sein, Eberard zu verscheuchen. Er war überhaupt nicht in der Lage gewesen, einen Verdächtigen zu identifizieren. Seine nächsten Worte musste er vorsichtig wählen.

»Wir haben keinen Grund anzunehmen, dass der Junge lügt«, sagte er. »Wenn er fest glaubt, dass das der Mann ist, den er mit Josh im Park gesehen hat, dann finde ich, wir sollten dieser Spur folgen. Ich kenne ihn jedenfalls nicht. Welche Veranstaltung sehen wir da auf dem Video?«

»Anscheinend war es eine Feier zur Eröffnung eines neuen One-Church-Saals in Ravensmead vor zwei Jahren«, erwiderte Makosi. »Diese DVD zeigt man den Kids, um zu demonstrieren, dass die Kirche wächst und sich um ihre Gemeindemitglieder kümmert. Ich habe allerdings nicht die geringste Ahnung, wie dieser Vokuhila-Typ da reinpasst.«

Eberard verließ die Polizeiinspektion gemeinsam mit Makosi, um ein zweites Mal das Büro der One Church aufzusuchen. Yael blieb mit einem Becher lauwarmen Kaffees und zwei gerichtsmedizinischen Berichten zurück. Auf dem Weg nach unten blieb Eberard stehen. Er schickte Makosi vor, schon einmal den Wagen zu holen, während er ins Waffenlager ging, wo der diensthabende Beamte gerade mit erschöpfter Miene den Tagesreport verfasste. »Ich wechsle nur kurz mein Magazin«, sagte Eberard. Der Mann war zu beschäftigt, um aufzublicken, und schob ihm den Schlüssel zum Tresor über die Theke. Eberard klapperte eine Weile mit den Patronen herum und tat so, als würde er sie austauschen. Dabei holte er aus dem hinteren Teil des Safes eine Neun-Millimeter-Übungspatrone und klickte diese in sein Magazin, ersetzte die Kugel, mit der Marnie erschossen worden war. Jetzt musste er nur noch einen Grund erfinden, weshalb er angeblich einen Warnschuss abgegeben hatte, um das frische Kordit im Lauf und in der Haut seiner Hand zu erklären, falls man ihn kontrollierte.

Auf dem Weg zur Kirche fühlte er die Erschöpfung. Seine Angespanntheit kehrte jedoch zurück, als sie vor dem protzigen Gebäude anhielten. Der Parkplatz war beinahe leer. Nieselregen peitschte darüber hinweg und prasselte wie Sand gegen die Glastüren. Eberard fluchte laut, als er eine der riesigen Türen aufstieß und der Wind gemeinsam mit ihm ins Innere drängte. Dort stand die eisige Empfangsdame hinter ihrem großen Schreibtisch und zeigte sich wieder keineswegs angetan von ihrem Erscheinen. Sie informierte die beiden Männer, dass Pastor Jackson nicht da sei, und signalisierte zugleich, wie wenig sie vorhatte, ihnen auch nur im Geringsten entgegenzukommen.

Eberard zog ein Farbfoto aus dem braunen Umschlag, den er in der Hand gehalten hatte. Die Aufnahme von der DVD war körnig und leicht verschwommen, aber dennoch konnte man den Mann, der von dem Tisch mit Essen aufblickte, gut erkennen. Eberard schob das Bild über den Schreibtisch bis zur Tastatur der Frau. Sie schüttelte den Kopf, ohne sich das Foto näher anzusehen.

»Celia«, fuhr Eberard sie an. »Das ist niemand, den man so schnell wieder vergisst. Schauen Sie sich das Bild bitte genau an.«

Die Sekretärin bestand darauf, dass sie keine Informationen über Mitglieder oder Mitarbeiter der Kirche oder über irgendjemanden geben könne, der eines ihrer Feste besuche, ohne zuvor die Erlaubnis des Pastors eingeholt zu haben. Mit versteinertem Gesicht schob sie das Foto zurück. Eberard bemerkte dasselbe Zögern, das ihm auch bereits bei ihrem ersten Treffen aufgefallen war. Entschlossen ging er zum Angriff über. Er schob ihr das Bild erneut zu und zeigte mit dem Finger darauf. Ihre Augen weiteten sich, zuerst überrascht und dann verängstigt. Sie sah sich um, als ob sie hoffte, dass ihr jemand zu Hilfe kommen würde. Doch ganz offensichtlich war sie allein.

Eberard witterte seine Chance. »Ich werde Sie wegen Behinderung der Justiz verhaften lassen. Und zwar auf der Stelle. Ich führe Sie in Handschellen zum Wagen und stecke Sie persönlich in eine Zelle.« Seine Drohungen waren völlig unprofessionell. Das wusste er, während er gegen seinen Frust ankämpfte. Aber das war ihm inzwischen egal. »Wer wird davon erfahren, wenn ich Sie jetzt sofort mitnehme? Wollen Sie wirklich eine Nacht auf einem kalten Betonboden in einer Zelle verbringen, Celia? Ich meine das todernst, verstehen Sie? Keiner wird Sie suchen, das schwöre ich Ihnen.« Es war offensichtlich, dass Eberard anfing, die Beherrschung zu verlieren. Er ballte die Faust, mit der er dann auf das Bild schlug, wobei seine Halsadern hervortraten, als wäre er ein Bodybuilder. »Schauen Sie sich das verdammte Foto an und nennen Sie mir seinen Namen!«

Die kühle Fassade der Frau begann zu bröckeln, und kurz darauf begann sie zu weinen. Makosi schien die Heftigkeit zu überraschen, mit der sein Partner diese Befragung durchführte, doch als Untergebenem war es nicht an ihm, Eberards Methoden anzuzweifeln. Celia schluchzte inzwischen hemmungslos und suchte in der Schreibtischschublade nach einem Taschentuch. Ihre Wimperntusche war unter einem Auge verwischt, was sie grotesk erbärmlich wirken ließ.

»Ich kenne ihn kaum. Er hat die Überwachungskamera im neuen Kirchensaal in Ravensmead installiert, das ist alles.« Sie putzte lautstark ihre Nase, und das Taschentuch wurde zu einem nassen Klumpen. »Ich erinnere mich nur wegen seines Akzents an ihn und weil er sagte, dass er Katholik sei. Ich fand es schade, dass wir niemanden aus unserer Kirche für die Arbeit verwendeten. Aber vielleicht hatte niemand Zeit, oder keiner wusste, wie so was geht.« Ihre Lippen zitterten noch immer, und ihre Nase begann wieder zu laufen. Sie tastete nach einem weiteren Taschentuch.

Eberard zeigte sich von ihren Tränen völlig unbeeindruckt. »Ich will Namen und Adresse.«

»Er heißt Androv.« Mit dem neuen Taschentuch verschmierte sie nun auch den Lidschatten über ihr ganzes Gesicht. Ihr beinahe schon hysterisch wirkender Zustand machte sie geradezu verachtenswert unattraktiv. »Mit Nachnamen heißt er Kolchenky oder Kolchenko, glaube ich. Irgendwie so. Ich kann mich nicht mehr genau erinnern.« Sie rieb sich mit dem Handrücken die Nase. »Eine Adresse kann ich Ihnen nicht geben. Ich glaube nicht, dass er uns eine Rechnung oder etwas Ähnliches geschrieben hat. Wir haben ihn einfach bar auf die Hand bezahlt.« Sie sah flehend zu Eberard auf. Er sagte nichts, um sie zu beruhigen, sondern verließ gemeinsam mit Makosi das Gebäude, während Celia zurückblieb und sich das Gesicht abtupfte.

Der Name sagte Eberard nichts. Aber es war zumindest ein Anfang. Vielleicht kannte das Polizeiregister diesen Mann. Auf dem Rückweg rief er einen der Techniker an und stellte klar, dass er Ergebnisse erwartete, wenn sie im Büro eintrafen. Der russische Name erklärte den Akzent, den auch Marnie erwähnt hatte. Eberard warf seinem Partner einen Blick zu, während sie durch die Flats fuhren. Er musste Makosi Marnies Aussage mitteilen. Doch wenn er das tat, gab er zugleich einen Mord zu. Es würde die Zeit kommen, dachte er, wenn ein solches Geständnis richtig war. Bis dahin musste das Ganze ein Geheimnis bleiben, von dem nur er und der Zuhälter wussten.

Fourie wartete bereits auf sie, als sie das Dezernat für Schwerverbrechen betraten. Seine Kleidung strömte einen Geruch nach Schweiß und altem Fett aus. Nervös wie ein Schuljunge trat der Techniker von einem Fuß auf den anderen. Er hatte den Namen Androv Kolchensky in ihren Akten gefunden. Eberard betrachtete das Schwarzweißbild, das Fourie mit einem überstrapazierten Tintenstrahldrucker für ihn ausgedruckt hatte. Es war fleckig und voller Streifen, und doch konnte man trotz eines anderen Haarschnitts den Mann eindeutig erkennen.

»*Okaai, okaai*, schauen Sie sich das an. Androv Kolchensky, zweiundvierzig Jahre. Ursprünglich Russe. Kam in den Achtzigern nach Südafrika. Verurteilt wegen Heroinbesitz und tätlichem Angriff. Mitglied einer Gruppe aus fünf Männern, denen Einschüchterung und Erpressung zur Last gelegt wurden. In den Clubs in der Long Street tätig. Sie wissen schon, für Yuri und die russischen Mafiosi. Die Anklage gegen diese Männer wurde fallengelassen.« Fourie blickte auf, um sich zu versichern, dass ihm seine beiden Kollegen noch zuhörten.

Yael saß mit den Berichten des Gerichtsmediziners an Eberards Schreibtisch, hörte nun aber ebenfalls Fourie zu.

»*Okaai*, 2007 wurde er wegen schwerer Körperverletzung und unerlaubten Besitzes einer Feuerwaffe zu sechs Jahren Gefängnis verurteilt. Es klingt so, als wäre der Kläger beinahe zu Tode geprügelt worden ...«

Eberard unterbrach ihn. »Zu sechs Jahren verurteilt? Dann hätte er eigentlich noch sitzen sollen, als die DVD entstand. Was er allerdings offenbar nicht mehr tat. Adresse?«

Fourie schüttelte den Kopf. Die Adresse, die sie hatten, war die eines alten Wohnblocks in Sea Point, der inzwischen abgerissen worden war. Vielleicht habe das Gefängnis eine neuere Adresse, meinte er. Doch Eberard bezweifelte, dass ihnen das weiterhelfen würde.

»Ein zwielichtiger russischer Gangster. Das ergibt keinen Sinn«, sagte Yael und zuckte hilflos mit den Achseln.

»Nein, das ergibt überhaupt keinen Sinn. Dieser ganze Fall wird jeden Tag unübersichtlicher. Aber der Typ stinkt, und er ist die einzige Spur, die wir momentan haben. Also: Makosi, arbeiten Sie mit Fourie zusammen. Ich will alles wissen, was wir über den Kerl herausfinden können. Wie sehen seine Verbindungen zur russischen Mafia und zu den muslimischen Fundamentalisten aus? Welche Beziehung hat er zu Juden, wo geht er in die Kirche, was genau hatte er mit dem Kirchensaal in Ravensmead zu tun? Alles. Und ich will eine Adresse von diesem Arsch!« Die anderen sahen ihn überrascht an. Er hatte gar nicht bemerkt, wie laut er geworden war. »Mein Gott, wir brauchen dringend einen Durchbruch!«, brüllte er, während er mit großen Schritten das Büro verließ.

Dreizehn

Den restlichen Tag verbrachten sie mit der erfolglosen Suche nach Kolchensky. Jede Spur führte in eine Sackgasse. Yuri der Russe war vor einiger Zeit in einem Kugelhagel ums Leben gekommen, der an einer Ampel auf seine Luxuslimousine abgefeuert worden war. Sein Tod hatte seine Kompagnons in alle Winde zerstreut. Viele waren in ihre osteuropäischen Heimatländer geflüchtet, und die wenigen Zurückgebliebenen weigerten sich, mit der Polizei zu reden. Als man sie unter Druck setzte, behaupteten sie, nie von Kolchensky gehört zu haben. Nur der Türsteher eines Stripteaseclubs hatte zugegeben, ihn zu kennen. Er war ein gewaltiger Mann mit müden Augen und einer roten Knollennase, der den Russen »einen kleinen Knochenbrecher« nannte – einen professionellen Schläger. Doch ansonsten konnte er den Detectives nichts sagen.

Eberard war überrascht, dass auch sein üblicher Informant, der langbeinige Transvestit Sheba, der auf der Somerset Road arbeitete, keine Ahnung hatte, wer dieser Russe sein könnte. »Sozusagen jungfräulich, Süßer«, zwitscherte er, während er seine dichten Wimpern im Spiegelbild eines Schaufensters begutachtete.

Fourie und seine Kollegen hatten alle möglichen anderen Datenbanken und die finsteren Abgründe des Internets durchsucht, doch ebenso wenig entdeckt. Eberard begann mehr und mehr unter der seltsamen Formlosigkeit des Falls zu leiden und hatte das Gefühl, die Ermittlungen drohten ihm endgültig zu entgleiten.

Der Tag war noch unangenehmer geworden, als er eine Nachricht von Tanja auf seiner Voicemail abgehört hatte. Sie wollte wissen, wieso er sich nicht die Mühe gemacht habe, anzurufen und sich nach Christines Aufenthalt im Jugendlager zu erkundigen. Ob ihm seine Tochter denn so gleichgültig sei? Eberard löschte die Nachricht, nachdem er die ersten paar Sätze gehört hatte, wobei er mit seinem Daumen in die Löschtaste bohrte, als könnte er damit die Anschuldigungen für immer verschwinden lassen.

Nachmittags hatte ihn Colonel Dirks in ihr Büro beordert, um ihn dafür zu beschimpfen, dass er weder den Rabbi noch Shimansky genau unter die Lupe genommen habe.

»Ich verstehe nicht, was Sie eigentlich den ganzen Tag machen, Februarie. Warum verfolgen Sie diesen Russen, der überhaupt nichts mit dem Fall zu tun hat? Das ist ein abgestürzter Typ, wahrscheinlich obdachlos und auf einer Bank im Park lebend. Er hat den *Bergie*-Jungen garantiert nicht ermordet und ihn in die Kirche gelegt. Lassen Sie das also. Folgen Sie den echten Spuren. Der Commissioner wird verdammt sauer werden, wenn er erfährt, dass Sie irgendeinem Unsinn hinterherjagen.«

Eberard starrte sie wütend an und biss sich auf die Zunge. Der Russe hatte sehr wohl etwas mit dem Fall zu tun. Er stand sogar im Zentrum des Ganzen, dachte er aufgebracht, während er zugleich bemerkte, dass seine Vorgesetzte kein Wort über die Tote in seiner Wohnung hatte fallenlassen. Sie hatte sich auch nicht die Mühe gemacht, ihm ihr Beileid oder zumindest ihr Mitgefühl auszudrücken. Tatsächlich erwähnte keiner seiner Kollegen die tote Angel – nur Karisa

Pillay. Sie entdeckte ihn, noch immer innerlich kochend, am Kaffeeautomaten, den er aufgesucht hatte, nachdem er Colonel Dirks' Büro verlassen hatte.

»Ich habe es gehört.« Sie berührte ihn am Ärmel. Ihm war schwindlig vor unterdrückter Erschöpfung. »Es tut mir so leid, Inspector. Lassen Sie es mich wissen, falls ich etwas für Sie tun kann.« Ohne auf eine Antwort zu warten, ging sie wieder. Offenbar wollte sie nicht Zeugin seiner Qualen werden, wenn er nach den richtigen Worten suchte.

Was für ein netter Mensch, dachte Eberard. Manchmal kam sie ihm wie der einzige Mensch im Dezernat vor – der Einzige, der fähig war, menschliche Gefühle zu zeigen. Er wusste, dass sein Zorn seiner Frustration entsprang, dem verzweifelten Wissen, dass Kolchensky hinter dem Mord an Angel und vermutlich auch hinter dem an dem Straßenjungen stand. Er war sich nicht mehr sicher, ob auch Saliem Achmat etwas damit zu tun hatte oder ob er nur den Aufruhr auszunutzen versuchte. Eberards Treffen mit den militanten Qibla-Mitgliedern hatte mehr Fragen aufgeworfen als beantwortet. Er musste dringend eine Verbindung zwischen dem Russen und anderen Verdächtigen finden, ehe man ihm den Fall abnahm und sich wieder auf die unschuldig Verwickelten konzentrierte: auf den Rabbi und Shimansky.

Eberard verließ das Dezernat bei Sonnenuntergang. Ein düsteres Licht legte sich wie eine feuchte Decke über die Stadt. Üblicherweise gingen seine Kollegen am Mittwochabend gemeinsam etwas trinken. Er zögerte einen Moment lang auf den kalten Stufen vor dem Gebäude und lauschte dabei dem Heulen eines Krankenwagens, der irgendwo durch die Straßen raste. Seine Unentschlossenheit lähmte ihn fast. Er hatte Angst davor, dem Gemeinschaftsdrang zu erliegen, wusste aber gleichzeitig nicht, wohin er sonst sollte. Er konnte sich bei Captain Griessel nach Kolchensky erkundigen, dachte er. Vielleicht hatte das noch Zeit bis zum nächsten Morgen, doch er wusste, wo er ihn jetzt finden würde. Das war keine bloße Rechtfertigung, um in eine Bar zu gehen. Er musste die Ermittlungen voranbringen. Am besten stellte er einfach seine Frage und ging dann wieder. Das konnte keinesfalls schaden.

Ein Krankenwagen stand neben einer Unfallstelle auf einer nassen Kreuzung, als Eberard vorbeifuhr. Zwei zusammengeprallte Autos befanden sich mitten auf der Straße, umgeben von Glas- und Plastiksplittern wie von Konfetti. Die Sanitäter legten einem Beifahrer eine Halskrause um, während Blut über sein Gesicht strömte. Sein Kopf hatte in der Windschutzscheibe eine tiefe Mulde hinterlassen, die zerborsten war. Eberard fuhr langsam um den Unfallort herum, ohne anzuhalten. Er bog von der Groote Schuur in die Main Road ab und arbeitete sich dann durch die Busse und Pendler, die Richtung Mowbray unterwegs waren. Vor einer Karaokebar hielt er an. Das schwache Neonlicht des Schilds war im Nieselregen und Nebel kaum zu erkennen. Der Wind blies leere Zigarettenschachteln und Sand über den Bürgersteig. Eberard vernahm eine heisere Stimme, die die Lyrics zu einem alten Song ausstieß, während der Beat dröhnte. Eberard schaute sich unter den geparkten Autos vor der Bar, die teilweise Zivil- und teilweise Polizeinummernschilder hatten, nach einem mitgenommen wirkenden blauen Ford um. Er entdeckte ihn und knurrte zufrieden.

Laute Musik und Zigarettenrauch schlugen ihm entgegen, als er die Tür aufstieß. Der nigerianische Besitzer hatte nie von dem Rauchverbot des Gesundheitsministeriums gehört, und keiner wollte ihn diesbezüglich aufklären. Polizeibeamte standen in kleinen Gruppen im ganzen Raum verteilt, brüllten, lachten und wedelten mit Zigaretten und Bierflaschen herum. Sie schienen sich alle zu amüsieren. Die Polizei hatte die Bar übernommen, wie sie das öfters tat, und die üblichen Drogendealer und Zuhälter hatten sich verzogen. Antony, der Besitzer, gab sich demonstrativ begeistert, solche Gäste zu haben. Doch Eberard war sich sicher, dass es ihm vor dem Eintreffen der ersten Polizisten jedes Mal graute, da er wusste, dass seine Bar bald voller grölender, betrunkener Beamter sein würde.

Als er sein Etablissement eröffnet hatte, waren mehrmals Razzien durchgeführt worden, bei denen die Kunden gezwungen wurden, sich mit dem Gesicht nach unten auf den Boden zu legen, während man alle eingehend filzte. Sein Billardtisch war zerlegt worden, man hatte die Deckenbretter abgenommen und die Küchenschränke geleert. Oft fand man bei den Kunden irgendwelche Drogen, und einmal entdeckten die Beamten einen großen Eimer voller *Tik*-Strohhalme hinter einem Müllbeutel mit schmutzigen Windeln, der im Hinterhof gelegen hatte.

Antony behauptete stets, keine Ahnung von diesen Substanzen zu haben, und es gelang ihm, im Geschäft zu bleiben. Er wusste, dass er der Polizei nicht den geringsten Anlass geben durfte, sie zu verärgern, da sie sonst sofort wieder mit den Razzien anfangen würde. Jetzt stand er nervös hinter seiner Bartheke und beobachtete, wie seine normalen Gäste einen Blick durch die Tür warfen und dann hastig wieder verschwanden, als sie die Beamten sahen.

Der Raum war voller Menschen, was eigentlich eine lukrative Nacht für Antony bedeuten sollte. Aber er konnte die Kasse noch so scharf im Auge behalten – es würde niemals so viel Geld darin auftauchen, wie er in den Kehlen der Polizisten verschwinden sah. Doch Antony befand sich in keiner

Position, um sich darüber zu beschweren oder irgendwelche Forderungen zu stellen.

Der Boden klebte bereits von ausgeschüttetem Bier. Reihenweise standen Flaschen mit der bernsteinfarbenen Flüssigkeit auf den kleinen runden Tischen im Lokal. Die Polizisten lebten pausenlos unter einem Druck, den sie nicht zeigen durften, ob sie nun auf Streife oder als Detective unterwegs waren. In jeder Stunde ihres Arbeitstags wurden sie mit menschlichem Leid konfrontiert, von den kleinen Unpässlichkeiten eines Obdachlosen bis hin zu den Traumata durch Armut und Gewalt. Ein unaufhörlicher Strom aus emotionalen Qualen riss sie täglich mit sich, was sie aber selten zugaben. Die Wunden und Narben zeigten sich erst, wenn die Schicht vorüber war, sie die Akten zugeklappt und die Türen verschlossen hatten – erst wenn sie sich auf den Weg in die Kneipen, *Shebeens* und die Karaokebars machten. Dort sprachen sie von ihren Albträumen, nachdem sie Alkohol auf ihre inneren Höllenfeuer gegossen und Geschichten mit den verzweifelten Songs erzählt hatten, die die PA-Anlagen scheppernd verstärkten.

Ein junger weißer Constable in Zivil hielt gerade das Mikro in der Hand und klopfte mit dem Fuß den Takt, während er darauf wartete, einsetzen zu können. Seine zwei Kameraden, Reservisten des örtlichen Reviers, zeigten auf ihn und lachten. Er hatte die Augen halb geschlossen, um sich auf den Song zu konzentrieren, den er gleich singen wollte. Als die ersten Worte eines alten Bon-Jovi-Lieds aus den Lautsprechern ertönten, blickte er zur Decke hoch und begann loszuschmettern.

Seine Wangen röteten sich, und er ließ die Hüften kreisen, während er das Mikro mit beiden Händen umklammerte, es nahe an seine Lippen führte und »It's my life!« brüllte.

Der Constable schloss die Augen und haderte mit dem Tod, getragen vom Lachen und den betrunkenen Rufen seiner Kollegen um ihn herum. Dass ein Rocksong so melancholisch und schmerzvoll sein konnte, dachte Eberard, der den jungen Mann von der Tür aus beobachtete. Er erinnerte sich an sich selbst als jungen Polizisten, voller Selbstbewusstsein und Draufgängertum. Selbst der Tod kam ihm zu jener Zeit glamourös vor und nicht wie etwas, das man fürchten musste. Leben, brennen, sterben – das war sein Motto gewesen. Diese spezielle Naivität und Gewaltbereitschaft stellten eine betörende, narzisstische Mischung dar.

Inzwischen dachte er mit Nostalgie an dieses Gefühl. Aber er wusste inzwischen auch, dass es ihn von Tanja getrennt hatte, von ihren Arbeitskollegen und Freunden. Polizisten konnten letztlich nur untereinander klarkommen. Wenn er versucht hatte, mit den Lehrern oder den Sekretärinnen zu reden, die die Welt seiner Frau bevölkerten, entsetzten ihn ihre geringen Erfahrungen. Gleichzeitig betrachteten sie ihn voller Verachtung. Die Männer hielten ihn für einen Angeber, und die Frauen hatten keine Lust, sich seine Geschichten über menschliches Leid und Aggressionen anzuhören, und suchten stattdessen nach Leid und Traumata in ihm. Ihr Interesse an ihm hatte etwas Unpassendes, so dass er Distanz hielt. Tanja nannte ihn arrogant und selbstbezogen. Er war wie ein Astronaut, der im Weltall sanft und unaufhörlich von seinem Raumschiff abdriftete. Es gab nichts Festes, um sich daran zu klammern oder davon abzustoßen und wieder auf den richtigen Kurs zu gelangen, so dass er nur hilflos zuschauen konnte, wie sich seine Ehe seinem Zugriff immer weiter entzog.

Antony trat neben ihn und drückte ihm eine Flasche Carling Black Label in die Hand. Eberard bedankte sich mit einem Nicken und nahm, ohne nachzudenken, einen langen Schluck. Das Bier war kalt und leicht bitter. Nur ein Bier, dachte er und trank einen weiteren großen Schluck.

Er bahnte sich seinen Weg zu Benny Griessels Tisch, wo er einen Stuhl herauszog. Die Männer lauschten gerade einer Geschichte, die ein anderer Inspector über den Lärm hinwegbrüllend erzählte. »Hi, Februarie«, sagte der Erzähler, als er Eberard sah. »Wir haben gerade an den alten Jason Visagie gedacht. Dieser Tag damals in der Bank. Erinnerst du dich? Du warst doch auch dabei.«

Eberard erinnerte sich noch gut. Er war ein junger Streifenpolizist gewesen, der zuerst vom Adrenalin und der Aufregung des Dramas, das sich abspielte, wie berauscht gewesen war. Doch jener Tag hatte auch den ersten Kratzer im Lack seines Lebens als Polizeibeamter hinterlassen, den ersten Riss in seinem Selbstbild. Es sollten unzählige weitere folgen, Dellen, Schrammen und Löcher, bis die Rüstung, die ihn bis dahin beschützt hatte, immer schwächer und windiger geworden war und ihn schließlich ganz wehrlos machte. Jason Visagie war der Anfang gewesen.

»Visagie rennt also auf die Bank zu«, fuhr der Inspector fort. »Er hat zwar seine Neun-Millimeter gezückt, aber auf kein Ziel gerichtet. Er kommt um die Ecke und knallt direkt in diesen verdammten *Ou*, der gerade mit dem Geld aus der Bank stürmt. Ballert Visagie eine Kugel mitten ins Gesicht. Weißt du noch, Februarie? Ein Großteil des Gesichts war weg. Einfach futsch.«

Die Männer nickten. Einige erinnerten sich, andere stellten sich die Szene vor. So kommunizierten sie miteinander, indem sie an Schreckensgeschichten dachten wie an alte Familienfotos. An den Tod von Freunden, an verdeckte Ermittlungen, die schiefgelaufen waren, an die Tragödien der Untergegangenen und Gebrochenen.

»Jason liegt also da auf dem Bürgersteig. Eine ganze Weile hat er noch gelebt. Der Captain rief seinen Pfarrer an, von dieser katholischen Kirche in Observatory. Der konnte ihm sogar die Letzte Ölung geben, ehe er starb. Draußen vor der Bank. Auf dem Gehsteig. Mann, das war so was von Scheiß, *my bru.*«

»Kann man laut sagen, Mann.« Einer der Beamten kannte die Geschichte offenbar noch nicht. »Und der Schütze?«

Der Inspector begann zu lachen, und die anderen fielen mit ein. In seinen Augen standen Tränen der Belustigung, als er sich erinnerte. »Mann, das war echt zum Schreien. Der gute alte Kotze kam vorbei. Wisst ihr noch, der wohnte doch in Maitland und kam immer schön früh aufs Revier, um seiner Frau zu entwischen. Was für ein Typ, dieser Kotze. Er hatte gemeint, er hätte schon alles erlebt, und dann sieht er das. Er ist gerade auf seinem Weg in die Nachtschicht und fährt die Main Road entlang. Kotze hatte immer diesen *moerse* Colt .45 dabei. Immer. Als wäre er Clint Eastwood oder so gewesen. Er fährt also an der Bank vorbei, schaut rüber und sieht, wie Visagie nach hinten geschleudert wird und zu Boden stürzt. Und da ist dieser verdammte *Ou* mit seiner Waffe. Mitten in Mowbray. Kotze macht sich vor Aufregung in die Hose, Mann. Er kann gar nicht glauben, was er da sieht. Der Schütze rennt direkt über die Straße auf ihn zu und denkt, dass er entwischen kann. Kotze hält an. Der Typ rennt immer weiter auf ihn zu und guckt *moerse* überrascht aus der Wäsche, als er diesen alten *Toppie* sieht, wie der plötzlich aussteigt und eine verdammte Fünfundvierziger auf ihn richtet. Hat ihn mit drei Kugeln durchlöchert. Hat ihn direkt auf der Straße abgeknallt. Einfach so. *Poes.*« Die Männer schnaubten alle vor Lachen.

Eberard führte die Flasche zu seinem Mund, ehe er feststellte, dass sie leer war. Antony hielt sich in der Nähe auf und gab dem Barkeeper ein Zeichen. Die leere Flasche wurde durch eine kalte, neue ersetzt. Das Glas schimmerte feucht. Als ob es das erste Bier nie gegeben hätte, dachte Eberard und nahm einen Schluck.

Er erinnerte sich an Visagie, einen jungen Mann mit rötlich blondem Haar. Er hatte erzählt, dass er eigentlich zur Luftwaffe wollte, um Kampfjets zu fliegen, doch farbenblind war und deshalb keine Chance hatte. Nur die Polizei hatte ihn genommen. Er strahlte eine leise Enttäuschung aus, hatte offenbar irgendwie mehr vom Leben erwartet. Seine Mutter brachte ihn aufs Revier, auf ihrem Weg in den Supermarkt, wo sie als Kassiererin arbeitete. Seine Kollegen machten sich deshalb über ihn lustig. Und eines Tages lag er auf der Straße, das Gesicht ein einziger Blutklumpen, aus dem kleine Knochensplitter und Venen herausragten. Eberard hatte den Blick abgewandt und sich dafür geschämt, dass er es nicht über sich brachte, näher zu kommen und seinem Kollegen Mut zuzusprechen. Stattdessen war er zu dem Mörder gelaufen, der tot auf der Straße lag. Er hatte ein ganz gewöhnliches Gesicht, weder böse noch hasserfüllt – einfach ein Mensch, der tot auf der Straße lag. In seiner Brust zeigten sich drei kleine Löcher, während sein Rücken an den Stellen, wo die Kugeln wieder ausgetreten waren, wie zerrissen aussah. Sein Blut lief unter seinem Körper hervor und bildete auf dem Teer ein langsames Rinnsal. Es hatte keinen Sinn ergeben: zwei junge Männer, die so nahe nebeneinanderlagen und die beide begraben und betrauert werden würden.

»Ja, Mann. Und erinnert ihr euch noch an diese andere Sache, damals in der Goodwood Standard Bank, dieser *Ou* mit der Granate aus dem Zweiten Weltkrieg…« Der Inspector stieg in die nächste Geschichte ein. Eberard klopfte

Griessel auf den Arm und lehnte sich zu ihm, während er versuchte, den Lärm um ihn herum auszublenden. Der Reservisten-Constable hatte seinen Karaoke-Auftritt inzwischen beendet und grölte seinen beiden Freunden begeistert zu. Eberard nutzte den Moment, als etwas weniger Krach herrschte, um dem Captain eine rasche Zusammenfassung von Androv Kolchenskys Verwicklung in den Fall zu geben. Er erwähnte weder Angel noch die Verbindung zwischen ihrem Tod und dem ermordeten Jungen in der Synagoge. Er war sich zwar sicher, dass Griessel ihn nicht verurteilt hätte, aber er hatte trotzdem keine Lust, sich ihm anzuvertrauen.

»Kolchensky. Den Namen kenne ich«, sagte Griessel. Eberard roch sein Aftershave, als sie die Köpfe zusammensteckten, um besser reden zu können. »Harter Brocken, aber ein kleiner Fisch. Eine Weile wurde er von den großen Mackern eingesetzt, wenn sie ihre Schutzgelderpressungen in den Clubs und im Hafen durchzogen. Dann verschwand er von der Bildfläche. Das letzte Mal habe ich seinen Namen gehört vor acht oder auch zehn Jahren. Keine Ahnung, was er seitdem getrieben hat. Glaubst du, das ist eine gute Spur mit ihm?«

»Ich kann dir momentan nicht sagen, warum, Benny. Aber Kolchensky ist der Schlüssel für das Ganze. Da bin ich mir sicher.«

Griessel schien das problemlos zu akzeptieren. »Tut mir leid, wenn ich dir nicht weiterhelfen kann«, meinte er. Er hob ein Glas Orangensaft. Eberard sah ihn mit hochgezogenen Augenbrauen an. »Nur Saft, kein Whisky«, erklärte der Captain.

Eberard wollte antworten, zögerte erst und entschloss sich dann doch zu sprechen. »Benny, ist alles in Ordnung?«, fragte er. »Ich habe gehört … Ich habe gehört, dass du wieder rückfällig geworden bist.«

Zu seiner Erleichterung sah der Captain eher belustigt als verärgert aus. »Wer hat denn den Mist verzapft? Nein, Mann, ich bin seit achtzehn Monaten trocken und habe auch vor, das zu bleiben. Du solltest es selber mal probieren, Inspector.« Griessel betonte das letzte Wort, verwies auf den Stillstand in Eberards Karriere. »Und pass auf, Eberard. Mit russischen Mafiosi ist nicht zu scherzen. Nicht mal mit den kleinen Fischen.«

Eberard nahm die Warnung kaum mehr wahr, denn in Gedanken war er bereits mit anderen Dingen beschäftigt. Warum hatte Colonel Dirks behauptet, dass der Captain wieder trank? War das ein Missverständnis gewesen, oder führte sie etwas anderes im Schilde?

Er zog sich in eine Ecke der stickigen Bar zurück. Eine Beamtin stand nun am Mikro. Ihre Hüften quollen über ihren Gürtel, während sie eine Ballade heulte, es ging um Liebe und vertane Gelegenheiten. Ihr Körper schüttelte sich dabei vor gespielter Emotion. Der betrunkenen Menge schien es jedoch zu gefallen. Eberard wollte gerade gehen, als Antony wieder neben ihm auftauchte und die beinahe leergetrunkene Bierflasche an sich brachte.

»Rum und Cola«, erklärte Eberard feierlich. Antony nickte und eilte zur Bar. Noch ehe der Detective Zeit hatte, sich zu sammeln, wurde der Drink vor ihn hingestellt. Der Barkeeper hatte den Rum großzügig eingeschenkt, und Eberard spürte, wie die Wärme des Alkohols seinen Körper durchdrang. Die können mich alle mal, dachte er, ohne jemanden im Speziellen zu meinen – und begann ernsthaft zu trinken.

Der Abend donnerte mit dem Radau und Schwanken eines Güterzugs vor sich hin, bis er abrupt zum Stillstand kam, als ob er seinen Zielbahnhof erreicht hätte, wo er die Nacht verbringen wollte. Eberard blickte von seiner Benommenheit auf. Es war leiser um ihn herum geworden, und er stellte verblüfft fest, dass sich die Bar beinahe geleert hatte. Vor ihm stand eine ganze Anzahl ausgetrunkener Gläser. Er konnte sich nicht entsinnen, mit wem er gesprochen oder ob er überhaupt Kontakt zu anderen aufgenommen hatte. Antony stand hinter der Theke und wusch Gläser ab. Er warf ihm einen nervösen Blick zu. Einer der Constables schlief mit offenem Mund zurückgelehnt auf einem Stuhl, während die letzte Karaokesängerin, an die Eberard sich noch erinnerte, mit einem Mann redete, der etwa halb so groß wie sie war. Sie drückte ihn fast an die Wand, so aufmerksam hatte sie sich ihm zugewandt. Einige der üblichen nigerianischen Gäste waren zögerlich zurückgekehrt. Sie saßen an der Bar und verfolgten ein spätes Fußballspiel im Fernsehen, während sie sich leise miteinander unterhielten – ein Gemurmel aus tiefen, fremden Wohlklängen.

Es kam Eberard so vor, als müsste es schon sehr spät sein. Doch bei einem Blick auf seine Armbanduhr stellte er fest, dass es erst elf war. Er war sich nicht sicher, wie viel er getrunken hatte, aber seine Beine fühlten sich schwach an, und sein Kopf drehte sich. Antony trat zu ihm und schob ihm ein Stück Papier hin.

»Verdammte Scheiße«, lallte Eberard und starrte die Liste von Zahlen an. Er zog ein paar Scheine aus seinem Geldbeutel und knallte sie vor sich auf den Tisch. »Den Rest muss ich dir schuldig bleiben, Antony. Das ist dir klar.«

Der Wirt schnitt eine Grimasse, sagte aber nichts. Er räumte einige der Gläser weg und zog sich dann wieder hinter den Tresen zurück.

Die Toiletten der Bar galten als besonders unhygienisch. Doch Eberard wusste, dass er in seinem Zustand nicht auf dem Revier in Mowbray zu erscheinen brauchte. Er erhob sich also und merkte, wie sich um ihn herum alles drehte, während es jetzt heftig auf seine Blase drückte. Er schwankte zwischen den Stühlen und Tischen hindurch nach hinten, wo er in einen winzigen Innenhof hinaustrat. Die eisige Nachtluft weckte ihn, gleichzeitig brachte ihn der Geruch des verstopften Abflusses sofort unheilvoll zum Würgen. Er vermochte es nicht, den Kopf geradezuhalten, und drohte mehrmals zu stürzen. Die kleine Toilette befand sich im hinteren Teil des Hofs. Das Licht war kaputt, und Eberard konnte nur eine Spur schleimigen Wassers erkennen, die aus der Schwärze tröpfelte. Er starrte wirr auf die offene Tür und versuchte nicht zu atmen, während er ohne eine Ahnung, wohin, in die Dunkelheit urinierte.

Erst auf dem Weg zurück in die Bar wurde ihm klar, dass er nicht nach Hause konnte. Seine Wohnung war ein Tatort. Die zuständigen Detectives hatten ihm erklärt, sie würden vierundzwanzig Stunden brauchen, bis die Spurensicherung alles erfasst hatte. Da er ein Kollege war, wollten sie ihm entgegenkommen und so gut es ging aufräumen, sobald sie alles fertig hatten. Doch für den Moment würden die Wände und die Bettwäsche noch in ihrem blutverschmierten Zustand sein, und selbst wenn er bloß andere Kleidung holen wollte, würde er sein Schlafzimmer betreten und den Horror erneut sehen müssen.

Eberard ließ sich an der Bar nieder. Er wusste nicht, was er tun sollte, und fühlte sich wie gelähmt. Tanja konnte er nicht um Hilfe bitten. Selbst wenn er nüchtern gewesen wäre, wäre es sinnlos gewesen, seine Exfrau um einen Gefallen zu bitten. Betrunken bei ihr aufzukreuzen und sie zu fragen, ob er auf ihrem Sofa schlafen könne, hätte sie garantiert zur Weißglut gebracht. Er dachte an Yael. Die Vorstellung allein ließ sein Herz schneller schlagen. Er holte sein Handy heraus und suchte ihre Nummer. Die Uhrzeit oben auf dem Display ließ ihn jedoch zögern. Durfte er sich wirklich zu dieser nächtlichen Stunde bei ihr melden und sie um etwas bitten? Nach all dem, was vorgefallen war? Je länger er darüber nachdachte, desto weniger gefiel ihm die Idee.

Eberard merkte, wie er sich im Selbstmitleid suhlte. Es überkam ihn ein Anfall heftiger Einsamkeit. War er wirklich so tief gesunken, dass er in seinem Auto vor einem nigerianischen Nachtclub schlafen würde? Oder musste er als reumütiger Sünder in den Schoß seiner Mutter zurückkehren, die verächtlich mit der Zunge schnalzen und ihn mit ihren zahllosen Fragen quälen würde?

Eine Hand legte sich sanft auf seine Schulter, und ein Glas mit einer schimmernden grünen Flüssigkeit erschien vor seinem Auge.

»Die grüne Ambulanz gefällig?« Makosi grinste ihn verschwörerisch an, als er sich auf den Barhocker neben ihn setzte. »Creme Soda. Ein alter Polizeitrick.«

Dankbar führte Eberard das Glas an die Lippen. Das Getränk war klebrig und süß und hinterließ einen chemischen Nachgeschmack in seinem Mund.

»Habe ich auf der Polizeischule gelernt. An den Wochenenden haben wir es immer in Oudtshoorn krachen lassen. Mann, diese Jungs konnten trinken. Nonstop, bis einer umfiel und getragen werden musste. Dann hatte das Creme Soda seinen Auftritt. Funktionierte immer. Wenn man sich übergeben musste, war es allerdings nicht so toll …«

Eberard hielt eine Hand hoch, und Makosi lachte entschuldigend. Eine Weile schwieg er, während er zusah, wie sein neuer Partner kleine Schlucke von der grünen Flüssigkeit zu sich nahm. Nachdem Eberard zwei Drittel des Glases leergetrunken hatte, gab er auf und schob es von sich. Die

Süße war widerlich, und seine Kehle schien zusammenzukleben. Er bedankte sich und versuchte die Frage in seinem Kopf zu formulieren, die er Makosi stellen wollte. Doch Makosi war schneller.

»Brauchen Sie eine Couch zum Schlafen, Inspector? Ihre Wohnung muss doch noch abgeriegelt sein, oder? Draußen wartet ein Minibustaxi auf uns.« Er sagte das mit einer solch entspannten Selbstverständlichkeit, dass Eberard dem jungen Mann unendlich dankbar war. Vielleicht würde die neue Generation von Polizisten beweisen, dass man für die Polizei arbeiten und dabei dennoch seine Menschlichkeit behalten konnte, dachte er, während er hinter Makosi in den eisigen Wind hinaustaumelte.

Vierzehn

Das kleine Haus war bereits von Leben erfüllt, als Eberard es wagte, die Augen zu öffnen. Die Luft roch nach Holzfeuer und Sunlight-Seife, und er lag einen Moment lang regungslos da, um die häuslichen Düfte auf sich wirken und seinen Körper in den Morgen gleiten zu lassen. Die unverkennbaren Gerüche des Township riefen nostalgische Erinnerungen wach. Er hatte viele Jahre als Polizist in Nyanga und Crossroads verbracht – zuerst als junger Mann und dann später als ermittelnder Beamter der Albino-Muti-Morde.

Er mochte die Geschäftigkeit der Townships, wo die Menschen alle Höhen und Tiefen erfuhren, während ständig Bewegung herrschte. Das Leben geschah im Laufen, auf einer Zugfahrt, im Taxi. Pendeln war ein wesentlicher, geselliger Teil des Ganzen und bestand nicht aus verlorenen Momenten, in denen man von einem statischen Lebenssegment ins andere wechselte. Die Zeit verging langsamer, während die menschliche Interaktion blühte. Es war eine Welt des Humors und der Gemeinsamkeit.

Gleichzeitig gab es unaussprechliche Schrecken, Augenblicke des Zorns und der Gewalt, die in der erstickenden Dunstglocke aus Armut immer wieder explodierten. Der ganze Humor der Welt vermochte nicht die zerbrochenen Körper und hohläugigen Kinder aufzuwiegen, die Eberard bereits aus Gräben oder Löchern unter den Blechhütten herausgezogen hatte. Und doch gelang es der Gemeinschaft, sich immer wieder aufzurappeln – verletzt, aber am Leben und bereit, einen weiteren Tag zu bestehen.

Eberard lag auf einer dünnen, ausgerollten Matratze auf dem Boden, jeweils ein schmales Bett zu beiden Seiten. Beide Betten waren inzwischen leer, die Decken zerknüllt in einer Ecke. Er spürte die Kälte, die vom Betonboden hochkroch, und zog die Decke enger um sich. Sie roch nach Staub und nach Schimmel. Seine Nase begann zu jucken. Er trug noch immer seine Kleidung vom Abend zuvor, und der Gürtel bohrte sich in seine Haut. Doch er wollte noch nicht aufstehen. Irgendwie musste er erst die Kraft finden, sich der Welt erneut zu stellen.

Heute liefen die achtundvierzig Stunden aus. Es war der Anfang vom Ende, wie der Rabbi befürchtet hatte. Die Haut in Eberards Gesicht spannte und fühlte sich trocken an, und in seinem Kopf pochte es schmerzhaft. Er hatte keine Ahnung, wer im Haus war oder wie diejenigen reagieren würden, wenn sie sich frühmorgens einem Polizisten gegenübersahen, der einen Kater hatte.

Die Wintersonne fiel durch die orangefarbenen Vorhänge herein, was dem Zimmer eine hübsch bunte Schattierung verlieh. An einer Wand hingen unzählige Poster von Fußballspielern, die jemand aus Sportmagazinen herausgetrennt hatte. Eine Orlando-Pirates-Kappe nahm einen Ehrenplatz auf einer kleinen Kommode ein. Daneben stand ein Foto, auf dem ein Teenager einen Fußball hielt. Ein junger Makosi lächelte stolz in die Kamera. Sein drahtiger Körper war angespannt, während er darauf wartete, dass dieser Moment eingefangen wurde. Eberard schnitt eine Grimasse und richtete sich auf seine Ellenbogen auf.

Die Tür knarzte, als sie geöffnet wurde und sein Partner den Kopf hereinstreckte. Makosi grinste ihn an. »He, der Partymann wacht auf. Es wild getrieben, Inspector?«

Eberard versuchte zu antworten, brachte jedoch nur ein schwaches Winken zustande.

»Kein Problem, Inspector.« Makosi fuhr ungerührt fort. »Wenn Sie so weit sind, holen wir uns etwas zum Essen. Meine Mutter ist schon zur Arbeit. Sie putzt in den Vororten und muss vor Sonnenaufgang los. Und meine Brüder machen sich gerade auf den Weg zur Schule. Wenn Sie also fertig sind, können wir frühstücken gehen. Danach werden Sie sich besser fühlen, Inspector.«

Makosi schloss die Tür, und Eberard hörte, wie er mit jemandem auf Xhosa redete. Eine Jungenstimme antwortete fröhlich lachend. Sie verabschiedeten sich, und das Tor fiel ins Schloss. Jetzt war es wieder still im Haus. Man konnte nur noch hören, wie Makosi vor sich hin summte und mit klappernden Tellern im Spülbecken hantierte. Draußen rief eine Frau jemandem etwas zu. Ihre Stimme hallte durch die morgendliche Luft. Sie gab ein kehliges Lachen von sich, und eine andere Frau antwortete lachend in einiger Entfernung. Ein Hund bellte, woraufhin die Frau »Pst!« machte. Er fragte sich, ob man sich hier jemals einsam fühlte, mitten in diesem Wirbel menschlicher Interaktionen.

Makosi wartete geduldig, bis Eberard seinen Kopf lange genug unter das kalte Wasser gehalten hatte. Er hatte sich beim ersten eisigen Strahl beinahe übergeben, doch es war ihm gelungen, sich nicht noch weiter zu blamieren. Als sie in den schmucklosen Vorgarten und ins grelle Sonnenlicht hinaustraten, zuckte er schmerzhaft zusammen. Auf der Straße brummte bereits das Leben. Leute gingen oder radelten vorüber, Kinder trugen Rucksäcke und Päckchen, während die

Taxis hupend vorbeidonnerten, ohne auch nur einen Moment lang anzuhalten.

»Hier ist am Morgen immer viel los. Wir wohnen ganz nahe am Taxistand.«

Eberard sagte nichts, während er die kraftvollen Aktivitäten um sich herum wahrnahm. Der Geruch von Holzfeuer mischte sich mit dem von *Braai*-Fleisch – ein fettiger Dunst, unterlegt von Kräutern, der ihn beinahe wieder würgen ließ.

»He, *Amaboere*«, sagte ein Junge zu seinem Kameraden, als sie vorübergingen, und zwinkerte Eberard zu. Eberard versuchte das Zwinkern zu erwidern. Er hatte keine Ahnung, welche Miene er machte, doch die beiden Jungen lachten und stoben davon, wobei der eine dem anderen schadenfroh auf den Rücken schlug. Makosi lachte leise und führte seinen unsicheren Partner dorthin, wo die Essensgerüche herkamen.

Sie bogen um eine Ecke und schlenderten dann auf die geschwungenen Dächer über dem Taxistand zu. Der große Taxistand von Langa bildete das Zentrum des Township. Nur hier gab es eine Tankstelle – ebenso wie eine Post, den Busbahnhof und Lebensmittelgeschäfte. *Spaza*-Läden und *Shebeens* drängten sich an den Rändern in der Hoffnung, auch etwas vom Kuchen abhaben zu können. Die Barbiere und Friseure für Haarverlängerungen waren mit karikaturenhaften Figuren verziert, die die neuesten Schnitte und Haarstile zeigten, wobei die Preise jeweils mit schwarzem Filzstift daruntergeschrieben standen. Kräuterhändler und *Sangomas* boten Heilmittel für alles und jedes an – von Tuberkulose über Verstopfung bis hin zu Liebesproblemen und »männlichen Schwierigkeiten«. Frauen verkauften frisches Obst aus offenen Kartons, während auf Holzpaletten reihenweise Konserven gestapelt waren.

Doch vor allem die Metzger und *Braaier* machten hier ihre

Geschäfte. Lebende Hühner in kleinen Drahtkäfigen wirbelten ununterbrochen Staub und Federn durch die Luft, so heftig schlugen sie gackernd mit den Flügeln. Über ihnen hingen bereits kopflose Kadaver an ihren schuppigen Füßen und tropften Blut auf den Boden. Auf nackten Holztischen lagen die Innereien und abgehackte Köpfe – wie die gebratenen Schafschädel, deren geschwärzte Haut schauerlich über die Zähne zurückgezogen war.

»Mama Jack wird Sie wieder auf die Beine stellen, Inspector. Machen Sie sich keine Sorgen.« Makosi bahnte sich einen Weg durch das Gedränge, bis sie zu einem kleinen Stand kamen, der von einer ramponierten Plane bedeckt war. Mama Jack war eine riesige Frau mit einer gewaltigen Lücke zwischen den Schneidezähnen. Ihr Dekolleté schimmerte bereits, und sie hatte die Ärmel ihres Sweatshirts hochgeschoben. Hinter ihr standen zwei große Fässer, in denen ein Feuer knackte, während es aus den Pfannen, die auf einem Gitter darüber balancierten, spritzte und zischte. Sie schlang die Arme um Makosi und seufzte ekstatisch, als sie ihn an sich drückte. Makosi tauchte lachend wieder aus ihrer Umarmung auf, um ihr seinen Partner vorzustellen. Eberard hatte gehofft, der feuchten Begrüßung zu entgehen, doch ihre Hand schoss erstaunlich schnell auf ihn zu und zog ihn an ihre Brust. Ihr weiches Fleisch drückte sich gegen ihn. Zu seiner Überraschung stellte er fest, dass es guttat, so in den Arm genommen zu werden. Er roch Rauch und Schweiß, Talkumpuder und etwas Blumigeres, Leichteres. Makosi redete noch immer auf Xhosa mit ihr, und Eberard hörte ihre ebenso dunkle wie heisere Antwort, die seinen ganzen Körper durchlief. Dann hielt sie ihn auf Armeslänge von sich und schnalzte missbilligend mit der Zunge.

»Thabani sagt mir, dass es dir heute Morgen nicht gut

geht. Die Spiritusschlange hat dich gebissen. Ich entferne das Gift aus deinen Adern, wenn du mir zuerst erzählst, warum du gestern Abend mit der Schlange gespielt hast. War es eine Party? Oder eine Hochzeit? War es dein Geburtstag?«

Makosi kicherte. Aber Mama Jacks Blick wirkte entschlossen. Eberard wusste nicht, wie er ihr entkommen konnte. Er öffnete also den Mund, um ihr zu antworten, doch ihm fiel nichts ein. Mama Jack wartete, und er begann zu stammeln. Schließlich sah sie ihn finster an. »Siehst du, genau das hatte ich mir gedacht. Du musst wissen, *Boetie*, dass man einen hohen Preis bezahlt, wenn man mit der Schlange spielt. Und du solltest vorher entscheiden, ob du diesen Preis zahlen willst, ehe du der Schlange zu nahe kommst.« Dann lachte sie und ließ seine Arme los. »Ich mache dir ein Frühstück, und dann fühlst du dich wieder besser.«

Eberard und Makosi setzten sich auf zwei umgedrehte Paraffinfässer, während Mama Jack in der improvisierten Küche hantierte. In den Pfannen zischte es noch mehr als zuvor, und Blechteller stießen scheppernd aneinander. »Danke, Thabani«, brachte Eberard mühsam hervor.

»Nichts zu danken.«

»Ich hatte ehrlich gesagt keine Ahnung, wo ich hinsollte.«

Makosi sah ihn an. »Inspector, ich habe von der Frau gehört, die in Ihrer Wohnung ermordet wurde. Es tut mir so leid. Ich weiß nicht…« Der junge Mann brach ab. Er fühlte sich sichtlich unwohl.

»Angel war eine Freundin. Eine gute Freundin. Ganz gleich, was man Ihnen erzählen mag – sie war eine treue Freundin für mich. Es hat mich sehr geschockt, und Yael… Ms. Rabin… Sie war dabei, als ich Angel so fand. Es ist furchtbar. Wie alles andere momentan auch.«

»Es tut mir wirklich leid, Inspector. Einen nahestehenden

Menschen zu verlieren ist schon schlimm genug. Aber auch noch so …« Makosi rutschte nervös auf seinem Platz hin und her. »Ich habe bei weitem nicht Ihre Erfahrung, Inspector. Mir kommt es trotzdem so vor, als sei dieser Fall … komplizierter. Vielleicht ist jetzt nicht der beste Zeitpunkt, das zu fragen. Aber ich habe da diese … diese Spannung bemerkt zwischen Ihnen und Ms. Rabin, wissen Sie.«

»Wovon zum Teufel reden Sie, Constable?« Eberard versuchte finster dreinzublicken, und einen Moment lang sah Makosi so aus, als wollte er im Boden versinken. Doch es gelang Eberard nicht lange, eine schuldbewusste Miene zu unterdrücken.

»Es tut mir leid, Inspector«, sagte Makosi sichtbar erleichtert. »Ich meine nur … Sie umkreisen einander und versuchen sich dabei immer wieder in die Fesseln zu beißen – wie Hyänen, wissen Sie. Sie ist kein leichter Mensch, da bin ich mir sicher. Aber so! Wow! Zwischen Ihnen herrscht wirklich Hochspannung!« Makosi schaute auf den Boden. »Und ich glaube nicht, dass das vom *Nicht*-Mögen kommt, Inspector. Sorry.«

»Nein, schon in Ordnung. Sie sind mein Partner. Sie müssen sich schließlich um mich kümmern. Und mich vor möglichen Gefahren beschützen.«

Eberard hörte Makosis Erwiderung nicht mehr, da in diesem Moment Mama Jack zu ihnen trat und zwei volle Teller auf die ungeschliffene Holztheke vor sich hinstellte, gefolgt von zwei Gläsern mit einer trüben Flüssigkeit. Eberards Augen weiteten sich beim Anblick des Essens. Ein Berg dampfender Maisbrei, dicke gebratene Zwiebelringe und Tomatensauce drängten sich neben einem großen Stück Weißbrot, das mit einer braunen körnigen Sauce beschmiert war. Er merkte, wie sein Magen wieder zu protestieren begann.

»Essen Sie, Inspector. Mama Jacks Schafleber ist weltberühmt – vor allem hier in Langa.«

Eberard sah skeptisch aus.

»Und das ist Ingwerlimonade – genau das Richtige nach dem Schlangenbiss.« Mama Jack hatte die Arme verschränkt und ließ ihn nicht aus den Augen.

»Danke«, meinte Eberard schließlich und stellte den Teller auf seinen Schoß. Trotz seiner Bedenken nahm er das Stück Brot und biss entschlossen hinein. Die Leber war weich und voller Geschmack. Sie erfüllte seinen Mund mit einem salzigen Aroma. Mama Jack hatte Paprika und andere Gewürze daraufgestreut, was den Innereien eine delikate Schärfe verlieh.

Er murmelte seinen Dank, und die Frau lächelte zufrieden, ehe sie sich wieder den Feuern zuwandte. »Lecker«, sagte er zu dem jungen Constable, während er es sich schmecken ließ. Er hatte gar nicht gemerkt, wie hungrig er gewesen war. Innerhalb kürzester Zeit verputzte er alles, was auf seinem Teller lag. Dann nahm er einen Schluck Ingwerlimonade, die in seinem Mund schäumte. Er schmeckte die fermentierte Hefe, doch das Ganze war lange nicht so klebrig süß wie viele andere selbstgemachte Limonaden.

Eberard bot an zu zahlen, doch Makosi wollte nichts davon hören. Als sie sich verabschiedeten, rülpste Eberard unhöflich, was Mama Jack sehr amüsierte. Sie ließen sie lachend hinter ihrer Theke zurück und machten sich wieder auf den Weg zu Makosis Haus, wobei sie gemächlich gingen, damit sich das Essen setzen konnte. Auf einmal blieb Makosi stehen, um mit einer hübschen jungen Frau zu reden, die ihnen entgegengekommen war. Sie schienen sich zu kennen, obwohl Eberard nicht vorgestellt wurde und sich etwas abseits hielt. Die junge Frau lächelte, und ihr Rock schwang von einer Seite zur anderen, während sie sprach. Ihre Stimme klang sanft und voll, ihr Gesicht strahlte. Eberard fühlte sich auf einmal seltsam zufrieden, wie er so auf der staubigen Townshipstraße stand und seinen neuen Partner beim Flirten mit einer Frau beobachtete.

Der Moment wurde durch das Vibrieren seines Handys gestört. Er war der Detective aus Goodwood, der den Mord an Angel untersuchte. Sie hatten Marnie Solomons Fingerabdrücke in der Wohnung gefunden, erklärte er Eberard. Als sie die Fingerabdrücke in die Polizeidatenbank eingegeben hatten, waren sie auf eine Vorstrafe wegen tätlichen Angriffs und Besitzes gefährlicher Waffen gestoßen. Es folgte eine lange Pause. Der Detective erwartete Eberards Antwort.

»Marnie ›Lastig‹ Solomon war Laetitia Apolis' Zuhälter«, erklärte dieser schließlich seufzend. Der Anrufer schwieg, während er die Information verdaute. Eberard hatte nicht vor, ihm noch mehr zu sagen. Was sollte er auch hinzufügen, was die Überraschung gemindert hätte? Nach einem Moment verabschiedete er sich: »Tut mir leid, Detective. Aber besser kann ich momentan nicht weiterhelfen.«

Der Mann am anderen Ende der Leitung legte auf. Doch Eberard wusste, dass die Fragen damit noch lange kein Ende gefunden hatten.

Fünfzehn

Eberard betrat gemeinsam mit Makosi das Büro. Sie waren später als üblich dran, aber niemand würde ihnen Fragen stellen. Da war sich Eberard sicher. Sie hatten ein Minibustaxi nach Mowbray genommen, um dort Eberards Auto zu holen. Der Taxifahrer war die N2 hinuntergebraust und hatte dabei immer zwischen der Busspur und den anderen hin und her gewechselt, während er ununterbrochen mit lauter Stimme über Fußball und die Geschicke der Kaizer Chiefs redete.

Trotz des heftig schwankenden Taxis und des drückenden Gewichts der Frau neben ihm gelang es Eberard einzudösen. Sein Magen war von Mama Jacks Frühstück gefüllt, und am liebsten wäre er wieder ins Bett geschlüpft. Doch stattdessen stiegen sie am Taxistand aus und liefen zur Main Road zurück. Die nigerianische *Shebeen* war geschlossen. Im grellen Licht des Morgens sah sie noch schäbiger und verlorener aus als am Abend.

Eberard wusch sich auf der Toilette im Erdgeschoss des Dezernats sein Gesicht und versuchte die Kleidung glattzustreichen, in der er geschlafen hatte. Er musste sich dringend rasieren und umziehen, fühlte sich aber nicht fähig, seine Wohnung aufzusuchen.

Er dachte an Marnies Leiche, die inzwischen im Hinterzimmer des Drogenhauses in Woodstock vermutlich bereits zu stinken und anzuschwellen begann. Es war nur eine Frage der Zeit, bis man sie fand, und dann würde die Ballistik die Herkunft der Kugel ermitteln. Es bedurfte nur eines einzigen Drogensüchtigen, der sich an ihn erinnerte. Doch das war ihm egal. Er hatte keine Angst davor, dass man ihm allmählich auf die Schliche kam. Er war müde, er war das Leben leid. Er wollte, dass es zu Ende ging – ganz gleich wie, ob in einem Kugelhagel seiner Kollegen oder durch eigene Hand. Zuerst jedoch wollte er noch herausfinden, welche Verbindung zwischen Angel und dem Mord in der Synagoge bestand, um den Mann zerfetzen zu können, der hinter dem Ganzen steckte.

Eberard spritzte sich mehr Wasser ins Gesicht und ließ die kalten Tropfen auch über seinen Hals laufen. Sein Gesicht fühlte sich eingefallen und müde an. Ihnen blieb nicht mehr viel Zeit, dachte er, während er sich mit den Fingern durch die Haare fuhr. Ein letzter niedergeschlagener Blick in den Spiegel, dann drehte er sich um und stieß die Schwingtür auf. Langsam ging er nach oben, wo er einen Büroraum betrat, in dem schon konzentriert gearbeitet wurde. Sergeant Pillay reichte ihm mit einem Lächeln seine Post. Ein paar Faxe und interne Memoranda, die er in den Papierkorb warf, noch ehe er seinen Schreibtisch erreicht hatte. Die Polizei schien sich inzwischen etwas auf ihre Memos und Instruktionen einzubilden, die täglich die Runde machten. Er bemerkte, dass der Papierkorb bereits voll war von Papierstapeln, die offenbar die anderen Detectives ebenfalls entsorgt hatten.

Eberard setzte sich an seinen Tisch und entdeckte dort einen braunen DIN-A4-Umschlag. Nur sein Name stand falsch geschrieben darauf: »Det. Insp. February«. Die Schrift in schwarzem Kugelschreiber bestand aus ordentlichen Großbuchstaben. Einer der anderen Detectives sagte etwas zu ihm, doch er hörte nicht zu. Er drehte den Umschlag um, dessen andere Seite unbeschrieben war, und schob dann die Hand hinein. Heraus kam ein einzelnes weißes Blatt mit vier getippten Zeilen und Nummern.

URL: http://www.AryanNations.com
Dienstag, 23. Juni
IP-Adresse: 2006:db8:1:1234:0:267:8:1 (IPv6)
RIR: AfriNIC IANA

Eberard starrte die Seite verständnislos an. »Weiß vielleicht irgendjemand, wo das herkommt?«, fragte er laut und unterbrach dabei mehrere Gespräche und Anrufe, die gerade getätigt wurden. Einer der Detectives drehte sich verärgert zu ihm um, aber niemand antwortete. Makosi trat zu ihm und blickte ihm über die Schulter.

»Mann, selbst für einen Youngster wie mich ist das etwas kompliziert«, meinte er leise. »Ich hole mal einen der Techniker.«

Eberard seufzte und warf das Blatt Papier auf seinen Schreibtisch, ehe er in die Küche hinüberging. Er war gerade wieder zurück und rührte noch in seiner Tasse mit Pulverkaffee, als Fourie ins Büro stürmte. Seine anämische Hautfarbe schimmerte vor Aufregung rötlich.

»Ich habe ihm von der Sendung erzählt, und plötzlich bekam er diesen seltsamen Blick und ließ alles stehen und liegen«, erklärte Makosi mit einem Schulterzucken. Fourie ignorierte ihn. Seine Augen suchten stattdessen heimlich Eberards Schreibtisch nach dem Papier ab. Eberard zeigte ihm das Blatt, und Fourie stürzte sich darauf. Mit immer weiter aufgerissenen Augen las er die Zeilen.

»Sie haben das gemacht, Inspector?«, fragte er voll Bewunderung. Seine Stimme klang ausdruckslos und nasal.

»Seien Sie doch nicht bescheuert, Fourie. Sehe ich aus wie jemand, der solche Hieroglyphen schreibt? Sagen Sie mir einfach, was sie bedeuten. Und bitte auf Englisch. Kein Techno-Slang.« Fourie zuckte zusammen, ohne jedoch seine immer größer werdende Begeisterung verbergen zu können.

»*Okaai, okaai.* Hören Sie, das ist echt cool, Mann. *Okaai?* Für mich sieht das wie die Internetspur eines Users aus, eine IP-Adresse.«

»Mein Gott, Fourie. Was habe ich gesagt? Soll ich Ihnen einen Kopfschuss verpassen?« Eberard begann nach seiner Waffe zu tasten. Fourie stieß einen Schrei aus. Polizisten machten gern solche Scherze und zogen sogar in bestimmten Momenten ihre Pistolen. Aber in der Miene des Detective lag eine Düsterkeit, die sogar Makosi beunruhigte und ihn dazu brachte, seine Hand auf Eberards Schulter zu legen. Eberard knurrte und schob seine Parabellum wieder ins Halfter zurück. Die Welt hatte sich so schnell verändert, dass sie sich wie Treibsand unter seinen Füßen anfühlte. Seine Unfähigkeit, auch nur andeutungsweise die technischen Neuerungen zu verstehen, die ganz normal geworden waren, brachte ihn immer wieder ins Schwimmen und erregte seinen Zorn.

Fourie räusperte sich und setzte erneut an. »*Okaai.* Hören Sie. Jeder Computer mit Internetzugang hat eine IP-Adresse. *Okaai*, diese Nummer ist also die IP von diesem bestimmten Computer. Es ist eine Nummer der neuesten Version, eine 6er, deshalb ist die auch so lang. *Okaai?* Die Nummern waren früher mal kürzer, aber durch die ganzen neuen User weltweit musste man …« Er brach ab, als er bemerkte, dass sich Eberards Kiefermuskeln anspannten. »*Okaai, okaai.* Für mich sieht das danach aus, als ob jemand einen Internetzugriff zu dieser Seite – also zu Aryan Nations – aufgespürt hat. Und zwar an diesem Tag. Dieser bestimmte User ist also an dem bestimmten Tag auf diese bestimmte Seite gegangen. Verstehen Sie? Und die regionale Internet-Registrierung, also sozusagen der *Plekkie* für die IP-Adresse, ist das African Network Information Centre.«

Irgendetwas von dem Ganzen begann Eberard zu begreifen – als wäre ein Vorhang ein klein wenig gehoben worden und er hätte einen Blick in ein geheimes Zimmer geworfen. Er hasste den Jargon, aber eines musste auch er zugeben: Nie zuvor hatte er einen Techniker so begeistert erlebt. Das allein faszinierte ihn. »Fourie, hören Sie mir jetzt mal genau zu, Sie verdammter Geek.« Fourie strahlte ihn an wie nach einem Riesenkompliment. »Jemand hat mir das zukommen lassen. Ich weiß nichts darüber. Sie hingegen scheinen sehr aufgeregt zu sein. Aber ich verstehe immer noch nicht, was das alles soll.«

»Sie sind ein echter ... äh ... ein echter Dinosaurier, Inspector«, lachte Fourie. Sein Lachen brach abrupt ab, als er bemerkte, wie sich die Augen des Detectives wieder verdüsterten. »Wenn Sie mit Ihrem Computer zum Beispiel auf eine Pornoseite gehen, um sich *lekker* Hardcore-Tussis anzusehen ... Sie wissen, was ich meine, nicht wahr, Inspector? *Okaai*, dann ist das privat. Die Einzigen, die wissen, dass Sie diesen *Plekkie* mit den Tussis aufgesucht haben, sind Ihr Computer, der einen Verlauf erstellt, und die Pornoseite. Die Pornoseite verfolgt, wer sie besucht, weil sie Ihnen dann eine Werbung für Viagra oder was Ähnliches schicken kann.« Fourie kicherte erneut, während er sich seine strähnigen Haare aus dem Gesicht strich.

»*Okaai* ...« Er machte der größeren Wirkung willen eine Pause. »*Diese* Spur aber kommt weder von dem User noch von der Seite. Verstehen Sie? Sie stammt weder vom Verlauf des Computers, der diese Seite besucht hat, noch von der Seite selbst. Was wir hier haben, ist ein anderer, der die Seite *beobachtet*. Und wenn ein anderer herausfinden kann, wo man gewesen ist, dann bedeutet das eine echt fiese Internetmacht. Der *Ou* muss den Computer im Auge behalten oder die Seite, um zu wissen, wer sie besucht hat.«

»Ich verstehe immer noch nicht, was daran so besonders sein soll. Kann man denn normalerweise nicht nachvollziehen, wer eine Seite besucht hat?«, fragte Makosi und spiegelte damit Eberards Verwirrung wider.

»Ag jirre, is jy bedonnerd?« Fourie lachte vor sich hin. Er genoss es sichtbar, der Wissende zu sein. »Hier braucht man eine hohe Machtstellung, Mann. Um die IP eines Users zu bekommen. Wenn die Polizei aus irgendeinem Grund eine Seite überwacht, hat man vielleicht Glück. Die *Manne* von der guten alten Sitte beobachteten manchmal Seiten mit Kinderpornos. Aber ich weiß von niemandem in der West-Kap-Polizei, der das heute noch kann. Nicht mal mehr die Zentrale. Es muss also der Geheimdienst sein. Das ist jedenfalls meine Vermutung. Die NIA oder auch das Militär … Ja, das ist es in etwa. Mir fällt niemand ein, der sonst noch einen solchen Zugriff hat.«

»Okay. Wir haben also dieses IP-Dings. Und was machen wir jetzt damit?«

»Das ist *mos* einfach, Detective. Das Schwierige ist die IP und die RIR – also die so genannte Regional Internet Registry. Wer auch immer das gemacht hat, gab Ihnen damit ein Geschenk, hübsch eingepackt und zur Nutzung bereit. Mit dieser Info kann ich den Namen des Users herausfinden. Und zwar pronto. Dann wissen Sie, wessen Computer benutzt wurde, um diese Ariane-National-Seite aufzusuchen oder wie die heißt.« Er lächelte. »Geben Sie mir zwanzig Minuten.« Fourie wartete keine weiteren Instruktionen ab, sondern drehte sich einfach um und stürmte, mit dem Blatt Papier in der Hand, aus dem Büro.

»Seit wir J. Arthur Browns Festplatte 2008 dingfest machen konnten, habe ich ihn nicht mehr so glücklich erlebt«, bemerkte Eberard. Makosi lächelte und schüttelte den Kopf. »Okay«, fuhr Eberard fort. »Während wir warten, können wir überlegen, wer das hier deponiert hat. Fourie meint, nur der Geheimdienst wäre zu so etwas in der Lage. Wenn das so ist, stellt sich die Frage, ob sie uns helfen wollen oder sich einmischen. Und wenn sie uns helfen, warum tun sie das dann nicht offiziell?«

»Das ergibt keinen Sinn«, erwiderte Makosi. »Weder das eine noch das andere. Weder die Einmischung noch die Hilfe. Ich nehme an, dass uns die IP-Adresse zur Identität des Users führen wird, der Ihnen die Texte der Aryan-Nations-Webseite geschickt hat. Sagen wir also, wir erfahren, wer dieses Dokument zusammengestellt hat. War der Inhalt des ersten Umschlags ein ernst gemeinter Versuch, uns zu helfen, oder sollte er uns in eine falsche Richtung führen? Warum glaubt die NIA, die Identität des Users könnte uns nützen?«

»Nichts in diesem verdammten Fall ergibt einen Sinn«, schimpfte Eberard. »Warten Sie hier auf Fourie und rufen Sie mich an, wenn er etwas herausgefunden hat. Ich rede mal mit den Sicherheitsleuten, um zu erfahren, wer uns den Umschlag gebracht hat.«

Als Makosi kurz darauf anrief, konnte er die Empörung in Eberards Stimme deutlich hören. »Die Überwachungskameras funktionieren unten im Eingangsbereich nicht. Sie wurden vor zwei Monaten ausgeschaltet, weil wir keine Bänder für die Aufnahmen mehr hatten. Die Verwaltung versprach, Bänder zu schicken, scheint es aber bisher nicht auf die Reihe gekriegt zu haben.« Eberard kehrte ins Büro zurück. Trotz der Kälte schwitzte er. Seine Laune hatte sich nicht gebessert. »Der Typ von der privaten Sicherheitsfirma im Foyer konnte mir überhaupt nichts sagen«, klagte er. »Sie schauen sich die Leute, die hereinspazieren, kaum an. Eingetragen hat sich auch kein Besucher, der in Frage käme. Es ist völlig nutzlos. Dieses ganze Dezernat ist völlig nutzlos.« Er ließ sich erschöpft auf seinen Stuhl fallen.

Dort saß er noch immer, als Makosi kurz darauf mit zwei Styroporbechern voll Kaffee zurückkehrte. Die Mischung aus Kaffeepulver und Milchpulver brachte ein beigefarbenes Gebräu ohne Geschmack hervor. Während Eberard missmutig daran nippte, suchte Makosi den Techniker auf. Mit einer perplex wirkenden Miene kam er wieder.

»Nun, das könnte Ihre Laune heben oder auch nicht«, sagte er und reichte Eberard das Blatt Papier, auf das Fourie neben die vier Zeilen mit der Hand geschrieben hatte: »IP gehört zum Rechner von Celia Stemmet, One Church.« Eberard starrte auf den Zettel, während ihm alle möglichen Gedanken durch den Kopf schossen. Es kam ihm beinahe unmöglich vor, diese Information sinnvoll irgendwo einzuordnen.

Makosi zog einen Stuhl heraus und setzte sich ihm gegenüber. Er starrte an Eberard vorbei auf die Wand hinter ihm. Eine Weile sagte keiner der beiden ein Wort, sondern drehte und wendete die Information in seinem Kopf hin und her – wie einen glatten Kieselstein. Makosi nahm einen Stift und begann ein paar verbindende Linien und Kästchen auf ein Schmierpapier zu zeichnen. Dann schaute er auf das Diagramm, das er entworfen hatte, und zerknüllte das Blatt. Er lehnte sich wieder zurück und klopfte leise mit dem Stift gegen die Tischplatte.

Eberard durchbrach das Schweigen. »Okay. Also Pastor

Jacksons Sekretärin ging auf die Seite der Aryan Nations. Sie fasste ein paar Zitate und anderen Müll für uns zusammen. Dann ließ sie uns den Umschlag anonym zukommen. Vermutlich, um uns bei den Ermittlungen zu helfen.«

»Indem sie uns nahelegte, der Mord stelle ein rituelles jüdisches Opfer dar. Ergibt das denn irgendeinen Sinn?«

»Nein.« Eberard hielt inne. Er dachte an das Verhalten der Sekretärin im Kirchenbüro. »Nein, das ergibt keinen Sinn. Falls Celia Stemmet eine bigotte Fanatikerin wäre, könnte man sich vielleicht noch denken, dass sie uns ihre Meinung genauso aufdrücken wollte, wie das diese Idioten mit ihren Leserbriefen tun. Aber sie scheint mir keine Fanatikerin zu sein. Sie mag tief religiös sein und bewundert ganz offensichtlich den Pastor. Doch sie kommt mir keineswegs wie jemand vor, der zur Fraktion der Irren gehört.«

»Es gibt noch ein Problem«, erklärte Makosi. »Diese Zusammenfassung, die sie uns geschickt haben soll, war sehr detailliert. Sachen über Juden und Opferungen, über das Entnehmen von Herzen und solche Dinge. Das bedeutet, dass Celia Stemmet schon sehr früh genaue Einzelheiten des Mordes gekannt haben müsste.«

»Einzelheiten, die zu diesem Zeitpunkt noch nicht durch die Medien gegangen waren. Okay, wir müssen also die Hinweise in diesem Brief mit dem vergleichen, was öffentlich bekannt war. Die NIA mag vielleicht auf etwas Bedeutendes gestoßen sein. Aber wenn dem so ist, warum dann so schüchtern?«

»Vielleicht ist das nur Agentengehabe.«

Eberard setzte sich auf und zog ein leeres Formular für einen schriftlichen Antrag aus seiner Schublade. »Thabani, ich möchte, dass Sie heute für fünfzehn Uhr ein Team zusammentrommeln. Ich will Fourie und zwei uniformierte

Beamtinnen. Außerdem noch ein paar weitere Männer und Wagen. Ich organisiere die richterlichen Anordnungen. Wir werden dem Pastor und seiner Sekretärin zur Abwechslung mal einen ernsten Besuch abstatten. Verhaftung und Hausdurchsuchung.«

Eberard begann seine Stellungnahme zu formulieren, warum er eine Verhaftung und Hausdurchsuchungen in diesem Fall für unabdingbar hielt. Er schlug die Akte auf, die vor ihm lag, und blätterte die Unterlagen zu dem Fall durch, wie er sich ihnen bisher präsentiert hatte. Je länger er darin las, desto klarer wurde ihm die Bedeutung der Spur auf der Webseite. Woher besaß die Sekretärin genügend Informationen, um ihren Brief so relevant erscheinen zu lassen? Nach dem Mord hatten sich die Details sicher schnell verbreitet, aber wie war sie sofort an diese herangekommen? Hatte er Celia Stemmet tatsächlich ganz falsch eingeschätzt?

Nachdem er den Abschnitt verfasst hatte, der sich mit der Spur auf der Webseite beschäftigte, fiel ihm eine weitere Sache ein: Woher wusste der Geheimdienst überhaupt von dem Brief, den er erhalten hatte? Er hielt mit dem Schreiben inne und schaute durch den Büroraum. Selbst wenn man Celia Stemmet als diejenige identifiziert hatte, die diese Webseite der Aryan Nation besuchte – woher wusste man dann, dass diese Tatsache eine Bedeutung für diese Ermittlung hatte? Dazu musste der Geheimdienst die ganze Ermittlung beobachten. Die Akte hatte seit ein paar Tagen auf seinem Schreibtisch gelegen. Lieferte jemand hier im Büro der NIA die nötigen Informationen? Das schien die einzig mögliche Erklärung zu sein.

Eberard las noch mal seine Stellungnahme durch. Er fühlte sich jetzt wie ein Flüchtling, der sich auf freiem Feld verstecken sollte.

Sechzehn

Eberard hatte gerade die Stellungnahme fertiggestellt, als sein Handy vibrierte. Er warf einen Blick auf das Display und überlegte, ob er abheben sollte. Yaels Nummer blinkte ihn an. Er musste noch eine weitere Entscheidung treffen. Wie sollte er Colonel Dirks seinen Haftantrag zukommen lassen? Schließlich bestand eine große Wahrscheinlichkeit, dass jemand im Dezernat Informationen an die NIA weitergab. Es blieb ihm nicht viel Zeit, ehe man Marnies Leiche fand und Fragen gestellt wurden, die er nur schwer beantworten konnte. Er stand kurz davor unterzugehen. Eine kurze Pause mit Yael würde ihm vielleicht etwas mehr Lebensfreude geben. Es überraschte ihn immer wieder, wie wichtig es ihm war, Yael nicht zu enttäuschen, was so gar nicht zu ihrer brüsken Art ihm gegenüber zu passen schien. Wieso legte er solchen Wert auf ihr Urteil?

»Kommen Sie in das Bistro gleich bei Ihnen an der Somerset Road«, sagte sie. »Ich werde in fünf Minuten dort sein.«

Er ärgerte sich über ihre selbstbewusste Art und sein Zögern, ob er ihren Anruf entgegennehmen sollte oder nicht. Seine Irritation nahm noch zu, als er das Bistro betrat und Jonathan Levitt neben Yael entdeckte. Die beiden waren in ein Gespräch vertieft. Falls sie seine kühle Zurückhaltung bemerkten, zeigten sie es jedenfalls nicht. Yael kam sofort zum Wesentlichen.

»Inspector, der Rabbi ist sehr angespannt. Ihre achtundvierzig Stunden sind vorbei.« Klang wie eine Anschuldigung, dachte Eberard. Hatte etwa *er* dieses Ultimatum von achtundvierzig Stunden gestellt? Er hörte mit kalter Miene zu, während sie fortfuhr: »Arthur Shimansky hatte eine Art von Schlaganfall oder auch Herzinfarkt. Er ist wieder im Krankenhaus. Joshs Beerdigung findet kommenden Sonntag statt. Seit dem Mord wurde in der Synagoge kein einziger Gottesdienst gefeiert. Vor zwei Nächten warf jemand Plastiktüten voller Hundekot über die hintere Gartenmauer. Und gegen die Synagoge in Milnerton wurden Steine geschleudert. Nur das vordere Fenster wurde dabei zerschlagen, aber es hätte auch etwas Schlimmeres passieren können.«

Sie klopfte mit dem Finger auf den Tisch, als sie weitersprach. »Minister Favi hat heute Morgen eine Presseerklärung abgegeben, in der er riet, mehr Synagogen in der Stadt zu schließen, um die Gläubigen vor Übergriffen zu schützen. Für morgen Nachmittag ist eine riesige muslimische Demonstration geplant. Es soll ein Zug von der Gatesville-Moschee bis zur Mowbray-Synagoge stattfinden. Höchstwahrscheinlich wird es zu Ausschreitungen kommen. Unsere Community ist ins Visier geraten, und man greift uns an. Wir möchten wissen, wann und wie das aufhört.«

Während Yael sprach, beobachtete ihn der Rabbi aus blutunterlaufenen Augen. Auch Yael wirkte erschöpft und eingefallen, als sie sich schließlich auf ihrem Stuhl zurücklehnte. Nun begann Levitt zu reden. Seine Stimme klang schwach und müde. »Bitte, Eberard. Wir überstehen keinen weiteren Tag in diesem Zustand. Ich begreife, dass Sie unter großem Druck stehen. Und soweit ich weiß, wurden Sie auch von einer persönlichen Tragödie heimgesucht. Das tut mir sehr leid.« Die Beleidsbekundung kam unerwartet. Eberard merkte, wie ihm der Atem stockte. Er blickte zu Yael, doch ihr Gesicht blieb undurchdringlich.

»Das Wohlergehen meiner Gemeinde steht allerdings ganz oben auf meiner Prioritätenliste«, fuhr der Rabbi fort. »Das interreligiöse Forum hat beschlossen, dass es, falls sich die unsichere Lage nicht in den kommenden vierundzwanzig Stunden klärt, Minister Favi bitten wird, alle Synagogen im Westkap unter Polizeibewachung zu stellen. Das wäre der Anfang vom Ende, Inspector. Sobald es nötig wird, eine Gemeinde unter Polizeibewachung zu stellen, um sie vor einer anderen Community zu schützen …« Levitt hielt inne und zuckte mit den Schultern. »… Nun, dann haben die Extremisten auf beiden Seiten gewonnen. Das dürfen wir nicht zulassen. Das darf nicht geschehen. Wenn wir das tun, können wir genauso gut Abänderungen des Social Values Act zustimmen. Wenn wir dem Staat erlauben, unseren Glauben zu kontrollieren, und der Polizei, unsere Praktiken zu überwachen, beweist das doch eindeutig, dass wir nicht in der Lage sind, allein zurechtzukommen. Wer weiß, was der Mörder beabsichtigte – wenn er überhaupt etwas beabsichtigte. Das wird jedenfalls das Endergebnis sein.«

Eberard fühlte sich von den Blicken der beiden gefangen. Der eine wirkte streng und unnachgiebig, der andere deprimiert und angespannt. Was würden sie von ihm denken, wenn sie erfuhren, dass auch er zu einem Mörder geworden war? Um die Ehre einer Hure zu rächen. Er war nicht nur ignorant und ein Trinker. Die Last seines allumfassenden Versagens drückte ihn nieder. Und es gab wenig, was er den beiden sagen konnte. Die Ermittlungen kamen nicht voran. Er erzählte ihnen zwar von den neuen Entwicklungen hinsichtlich des antisemitischen Briefs und der Verbindung zu

Celia Stemmet. Aber diese Erkenntnis stellte keinen Durchbruch dar, und Jonathan Levitt zeigte dementsprechend wenig Begeisterung. Yael hingegen beugte sich vor und sah Eberard aufmerksam an.

»Glauben Sie, das könnte wichtig sein? Denken Sie, diese Sekretärin, diese Celia Wie-auch-immer, weiß etwas, das nützlich ist?«

»Vielleicht. Vielleicht auch nicht. Vielleicht war es nur ein irregeleiteter Versuch, zur Lösung des Falls beizutragen.« Eberard hielt inne. Er fragte sich, ob er gegen die Regeln verstoßen sollte. Er wollte diesem sympathischen Mann etwas geben, ihn nicht ganz ohne Hoffnung ziehen lassen. »Sie dürfen das niemandem sagen, Rabbi. Wirklich niemandem. Wir werden heute Nachmittag den Computer dieser Frau ebenso durchsuchen wie die Räumlichkeiten dieser Kirche. Ich möchte sie außerdem verhören. Danach wissen wir hoffentlich mehr. Aber bitte – zu niemandem ein Wort.«

Eberard sah, dass diese Nachricht den Rabbi nicht wesentlich beruhigte. Nichts, was der Detective gesagt hatte, schien ihm Hoffnung auf einen baldigen Durchbruch zu machen. Levitt wirkte nun älter und zerbrechlicher, wie er so vornübergebeugt dasaß und seinen Gedanken nachhing. Er zog an seinem Bart, der ebenfalls zerzauster als zuvor aussah. Nach dem letzten Schluck Kaffee blieb hellbrauner Schaum auf seiner Oberlippe zurück. Er fuhr sich mit dem Handrücken über den Mund. Kurz darauf verabschiedete er sich, nicht jedoch, ehe er nicht Eberards Hände in die seinen genommen hatte. »Grundgütiger, Inspector, bitte…« Dann ging er langsam in das schmutzige Sonnenlicht hinaus.

Yael und Eberard saßen eine Weile schweigend da, bis sich die Anspannung des Rabbi verflüchtigt hatte. Yael nippte an ihrem Kaffee. Sie wirkte geistesabwesend und unerreichbar. Doch als sie schließlich sprach, schwang Wärme in ihrer Stimme mit. Er merkte, wie seine Abwehr sogleich nachließ. »Eberard, gibt es etwas, was Sie mir sagen möchten? Irgendetwas zu dem, was in Ihrer Wohnung passiert ist? Mit Angel? Irgendetwas? Sie können mir vertrauen, und ich weiß nicht, wem Sie momentan sonst noch vertrauen können. Diese Sache ist größer, als Ihnen … als uns … klar ist.«

Eberard betrachtete ihr Gesicht – die natürliche Bräune ihrer Haut, die großen Augen voller Leben. Er musste ihr geradezu verrunzelt und ausgelaugt erscheinen, dachte er. Seine Haut war um den Hals herum von Verbrennungen vernarbt, die bis zu seinen Schultern reichten. Makosis Sticheleien während des Frühstücks nagten noch immer an ihm und quälten ihn wie ein Dorn, in den er getreten war und den er nicht mehr loswurde. Seine Gefühle für diese Frau waren so widersprüchlich. Sie schüchterte ihn ein, und er fürchtete sich vor ihrer scharfen Zunge. Sie wirkte ungeduldig und von seinen ungeschickten Unzulänglichkeiten alles andere als angetan. Und dennoch – wenn sie ihm gerade besonders weit weg vorkam, lud sie ihn ein, sich ihr wieder zu nähern. Oder sogar anzuvertrauen. Trotz all seiner Bedenken wusste er, dass sie in einer Hinsicht recht hatte: Er konnte ihr vertrauen. Vielleicht war sie einer der wenigen Menschen, denen er wirklich vertrauen konnte.

»Es gibt eine direkte Verbindung zwischen dem Mord an Angel und dem Mann im Park.« Ihm wurde leichter zumute. Ein seltsames Hochgefühl schien ihn aus seinem Körper zu locken, so dass er sich wie von außen beobachtete, während die Wahrheit über seine Lippen strömte. »Ich weiß, dass ich Ihnen vertrauen kann. Und Sie wissen hoffentlich auch, dass Sie mir vertrauen können.« Er machte eine Pause, ehe er fortfuhr. »Kolchensky hat etwas mit Angels Tod zu tun. Ich kann

Ihnen nicht sagen, woher ich das weiß. Aber ich weiß es. Das ist die Wahrheit.«

Yael sah ihn nachdenklich an. »Wer weiß sonst noch von dieser Verbindung?«

»Nur ich. Und jetzt Sie. Und aus Gründen, die ich Ihnen nicht erklären kann, wird es auch nicht weiter gehen.«

»Danke, dass Sie sich mir anvertraut haben«, meinte sie und legte ihre Hand auf sein Handgelenk. Wie bei allem, was sie tat, war nichts Zögerliches in dieser Geste. Eine feste Berührung, bei der sie ihn direkt ansah und lächelte. Sie war schön. Vielleicht nicht nach gängigen Vorstellungen, aber auf diese ungreifbare Weise wie ein Gemälde, das trotz einer schlechten Rahmung und mehrerer Knicke in der Leinwand seine Größe offenbart. Es lag an ihrer Kühnheit, die weit über bloße Hübschheit hinausreichte. Ihre Schönheit sprach von Mühen, Wandel und Klugheit.

»Ich weiß, dass Sie leiden, Eberard. Das weiß ich. Weil ich auch an diesem Ort der Qualen gewesen bin. Ich sehe Ihre Selbstzweifel, vielleicht sogar Ihren Selbsthass. Aber Sie sind ein guter Mann, Eberard. Wenn Sie es schon nicht wissen, dann weiß ich es. Und momentan zählt meine Sicht mehr als Ihre.« Sie lachte, und Eberard musste lächeln, während er spürte, wie ihre Finger über seine Haut streichelten. Er wünschte sich, dieser Moment würde andauern. Doch sie stand auf, um zu gehen. Er tat es ihr nach und schob seinen Stuhl zurück. Ihre Hand lag noch immer auf seinem Handgelenk. Er wagte nicht, sich zu bewegen, ganz gefangen von der federleichten Berührung durch einen anderen Menschen. Irgendwie kam es ihm lächerlich vor und doch voll stiller Versprechungen.

Yael trat um den Tisch auf ihn zu, während ihre Finger über seine Haut tanzten. Ohne zu zögern, kam sie nahe an ihn heran und küsste ihn auf die Lippen. Er war so überrascht, dass er keine Zeit hatte, den Kuss zu erwidern. Eine Sekunde lang zog ihr Mund an seiner Unterlippe, es schmeckte nach Kaffee und Pfefferminze, und sie roch nach Sandelholz. Dann war es vorbei. Sie strahlte ihn an und genoss sichtlich seine Verblüffung.

»Nicht mehr als das«, sagte sie und wandte sich rasch ab. Er sah ihr hinterher, wie sie mit federnden Schritten davonging. Obwohl ihre Gestalt nicht mehr zu sehen war, stand er immer noch da und starrte in die Richtung, in der sie verschwunden war. Dann wurde er aus seinen Träumen gerissen. Hinter der Theke bemerkte er eine Bewegung. Eine junge Schwarze beobachtete ihn und lachte leise vor sich hin.

»*Ai,* geküsst von einer schönen Frau«, sagte sie und schnalzte mit der Zunge.

Eberard grinste ein wenig beschämt. Er ging, wobei er versuchte, dem Gefühl dieses kurzen Kusses nachzuspüren, dem Geschmack und den Düften.

Die Kargheit des Dezernats mit seinem Desinfektionsmittelgeruch wirkte nach dem Café wie ein tätlicher Angriff auf seine Sinne. Er hasste es, jetzt ins Büro gehen zu müssen, und fand es schwierig, nicht sein Handy herauszuholen, um Yael anzurufen. Am liebsten hätte er sie um mehr Klarheit gebeten, um eine Erklärung dafür, was gerade zwischen ihnen passiert war. Stattdessen kehrte er mit mehr Elan zurück – ob durch ihren Kuss oder wegen der flehenden Bitte des Rabbi, konnte er nicht sagen. Er wusste jedenfalls, dass die Ermittlungen endlich eindeutig vorankommen mussten.

Eberard nahm die Stellungnahmen, die auf seinem Schreibtisch lagen. Er hatte seine Entscheidung getroffen und steuerte entschlossen das Büro von Colonel Dirks an. Sie sprach gerade am Telefon und starrte ihm finster entgegen, als er unter der Tür erschien. Offenbar erwartete sie, dass er wieder ging. Aber er blieb stehen, die Arme verschränkt. Er beobachtete, wie sie die Lippen bewegte, sie öffnete und wieder schloss, als wären sie aus Wachs. Unwillkürlich stellte er sich einen Kuss von diesem aufgeblasenen Mund vor und verglich ihn mit dem, den er gerade bekommen hatte. Colonel Dirks murmelte etwas und legte dann die Hand über den Hörer.

»Ich brauche einen Durchsuchungsbefehl und einen Haftbefehl, Colonel. Ich habe beide Befehle bereits ausgefertigt, ebenso wie meine Stellungnahmen dazu. Sie müssen nur noch unterschreiben.«

Sie nickte ungeduldig und winkte ihn zu sich. Er legte die Dokumente vor sie hin, und sie nahm ihren Stift. Ihre Hand schwebte über der Linie, wo sie unterschreiben sollte, bis sie den Namen der Kirche las. Sie ließ den Stift fallen. Er rollte über den Tisch und fiel zu Boden.

»Ich rufe zurück«, zischte sie in den Hörer und knallte ihn dann auf die Ladestation. »Sind Sie von allen guten Geistern verlassen?« Ihre Stimme klang schrill, und ihr Gesicht wurde schlagartig puterrot. »Ein Durchsuchungsbefehl für Pastor Jacksons Kirche?« Sie sah sich den Haftbefehl an. Als sie las, wer verhaftet werden sollte, stieß sie einen noch schrilleren Schrei aus. »Und Sie wollen seine Sekretärin einbuchten? Haben Sie völlig den Verstand verloren? Diesmal sind Sie zu weit gegangen, Februarie. Das kommt absolut nicht in Frage.«

»Lehnen Sie Haftbefehl und Durchsuchungsbefehl ab, ohne meine Stellungnahmen zu lesen?«

Es war eine schlichte Frage, die jedoch alle unausgesprochenen Vorwürfe und seine ganze Verachtung enthielt. Colonel Dirks starrte ihn ungläubig an und versuchte einen Moment lang eine Antwort zu finden, ehe ihr klar wurde, dass sie ihm nicht entkam. Sie nahm die Papiere, die er ihr gegeben hatte, und schleuderte sie in seine Richtung, so dass sie zu Boden segelten und vor seinen Füßen landeten.

»Februarie, wenn Sie das für witzig halten, dann irren Sie sich gewaltig. Wenn Sie glauben, dass die Lösung für den Vorfall in der Synagoge und für das, was gerade in den Flats geschieht, darin liegt, dass Sie jemanden verhaften, der den am schnellsten wachsenden Kirchen des Landes angehört, dann müssen Sie wahnsinnig sein. Minister Favi sitzt mir im Nacken. Ich habe heute Morgen einen Anruf von ihm bekommen. Gestern hat er mich zweimal kontaktiert. Er droht, alle Synagogen und Moscheen schließen zu lassen, bis die Unruhen vorüber sind. Da braut sich ein Bürgerkrieg zusammen.« Sie stand auf, wobei ihr Bauch gegen ihren Rock drückte. Tief Luft holend fuhr sie fort. »Haben Sie auch nur die geringste Ahnung, wie ernst die Lage ist? Unter welchem Druck ich in diesem Fall stehe?« Sie brüllte nun in voller Lautstärke. »Und Sie bringen mir diesen Mist?!«

»Lehnen Sie Haftbefehl und Durchsuchungsbefehl ab, ohne meine Stellungnahmen zu lesen?« Beim ersten Mal war die Frage eine Herausforderung gewesen. Sie jedoch zu wiederholen stellte eine Verweigerung dar.

»Hören Sie. Selbst wenn Sie mir Pastor Jacksons Fingerabdrücke auf der Mordwaffe präsentieren würden, bekämen Sie keinen Haft- oder Durchsuchungsbefehl von mir. Also, verschwinden Sie aus meinem Büro!«

»Ah, verstehe«, meinte Eberard mit kalter Stimme und beugte sich hinab, um die Papiere einzusammeln. Als er sich wieder aufrichtete, starrte ihn Colonel Dirks an. »Jetzt kommt also die Wahrheit ans Licht, Colonel.« Er drehte sich um und marschierte mit zusammengebissenen Zähnen aus dem Zimmer.

Makosi wartete im Flur auf ihn. Er hatte dem Wutausbruch ihrer Vorgesetzten offenbar zugehört. »Und nun?«, fragte er, nahm Eberard die durcheinandergewirbelten Papiere ab und begann sie zu sortieren. Eberard fasste ihn am Arm und führte ihn in einen der kleinen Befragungsräume. Dort schloss er die Tür hinter ihnen.

»Ich glaube, die NIA hilft uns auf diese Weise, weil sie weiß, dass Colonel Dirks nicht den Mumm hat, eine solche Untersuchung durchzuziehen«, sagte er. »Sie macht sich um ihre Karriere Sorgen und was es für sie bedeuten könnte, wenn sie den Minister verärgert. Allmählich ergibt das alles mehr Sinn.«

Makosi nickte und fuhr sich über die Stoppeln auf seinem Kinn. Eberard fragte sich, ob er seinem Partner von seinem Verdacht erzählen sollte, dass jemand in ihrem Büro die NIA mit Informationen fütterte. Der junge Detective hatte schließlich ein Recht, so etwas zu erfahren. Es sei denn, *er* war der Maulwurf. Erst jetzt kam Eberard dieser unangenehme Gedanke. Makosi war ehrgeizig und vielleicht noch naiv. Er war mit den Ermittlungen betraut. Eberard sah seinen Partner mit anderen Augen an. Er hatte keine Ahnung, ob sein Verdacht auch nur im Geringsten berechtigt war oder nicht.

»Also: und nun?« Eberard wiederholte Makosis Frage. »Ich denke, ich werde zu Richterin Gille gehen, um die Befehle von ihr unterschrieben zu bekommen, während Sie das Team zusammentrommeln. Dirks wird uns hier nicht ausbremsen.«

Makosi trat beunruhigt von einem Fuß auf den anderen. Für einen Neuling war es nie einfach, sich den Befehlen eines Vorgesetzten zu verweigern. Es stand quer zu allem, was ihm auf der Polizeischule eingebläut, in den Vorlesungen wiederholt und auf dem Appellplatz ins Ohr gebrüllt worden war.

Eberard legte dem jungen Mann eine Hand auf die Schulter. »Keine Sorge, Thabani. Ich übernehme die Verantwortung. Ich bin alt und hässlich genug, um mich einen feuchten Dreck um Dirks zu scheren.«

Richterin Gille war bereits im Pensionsalter. Sie saß im dritten Stock des Kapstädter Bezirksgerichts und kannte Eberard gut. Er war unzählige Male in ihrem Gerichtssaal als Zeuge aufgetreten, und sie war es auch gewesen, die in den *Muti*-Mordfällen die Kautionsanträge bearbeitet hatte. Sie war genau und forderte korrekte Dokumente. Gleichzeitig hatte sie bereits genug Fälle kennengelernt, um zu wissen, dass die Polizei manchmal skrupellos und mutig vorgehen musste, um etwas zu erreichen. Sie war stets hilfsbereit gewesen, wenn ihr ein Antrag einleuchtete. Doch sobald ein Beamter seine Kompetenzen überschritt, konnte sie gnadenlos und knallhart in ihrer Bestrafung sein. Politische Ambitionen hatte sie keine und gehörte somit zu den immer weniger werdenden Beamten, denen es ausschließlich um ihr Amt ging.

Der Schreibtisch der Richterin ertrank beinahe in einem Meer aus Akten, Papieren und staubigen Schachteln. Ein großer, übervoller Aschenbecher nahm einen Ehrenplatz ein, und alles andere schien darum herum angeordnet worden zu sein. Das Zimmer stank nach abgestandenem Rauch und Desinfektionsmittel. Richterin Gille studierte jedes Wort in Eberards Stellungnahmen. Als ihr Telefon klingelte, ignorierte sie es. Sie machte nur eine Pause, um sich eine neue Zigarette anzuzünden, wobei sie den Rauch direkt auf die vorderste Seite blies. Nachdem sie eine Seite gelesen hatte, legte sie diese auf den Tisch, ehe sie mit der nächsten begann. Eberard, der mit übereinandergeschlagenen Beinen ihr gegenübersaß, würdigte sie keines Blicks.

Die letzte Seite las sie besonders aufmerksam, wobei sie sogar die eidesstattliche Erklärung des Commissioners begutachtete. Dann legte sie die Papiere sauber aufeinander und sah sie noch einmal durch, bis sie das fand, was sie gesucht hatte. Sie räusperte sich, zog das Blatt mit der ausgedruckten IP-Adresse hervor und schürzte die Lippen. Etwas machte ihr offenbar Sorgen. Eberard rutschte auf seinem Stuhl nach vorn und erwartete ungeduldig ihr Urteil.

»Okay, Inspector, ich unterschreibe Ihnen den Durchsuchungsbefehl. Kein Problem. Den haben Sie eingehend und einleuchtend begründet.« Sie drückte ihre Zigarette in einem Haufen Asche aus. »Aber der Haftbefehl gefällt mir nicht. Man kann nicht ausschließen, dass diese Frau in gutem Glauben gehandelt hat. Und Ihrer Erklärung zufolge kam der Zugriff auf diese Webseite zwar von ihrem Computer, aber wir wissen nicht, ob es auch tatsächlich Celia Stemmet war, die zu dem besagten Zeitpunkt davorsaß. Und wir wissen nicht, ob es wirklich sie war, die Ihnen diesen Brief zukommen ließ. Das ist mein erstes Problem mit dem Haftbefehl.«

Eberard wusste, dass es sich nicht lohnte, mit ihr zu diskutieren. Er wartete also ab, was sie noch sagen würde.

»Mein zweites Problem ist momentan vermutlich gar nicht relevant, da es ja erst einmal eines Beweises für die Notwendigkeit des Haftbefehls bedarf. Aber falls die ganze Sache tatsächlich vor Gericht kommen sollte, werden Sie offenlegen müssen, wer diese IP-Adresse ausfindig gemacht hat. Sie bleiben in Ihrer Stellungnahme sehr vage, woher die Information stammt. Wahrscheinlich ist es einem Ihrer Techniker in Ihrem Dezernat gelungen, diese Spur zu finden. Ich bin beeindruckt, wozu Ihr Büro fähig ist. Bisher nahm ich an, dass man so etwas nur auf *höheren* Ebenen macht.« Sie warf ihm einen vielsagenden Blick zu. »Wie dem auch sei – Sie werden jedenfalls die Informationsquelle offenlegen müssen. Wenn Sie das nicht können, wird Ihr Durchsuchungsbefehl ungültig sein. Und alle Dokumente, die Sie dort entdecken, dürfen dann nicht verwendet werden. Aber das wissen Sie natürlich sowieso, Inspector.«

Eberard wusste, dass sie recht hatte. Das war ein Problem. Er konnte die Quelle für diese IP-Adresse nicht nennen, es sei denn, der Geheimdienst war bereit, direkt mit ihm zusammenzuarbeiten. Ohne einen solchen Beweis würde auch der Durchsuchungsbefehl nichts bringen. Doch ihm blieb nichts anderes übrig, als weiterzumachen.

»Ich weiß«, sagte er und nickte. Die Richterin hakte nicht nach, sondern unterschrieb den Durchsuchungsbefehl. Den Haftbefehl für Celia Stemmet gab sie ihm ohne Unterschrift zurück.

»Viel Glück, Eberard. Dieser Mord hat das Potenzial, einen enormen Flurschaden anzurichten. Meine Kirche, die Kenilworth-Anglikaner, haben zusammen mit dem Muslim Disaster Relief Fund ein Programm laufen, um Projekte in Delft zu unterstützen. Gerade haben sie ihren Besuch für das nächste Wochenende abgesagt. Sie meinten, momentan sei die Lage zu angespannt. Wir verlieren alle durch das, was passiert ist.«

»Die Fundamentalisten auf allen Seiten hingegen sind begeistert.«

»Extremismus gedeiht im Chaos. Das war schon immer so, Eberard. Viel Glück.«

Er dankte ihr und verließ das Gerichtsgebäude, ging zu seinem Auto. Er hatte in einer Bucht geparkt, die für die Polizei reserviert war, wobei er seinen Aktendeckel mit dem Polizeilogo auf das Armaturenbrett gelegt hatte, um sich auszuweisen. Trotzdem war er erleichtert festzustellen, dass ihm kein übereifriger Verkehrspolizist einen Strafzettel verpasst hatte. Auf seinem Schreibtisch lag bereits ein ganzer Stapel solcher Verweise, die er noch löschen lassen musste. Sein Wagen lief auf seinen Namen, weshalb es nie einfach war, die städtische Verkehrspolizei dazu zu bringen, seine Strafzettel zu zerreißen. Die Beziehung zwischen der Polizei und der Stadt war zwar freundlich, aber letztlich stets angespannt.

Eberard fummelte mit seinem Schlüssel am Schloss der Fahrertür herum. Der Wagen entriegelte sich, und er fasste nach dem Griff, um die Tür zu öffnen. In diesem Moment spürte er, dass jemand hinter ihm stand. Weder ein Geräusch noch ein Laut ließ ihn aufschrecken, sondern die Gegenwart eines anderen, der ihm zu nahe gekommen war. Er hielt inne. Sein Herz begann schneller zu schlagen, und er ballte die Faust um den Schlüsselbund, so dass sich das Metall in sein Fleisch bohrte. Die Verletzung, die er damit einem möglichen Angreifer zufügen konnte, war allerdings schlimmer als der Schmerz in seiner Handfläche. Er wirbelte herum, bereit zuzuschlagen. Ein großer schwarzer Mann in einem eleganten Anzug und einer verspiegelten Sonnenbrille stand dicht vor ihm. Jetzt konnte Eberard sein Eau de Cologne riechen und betrachtete sein eigenes Gesicht in den Brillengläsern.

Geheimagent Simelane zeigte nicht den leisesten Anflug eines Lächelns. Er rückte seine breite Brust noch näher an Eberard heran, und das Testosteron begann zwischen den beiden Männern zu knistern. »Was tun Sie hier, Inspector? Haben Sie vielleicht Ihre alte Freundin Gille besucht?«

Eberard richtete sich auf und stellte sich kerzengerade hin. »Simelane. Genau der Mann, den ich sprechen wollte«, log er. Simelane schnaubte leise, gab aber sonst nichts von sich. Eberard fuhr also fort. »Ich finde, die NIA sollte diesmal mit offenen Karten spielen. Sie müssen Ihre Informationen endlich mit anderen teilen.« Der Mann sagte noch immer nichts. »Beginnen wir doch so: Was wissen Sie über einen Typen namens Kolchensky?«

Zu seiner Überraschung begann Simelane zu lachen – ein kehliges Gurgeln, das sofort wieder abstarb. Dann setzte er die Brille ab. Seine Augen waren dunkel, und man konnte Äderchen im weißen Augapfel erkennen. Es war spürbar, wie angewidert er war. »Teilen? Ich würde nicht mal mein Wasser mit Ihnen teilen, wenn Sie verdurstend in der Gosse lägen.«

»Aber …« Eberard brach ab und runzelte die Stirn. Seine Gedanken überstürzten sich. Er spürte das Adrenalin durch seine Adern pumpen. Irgendetwas stimmte hier ganz und gar nicht.

»Aber was?« Der Agent trat einen Schritt zurück und setzte seine Brille wieder auf.

Eberard schüttelte den Kopf. Er hatte nichts hinzuzufügen. Vielleicht hatte er sogar bereits zu viel gesagt. Simelane grinste abfällig und zeigte mit dem Finger auf das Gesicht des Detective. »Man hat den Zuhälter Ihrer kleinen Freundin gefunden. Heute Morgen in Woodstock. Wir wussten, dass er auftauchen würde. War nur eine Frage der Zeit. Eine Neun-Millimeter-Kugel im Kopf, habe ich gehört. Ich frage mich, wer das getan haben könnte. Sie auch?« Er rückte wieder näher, so dass Eberard seinen sauren Atem roch. »Die Kugel ist durch den Schädelknochen zu deformiert, als dass die Technik sofort etwas sagen könnte. Aber irgendwann gibt es einen Treffer. Wenn man an den richtigen Orten nach der Waffe sucht.«

»Soll das eine Drohung sein, Simelane?«

Der Agent lachte erneut auf. »Ich sage Ihnen was, Inspector Februarie, was Sie nichts kosten wird. Pastor Jackson kommt als Verdächtiger nicht in Frage. Und eine Razzia bei ihm und seiner Kirche wird Sie nur in eine Welt der Schmerzen führen.« Er lächelte schmallippig und fügte hinzu: »Ob das eine Drohung sein soll? Nun, das hängt davon ab, was Sie getan haben und was nicht.«

Simelane stieg in seinen Wagen und brauste davon. Eberard öffnete die Tür zu seinem Auto und setzte sich hinter das Lenkrad. Er zitterte vor Aufregung. Marnie war also gefunden worden. Die NIA hatte bereits die Verbindung zu ihm hergestellt. Das war ein Problem – allerdings ein unvermeidliches. Doch Simelanes Haltung hatte ihn mehr als verblüfft. Seine Bitte um Zusammenarbeit war nicht etwa kühl zurückgewiesen worden, sondern er hatte vielmehr eine knallharte Abfuhr kassiert.

Außerdem hatte der Agent gewusst, wo er ihn finden konnte. Er hatte gewusst, dass er Richterin Gille aufsuchen würde, um die beiden Befehle für Jackson unterzeichnet zu bekommen. Die undichte Stelle musste also Makosi sein. Das war die einzig logische Schlussfolgerung. Sonst hatte niemand gewusst, was er vorhatte.

Er musste dringend in Erfahrung bringen, wieso Makosi dem Fall überhaupt zugeteilt worden war. Vielleicht würde ihn das zu dem Ansprechpartner des jungen Detective bei der NIA führen. Dennoch fehlte ein Teil des Puzzles. Wenn die NIA bereit war, bei den Ermittlungen zu helfen, war die undichte Stelle vielleicht gar nicht so fatal, auch wenn Eberard die Idee, dass sein neuer Partner hinter seinem Rücken handelte, schrecklich fand. Doch Simelanes Abscheu davor, Eberard zu helfen, und seine drohende Haltung gegenüber einer eventuellen Hausdurchsuchung bei Pastor Jackson änderten alles. Der Geheimdienst folgte exakt den Ermittlungen, aber hielt es nicht für nötig, die Kirche genauer unter die Lupe zu nehmen. Warum beobachtete er dann die Bewegungen auf Celia Stemmets Computer? Und warum gab die NIA Eberard diese Informationen weiter?

Er fragte sich, ob er die Durchsuchung abblasen sollte. Doch er hatte keine andere Spur, der er folgen konnte. Er musste die Kirche unter Druck setzen. Es musste eine Verbindung zwischen ihr und Kolchensky geben. Und für den Moment blieb der Russe der Schlüssel zu dem Ganzen.

Siebzehn

Karisa Pillay streckte ihren Kopf in das Konferenzzimmer, als Eberard gerade die Einsatzbesprechung mit seinem Team beendet hatte. Es war am frühen Nachmittag, und die Pläne standen, wie man die Büroräume der Kirche umkrempeln sollte. Makosi hatte eine gute Gruppe aus Beamten in Zivil und aus ein paar Uniformierten von Caledon Square zur Rückendeckung zusammengestellt. Eberard blickte verärgert auf, als die Tür sich öffnete. Sergeant Pillay wusste doch eigentlich, dass man ihn besser nicht störte, es sei denn, es war wichtig. Sie bedeutete ihm, dass sie mit ihm reden müsse, und warf dabei einen Blick hinter sich in den Korridor hinaus. Er seufzte und bat das Team zu warten. Die Gruppe begann sofort untereinander zu reden, und Eberard ging um den Tisch herum zu Karisa.

Sie flüsterte ihm hastig zu, dass zwei Leute in Colonel Dirks' Büro auf ihn warten würden. Colonel Dirks hatte erklärt, er solle sofort kommen. »Inspector«, fügte Karisa ungewöhnlich ernst hinzu, »der eine sieht aus wie dieser Pastor Jackson. Und eine Frau ist dabei.«

Eberard fluchte leise, ehe er ihr dankte und wieder ins Konferenzzimmer zurückstürmte. »Planänderung. Der Pastor und seine Handlangerin sind schon hier. Sie müssen Wind von der Durchsuchung bekommen haben.« Er musterte Makosi nach irgendeinem Anzeichen, aber der junge Mann schien ehrlich verärgert zu sein. Eberard hatte keine Ahnung, wie er mit seinem Verdacht hinsichtlich seines neuen Partners umgehen sollte. Zumindest wusste er, dass er ihn aus dem Weg haben musste, während er sich mit dem Pastor auseinandersetzte. Er traf eine rasche Entscheidung. »Okay. Nur weil sie hier sind, bedeutet das noch lange nicht, dass wir die Sache nicht trotzdem durchführen können. Makosi, Sie leiten das Team für die Kirchendurchsuchung, und Sie wissen, wonach wir suchen müssen. Ich werde die beiden hier befragen.«

Makosi sah ihn zweifelnd an. Er sollte als Constable ein großes Team leiten, zu dem ein Inspector und ein Sergeant gehörten? Aber Eberard ließ sich nicht beirren. »Sie haben das Sagen, Makosi. Dann mal los.«

Eberard beobachtete zufrieden, wie die Gruppe ohne Murren ihre Papiere zusammensammelte. Alle nahmen sich eine kugelsichere Weste und einen Lageplan und verließen das Zimmer. Er wusste, dass man höchstwahrscheinlich nichts finden würde, was irgendeine Bedeutung für den Fall hatte, aber es ging im Grunde auch mehr darum zu zeigen, wer am längeren Hebel saß. Nachdem der Pastor und seine Sekretärin nun ohnehin wussten, dass eine Durchsuchung bevorstand, waren die Chancen noch geringer.

Dennoch wollte er seinen Plan durchziehen. Er nahm die Akte, die bereits mit Aussagen und Dokumenten überquoll. Sie hatten sehr viele Informationen gesammelt, von denen leider keine ausreichte, um einen Verdächtigen dingfest machen zu können. Dabei war die wichtigste Tatsache allerdings auch nicht dokumentiert: dass Kolchensky den Mord an Angel in Auftrag gegeben hatte. Eberard seufzte laut, und eine Welle der Verzweiflung rollte über ihn hinweg. Während er sich auf den Weg in Colonel Dirks' Büro machte, wünschte er sich inbrünstig, Yael wäre an seiner Seite.

Zu seinem Ärger hörte er Jackson lachen. Colonel Dirks fiel mit einem schrillen Ton in das Gelächter ein. Als er ohne zu klopfen den Raum betrat, sah er, dass die Sekretärin die Heiterkeit der beiden anderen offenbar nicht teilte. Celia saß zusammengesunken auf einem Stuhl, nervös und niedergeschlagen. Jackson reagierte erst allmählich auf das Auftauchen des Detective. Er schien vielmehr die Geschichte über ein Abendessen mit einem ausländischen Würdenträger absichtlich in die Länge zu ziehen.

»Er kam nicht mal an das Fleisch, sondern hat das Ding immer von der falschen Seite attackiert.« Der Pastor lachte erneut, und Colonel Dirks kicherte. Eine Verschwörung der Schwachköpfe, dachte Eberard. Celia beobachtete ihn aus unruhigen Augen. Sie war sich offensichtlich nicht sicher, ob sie aufstehen oder sitzen bleiben sollte.

»Ah, da sind Sie ja, Februarie«, sagte Colonel Dirks. »Der gute Pastor war so freundlich, sich die Zeit zu nehmen, extra hierherzukommen, da Sie ihn ja so dringend sprechen wollten. Noch einmal herzlichen Dank, Pastor. Und …« Sie deutete vage in Celias Richtung. »Ich habe jedenfalls keine Ahnung, was Sie den Pastor fragen möchten, aber er ist sehr beschäftigt. Fassen Sie sich also kurz. Verstanden?«

»Wenn Mr. Jackson meine Fragen beantwortet, bin ich mir sicher, dass wir das schnell hinter uns bringen können«, gab Eberard zurück. Für einen Moment schien Colonel Dirks gleich zu explodieren, doch Jackson stand sofort auf, als ob er sie beruhigen wollte.

»Ich bin mir sicher, dass es schnell gehen wird, Inspector. Ich glaube sogar, dass da ein Missverständnis vorliegt. Kommen Sie, Celia«, sagte er und streckte seiner Sekretärin die Hand hin.

Eberard bemerkte, dass sie diesmal nicht die Hand des

Pastors nahm. Sie wandte ihm sogar den Rücken zu, als sie aufstand, und hielt den Blick auf Eberard gerichtet.

»Ich werde zuerst mit Celia sprechen. Danke, Mr. Jackson. Unterhalten Sie Colonel Dirks nur weiter mit Ihren amüsanten Dinnergeschichten. Ich werde gleich wieder da sein.«

Celia wirkte verzweifelt, blickte mit zitternder Unterlippe zwischen ihm und der Tür hin und her.

Der Pastor zuckte die Achseln und setzte sich wieder. »Wie Sie wünschen«, meinte er und wandte sich betont schicksalsergeben Colonel Dirks zu.

Eberard wartete nicht auf einen Kommentar von seiner Vorgesetzten, sondern verließ mit Celia im Schlepptau den Raum. Er hörte Colonel Dirks' Seufzen, als er hinausging, wobei er die Tür hinter sich nicht schloss. In einem Konferenzzimmer bat er die Sekretärin, sich ihm gegenüberzusetzen. Sie begann sofort an den Nägeln zu kauen.

»Celia.«

Sie zuckte ein wenig zusammen, als er ihren Namen aussprach, schaute ihn aber nicht an.

»Celia, ich glaube, Sie sind in etwas verwickelt, das gar nichts mit Ihnen zu tun hat. Sie haben große Angst, das kann ich sehen. Ich denke, dass Sie in diese … in diese Sache hineingezogen wurden und jetzt nicht wissen, wie Sie da wieder rauskommen.«

»Ich habe nicht die geringste Ahnung, wovon Sie reden.« Ihre Stimme klang blechern und verängstigt, und ihr Versuch, nicht so schnell klein beizugeben, zeigte Eberard nur noch deutlicher, dass er auf dem richtigen Weg war.

»Celia, in diesem Moment ist bereits ein Suchteam der Polizei dabei, sich Ihren Computer vorzunehmen. Sie werden Ihre Festplatte durchstöbern, sich jede Ihrer Mails ansehen und jede Ihrer Internetrecherchen verfolgen. Ich weiß, dass Sie mir diesen absurden Brief geschickt haben. Ich weiß, dass Sie diese arische Webseite aufgesucht haben, um diesen Müll zu zitieren. Ich weiß, dass Sie mir diesen Müll zukommen ließen. Tun Sie nicht so, als hätten Sie nichts damit zu schaffen. Ich weiß, dass das nicht stimmt. Aber was ich nicht weiß, ist *warum*. Und solange Sie mir das nicht sagen, kann ich nur vom Schlimmsten ausgehen.«

Endlich sah die Frau zu ihm auf. Entsetzen breitete sich in ihrem Gesicht aus, was ihn vermuten ließ, dass sie von dem Durchsuchungsbefehl vielleicht doch nichts gewusst hatte. Vielleicht hatte der Pastor ihr auch nichts verraten. Eberard nickte langsam, um so den Wahrheitsgehalt dessen zu unterstreichen, was er gerade gesagt hatte. Sie starrte ihn verängstigt an, und in ihren Augen begannen sich Tränen zu bilden. Als sie den Blick senkte, fielen ein paar Tropfen auf ihren Schoß.

»Der Pastor wollte, dass ich es tue«, flüsterte sie. Ihre Stimme klang sehr leise und heiser, als ob sie schon lange geweint hätte. Ein Schluchzen entkam ihr. »Er meinte, er bräuchte es für ein Projekt, mit dem er sich gerade befassen würde. Er meinte, man hätte ein totes Kind in einer Synagoge gefunden.« Sie stockte und räusperte sich dann, ehe sie fortfuhr, wobei sie die ganze Zeit über nur auf ihre Füße starrte. »Als ich nachfragte, sagte er, es sei ein echtes Geschenk Gottes. Dass Gott beschlossen habe, die Bosheit der Juden an den Tag zu legen. Dass sie schon immer solche Rituale durchgeführt hätten und er es endlich leid geworden sei. Gott habe beschlossen, die Hinterhältigkeit der Juden zu enthüllen und diesen heidnischen Praktiken ein Ende zu setzen. Und dass Gottes Zorn, der bereits Sodom und Gomorrha zerstört habe, nun auch die Juden treffe.« Die Tränen liefen frei über ihre Wangen, und ihre Haare klebten feucht an ihren Schläfen.

»Und warum wollte Pastor Jackson diesen Brief zusammenstellen, Celia?«

»Er meinte, die Polizei würde es sonst nicht glauben. Er sagte, Sie seien alle nur inkompetente … Trinker.« Das letzte Wort war kaum lauter als ein Flüstern. Sie schaute ängstlich auf. »Er meinte, Sie würden es nicht verstehen, es sei denn, man würde Sie mit der Nase darauf stoßen. Dass es Gottes Wille sei, Sie dazu zu zwingen, es sehen zu *müssen*. Er sagte, Sie seien durch den Teufel geblendet. Dass Sie Gottes Gnade nicht kannten.«

In Eberard stieg Zorn auf, doch er versuchte, sich zurückzuhalten. Er wollte zuerst noch eine letzte Frage stellen. »Und wie haben Sie es mir zugestellt?«

Sie sah ihn überrascht an. »Diesen Brief?« Eberard nickte. »Ich habe ihn dem Pastor elektronisch übermittelt. Ihn von meinem Computer an ihn gemailt. Ich habe keine Ahnung, wie er ihn Ihnen zukommen ließ. Ehrlich, Detective.«

Eberard ließ sie mit einem Plastikbecher voll Wasser zurück. Obwohl sie ihm irgendwie leidtat, zeigte er kein Mitleid, als sie in ihr Papiertaschentuch schniefte. Dann holte er Jackson bei Colonel Dirks ab. Sie sah ihn wutentbrannt an, sagte aber nichts weiter.

Eberard führte den Pastor in den kleinen Befragungsraum. Der Boden roch leicht nach Urin und Chlor, während die Wände an verschiedenen Stellen mit Fingerabdrucktinte verschmiert waren. Für die bevorstehende Befragung erschien Eberard dieses Zimmer besonders geeignet zu sein. Doch der Kirchenmann war nicht in der Stimmung, sich einschüchtern zu lassen.

»Was wollen Sie in diesem Land haben, Inspector Februarie?« Jackson feuerte die Frage auf ihn ab, noch ehe sie sich niedergelassen hatten. »Anarchie?«

»Sie meinen, wenn aus Weltfrieden und einem Ferrari für jedermann doch nichts wird?«

Der Pastor lächelte nicht einmal.

»Nun, eine Welt, in der ein kleiner Junge nicht einfach in einer Synagoge…«, Eberard hielt einen Moment lang inne, »… abgeschlachtet wird. Das wäre zumindest ein Anfang.«

Diesmal lächelte der Pastor – ein böses, siegesgewisses Lächeln. »Ganz genau, Inspector. Dann streben wir nach den gleichen Dingen. Wir müssen nur noch darüber sprechen, wie wir sie erreichen.« Vorfreudig drückte er seine Handflächen auf den Tisch. »Momentan leben wir in einem kulturellen und religiösen Vakuum, das die Ungläubigen jederzeit betreten können. Die Mörder Christi protzen mit ihren angeblichen Freiheiten und verkehren dabei mit den Botschaftern des Teufels. Sie wetzen ihre Messer und laden in aller Öffentlichkeit ihre Waffen. Für die anderen haben sie nichts als Verachtung übrig. Währenddessen regiert auf der gegenüberliegenden Straßenseite der Irrsinn des Islam, der inbrünstige, unerschütterliche Glaube an diesen Propheten Mohammed. Ihre gemeinsame Bösartigkeit kennt keine Grenzen. Aber was ist mit dem Christen, der auf der Straße zwischen den beiden läuft, ein unschuldiges Kindlein im Arm, die Augen erhoben zum allein Seligmachenden, sich des Heidentums um ihn herum gar nicht bewusst?«

Jacksons Stimme schwoll immer mehr an. »Was ist mit diesem Mann? Muss er niedergestreckt werden, muss er mit seinem Kind ermordet werden, nur wegen der angeblichen Rechte, die diese Kriegstreiber auf beiden Seiten einfordern? Ist es dort, wo Sie laufen würden, Inspector? Wären Sie der Mann, der durch dieses Tal des Todes läuft? Hätten Sie keine

Angst vor dem Bösen, wenn die Menschen um Sie herum abgeschlachtet werden?« Er zeigte anklagend mit dem Finger auf Eberard, ehe er fortfuhr. »Wir wünschen uns beide eine Welt, in der unschuldige Jungen nicht mehr an einem Ort der Gottesanbetung ermordet werden. Und doch haben Sie keine Ahnung, wie …«

»Es reicht.« Eberard legte seine Hände flach auf den Tisch. Er tastete die schmierige Oberfläche mit seinen Fingern ab. Ihm war klar, dass er von diesem Mann nichts erfahren würde. »Ich bin nicht hier, um mir Ihre Hetzreden anzuhören. Mich interessieren Ihre Ansichten zur Gesellschaft oder über die religiöse Freiheit nicht, Mr. Jackson. Soziale Manipulationen sind nicht mein Gebiet. Was mich interessiert, ist der Mord an einem kleinen Jungen – und das Interesse, das Sie in diesem Fall gezeigt haben. Beantworten Sie mir bitte eine Frage.« Eberard brauchte einen Moment, um sich zu beruhigen und die Frage mit klarer Stimme formulieren zu können. »Was wissen Sie über einen Mann namens Androv Kolchensky?«

»Ja, Detective, meine Sekretärin hat mir schon mitgeteilt, dass Sie sie wegen dieses Mannes einzuschüchtern versuchten … Kolchesky, Kolchensky – wie auch immer er heißt.« Jacksons Antwort kam ohne jedes Zögern, er war eindeutig vorbereitet. »Ms. Stemmet wusste noch, dass er ein paar Arbeiten für uns erledigt hat, in Ravensmead. Sie hat ein besseres Gedächtnis als ich. Ich muss leider zugeben, dass ich mich nicht im Geringsten an diesen Mann erinnern kann. Ich habe ihn vermutlich nie kennengelernt, und ich habe auch keine Ahnung, warum Sie nach ihm fragen.«

Eberard versuchte ihn zu unterbrechen, aber der Pastor erhob wieder seine Stimme, um fortzufahren. »Ich bin ein enger Freund des Ministers für Sicherheit und Soziale Werte,

Minister Favi. Wir kennen uns schon seit langem. Ich war Gast bei zwei Staatsbanketts mit dem Präsidenten. Ich habe Vorträge vor dem Exekutivkomitee für Soziale Werte gehalten. Ich habe die Diskussionsschrift zur augenblicklichen Abänderung des Social Values Act ausführlich kommentiert. Diese Gesetzgebung wird ein dauerhaftes Erbe sein, ein Erbe für Christen auf der ganzen Welt. Die Beherrschung des religiösen Fundamentalismus steht im Zentrum unserer Hoffnung auf Weltfrieden, Mr. Februarie. Die Welt ändert sich. Schauen Sie sich nur an, was in Nordafrika und dem Mittleren Osten geschieht. Schauen Sie sich an, was in Nigeria und im Iran los ist. Einfache Menschen sind nicht länger gewillt, die Gewalt gegen Frauen und die Gehirnwäsche von Kindern hinzunehmen. Quelle für die Instabilität und das Elend in der Welt ist der falsche Glaube, dass jeder seine durchgeknallte Religion ohne Rücksicht auf die anderen praktizieren dürfen sollte.« Jackson beugte seinen gedrungenen Körper vor. »Die guten, ganz gewöhnlichen Bürger dieser Welt leiden, Detective. Ihnen wird durch einige wenige geschadet, die meinen, sie stünden außerhalb der normalen sozialen Grenzen. Es ist endlich an der Zeit, diese Leute zur Räson zu bringen. Entweder begreifen sie oder …«

Eberard erhob sich. »Ich bin nicht hier, um Minister Favis Ansichten über die Freiheit von Religion zu debattieren. Und auch nicht die Ihren, Mr. Jackson. Das ist für diesen Fall nicht von Bedeutung. Es geht weder um das Werk Gottes noch um ein Zeichen, sondern um den Mord an einem Kind, den ein kranker, grausamer Mensch begangen hat.«

Pastor Jackson knallte dramatisch mit der Faust auf den Tisch. »Ganz genau. Minister Favi ist ein Visionär, Inspector. Er sieht die Dinge, wie sie sind, und er sieht, wie sie sein werden, wenn nichts unternommen wird. Er ist ein Prophet, und er findet Trost in seinem Glauben an den Allmächtigen. *Ihren* Trost, wurde mir gesagt, finden Sie in Alkohol und leichten Mädchen.«

Der Pastor war aufgesprungen, ehe sich Eberard auf ihn gestürzt hatte und erfolglos nach seiner Jacke schlug. Er wäre am liebsten über den Tisch gehechtet und hätte den Kopf des Mannes gegen die Wand geknallt, um zu hören, wie der Schädel brach. Er schmeckte Blut in seinem Mund und fühlte sich animalisch, gefährlich nahe dem totalen Kontrollverlust. Vielleicht bemerkte der Pastor seine Miene, diesen schrecklichen Zorn, der ihn im Griff hatte, denn er gab einen entsetzten Schrei von sich, riss die Tür auf und stürmte aus dem Zimmer. Eberard hörte seine Schritte den Gang entlang auf Colonel Dirks' Büro zuhasten. Einen Moment lang überlegte er, ob er ihm folgen sollte, um ihn dann im Zimmer seiner Vorgesetzten zu Brei zu schlagen und sein Rückgrat vor ihren Augen zu brechen. Ein überraschter Kollege blieb unter der Tür stehen und warf einen Blick in den Raum, wo er Eberard entdeckte, der seine Faust auf den Tisch knallte. Er wollte gerade den Mann unflätig anbrüllen, als sein Handy zu klingeln begann. Das Display zeigte Makosis Nummer.

»Ja? Was?«

Makosi antwortete nicht sofort. Er überlegte sich offensichtlich, was die knappe Frage seines Vorgesetzten bedeutete. »Ich dachte, das könnte Sie interessieren, Inspector. Wir haben gerade die Räumlichkeiten der Kirche durchsucht. Der Browserverlauf auf dem Computer der Sekretärin verzeichnet Besuche auf dieser Webseite, die Angaben der NIA stimmten also. Aber wir haben auch noch etwas Interessanteres gefunden.«

Eberard sagte nichts. Am anderen Ende der Leitung herrschte ebenfalls Schweigen.

»Hallo? Detective?« Eberard seufzte, und Makosi fuhr fort. »Auf Pastor Jacksons Computer sieht man, dass er diese Zusammenstellung von ihr einen Tag vor Ihnen erhalten hat. Und wissen Sie, wohin er das Material geschickt hat?« Makosi wartete wieder ab, ob Eberard zumindest jetzt etwas mehr Enthusiasmus zeigen würde. Doch dem war nicht so, und er redete weiter. »Er hat es Colonel Dirks gemailt. Eindeutig, daran ist nichts zu rütteln. Der gleiche Brief, den Sie bekamen – einen Tag vor Ihnen. An Colonel Dirks geschickt. Sie muss also diejenige gewesen sein, die ihn ausgedruckt und auf Ihren Schreibtisch gelegt hat, Inspector.«

Eberard ließ sich auf einen Stuhl fallen und ballte die Faust. In seinem Kopf hämmerte es, und sein Körper fühlte sich wie vergiftet an, als ob er den ganzen Tag über verschiedene Spirituosen in sich hineingeschüttet hätte. Das Essen und der Kaffee von zuvor rumorten in seinem Magen, während es sauer in seiner Kehle brannte. Makosi hatte der NIA nichts verraten. Und er hatte auch dem Pastor keinen Tipp gegeben, dass eine Hausdurchsuchung bevorstand. Der Maulwurf war seine Vorgesetzte.

»Und sonst?«

Makosi klang enttäuscht, aber Eberard war zu erschöpft, um Begeisterung zu heucheln. »Ja, wir haben noch einige Dateien und Aktenordner gefunden. Keine Ahnung, ob etwas Relevantes dabei ist. Wir bringen sie auf jeden Fall mit. Wir werden einige Zeit brauchen, um sie durchzugehen. Fourie nimmt sich die ganze Festplatte vor. Er ist ziemlich aus dem Häuschen.«

»Okay, danke, Makosi. Gute Arbeit.« Eberard steckte das Handy wieder ein. In der Küche machte er sich einen Becher Kaffee, den er schwarz trank. Dazu warf er zwei Paracetamol-Tabletten aus dem Erste-Hilfe-Kasten ein. Dann stand er am Fenster neben seinem Schreibtisch und beobachtete die Vorübergehenden. Seine Befragungen von Jackson und seiner Sekretärin hatte die Ermittlungen nicht vorangebracht. Die Suche in der Kirche hatte nur das bestätigt, was er schon wusste – außer dass er jetzt wusste, wie korrupt Colonel Dirks tatsächlich war. Sie verhielt sich taktisch und zielführend. Sollte es ihn also überraschen, dass sie auf den Sieger setzte? Im Grunde war es einleuchtend. Er hätte es vermutlich ebenso machen sollen.

Eberard sah den Pastor das Gebäude verlassen, Celia folgte ihm. Jackson hielt ihr nicht die Wagentür auf, sondern setzte sich wortlos hinter das Steuer und ließ den Motor an. Er wartete sichtlich ungeduldig darauf, dass sie nachkam. Mistkerl, dachte Eberard.

Er wandte sich vom Fenster ab und kehrte zu seinem Schreibtisch zurück. Er musste sich dringend konzentrieren. Er ließ sich viel zu leicht vom Eigentlichen, was diesen Fall ausmachte, abbringen. Langsam formte sich ein Gedanke in seinem Kopf. Worum es hier ging, befand sich eine Stufe tiefer. Er öffnete die Akte und blätterte ein weiteres Mal die Aussagen und die anderen Dokumente durch. Den antisemitischen Brief legte er vor sich hin und las ihn noch einmal aufmerksam durch. Es war ihm inzwischen furchtbar peinlich, dass er ihn zuerst ernst genommen und sich gefragt hatte – wenn auch nur kurz –, ob etwas davon stimmen konnte. Hatte er wirklich geglaubt, er könne einem geheimen religiösen Ritus auf der Spur sein? Hatte er wirklich einen solchen Verdacht gehegt?

Er brauchte eine Weile, um den Brief noch einmal durchzulesen. Danach schien er klarer zu sehen. Wenn der Brief ein ernsthaft gemeinter Versuch gewesen war, ihm bei den Ermittlungen zu helfen, konnte man Dirks' Verwicklung etwas sachlicher betrachten. Es war zwar unprofessionell, ihm nicht zu sagen, woher der Brief stammte, aber wahrscheinlich würde sie sich herausreden können, wenn man sie darauf ansprach. Ein verzeihlicher Versuch, eine peinliche Situation zu vermeiden. Und der Wunsch, ihre eigene Karriere voranzutreiben. Doch es bestand auch weiterhin die Möglichkeit, dass Eberard damit von der Wahrheit weggeführt werden sollte. Eine Spur, die man extra für ihn ausgelegt hatte.

Der Detective wurde in seinen Überlegungen unterbrochen, als das Suchteam zurückkehrte. Makosi kam mit einem Stapel Akten und Papiere auf ihn zu und sah angespannt aus.

»Legen Sie das alles ins Konferenzzimmer«, sagte Eberard. »Wir müssen den Raum zusperren können.« Makosi wandte sich mit seiner Beute zum Gehen. »Und noch was, Makosi. Fangen Sie am besten gleich an, das durchzugehen. Wir haben sonst nichts, was uns irgendwie weiterhelfen könnte.«

Das war die bittere Wahrheit. Die Ermittlungen stagnierten. Es bestand ein echtes Risiko, dass sich die Befürchtungen des Rabbi bestätigten. Und dass Eberard Yael enttäuschte.

Er machte sich auf den Weg zu den Toiletten am anderen Ende des Gebäudes. Die Blase zu entleeren hatte immer etwas unglaublich Entspannendes, dachte er, als er vor dem Pissoir stand. Doch sein kurzer Trancezustand wurde von der Gegenwart eines anderen Mannes unterbrochen, der ganz in der Nähe war. Die Etikette hätte eigentlich verlangt, eine Position am anderen Ende der Pissoirreihe einzunehmen, doch dieser Mann wartete direkt hinter dem Detective und trat dabei nervös von einem Fuß auf den anderen. Gereizt schloss Eberard seinen Hosenschlitz und drehte sich um. Fourie sah ihn sowohl aufgeregt als auch nervös an, während er sich die Hände rieb.

»Verdammt, Fourie. Kann man nicht mal in Ruhe pinkeln, ohne belästigt zu werden? Was zum Teufel wollen Sie?«

»Inspector, Sie müssen sich das anschauen. Kommen Sie. Das müssen Sie sehen. An meinem Arbeitsplatz.«

Eberard hatte keine Kraft mehr, ihn anzuschreien. Der Akzent und das fettige Haar des Mannes irritierten ihn zutiefst, aber ihm blieb nichts anderes übrig, er folgte ihm den Gang entlang ins Zentrum der technischen Abteilung.

Fouries Schreibtisch war bedeckt mit Computermagazinen, CDs, Kabeln und anderem Krimskrams. Dazwischen lagen die Überreste von Chips und Erdnüssen, während sich im Papierkorb Imbissbehältnisse stapelten. Die Computertastatur balancierte auf einem Müllberg.

»Schauen Sie sich das an, Inspector.« Fourie tippte etwas in die Tastatur ein, wodurch der Berg gefährlich schwankte. »Wir haben nach etwas zu Kolchensky gesucht. Sie wissen sicher noch, dass wir bisher *niks* gefunden hatten. Wenn wir seinen Namen eingaben, wurde nichts ausgespuckt. Aber jetzt, weil ich … na ja … weil ich nie aufgebe …«

Eberard hielt an sich, um ihm nicht einen Schlag in die Nieren zu versetzen. Er schloss stattdessen die Augen. »Also, nachdem wir nie was über ihn gefunden hatten, da plötzlich: voilà!« Der Ausruf klang seltsam tonlos und passte gar nicht zu dem Techniker. Eberard öffnete die Augen und betrachtete den Bildschirm.

Wohnung 105, Marsden Mansions, Pienaar Road, Maitland.

Sonst stand nichts auf dem Bildschirm. Eberard starrte die Adresse an. »Wo haben Sie das her?«

»Jetzt hören Sie mir mal zu, Inspector. Das ist das Komische. Das ist das echt … Komische.« Fourie grinste breit, so dass man seine Zähne sehen konnte. »Ich kann es mir nicht erklären, Inspector. Ich habe keine Ahnung. Aber jemand hat eine Website ins Leben gerufen, eine Website mit dem Namen Androv Kolchensky. Können Sie das fassen, Mann? Ist das nicht unglaublich? Nun taucht natürlich bei jeder Suche zuallererst diese Startseite auf. Krass, oder?«

»Einen Moment mal, Fourie«, sagte Eberard. »Damit ich das richtig verstehe. Es gab also noch keine Website, als Sie zuletzt nach dem Namen gesucht haben. Und jetzt ist auf einmal eine da?«

Fourie nickte begeistert, als ob er ein Kind dazu animieren wollte, mit dem Lesenlernen ruhig fortzufahren.

»Und die Website heißt Androv Kolchensky? Wie kann eine Website Androv Kolchensky heißen? Ist das die Seite dieses Mannes? Und warum haben Sie die nicht schon früher gefunden, Mann?«

»*Nee, nee*, Detective. Sie hören nicht zu. Diese Website wurde erst in den letzten vierundzwanzig Stunden ins Netz gestellt. Vorher existierte sie nicht. Ich erkläre es Ihnen, *okaai*? Es gibt zahlreiche Provider, die es einem ermöglichen, seine eigene Website zu erschaffen. Und zwar umsonst. Das ist ganz einfach. Bei dieser wurde ein Gratis-Baukasten namens WordPress verwendet. Man fertigt die Website mit dieser Software an und stellt sie dann ins Netz. Jemand hat also die Website gebastelt und dann auf die Startseite diese Adresse geschrieben.«

»Was ist sonst noch darauf zu sehen?«

»Nichts, Inspector. Das ist ja das Seltsame. Nur diese Adresse. Ansonsten ist die Startseite leer. Und es gibt auch keine andere. Die ganze Website bietet bloß diese Adresse.«

»Finden Sie heraus, wer sie dort hochgeladen hat«, rief Eberard, der bereits davoneilte. Unter der Tür blieb er noch einmal stehen: »Wenn Sie das irgendjemandem erzählen, breche ich Ihnen sämtliche Knochen.«

Der Techniker lachte nervös und wandte sich dann wieder dem Bildschirm zu.

Eberard hasste das Zeitalter der sozialen Netzwerke und der allgegenwärtigen Technologie. Es war, als wollte man versuchen, Rauch mit einem Schmetterlingsnetz einzufangen, dachte er, während er zu seinem Büro zurückhastete.

Achtzehn

Marsden Mansions war ein gesichtsloser Wohnblock hinter einer Ladenzeile auf der Voortrekker Road. Fish-and-Chips-Buden, Pfandleiher, Gebrauchtmöbelhändler und Handyverkäufer waren hier eng aneinandergedrängt an der geschäftigen Straße zu finden. Doch in dem Moment, in dem der Wagen mit den zwei Polizisten auf den Parkplatz vor dem Wohnblock einbog, verebbte der Lärm, und der Ort schien plötzlich verlassen dazuliegen. Das Gebäude war riesig wie ein alternder Dampfer mit seinen zahllosen Reihen von Ziegelbalkonen und Verbindungsgängen. Die wenigen Autos auf dem Parkplatz waren alt und verwittert. Eines hatte platte Reifen, so dass die Felgen auf dem Boden auflagen. Eberard musste der Versuchung widerstehen, das Nummernschild der Zentrale durchzugeben. Stattdessen nahm er seine Position in der Nähe der verrosteten Briefkästen am Eingang ein, während Makosi um die Ecke bog, um sich dort nach Fluchtmöglichkeiten umzusehen.

Eberard war von Fourie zurückgehetzt und hatte seinen Partner aus dem Konferenzzimmer geholt, wo er über einem Berg Papiere aus der One Church gebeugt gesessen hatte. »Wir treffen uns in zehn Minuten draußen«, hatte er Makosi zugezischt. »Und bringen Sie Ihre Ausrüstung mit!«

Makosi hatte ihn zuerst überrascht und dann neugierig angeschaut, doch Eberard war nicht genauer geworden. Im

Auto hatte er aus dem aufheulenden Motor herausgeholt, was nur ging, und war so schnell wie möglich durch den Verkehr gebraust. Während der Fahrt erzählte er Makosi von der neuen Website mit der Adresse des Russen.

»Das ist seltsam. Fourie hätte das bei den ersten Malen sicher nicht übersehen. Das muss also tatsächlich gerade erst im Netz erschienen sein. Wieder die NIA?«, meinte Makosi und hielt sich am Griff fest, als sie um einen langsam dahinkriechenden Lkw kurvten.

Eberard schüttelte den Kopf. Es ergab keinen Sinn, dass ihnen der Geheimdienst heimlich half. Simelanes drohende Haltung auf dem Parkplatz und die undichte Stelle bei der bevorstehenden Hausdurchsuchung der Kirche – all das wies darauf hin, dass die NIA eher störend wirkte. Aber irgendjemand wollte, dass sie Kolchensky fanden.

»Es könnte auch eine Falle sein«, gab Makosi zu bedenken, als ob er die Gedanken seines Partners gelesen hätte.

Eberard hatte versucht, diese Idee zumindest für den Moment zu verdrängen. Doch nachdem Makosi sie nun laut ausgesprochen hatte, kam es ihm auf einmal fast wahrscheinlich vor. War es falsch gewesen, nicht die taktische Spezialeinheit einzuschalten? Setzte er das Leben des jungen Mannes aufs Spiel, indem sie allein dorthin fuhren? Aber er durfte es jetzt nicht riskieren, dass etwas zur NIA durchdrang. Verstärkung konnte er nicht anfordern, sonst hätte Colonel Dirks es mitgekriegt. Und vielleicht war ja jemand anderes im Büro der Maulwurf. Falls Kolchensky auf irgendeine Weise davon Wind bekam, würde er untertauchen. Und Eberard musste den Russen fassen, ehe es ein anderer tat.

Während sie die Schnellstraße in Richtung Norden dahinrasten, kam ein Anruf von Fourie durch. Er war nicht in der Lage, den Ersteller der Website ausfindig zu machen. Ein starkes Passwort sicherte den Zugang, und der chiffrierte Administrator-Eintrag half ebenfalls nicht weiter. »Sorry, Inspector«, murmelte Fourie, ehe er fragte, ob er wegen einer Spur die NIA kontaktieren dürfe, damit diese ihm vielleicht weiterhalfen.

»Ausgeschlossen«, hatte Eberard erwidert und aufgelegt.

Jetzt lehnte er an der Mauer des Wohnblocks, um sich vor dem kalten Wind zu schützen, und schickte eine SMS an Yael. »Habe eine Adresse für den Russen. Lass Sie Weiteres wissen.« Es war seltsam, sie in die Ermittlungen mit einzubeziehen, aber er hatte das Gefühl, dass es richtig war. Die einfache Geste in dem Bistro hatte viel verändert – was auch immer sie damit hatte bezwecken wollen. Er begann sich zuzugestehen, etwas für sie zu empfinden, und seine Beunruhigung in ihrer Gegenwart als das zu sehen, was sie war: Sein Geist und sein Herz waren aus dem Takt und kämpften gegen ein unvertrautes Eindringen an.

Makosi kam wieder um die Ecke gelaufen und schüttelte den Kopf. Es gab also keine Fluchtmöglichkeiten auf der anderen Seite des Hauses. Sie traten in den Eingangsbereich und blickten die schmutzige Treppe hinauf. Hinter einer Wohnungstür zu ihrer Linken raschelte etwas. Ein Riegel wurde zurückgeschoben, und eine ältere Frau mit zerzausten weißen Haaren schaute finster heraus. Sie trug ausgebleichte rosafarbene Hausschuhe und einen Morgenmantel mit großen aufgestickten Rosen. Gestank von Katzenurin drang aus der offenen Wohnung. Makosi lächelte ermutigend und zückte seine Polizeimarke. Der Frau schien das nicht zu reichen, denn sie musterte den schwarzen Mann weiterhin ausgesprochen misstrauisch.

»Guten Morgen, Madam«, sagte Makosi daraufhin mit

einem leichten Anflug von Spott. »Kennen Sie zufälligerweise den Mann aus Nummer 105?«

Sie schüttelte angewidert den Kopf, antwortete dann aber überraschenderweise doch. »Zurückhaltender Bursche. Spricht komisch. Ausländer. Hab ihn jetzt schon länger nicht mehr gesehen.« Damit verschwand sie wieder in ihrer Wohnung und schloss die Tür hinter sich. Sie hörten sie husten – das feuchte Husten eines Rauchers – und sahen ihren Schatten hinter dem Bläschenglas der Tür. Offenbar wartete sie darauf, dass die beiden abrückten.

»Okay, Inspector«, sagte Makosi seufzend. »Beobachten wir, oder gehen wir rein? Wenn sie ihn eine Weile nicht gesehen hat …«

Eberard antwortete, indem er die Treppe hinaufzeigte. Sie zogen ihre Waffen und entsicherten. »Eine im Lauf«, wies Eberard an. Makosi nickte und lud seine Pistole durch. Es war ausgesprochen wichtig, dass der Partner wusste, in welchem Ladezustand man seine Waffe bei sich trug, für den Fall, dass man sie selbst auf einmal benutzen musste. Altvertraute Partner kannten einander, neue mussten erst lernen, wie der andere tickte.

Sie gingen in den ersten Stock hinauf. Der Betonboden war fleckig von altem Schmutz und ausgeschütteten Flüssigkeiten. Es roch nach gekochtem Gemüse und verschimmelten Küchenabfällen. Irgendwo lief laut ein Fernseher, in dem ein Sportmoderator begeistert ein Fußballspiel kommentierte. Der Korridor war an einer Seite offen und den Elementen ausgesetzt. Auf der anderen Seite befanden sich vergitterte Fenster und Wohnungstüren mit Sicherheitsschlössern sowie kleinen Metallziffern, die ins Holz genagelt waren. Vorsichtig liefen die beiden Männer bis zur Nummer 105. Auch diese Tür sah nichtssagend aus. »Donnern wir mal nicht wie ein *Bulvan* hinein, okay?«, flüsterte Eberard. Makosi sah ihn verwirrt an, sagte aber nichts.

Eberard hielt sein Ohr an das Fenster der Wohnung und lauschte, ob er im Inneren irgendwelche Geräusche vernahm. Das Fenster stand einen winzigen Spalt breit offen, gerade breit genug für eine Kakerlake. Oder eine Schmeißfliege. Ein besonders fettes Exemplar knallte immer wieder gegen die Scheibe. Vier seiner Artgenossen lagen bereits mit verschränkten Beinchen nach oben auf dem Fensterbrett und sahen so aus, als würden sie beten. Außer dem Surren der Fliege war alles still. Eberard wollte sich gerade wieder zurückziehen, da stieg ihm ein Geruch in die Nase – altbekannt und ekelerregend. Er runzelte die Stirn und brachte die Nase näher an den Spalt. Dann zog er den Kopf angewidert zurück. Der Geruch war nicht zu verkennen.

»Machen Sie sich auf etwas Widerliches gefasst«, sagte er zu Makosi. Mit dem rechten Fuß trat er an der Stelle gegen die Tür, wo das Schloss in den Rahmen griff. Das Holz auf der anderen Seite splitterte, ein schmaler Streifen wurde aus dem Rahmen gerissen, und die Tür knallte mit einem dumpfen Dröhnen gegen die innere Wand. Ein Stück Putz fiel dort heraus, wo der Türknauf eingeschlagen hatte, und weißer Staub rieselte auf den ausgetretenen Teppichboden. Der Geruch schlug ihnen mit aller Heftigkeit entgegen, ein grauenvoller Gestank, der fast körperlich greifbar zu sein schien. Eberards Nase revoltierte, und einen Moment vermochte er kaum mehr zu atmen.

In einem hoffnungslosen Versuch, den Geruch auszublenden, hielt er sich die Hand vor, als er die Wohnung betrat. Makosi schaffte es bis zur ersten Tür, wobei er sich wie ein Blinder den Flur entlangtastete. Dann stürzte er wieder hinaus. Er prallte gegen die niedrige Mauer des Verbindungsgangs und beugte den Oberkörper darüber, während er würgte. Eberard traten Tränen in die Augen, und sein Magen verkrampfte sich rhythmisch, doch es gelang ihm, den Flur weiterzugehen. Noch immer hatte er die Waffe gezückt, obwohl er wusste, dass er sie nicht brauchen würde. Trotzdem wedelte er mit ihr hin und her, als ob er hoffte, die Pistole könnte den unerträglichen Gestank zurückhalten.

Das kleine Wohnzimmer war fast leer. Die meisten Gegenstände befanden sich zusammengeworfen in der Mitte des Raums. Bücher und CDs lagen auf dem Teppichboden. Das Sofa war aufgeschnitten, seine Füllung herausgerissen und wie kleine Klumpen schmutzigen Schaums überall verstreut worden. Selbst Teile der Tapete hatte man von der Wand gerissen und den Putz darunter offen gelegt.

Eberard würgte, als er sich dem Schlafzimmer näherte. Er musste immer wieder die Augen schließen, so beißend war die Luft. Im Schlafzimmer waren die Vorhänge zugezogen, und er tastete nach dem Lichtschalter. Eine nackte Glühbirne ging an und tauchte mit einem Knall den Raum sofort wieder in Dunkelheit. Eberard hatte jedoch genug gesehen, um zu wissen, was ihn erwartete – eine grotesk grauenvolle Vision der Verwesung.

Er hielt wieder die Hand vor sein Gesicht, während er zentimeterweise an dem Bett vorbeischlich, um die Vorhänge aufzuziehen und die Fenster aufzustoßen, damit etwas frische Luft hereinkam. Auf dem Fensterbrett lagen weitere tote Fliegen. Andere knallten gegen die Scheibe, ehe es ihnen jetzt endlich gelang, ins windige Freie zu entfliehen. Widerstrebend drehte sich Eberard dem Bett zu. Kolchensky lag nackt auf der Matratze, seine Haut wie ein Stoff aus violetten und blauen Flecken. Der Vokuhila des Russen war auf dem schmutzig weißen Kissenbezug ausgebreitet. Sein Mund stand offen. Im Tod hatte er die Lippen zurückgezogen und die Zähne entblößt. Wie ein Nagetier.

Um seine Pobacken hatte sich eine Flüssigkeit gesammelt, während sein Penis zusammengeschrumpft auf verfilzten Schamhaaren ruhte. Dem Geruch nach zu urteilen, war er seit mindestens drei Tagen tot. Nirgendwo sah Eberard Anzeichen für eine Schussverletzung oder Messerstiche. Auch um den Hals waren keine Strangulierungsmerkmale auszumachen. Doch der Tod hatte den Russen überrascht, was man an seinen weit aufgerissenen Augen erkannte, die protestiert zu haben schienen, als Schmerzen seinen Körper erfasst hatten. Die Verwesung um sein Gesicht war bereits fortgeschritten, so dass man ihn kaum mehr identifizieren konnte.

Eberard holte ein Paar Wegwerfhandschuhe heraus und hielt sie eine Weile an seine Nase. Der staubige Pudergeruch vermochte den Gestank des verwesenden Leichnams allerdings nicht zu überdecken, so dass der Detective aus dem Zimmer ging. Er zog die Handschuhe über und sah sich um. Die ganze Wohnung war auf den Kopf gestellt und entschieden, wenn auch hastig durchsucht worden. Man hatte Dinge aufgerissen, zerfetzt und zu Boden geworfen. Eberard wusste aus Erfahrung, dass man so leicht etwas übersah. Bei einer sorgfältigen Suche begann man auf einer Seite und arbeitete sich langsam und systematisch durch jeden Gegenstand. Bei einer chaotischen Suche unterliefen Fehler.

Er kehrte ins Wohnzimmer zurück und begann die zerstörten Möbel zu durchsuchen. Nach kurzer Zeit entdeckte er unter den Trümmern ein Handy, das wie ein geschlachtetes Tier mit herausgerissenem Akku dalag. Eberard stellte fest, dass die SIM-Karte fehlte. Kolchensky hatte offenbar vermeiden wollen, dass man erfuhr, wen er angerufen hatte.

Eberard ließ das Handy wieder fallen und fuhr mit seiner Suche fort.

Nach einer Weile tauchte Makosi unter der Tür zum Wohnzimmer auf. Sein Gesicht war aschfahl. »Ich fürchte, ich schaffe das nicht, Inspector. Tut mir leid.« Er hatte sein Hemd aus der Hose gezogen und hielt es sich über den Mund. Seine Augen waren wässrig, und er wirkte unsicher auf den Beinen.

»Schon in Ordnung. Dieser Geruch ist nicht jedermanns Sache.« Makosi sah so aus, als ob allein der Gedanke daran bei ihm eine Ohnmacht verursachen könnte. »Der Russe liegt im hinteren Zimmer. Seit mehreren Tagen tot, würde ich sagen. Tun Sie mir den Gefallen und passen Sie draußen auf. Ich will niemanden – und ich meine: niemanden – hier drinnen, ehe ich es nicht gestatte. Okay?«

Makosi wirkte erleichtert, als er wieder zum Verbindungsgang hinauseilte. Langsam arbeitete sich Eberard voran und begutachtete einen Gegenstand nach dem anderen. Das Bild, das sich ihm von Kolchensky präsentierte, während er sich seine Dinge ansah, war das eines Mannes ohne nennenswerten Besitz – weder materiell noch emotional. Alles war zweckmäßig, leicht ersetzbar und ohne persönliche Note. Eberard hatte diese Art von Unverbindlichkeit im Besitz schon öfters gesehen – bei verdeckten Operationen, untergetauchten Verbrechern und Illegalen, bei Menschen also, die nicht entdeckt werden durften.

Die Suche dauerte unerwartet lange. Er wollte schon aufgeben, als er endlich etwas fand. Wer auch immer vor ihm die Wohnung durchwühlt hatte, war zwar auf die Idee gekommen, den Deckel zum Batteriefach der TV-Fernbedienung abzunehmen, hatte jedoch vergessen, auch die Batterien herauszuholen. Eberard schüttelte die beiden Batterien in seine Handfläche. In einer Ecke des Fachs gab es einen Hohlraum, aus dem ein winziges Stück weißes Plastik herausragte. Er zog es mit der Mine seines Kugelschreibers hervor und hielt kurz darauf eine SIM-Karte der Firma MTN in der Hand.

Die Luft draußen war wunderbar frisch und beinahe süß. Eberard hielt sein Gesicht in Richtung der dunklen Wolken am Himmel und spürte den Wind auf seiner Haut. Unter ihm war die Frau mit den weißen Haaren aufgetaucht und schaute aus schmalen Augen zu ihm hoch. Makosi schien noch immer nicht ganz auf der Höhe zu sein und weiterhin mit der Übelkeit zu kämpfen, winkte ihr aber dennoch zu. Er hatte sich von der offenen Wohnungstür entfernt. Eberard hingegen nahm den Geruch hier draußen kaum mehr wahr.

»Makosi, Sie sind doch bei MTN, oder?«

Makosi nickte, weigerte sich aber, näher an die Tür heranzutreten.

»Geben Sie mir mal kurz Ihr Handy«, bat Eberard und ging zu ihm hinüber. Makosi sah die SIM-Karte in seinen Fingern und öffnete sogleich den Akkudeckel seines Handys. Er steckte seine eigene SIM-Karte in die Tasche und reichte dann seinem Partner das Telefon. Dieser brauchte eine ganze Weile, bis er die Karte in den dafür vorgesehenen Schlitz geschoben hatte. Schließlich schaltete er das Handy ein und wartete ungeduldig darauf, dass das Display aufleuchtete und ein Logo erschien. Bitte jetzt kein Passwort, dachte er flehend. Das Telefon gab einen Piepton von sich, und das MTN-Zeichen zeigte sich zusammen mit den Menü-Optionen.

Eberard gab Makosi sein Handy zurück. »Helfen Sie mir weiter, Makosi. Dinosaurier wie ich haben keine Ahnung, was sie tun sollen, nachdem sie das Ding eingeschaltet haben. Sagen Sie mir, was auf der SIM-Karte ist.«

Makosi brauchte ein paar Minuten, in denen er etwas eingab, stirnrunzelnd wartete und dann wieder ein paar Tasten betätigte. »Okay, da ist nur eine einzige Nummer auf der Karte gespeichert. Und keine weiteren Informationen hinsichtlich des Telefons oder so. Es war eine Aufladekarte, die noch ziemlich viel Guthaben übrig hat.« Makosi überlegte. »Das bedeutet wohl, dass er nicht vorhatte, zu diesem Zeitpunkt zu sterben. Die Anrufliste wurde gelöscht. Nichts sonst. Hier ist die Nummer, die er gespeichert hat.«

Makosi reichte Eberard das Handy zurück, und er betrachtete die Nummer auf dem Display. Es blieb ihm nichts anderes zu tun, als sie auszuprobieren. Also hob er den Daumen, um auf die grüne Taste zu drücken. Dann hielt er inne. Er holte sein eigenes Telefon heraus und gab diese Nummer ein. »Vielleicht erwartet da jemand keinen Anruf von einem Toten«, meinte er. Er drückte auf »Anruf« und hörte, wie durchgestellt wurde.

»Was wollen Sie, Inspector Februarie?« Die Stimme kam ihm bekannt vor, aber er vermochte sie nicht zuzuordnen. Wer auch immer der Mann war – er hatte jedenfalls Eberards Nummer auf seinem Handy eingespeichert.

Eberard antwortete nicht.

»Ich habe Sie gewarnt. Ich habe Ihnen gesagt, lassen Sie die Kirche in Ruhe. Aber Sie scheinen nicht auf mich gehört zu haben.« Da fiel bei Eberard der Groschen.

»Simelane, ich dachte mir, ich sollte mal kontrollieren, was Sie so treiben.«

»Der Einzige, der hier kontrolliert, bin ich, Februarie. Was wollen Sie?«

»Nichts weiter, danke. Ich habe schon alles, was ich wollte.« Eberard legte auf. Makosi starrte ihn mit weit aufgerissenen Augen an.

»Kolchensky hatte eine Verbindung zum Geheimdienst? Das darf doch nicht wahr sein.«

»Ich wette mit Ihnen, dass Kolchensky für den Geheimdienst gearbeitet hat. Sein neuer Job – Schläger für die NIA. Wir haben uns im Kreis gedreht, mein Freund.«

Neunzehn

Der Tag war endlos gewesen. Doch keiner der Beamten hatte protestiert, als Eberard seine Bitte formulierte. Sie wussten, dass nicht mehr viel Zeit blieb. Sie alle spürten zudem einen kalten Schauder, weil man keinem im Dezernat mehr vertrauen durfte – am wenigsten der Leiterin selbst. Eberard hatte jeden aus der Gruppe persönlich kontaktiert. Wir sind nahe dran, hatte er erklärt und zum ersten Mal das Gefühl gehabt, dass das auch stimmte. Er hatte vor der Wohnung des Russen in seinem Wagen gesessen, einen schweigenden Makosi neben sich, und über die Auswirkungen ihrer Entdeckung nachgedacht.

Alles lief auf einen Punkt zu. Es gab nur eine Erklärung. Also hatte er sein Team genau ausgesucht und jedem den Treffpunkt und die Uhrzeit mit dem dringenden Hinweis genannt, niemandem etwas zu verraten. »Und sicherstellen, dass keine Schatten folgen«, hatte er hinzugefügt. Mehr als alles andere zeigte vermutlich diese letzte Bemerkung, wohin der Hase lief. Schatten – das deutete auf etwas Internes hin, auf Korruption und dunkle Machenschaften.

Die Sonne war untergegangen, und die eisige Nacht breitete sich in der Stadt aus, als sie sich versammelten. Alle waren gekommen, aufgeregt und vorsichtig zugleich. Eberard verspürte einen echten Stolz angesichts der Gruppe, die er zusammengetrommelt hatte. Dr. Rademan hatte um keine

Erklärung gebeten, sondern nur einen Raum in der Pathologie für das Treffen zur Verfügung gestellt. Eberard bezweifelte, dass der Gerichtsmediziner jemals eine so seltsame Anfrage von einem Ermittlungsbeamten bekommen hatte. Aber er wirkte nicht im Geringsten überrascht. Stattdessen versorgte er alle mit Bagels und Filterkaffee.

»Leider kein Räucherlachs. Unerschwinglich.« Er lachte begeistert in Yaels Richtung. »Dafür Pastrami und Streichkäse – der billige Ersatz für uns Pathologen.« Yael lachte herzlich und demonstrierte ihre Dankbarkeit, indem sie lustvoll in einen Bagel biss. Eberard hatte sie beim Eintreten kurz umarmt – ein steifes Aufeinanderprallen ihrer Körper in Rademans Gegenwart, der betont desinteressiert woanders hinsah. Er grinste allerdings, als er merkte, wie unwohl sich der Detective fühlte. Yael hingegen verhielt sich völlig natürlich. Sie dankte ihm für die Einladung und erkundigte sich nach der Entdeckung der Leiche des Russen.

»Sie machen es sich offenbar zur Gewohnheit, Tote in Betten zu finden«, spöttelte sie. »O Mann, ich hasse Leichen«, fügte sie hinzu und hielt eine Hand vor den Mund, als wäre ihr diese Bemerkung ungewollt entwischt. Dann lachten sie und der Pathologe aus vollem Halse, ehe sie sich auf das Essen stürzten.

Makosi saß am anderen Ende des Tischs und nippte an einem Kaffee, vertieft in ein Gespräch mit Karisa Pillay. Sergeant Pillay schien sich darüber zu freuen, mit einbezogen zu werden, und lauschte aufmerksam, während sie der junge Constable auf den neuesten Stand der Ermittlungen brachte. Sie zwinkerte Eberard zu, ohne jedoch Makosi lange aus dem Auge zu lassen. Er empfand eine väterliche Wärme für die beiden und fragte sich einen Moment lang, ob da eine neue Büroromanze entstand.

Der Einzige, bei dem sich Eberard nicht sicher fühlte, war Fourie. Wenn er alles abwog, glaubte er, ihm vertrauen zu können. Doch vor allem brauchte er den schlampigen Techniker, und so sah er sich gezwungen, ihn mit ins Boot zu holen. Er traf als Letzter ein. Seine Sneakers quietschten auf dem Boden. Er lief durch den Raum und rümpfte die Nase wie jemand, der erwartete, den Geruch des Todes wahrzunehmen.

Hier versammelten sich die wenigen, denen Eberard vertraute. War es deprimierend, dass es nicht mehr waren, oder beruhigend, dass es überhaupt welche gab? Eberard wusste es nicht.

Karisa trat zu ihm und reichte ihm einen Becher mit einem starken schwarzen Kaffee. Sie verpasste ihm einen leichten Knuff gegen die Schulter. »Danke«, murmelte er und war froh, sie mit einbezogen zu haben. Sobald jeder Kaffee und Bagels gehabt hatte und saß, erhob Eberard sich am Kopfende des Tischs. Er dankte ihnen für ihr Kommen, äußerte seine Bedenken hinsichtlich undichter Stellen im Dezernat und betonte, wie wichtig es war, alles, was sie wussten, für sich zu behalten. Zuerst blieb er allgemein, doch dann machte er eine Pause und wandte sich dem Eigentlichen zu.

»Ich habe Sie zusammengerufen, weil ich Ihnen vertrauen kann. Deshalb werde ich jetzt mit nichts hinter dem Berg halten und bitte auch Sie, ganz offen zu sein. Ehrlichkeit ist alles. Wenn Sie etwas wissen, etwas fühlen, etwas denken, dann teilen Sie sich mit. Lassen Sie es uns alle wissen. Aber: Was hier gesagt wird, bleibt unter uns. Okay? Es wird sich weder in Berichten wiederfinden noch in Ihren Personalakten.« Er sah jeden Einzelnen aufmerksam an. »Momentan können wir niemand anderem vertrauen. Und dazu zählen auch unsere Vorgesetzten. Auch Colonel Dirks. Haben wir uns verstanden?«

Karisa und Fourie nickten gehorsam, während die anderen nur zuhörten. Wenn sie sich gegen die Vorstellung, dass man der Dezernatsleiterin nicht trauen konnte, sträubten, zeigten sie es jedenfalls nicht.

»Morgen um zwölf Uhr mittags werden wir diesen Fall abschließen. Um vierzehn Uhr soll eine riesige Demonstration stattfinden, beginnend bei der Gatesville-Moschee. Insiderinformationen zufolge planen einige militante Splittergruppen Proteste vor den Synagogen im Western Cape während oder sofort nach der Demonstration. Dadurch soll die Regierung gezwungen werden, die Synagogen zu schließen. Die Anschuldigungen lauten, dass wir versuchen, die Mörder des Toten in der Synagoge zu schützen, dass das Kind in Wahrheit muslimisch gewesen sei und es deshalb nötig für die Community wäre, die Dinge selbst in die Hand zu nehmen. Wir wissen, dass die jüdische Sicherheitsagentur junge Männer extra aus Johannesburg hierherbeordert hat, die nach tätlichen Auseinandersetzungen nur so lechzen. Morgen ist deshalb der Stichtag für diese Ermittlungen. Wenn wir eindeutige Verdächtige präsentieren können, fehlt den Demonstranten der Grund für ihre Proteste, und es würde uns gelingen, den radikalen Elementen auf beiden Seiten sehr schnell das Wasser abzugraben. Doch falls es uns nicht gelingt, bis dahin konkrete Ergebnisse zu liefern, bricht Chaos aus. Und diejenigen, die diesen Kampf begonnen haben, werden ihn dann gewinnen.«

Die nachdenklichen Gesichter hinterließen in Eberard keinen Zweifel daran, dass sein Team den Ernst der Lage verstanden hatte.

Er erteilte Dr. Rademan das Wort. Der Pathologe rückte seine Brille zurecht und wischte sich einige Krümel aus den Mundwinkeln. »Darf ich erst einmal anmerken, dass dies für mich seit vielen Jahren der aufregendste Fall ist? Danke Ihnen also, dass Sie mich heute eingeladen haben. Ich bin wirklich sehr gespannt, wie das ausgehen wird.« Er lächelte in die Runde. »Leider gibt es nicht viel, was ich beitragen kann – außer die Bagels eines armen Pathologen.« Er lachte und zeigte auf den fast leeren Teller, auf dem nur noch ein paar welke Salatblätter lagen. »Ich kann Ihnen auch sagen, dass die Fingerabdrücke des toten Russen mit den Abdrücken übereinstimmen, die von der Spurensicherung am Tatort sichergestellt wurden. Wir wissen also, dass der Russe in der Synagoge war mit dem jungen jüdischen Mann …«

Eberard erinnerte ihn an den Namen.

»Ach ja, genau – Josh. Der Russe und Josh waren beide mit dem toten Jungen in der Synagoge. Ich kann nicht mit Sicherheit sagen, ob der Russe den Jungen umgebracht hat, aber ich denke, wir alle halten das für sehr plausibel. Die Schläge passen zu jemandem seiner Statur. Noch haben wir keine Autopsie gemacht, doch ich gehe davon aus, dass er seit mehreren Tagen tot ist. Keine sichtbare Gewalteinwirkung. Er könnte erstickt worden sein, aber wahrscheinlicher ist ein schnell wirkendes Gift. Die toxikologische Untersuchung wird ein Weilchen dauern. Okay, das war es von meiner Seite.«

Der Mediziner schien mit seiner Rede nicht zufrieden zu sein und blieb noch einen Moment lang stehen. Dann dankte ihm Eberard und wandte sich Makosi zu.

»Wir brauchen mehr Zeit, um die Dokumente durchzugehen, die wir in den Räumlichkeiten von One Church gefunden haben«, begann der junge Detective. »Vor allem da wir im Grunde nicht wissen, wonach wir genau suchen. Aber ich werde noch heute Nacht damit fortfahren. Fourie wird auf der technischen Seite dasselbe tun und nach allem Relevanten online suchen.«

Fourie schien es zu gefallen, Mitglied dieses neuen Clubs zu sein, und strahlte, als sein Name erwähnt wurde. »Ja, also, ich will nur kurz Hi sagen. Ich werde auch nachschauen, wie es auf dem Bankkonto des Russen aussah. Ich warte noch auf die Freigabe durch die Bank.« Er fuhr sich mit der Hand über die Haare.

»Und die Website?«

Fourie wirkte fast geknickt, als er die Frage hörte. »Ach ja, die Website. Nein, ja, also … Das ist *maar* eine andere Geschichte. Ich habe keine Ahnung, woher die Website kommt, Inspector. Tut mir leid, Mann. Aber das muss jemand sein, der einen fast schon unheimlichen Zugriff auf Informationen hat. Ich kann ihn nicht ausfindig machen. Es gibt nur diese Startseite – keinen Kontakt, nichts. Nur die Adresse.«

»Okay, behalten Sie die Website auf jeden Fall im Auge, falls sich dort doch noch was tut. Und, Fourie«, fügte Eberard hinzu. »Suchen Sie auch nach Verbindungen zwischen Kolchensky und Simelane und der NIA.« Er überlegte einen Moment. »Und vielleicht auch zwischen Pastor Jackson und Colonel Dirks – nur aus Neugier. Sie scheinen sich gut zu kennen. Das sollten wir also unter die Lupe nehmen. Schön vorsichtig.«

Fourie sah etwas verwirrt bei der Vorstellung drein, seine eigene Chefin auszuspionieren, nickte aber dennoch zustimmend.

Yael hob die Hand und sprach, noch ehe er ihr offiziell das Wort erteilte. »Inspector, wie sehen Sie das Ganze jetzt? Ich weiß, dass wir noch nichts sicher wissen. Es wäre hilfreich, wenn Sie die Puzzlestücke für uns zusammensetzen könnten, soweit das schon geht.«

Es war die erste direkte Frage, die ihm gestellt wurde. Und sie ließ sich kaum beantworten. Außerdem irritierte es ihn, dass sie von dem einzigen Mitglied der Gruppe kam, das nicht der Polizei angehörte. Er verspürte das beunruhigende Bedürfnis, ihr etwas beweisen zu müssen. »Wie Sie bereits sagten, ist noch nichts sicher.« Es verunsicherte ihn, sie in diesem Rahmen anzusprechen, und er wusste nicht, ob er ihren Vornamen benutzen sollte oder nicht. Obwohl er einen Moment lang an die Berührung ihrer Lippen dachte, gelang es ihm, sich auf die Fakten zu konzentrieren. »Betrachten wir es als erste Tatsache, dass Kolchensky den Jungen, Coenie, ermordet hat. Und er hat Josh Shimansky dazu gebracht, ihm Zugang zur Synagoge zu verschaffen. Wir wissen, dass Kolchensky Simelane kannte. Können wir annehmen, dass Simelane Kolchensky glauben ließ, er würde für die NIA arbeiten? Ich weiß es nicht. Ab da wird es dann verwirrend.«

Er machte eine Pause. War jetzt der richtige Zeitpunkt, ihnen von Marnie zu erzählen und dass der Russe in direkter Verbindung zu dem Mord an Angel stand? War das ansonsten wirklich alles, was sie hatten? Annahmen und vermutete Beziehungen ohne Beweise? Was hatte er selbst über die Ehrlichkeit gesagt? Dennoch – er beschloss, einen Moment lang zu warten, bis er zumindest der Bedrohung durch Simelane die Spitze nehmen konnte.

»Die möglichen Szenarien scheinen mir folgende zu sein. Erstens: Kolchensky war ein christlicher Extremist, der Juden hasste. Wir wissen, dass in Osteuropa Antisemitismus weit verbreitet ist. Er begeht einen Mord und inszeniert den Tatort so, wie wir ihn vorgefunden haben. Das wäre möglich. Allerdings haben wir keine Hinweise auf irgendwelche religiösen Tendenzen in seiner Wohnung gefunden. Nicht einmal ein Kruzifix oder eine Bibel. Für mich kann das also nicht stimmen. Option zwei: Jemand von der christlichen extremen Rechten hat Kolchensky überredet – oder ihn auch einfach dafür bezahlt –, das Kind auf eine Weise zu töten, die den Rabbi und die Synagoge schuldig aussehen lässt. Wenn man die Hasstiraden von Leuten wie Pastor Jackson betrachtet, die dieser heute Nachmittag bei meiner Befragung zum Besten gab, klingt das durchaus plausibel. Aber das wäre dennoch eine extreme Handlung, die der christlichen Kirche vermutlich nicht sonderlich förderlich wäre.«

»Und das würde auch nicht Simelanes Beteiligung an dem Fall erklären«, gab Yael zu bedenken.

Eberard kam einen Moment lang aus dem Takt. »Stimmt. Oder … Oder es versuchen tatsächlich Fundamentalisten – ob nun muslimische oder solche der jüdischen Rechten –, Hass zu schüren und einen Vorwand für eine Art Krieg zu schaffen. In diesem Fall wurde Kolchensky als Killer von der Gruppe angeheuert, die diese Aktion finanziert.« Eberard rieb sich nachdenklich über seine Bartstoppeln. »Das ist noch immer das wahrscheinlichste Szenario. Allerdings habe ich keine Ahnung, wie da Simelane und die NIA ins Bild passen würden.«

»Es sei denn, die NIA bezahlte Kolchensky für seine Tätigkeit als verdeckter Ermittler.« Makosi sah die anderen an, um zu sehen, wie sie auf diesen Vorschlag reagierten. »Der Mord war von einer Extremistengruppe in Auftrag gegeben worden. Kolchensky arbeitete als NIA-Agent, der die Aktivitäten der Gruppe im Auge behalten sollte. Simelanes Telefonnummer diente zur Berichterstattung. Aber dann …« Makosi brach ab.

»Aber dann hätte die NIA den Mord an einem Kind sanktioniert«, beendete Eberard den Gedanken. »Weil wir ja wissen, dass Kolchensky mit dem toten Jungen in der Synagoge war. Das ist eine gute These, Makosi. Sie löst die offenen Probleme. Aber ich frage mich, ob die NIA so weit gehen würde. Und sie haben nichts hinsichtlich der Informationen unternommen, die sie dann haben müssten. Es gab keine Verhaftungen, keine Durchsuchungen von ihrer Seite. Vielleicht gab es Unstimmigkeiten im Geheimdienst, und eine Fraktion dort versuchte, bei den Ermittlungen zu helfen, indem sie uns diese Internethinweise zusteckte und die Polizei auf die andere Fraktion stoßen wollte.«

Er tippte kurz auf die Papiere, die vor ihm lagen, und seine Zuhörer begannen auf ihren Stühlen hin und her zu rutschen. Es war klar, dass das Treffen zu seinem Ende kam. »Hoffentlich wissen wir morgen früh schon mehr. Da wäre allerdings … Karisa, ich möchte, dass Sie noch etwas tun. Leider ist es schon recht spät.«

Sergeant Pillay zeigte sich wie üblich begeistert. Eberard reichte ihr ein Blatt Papier mit Celia Stemmets Name und Adresse. »Sie erwartet sie nicht, aber sie möchte sich dringend jemandem mitteilen. Ich bin mir sicher, dass sie reden will. Ich glaube, eine *Frau* – und vor allem Sie – kann es schaffen, dass sie sich anvertraut.«

Man verabredete, sich am nächsten Morgen um acht wieder zu treffen. Eberard stimmte zögernd zu, sich im Konferenzzimmer des Dezernats zu treffen, da es sonst auffallen würde, wenn alle zu spät kämen. Für einige von ihnen würde es eine lange Nacht werden.

Die Luft war kalt, und es hatte wieder zu nieseln begonnen. Yael und Eberard blieben zurück, angeblich, um Dr. Rademan beim Aufräumen zu helfen. Doch es gab nicht viel zu tun. Zwischen den beiden herrschte eine greifbare Anspannung. Sie waren übermäßig höflich zueinander, während sie die wenigen Teller und Becher einsammelten. Eberard bemerkte, dass der Pathologe sie beobachtete.

»Danke Ihnen beiden. Ich schließe jetzt ab. Auf Wiedersehen.«

Eberard nahm seinen Mantel. Jetzt gab es keine Ausrede mehr, nicht mit Yael allein zu sein. Er dachte an ihren flüchtigen Kuss und die nervöse Hoffnung, die noch in der Luft lag. Sie verließen das Gebäude durch den Vordereingang und stellten sich unter eine kleine Markise, von wo aus sie den feinen Nieselregen beobachteten, der wie glitzernde Spinnfäden vom Himmel fiel. Yael drehte sich zu Eberard und bemerkte sofort die Nervosität in seiner Miene.

»Mein Gott, Sie sind ja ein großes Baby«, sagte sie und packte ihn am Arm. »Kommen Sie, wir trinken noch etwas zusammen. Treffen wir uns in dieser kleinen Bar in der Roodebloem Road.«

Damit eilte sie davon. Sie rannte über den nassen Asphalt zu ihrem Auto, während er sich auf einmal geläutert und dankbar zugleich fühlte. Sie hatte recht. Warum musste es immer so kompliziert sein? Warum musste er sich stets drehen und wenden, bis sein Leben zu einem einzigen wirren Knoten geworden war?

Sein Auto roch noch schlechter als gewöhnlich. Ein Abend voller Regen verstärkte den Geruch aus dem Kofferraum. Einen Moment lang befürchtete er, der Motor könnte nicht starten, denn er sprang immer wieder an und starb dann ab. Doch endlich blieb er stotternd am Laufen.

Als er eintraf, saß Yael bereits an einem niedrigen Tisch mit zwei Gläsern Orangensaft. Die Bar war halbvoll. Die Gäste versammelten sich vor allem vor dem Kaminfeuer, wo sie erst einmal ihre Schirme und Mäntel ausschüttelten. Ein Fernseher lief ohne Ton. Er zeigte ein ruhiges Spiel Kricket, das im strahlenden Sonnenschein auf der anderen Seite der Welt stattfand. Eberard setzte sich, und Yael schob ihm ein Glas hin. Er zog die Augenbrauen hoch, als er den Orangensaft musterte.

»Regel des Hauses«, sagte sie. »Meiner hat Whisky drin, Ihrer nicht.«

Regel des Hauses. Es war eine Formulierung voll vager Versprechungen. Eberard merkte, wie sich seine Stimmung hob. Er trank einen Schluck. Der Saft war nach einem Tag mit schlechtem Kaffee und Zigarettenrauch erfrischend. Ein wenig bitter, aber mit einem süßen Beigeschmack.

Yaels Nasenpiercing funkelte, als sie sich zur Seite drehte und eine Gruppe beobachtete, die sich an der Theke versammelt hatte. Eine hübsche junge Frau hatte ihren Arm um die Schultern ihres Freundes gelegt und spielte mit seinem Ohrläppchen. Eberard wandte den Blick ab.

»Was verbergen Sie vor mir, Inspector Eberard Februarie?« Yael sah ihn direkt an und schaute auch nicht weg, als er nervös wurde. Er merkte, wie sich der Orangensaft in seinem Hals sammelte, und musste beinahe husten. Hastig nahm er einen weiteren großen Schluck, um sich zu beruhigen. Einen Moment lang überlegte er, ob er die Frage einfach ignorieren oder leugnen sollte, dass es da etwas gab. Aber das wäre sinnlos gewesen. Yael ließ ihn nicht aus den Augen. Er stellte das Glas ab und faltete die Hände, als wollte er beten. Es war an der Zeit, sich einzulassen.

»Ein Mann namens Marnie Solomon, Spitzname ›Lastig‹, hat meine Freundin Angel getötet. Er war ihr Zuhälter.« Eberard spürte, wie der Druck auf seiner Brust abnahm, noch ehe er zu reden anfing. Allein die Entscheidung, die Geschichte zu erzählen, reichte aus. Er hatte es so verzweifelt nötig, den Dämon endlich aus seinem Gefängnis zu lassen, dass es unendlich guttat, es nun zu tun. Er wusste nicht, ob Yael die Richtige war, doch jetzt vermochte er sich nicht länger zurückzuhalten.

Eberard berichtete von dem ausgebrannten Haus in Salt

River und wie er den Zuhälter in Woodstock gefunden hatte. Er berichtete, was Marnie über den Russen gesagt hatte. Als er den Schuss schilderte, der den Mann tötete, und wie er durch das Fenster geflohen war, blickte er zu Boden. Er hatte Marnie dort einfach tot liegen lassen und schaffte es jetzt nicht, Yael anzusehen. Er fürchtete sich vor ihrem Urteil, einem vernichtenden Blick. Also beendete er die Geschichte mit Simelanes Einschüchterungsversuch auf dem Parkplatz vor dem Gericht, ohne ihr noch einmal ins Gesicht zu schauen. Zu seiner Überraschung spürte er jedoch ihre Hand auf der seinen. Als er aufsah, entdeckte er eine Miene voll Mitgefühl – und voll Wut.

»Warum glauben Sie, dass Sie solche Dinge in sich vergraben können, Eberard? Ihr harten Kerle seid doch alle gleich. Ihr haltet euch für eine Wildnis und denkt, ihr könntet dort euren Giftmüll ungestraft abladen. Ihr glaubt, dass ihn niemand findet, dass er für immer verschwinden wird. Aber in Wahrheit ist er da und gut sichtbar für jedermann. Sein Gift breitet sich überall aus – in eurer Psyche, eurer Seele. Harte Kerle wie Sie sterben nicht, wenn sie irgendwann einmal von einer Kugel getroffen werden. Sie sterben schon viel, viel früher.«

Eberards Hals war viel zu zugeschnürt, um zu antworten. Die Puffer, die ihn gewöhnlich schützten, fühlten sich diesmal sehr dünn an, als ob er nur noch von einer zarten Haut zusammengehalten wurde, die jeden Moment reißen konnte. Sie meinte es gut, und vielleicht hatte sie auch recht. Aber sie hatte keine Ahnung, wie furchtbar es werden würde, wenn er die Kontrolle verlor. Jahre voller Traumata und verdrängter Schmerzen krochen unter seiner Haut wie Ungeziefer und warteten nur auf eine Gelegenheit, um auszubrechen und ihn zu verschlingen.

Nach einer Weile zog Yael ihre Hand fort und lehnte sich zurück. Sie überlegte. »Was Sie da erzählen, rückt die Geschichte ja in ein ganz anderes Licht. Simelane drohte Ihnen. Er setzte den Tod des Zuhälters als Drohung ein, um Sie davon abzuhalten, Jackson genauer unter die Lupe zu nehmen. Diesen Gesichtspunkt haben wir bisher noch gar nicht gesehen. Simelane beschützt Jackson. Simelane gibt Kolchensky Anweisungen. Es bestand ein eindeutiger Kontakt zwischen Kolchensky und One Church.« Yael malte ein Dreieck auf den Tisch, indem sie das Kondensationswasser des Glases dazu benutzte. »Kolchensky, Jackson, Simelane. Also, was machen wir jetzt?«

Eberard nahm seinen Saft. »In Südafrika gibt es eine gefährliche Schlange, die Rinkhalskobra. Auch Speikobra genannt. Ich erinnere mich daran, wie mir mein Onkel erzählte, dass die Rinkhalskobra am gefährlichsten ist, wenn man sie angreift, also wenn sie die Bedrohung spürt. Dann kann sie innerhalb einer Sekunde beißen oder spucken. In diesem Moment ist sie lebensgefährlich. Dann, meinte er, hat man nur zwei Möglichkeiten. Entweder verhält man sich völlig still und tut so, als wäre man gar nicht mehr da, während man darauf wartet, dass sie dorthin zurückgleitet, wo sie hergekommen ist. Auf diese Weise überleben beide, was aber auch bedeutet, dass man eines Tages vielleicht wieder mit ihr konfrontiert ist. Oder man will den Kampf zu Ende führen und stürzt sich auf sie. Man gaukelt ihr vor, sie nicht mehr entwischen zu lassen, indem man sehr laut und selbstbewusst auftritt und sie mit der eigenen Gegenwart sozusagen erdrückt. Dann legt sie sich hin, als wäre sie tot. Und dann kann man ihr den Kopf abschneiden.«

»Welcher Weg ist in diesem Fall der richtige?«

»Ich weiß es nicht. Aber wir sollten nicht vergessen, dass

wir hier gegen eine Rinkhalskobra antreten. Und keinen Teddybären.«

Yael fuhr über das feuchte Dreieck, das sie auf den Tisch gezeichnet hatte, und wischte sich dann die Hand an ihrer Jeans ab. Das Gespräch hatte die Spannung zwischen ihnen für den Moment aufgelöst. Die Wirklichkeit zeigte ihr hässliches Gesicht. Jetzt war nicht der richtige Zeitpunkt, um irgendetwas weiterzuentwickeln. Heute Nacht würden sie getrennte Wege gehen. Und das wäre auch in Ordnung. Eberard reichte ihr den Mantel und berührte sie dabei an der Schulter.

Sie streckte die Hand aus und streichelte ihm seitlich über die Wange. Dann zwinkerte sie ihm zu. »Bis morgen früh also«, sagte sie.

»Bis morgen früh«, antwortete er, und der Moment war vorüber. Zweifellos besser so, dachte er, während er die Roodebloem Road Richtung Schnellstraße fuhr.

Der Detective aus Goodwood, der den Mord an Angel untersuchte, hatte ihm mitgeteilt, dass er wieder in seine Wohnung zurückkonnte. Eberard hatte seit zwei Tagen aus einer Sporttasche in seinem Auto gelebt und brauchte jetzt dringend frische Kleidung sowie eine ruhige Nacht. Doch als er den Schlüssel ins Schloss seiner Wohnung steckte, zitterte er vor Anspannung. Er schaltete das Flurlicht an. Die Luft roch anders, nach Fremden und Chemikalien. Er machte auch in der Küche Licht. Im Spülbecken lagen noch schmutzige Teller in kaltem, fettigem Wasser. Er zog den Stöpsel, um das Wasser ablaufen zu lassen. Dann füllte er den Wasserkocher, schaltete ihn ein und holte einen Becher aus dem Schrank.

Er schob es vor sich her, das Schlafzimmer zu betreten – das wusste er. Aber das Bild von Angel, wie sie mit gespreizten Beinen in ihrem eigenen Blut dalag, quälte ihn. Ihr Lieblingsbecher stand umgedreht auf dem Abtropfgestell – aus schwerer Keramik und mit rosafarbenen Herzen verziert. Wie von einem kleinen Mädchen, dachte er und strich mit den Fingern darüber. Am Rand war noch ein wenig roter Lippenstift zu sehen. Er nahm ein Geschirrtuch und begann ihn abzureiben. Der Lippenstift war ölig und schmierte wie Schleim. Eberard fluchte, während er fester zupackte und wild rubbelte. Er hörte ein Knacksen und hielt den Henkel in der Hand. Die Muskeln seines Unterarms waren vor Anstrengung angespannt. Er warf den abgebrochenen Henkel ins Spülbecken und stellte den Becher wieder auf das Gestell zurück.

Dann drückte er den Teebeutel aus und schüttete etwas Milch in den Tee. Die Milch war sauer geworden und flockte ein wenig. Er rührte so lange, bis die Flocken verschwanden. Den Teelöffel warf er in hohem Bogen ebenfalls in die Spüle, wo er gegen das Metall prallte. Er starrte auf den Gang hinaus, nahm seinen Becher und lief los. Und wenn das Blut immer noch da war?, dachte er in einem Anfall irrationaler Panik. Wenn sie das Leintuch nicht mitgenommen hatten? Er zitterte, als er die Tür zum Schlafzimmer erreichte. Einen Moment lang blieb er stehen und nippte an seinem heißen Tee. Der Raum lag im Dunklen. Er bemerkte, dass er den Atem anhielt, als er die Hand ausstreckte und nach dem Lichtschalter tastete.

Das Säuberungsteam hatte gute Arbeit geleistet. Das Bett war abgezogen, und weder auf der Matratze noch an den Wänden sah man Blut. Aber die Leere des Betts hatte etwas Schockierendes – die Abwesenheit eines warmen Körpers, die fehlende Hoffnung, dass Angel jemals zurückkehren würde. Sie war für immer fort, dachte Eberard, während er um das Bett ging und seinen Becher auf das Nachttischchen stellte. Dann setzte er sich an den Rand der Matratze und starrte vor sich hin. Es war ihm noch nicht möglich, sich hinzulegen und das Gewicht seines Körpers dort zu spüren, wo sie gelegen hatte. Seine Finger glitten über die Matratze, als ob er nach etwas suchen würde. Dann klemmte er seine Hand zwischen seine Knie, um sich daran zu hindern. Das war jetzt die Realität, mit der er zurechtkommen musste – nicht die Hoffnung auf Yael, nicht der flüchtige Wunsch, den Fall erfolgreich abzuschließen, nicht die Sehnsucht nach einem anderen Leben. Sondern Angels Fehlen.

Die Nachttischlampe war abgeschaltet. Er streckte die Hand nach seinem Tee aus und entdeckte einen dunklen Tropfen am Lampenfuß. Er machte das Licht an. Der Blutfleck schimmerte schwarzrot, wie eine vollgesogene Zecke. Er reagierte sofort. Sein Körper begann zu zittern. Zuerst zuckten die Muskeln in den Schenkeln und den Schultern. Dann bebte sein ganzer Leib, und seine Brust hob und senkte sich. Tränen schossen ihm in die Augen. Er sprang auf und starrte die Lampe an. Was sollte er tun? Er war gefangen, seine Gefühle richteten sich alle gegen ihn und fielen über ihn her. Es gab keinen Ort mehr, an den er flüchten konnte.

Eberard nahm seinen Tee und stürmte ins Wohnzimmer, wo er den Fernseher anschaltete. Gerade wurden die Lokalnachrichten gezeigt und von Überschwemmungen in den Townships des Western Cape berichtet. Man sah Leute, die über riesige Seen sprangen, indem sie von einer Holzplanke auf die nächste hüpften. Ein kleiner Junge warf Steine ins Wasser. Der Gedanke an andere Katastrophen hatte etwas Beruhigendes – die Tatsache, dass auch andere litten, dass das Leben mit seinen Traumata und Schrecken tagtäglich weiterging. Eberards Herzschlag wurde wieder langsamer, und das Zittern hörte auf. Er brauchte einen Drink, wagte es aber nicht, sich einen einzuschenken. Nicht jetzt.

Der Hintergrund hinter der Nachrichtensprecherin, einer ernsten Frau mit sorgfältigem Make-up und gepflegter Frisur, änderte sich. Statt Dauerregen sah man jetzt einen Davidstern neben dem muslimischen Halbmond. Eberard drehte den Ton lauter.

Das Westkap bereitet sich auf einen weiteren Tag der Spannungen zwischen muslimischen und jüdischen Gruppen in Kapstadt vor. Nach einer Woche gewalttätiger Zwischenfälle, die durch den Tod eines kleinen Jungen in einer Synagoge ausgelöst wurden, rief das muslimische Oberhaupt Saliem Achmat für den morgigen Tag zu Kundgebungen auf. Obwohl der muslimische Richterrat noch nicht offiziell auf Achmats Aufruf reagierte, lässt, internen Quellen zufolge, das Versagen der Polizei, den Mordfall zu lösen, den muslimischen Oberhäuptern wenige andere Möglichkeiten, als Protestaktionen wie die angekündigte zu unterstützen.

Eine Nahaufnahme zeigte Minister Favi, der vor dem Gebäude der Parlamentsversammlung ein Interview gab. »Diese gewalttätige Intoleranz sollte von niemandem in diesem Land akzeptiert werden. Wir sind ein christliches Land mit vernünftigen und akzeptablen sozialen Werten. Wenn sich diese Leute nicht den Wertvorstellungen Südafrikas entsprechend verhalten können, ist es leider die Pflicht des Staates, einzugreifen und diese Werte zu verteidigen. So funktioniert Demokratie. Wir haben die Macht, das zu tun, und glauben Sie mir – wir werden es auch tun. Das sollten die Radikalen auf beiden Seiten nicht vergessen.«

Daraufhin wurde wieder zur Nachrichtensprecherin zurückgeblendet, und Eberard schaltete den Fernseher aus.

Er duschte. Schrubbte dabei jeden Zentimeter seines Körpers ab. Zweimal schäumte er seine Haare ein und wanderte mit der Seife über seinen Körper, um alle Gerüche des Tages abzuwaschen. Als er schließlich mit einem Stapel frischer Laken und Bezüge zum Bett zurückkehrte, war es nach ein Uhr. Sobald das Bett bezogen war, wirkte es weniger beängstigend, und er schaltete die Nachttischlampe aus, wobei er versuchte, den schwarzroten Tropfen zu ignorieren. Er legte sich langsam hin. Die Federn der Matratze drückten gegen seinen Rücken. Er war zutiefst erschöpft und spürte trotz der wirren Gedankenfetzen in seinem Kopf die Verlockung des Schlafs.

Doch sobald er eindöste, quälten ihn Träume und die Stimme von Angel, die nach ihm rief. Er schreckte mit dem Geruch ihres Bluts in seiner Nase auf und ließ sich dann wieder auf das Kopfkissen fallen. Noch zweimal erwachte er, ohne sofort zu wissen, wo er war. Die Umgebung und die Dunkelheit erschienen ihm seltsam fremd. Irgendwann stand er auf und schaltete die Lampe im Flur an, wobei er sich wie ein Kind vorkam, das die Lichtstrahlen, die durch die Tür fielen, beruhigten. Am tiefsten war sein Schlaf kurz vor dem Klingeln seines Handyweckers. Dennoch war er erleichtert, dass die Nacht vorüber war.

Das Team war bereits vollzählig, als Eberard das Konferenzzimmer betrat. Zu seiner Erleichterung war die Tür zu Colonel Dirks' Büro noch geschlossen. Er stellte sich ihren schweren Körper laut schnarchend und schwitzend unter einer Bettdecke vor, herrlich unwissend, wie sehr sich die Lage für sie zuspitzte.

Yael lächelte, als er sie begrüßte. »Wie war die Nacht zu Hause?«, erkundigte sie sich leise.

Makosi hörte die Frage und schaute mit besorgter Miene auf. Eberard schüttelte den Kopf und winkte ab. Dann setzte er sich und blickte in die Runde. Keiner sah ausgeschlafen und erholt aus. Fourie trug noch dieselbe zerknitterte Kleidung wie am Vortag, und in der Luft hing der Geruch von schlechtem Atem und Schweiß.

»Okay, machen wir das kurz. Dr. Rademan hat heute Morgen zu tun, weshalb wir gleich anfangen. Was haben Sie herausgefunden? Makosi?«

Der junge Mann räusperte sich. »Nichts. Vielleicht nur eine kleine Sache. Fourie und ich stießen auf Folgendes: Ich fange mal mit Pastor Jackson und der One Church an. Die Abänderung am Social Values Act sieht vor, dass ein Gremium gebildet wird, das kulturelle Praktiken und Stellungnahmen der jeweiligen Gemeinden überwacht. Es soll weitreichende Kompetenzen haben, die ihm gestatten, Ermittlungen anzustellen. Und es soll den Minister beraten, wenn es glaubt, auf so genanntes unerwünschtes Verhalten zu stoßen.« Makosi betonte diesen Ausdruck, während er seine Kollegen ansah. »Dieses Gremium verwaltet einen großen Etat. Es hat die Möglichkeit, Projekte zu finanzieren, die es für förderlich hält und welche die Werte unterstreichen, die bereits durch die Sozialcharta festgelegt sind.«

»Im Grunde kann dieses Gremium also allen anderen diktieren, was akzeptabel ist und wie wir zu leben haben? Und dafür bekommt es auch noch Geld?«, fasste Karisa Pillay zusammen.

»Genau. Deshalb wehren sich die Menschenrechtsgruppen auch so heftig gegen die Abänderung. Wir haben in Jacksons Büro Dokumente gefunden, die ihn als Vorsitzenden des Gremiums vorschlagen.« Die anderen murmelten aufgeregt, während Makosi fortfuhr. »Außerdem haben wir Hinweise entdeckt, dass *sieben* Projekte der One Church gefördert werden – einschließlich des Jugendführungsprojekts. Das letzte

Projekt auf der Liste ist eines zum Thema Gemeinde-Infrastrukturen und scheint das meiste Geld zu bekommen. Es läuft darauf hinaus, dass Jackson das Gremium dazu bringt, im ganzen Westkap neue Gebäude der One Church finanzieren zu lassen.« Er trat einen Schritt vor, als er hinzufügte: »Wichtig ist dabei die Tatsache, dass es sich nicht etwa um neue Kirchen handelt, sondern um Bauprojekte, die Profit abwerfen.«

»Okay, das ist interessant«, meinte Eberard. »Jackson baut also ein eigenes Imperium auf. Er sichert sich eine Machtposition und schiebt dabei seiner eigenen Organisation Geld zu. Gut. Was noch? Techno-Man?«

Fourie strahlte. »Ja, also ... Wie Makosi schon sagte, zeigen alle Untersuchungen an Jacksons Material, dass er heftig am Aufsteigen ist. Der will ganz nach oben. To the top ... Das einzig andere, was ich noch herausgefunden habe, sind die Kontodetails des toten Russen. Er hat immer wieder viel Bargeld eingezahlt. Aber eine Überweisung kam auch direkt aus der Staatskasse. Er hat also für die Regierung gearbeitet, wie wir vermutet hatten. Sonst habe ich nichts zu ihm gefunden. Er war wirklich sehr vorsichtig.«

Karisa sah so aus, als müsste sie platzen, wenn sie nicht gleich etwas sagen durfte. Eberard nickte ihr zu. Sie stand auf und wandte sich beim Sprechen allen gleichmäßig zu. Ihr Auftritt wirkte professionell und angenehm selbstbewusst. Sie hatte nach dem Treffen in der Pathologie Celia Stemmet aufgesucht. Zuerst war die Sekretärin misstrauisch gewesen, auch wenn sie sich an Karisa erinnerte. Karisa war jedoch hartnäckig geblieben, und Celia hatte sie ins Haus gebeten. Dort hatten sie schließlich bei einer Kanne Tee geredet.

»Sie war sichtlich nervös«, berichtete Sergeant Pillay, während sie in ihren Notizen nachlas. »Doch bald wurde sie zugänglicher – genau wie Sie annahmen, Inspector. Sie hat mir viel erzählt, wovon das meiste wahrscheinlich nicht wichtig ist. Zum Beispiel hatte sie eine Weile eine Beziehung mit Jackson, wusste aber nie, wo sie bei ihm stand. An manchen Tagen war er liebevoll, an anderen Tagen ignorierte er sie vollkommen. Sie fand das sehr verwirrend, liebte den Mann aber offenbar. Er scheint viele Leute in seiner Gemeinde zu fesseln, vor allem die Damen.«

Celia hatte den Pastor als ehrgeizigen Mann beschrieben, der Ungehorsam nicht akzeptierte und erwartete, dass man seine Anweisungen fraglos ausführte.

Karisa holte Luft und sah in ihrem Notizbuch nach. »Okay, jetzt zum Interessanten. In den vergangenen Monaten – seit März – gab es drei oder vier Treffen zwischen Jackson und Kolchensky, gewöhnlich abends und in den Räumlichkeiten der One Church.«

»Jackson hat also glatt gelogen, als er behauptet hat, Kolchensky nicht zu kennen?«, meldete sich Makosi zu Wort.

»Genau. Celia sollte dableiben und den beiden Whisky und einen Imbiss servieren. Und dann – jetzt hören Sie sich das an – kam es vor etwa drei Wochen zu einem letzten Treffen. Ein gut gekleideter Schwarzer nahm auch daran teil. Sie hatte ihn noch nie zuvor gesehen, aber ihrer Beschreibung nach muss es Simelane gewesen sein. Ich habe in einer Akte ein Foto von ihm gefunden, das ich ihr heute Vormittag zeigen werde, damit sie ihn identifizieren kann.«

Eberard widerstand dem Bedürfnis, vor Anspannung aufzuschreien. Er bohrte seine Fingernägel in seine Handfläche, während er darauf wartete, dass Karisa fortfuhr.

»Noch etwas«, sagte sie und wurde leiser. »Celia wusste nicht viel über eine Verbindung zwischen Jackson und Colonel Dirks. Aber sie meinte, dass Jackson und Minister Dupisani Favi gemeinsame Geschäftsinteressen im Ostkap haben. Anscheinend begannen sie in den neunziger Jahren mit einem Darlehensprojekt für Beerdigungskosten. Sie haben viel Geld verdient, indem sie Beerdigungspolicen verkauften und Leuten auf dem Land riskante Darlehen anboten.«

Die Rinkhalskobra hat sich aus dem Gebüsch gewagt, dachte Eberard. Jetzt erledigen wir sie.

Zwanzig

Eberard schloss die Tür hinter sich und drehte sich zu Colonel Dirks um, die an ihrem Schreibtisch saß. Sie starrte den Eindringling wütend an und wollte ihn offensichtlich auffordern, sofort das Zimmer zu verlassen, als er sich mit beiden Händen auf ihrer Schreibtischplatte abstützte und ihr ins Gesicht sah. Sie schob ihren Stuhl zurück, während sich ihre fleischige Stirn empört runzelte. Ihre Hand bewegte sich Richtung Telefon.

»Colonel, ich möchte, dass Sie mir jetzt genau zuhören. Ich möchte nicht, dass Sie mich unterbrechen, mir widersprechen oder etwas ableugnen. Das interessiert mich nicht mehr. Wir wissen inzwischen genau, wie dieses Spiel läuft. Und wir wissen genau, welche Rolle Sie – Sie *persönlich* – bei dem Ganzen haben.« Colonel Dirks' Gesicht war knallrot angelaufen, und ihr massiver Körper schien auf einmal eine große Hitze von sich zu geben. Die Art und Weise, wie sie den Mund auf- und zumachte, hatte etwas Zwanghaftes. Eberard spürte, wie er vor Ekel zuckte.

»Beginnen wir mit der Tatsache, dass ich dem Fall zugeteilt wurde. Erinnern Sie sich noch, Colonel? Nicht Captain Griessel, weil er angeblich wieder zu trinken begonnen hat, wie Sie sagten. Nicht Riedwaan, sagten Sie, weil er mit einer Weißen schläft. Aber das war gelogen, Colonel. Bennie hat seit über einem Jahr keinen Tropfen mehr angerührt. Und es ist Ihnen scheißegal, mit wem Riedwaan schläft. Sie haben mich ausgesucht, weil ich versagen sollte. Oder? So war es doch? Ein trinkender *Klonkie*, der keinen Unterschied kennt zwischen einem Juden und einer Mortadella. Ich würde die Leute so schnell verärgern, dass sie nie mit mir kooperieren würden. Ich würde nur Öl ins Feuer gießen, den Rabbi verhaften und damit genau das tun, was Sie von mir wollten. Ein kaputter Bulle, der sich leicht ins Bockshorn jagen lässt. Ein dämlicher Mann für ein dämliches Ergebnis. War es nicht so gedacht, Colonel?«

Sie bewegte ihren Mund, als ob sie kauen würde. »Sie irren sich«, quiekte sie schließlich. »Ich habe es Ihnen doch gesagt. Der Commissioner hat Sie ausgewählt.«

»Blödsinn, Colonel. Sie wussten, warum man mich nahm. Damit Sie die Wahrheit verbergen konnten. Aber wir kennen jetzt die Wahrheit, Colonel. Wir wissen von Minister Favi, wir wissen von Kolchensky. Und wir wissen von Simelane und dem Geheimdienst.«

»Ich habe keine Ahnung, was Sie meinen, Februarie.«

Eberard beobachtete sie aufmerksam, um zu sehen, ob der Bluff funktionierte. Auf ihrer Oberlippe begannen sich kleine Schweißperlen zu bilden. Sie wirkte tatsächlich höchst beunruhigt, aber er wusste nicht, ob das daher rührte, dass sie sich in eine Ecke gedrängt sah, oder weil sie nicht glauben konnte, was sie da hörte.

»Lassen Sie es mich noch genauer erklären, Colonel, damit es kein Missverständnis gibt. Wir können beweisen – ja, *beweisen* –, dass Kolchensky den Straßenjungen ermordet hat. Dass er Josh Shimansky so manipulierte, dass dieser ihm half, den Leichnam in die Synagoge zu legen. Wir können beweisen, dass Agent Simelane von der NIA Kolchenskys Betreuer war und dass er die Operation in Auftrag gab. Wir haben Aufzeichnungen von Handygesprächen, die das eindeutig zeigen.« Er wartete, ob sie bei dieser Erfindung zusammenzuckte. Doch sie fuhr fort, ihn nur aus starren Augen anzusehen.

»Wir wissen, dass die Operation Teil eines Plans war, der öffentlichen Gegnerschaft gegen die Abänderung des Social Values Act den Wind aus den Segeln zu nehmen. Sie sollte die jüdische Gemeinde als bösartig darstellen und die Muslime zu schärfsten Protesten anregen. Wir wissen, dass NIA-Agenten in der muslimischen Community operierten, um die Gewaltbereitschaft anzufachen. All das diente dazu, die Notwendigkeit einer Gesetzesänderung zu bestätigen und ihre Gegner verstummen zu lassen. Für all das haben wir Beweise. Wir haben Zeugen, Colonel.«

Eberard hielt inne, um seine Vorgesetzte eine Weile schmoren zu lassen. Er zog einen Stuhl für sich heraus und setzte sich, wobei er imaginären Staub von einem seiner Hosenbeine klopfte. Als er wieder sprach, klang seine Stimme ruhiger. »Colonel, wir wissen, dass Sie Pastor Jackson, der NIA und Minister Favi Informationen zukommen ließen. Wir müssen weder Ihre Telefonverbindungen noch Ihre Mails durchsehen, um das zu beweisen. Wir wissen das längst.«

Die Augen der Frau schrumpften hinter ihren geschwollenen Lidern zu kleinen Punkten. »Soll das heißen, Simelane befahl, dieses Kind ermorden zu lassen? Ich hatte keine Ahnung, dass so etwas geplant war, das müssen Sie mir glauben!«, kreischte sie.

Eberard wusste, dass der Kampf vorüber war.

»Ich glaube Ihnen, Colonel. Ich denke, man hat Sie benutzt. Ich glaube nicht, dass Sie sich an so etwas wissentlich beteiligt hätten. Aber leider ist diese ganze Sache schlimmer, als wir dachten. Wir wissen inzwischen nämlich auch, dass Pastor Jackson und Minister Favi hinter allem stecken. Wir können beweisen, dass Dupisani Favi und Isaiah Jackson das Verbrechen und den Aufruhr gemeinsam planten. Dass Simelane der Agent war, den Favi für diese Operation auswählte, und Kolchensky als Auftragskiller diente. Und das alles zugunsten einiger weniger.«

»Jetzt gehen Sie zu weit«, erklärte Colonel Dirks. »Das ist grotesk. Pastor Jackson und der Minister sollen dieses schreckliche… schreckliche Ding geplant haben? Das ist wahnsinnig. Mein Gott, Februarie, wissen Sie, was Sie da behaupten? Minister Favi ist ein enger Freund des Präsidenten, er sitzt im Kabinett, er ist ein extrem mächtiger und wichtiger Mann. Was um Himmels willen haben Sie vor? Wollen Sie ihn etwa verhaften? Sind Sie von allen guten Geistern verlassen?«

Eberard fragte sich auf einmal, ob er vielleicht doch zu weit gegangen war und sie die Schwachstellen in seiner Beschreibung durchschaute. Doch ihre Miene zeigte vor allem eines – ob sie ihm nun glaubte oder nicht: Sie fürchtete sich vor seinem nächsten Schritt.

»Die Demonstration soll heute um vierzehn Uhr stattfinden. Wir müssen deutlich früher alles abgewickelt haben. Wenn Sie mich also entschuldigen.« Er stand auf und ging zur Tür. Im Gehen drehte er sich noch einmal leicht um und sah dabei, wie Colonel Dirks auf ihr Telefon blickte. Gut, dachte er, während er die Tür hinter sich schloss, die List schien zu funktionieren.

Als Nächstes musste der Pastor verhaftet werden. Die Schlange musste glauben, dass sie in der Falle saß, dass alle Wege versperrt waren. Das Team erwartete Eberard unten auf dem Parkplatz. Makosi hatte bereits die Presse informiert, die plante, sich zahlreich vor den Büros der One Church zu versammeln. Zwei Reservisten befanden sich dort seit dem frühen Morgen in nicht gekennzeichneten Autos, um Jackson zu beobachten. Er war noch im Gebäude, teilten sie Eberard über Funk mit, als der Konvoi losfuhr.

Kurz bevor sie das Kirchengelände erreichten, drückte Eberard einen Knopf am Funkgerät. »Jetzt Sirenen und Blaulicht, bitte.« Innerhalb einer Sekunde brach eine Hölle aus blauen Lichtern und heulenden Sirenen aus. Makosi auf dem Beifahrersitz grinste und schaltete die Sirene ihres Wagens ein. Das Geräusch dröhnte im Auto und hallte über die Straße des Vororts. Auf dem Parkplatz der One Church hielten die Fahrzeuge mit quietschenden Reifen an, wobei sie Jacksons Mercedes einklemmten, der mit laufendem Motor in der Nähe des Kircheneingangs wartete. Zu Eberards Freude waren bereits zwei Reportercrews eingetroffen.

Uniformierte Polizisten schwärmten aus, umkreisten das Gebäude und verstellten alle Ausgänge. Mehrere von ihnen hatten R5-Sturmgewehre und gaben sich stumm Signale. Die ganze Operation fand mit dem Ernst einer Geiselnahme statt. Innerhalb weniger Augenblicke war das Gelände umzingelt und alle Türen gesichert. Eberard bemerkte entzückt, wie sich die Presse hinter einem geparkten Transporter versteckte und mit großen Augen alles beobachtete, als ob jeden Moment ein Schusswechsel stattfinden könnte. Der Einsatzleiter gab Eberard ein Zeichen, während er mit tiefer Stimme über Funk »Alles gesichert« erklärte.

Die großen Glastüren gingen auf, und Jackson kam heraus. Er wirkte ruhig und belustigt. Eberard war enttäuscht, ihn so zu erleben. Doch als der Pastor näher kam, bemerkte er ein unübersehbares Beben seines Halses und seiner Wange.

»Mr. Isaiah Jackson!«, donnerte der Detective. Die Reporter eilten aus ihrem Versteck hervor, ein Kameramann schulterte eifrig seinen Apparat. »Kommen Sie bitte mit. Wir verhaften Sie wegen des Verdachts, einen Mord in Auftrag gegeben zu haben, und wegen Komplizenschaft.«

»Bitte, Inspector. Sie reden so, als würden wir uns nicht kennen. Sie wissen doch, wer ich bin. Das ist völlig unnötig.« Der Pastor wies mit der Hand auf den Parkplatz und die unzähligen Polizeiwagen, die dort mit noch immer blinkenden Blaulichtern standen. Neben Eberard klickte der Auslöser einer Kamera. »Völlig unnötig.« Jacksons Stimme brach beim letzten Wort.

»Mr. Jackson, Sie stehen unter dem Verdacht, an einem Mordkomplott beteiligt zu sein. Das ist keine Kleinigkeit. Wir werden Sie bestimmt nicht anders behandeln, nur weil Sie dieses Verbrechen begangen haben, während Sie eine Kirche leiteten.«

Der Pastor wandte sich den Journalisten zu und hob beide Hände. Er hatte offensichtlich vor, eine Art von Rede zu halten. Eberard sah, was er plante, und rief den beiden uniformierten Constables zu, die in der Nähe standen: »Legen Sie ihm Handschellen an.«

Die beiden Beamten eilten herbei und packten Jackson an den Armen. Sie ließen die Handschellen um eines seiner Handgelenke zuschnappen und zogen dann die Arme hinter seinen Rücken, um dort das andere Handgelenk zu fesseln. Jackson wollte protestieren, doch das Ganze ging so schnell, dass er bereits zum Wagen des Detective geführt wurde, ehe er etwas Zusammenhängendes von sich geben konnte. Die Reporter wandten sich nun Eberard zu.

»Inspector, ist das der Synagogenmörder? Können Sie uns sagen, wer noch daran beteiligt war?«

Eberard wartete, bis der protestierende Pastor nicht mehr

zu hören war. Zwei Journalisten waren ihm zum Auto gefolgt und eilten nun zu ihren Kollegen zurück, die sich um den Detective drängten.

»Heute um zwölf gibt es eine Pressekonferenz. Ein paar Leute werden sich dann den Fragen der Medien stellen. Heute Nachmittag bei der Kathedrale von St. George.«

»Bei der Kathedrale?«, fragte eine Journalistin überrascht. Eberard wartete nicht länger, sondern ging zu seinem Auto. Die Polizisten sprangen ebenfalls wieder in ihre Wagen. Türen knallten, und um der Wirkung willen warfen sie noch einmal die Sirenen an. Erst jetzt bemerkte Eberard Celia, die mit einer Hand vor dem Mund hinter den Glastüren stand und alles beobachtete.

Jackson tobte wütend auf der Rückbank, während er mit auf dem Rücken gefesselten Händen dasaß und immer wieder leicht vornüberkippte. »Das ist eine unfassbare Sauerei! Unglaublich! Haben Sie auch nur die geringste Ahnung, was Sie da machen, Februarie? Sind Sie wahnsinnig, mich zu verhaften? Diese absurde Inszenierung für die Presse. Ich kriege Ihren Kopf auf einem Tablett serviert.«

»An Ihrer Stelle würde ich lieber einen Gang runterschalten, Jackson. Sie brauchen Ihre Kraft noch für den Prozess.«

»Sie haben den Verstand verloren, Februarie. Wenn Sie glauben, dass es auch nur zu einer Anklage kommt, kann man Sie nur als durchgeknallt bezeichnen. Das wird nie passieren, Februarie. Ich weiß so manches. Ich weiß zu viel. Über zu viele Leute. Man wird Ihnen nicht erlauben, mich vor Gericht zu zerren.«

Wie bestellt klingelte in diesem Moment Eberards Handy. Statt den Apparat an sein Ohr zu halten, schaltete er ihn auf Lautsprecher. »Ja, Sergeant, was kann ich für Sie tun?«

Karisa Pillays Stimme hallte im Wagen wider. »Guten

Morgen, Inspector. Ich dachte, es könnte Sie interessieren, was Colonel Dirks gerade erfahren hat. Eine interne NIA-Einheit hat heute den abtrünnigen Agenten Simelane verhaftet. Offenbar befahl Minister Favi, ihn sofort abholen zu lassen. Der Agent hat sich der Festnahme widersetzt und Feuer auf die Beamten eröffnet. Er ist jetzt auf der Intensivstation, aber man glaubt nicht, dass er durchkommen wird. Wurde ein Dutzend Mal getroffen. Ich dachte, das sollten Sie wissen.« Karisa gelang es, ernst und sachlich zu bleiben. Eberard grinste innerlich.

»Danke, Sergeant«, erwiderte er und legte auf. Jackson auf der Rückbank schwieg.

»Stellen Sie sich das mal vor«, meinte Eberard nachdenklich. »Zwölf Mal getroffen. Sie haben völlig recht, Pastor. Die lassen den Fall nie vor Gericht kommen. Diese Geschichte darf nicht an die Öffentlichkeit, das ist jetzt klar. Stimmt doch, oder?«

»Und wenn die ihre eigenen Agenten schon so behandeln …«, fügte Makosi hinzu, ohne den Satz zu beenden.

Einundzwanzig

Der Gemeindesaal der Kathedrale füllte sich schnell, sobald die Journalisten hineingelassen wurden. Die Zusammenkunft hatte man zuvor als interreligiöses Forum angekündigt, so dass viele Stühle von interessierten Mitgliedern der Öffentlichkeit besetzt waren. Doch die vorderen Reihen und die Seiten dominierten die Presseleute, die um die Plätze mit der besten Sicht konkurrierten. Die Nachricht von Pastor Jacksons Verhaftung hatte sich blitzartig ausgebreitet. Eberard bemerkte, dass selbst das Propagandablatt *The Age* einen Vertreter geschickt hatte. Ganz offensichtlich waren die Machthaber dabei zu entscheiden, ob sie Minister Favi den Rücken stärken oder ihn den Wölfen überlassen sollten.

Als Eberard den Saal betrat, ertönte gerade der mittägliche Kanonenschuss in der Stadt, die unter einer dicken Wolkendecke lag. Viele Zuhörer folgten der seltsamen Gewohnheit der Kapstädter, einen Blick auf ihre Armbanduhr zu werfen, wie um sich zu vergewissern, dass die Stadt noch funktionierte. Der Detective drängte sich an den Stehenden vorbei und bahnte sich einen Weg zum Podium, wo bereits Jonathan Levitt neben dem katholischen Priester Father Phillips saß. Ein Techniker fummelte am Mikrofon herum und klopfte dagegen. Eberard wartete, bis er fertig war, stieg dann hinauf und setzte sich neben den Rabbi.

»Hallo, Eberard«, begrüßte ihn dieser. Seine Stimme klang wesentlich besser als beim letzten Zusammentreffen.

Father Phillips lehnte sich zu Eberard hinüber und schüttelte ihm die Hand. »Schön, dass so viele gekommen sind. Ich vermute, das liegt an dem Drama, das sich heute Morgen abgespielt hat.«

Der Rabbi rückte näher. »Wird das wirklich funktionieren, Eberard? Das ist unsere letzte Chance, und Abdullah ist noch nicht da. Was, wenn er nicht kommt? Sie wissen, dass er von Seiten der Militanten seiner Gemeinde unter großem Druck steht. Er hat mir erzählt, in der Moschee würde man ihn offen des Ausverkaufs beschuldigen. Für den Mann ist die Situation unerträglich.« Er hielt inne, als er den Imam sah, der sich durch die Menge der Journalisten kämpfte. »Oh, ein Glück!«

Toefy begrüßte die anderen auf dem Podium und setzte sich. Er wirkte atemlos und aufgeregt. »Gute Nachrichten von der Front«, erklärte er lächelnd und hielt einen Moment lang die Hände des Rabbi in den seinen. Dann wandte er sich an Eberard und sagte: »Saliem Achmats rechte Hand ist hier im Publikum. Wenn sie das Richtige hören, wollen sie die Demonstration auf Gatesville beschränken. Wenn alles gutgeht, rufen sie ihre Hunde zurück. Es liegt in Ihrer Hand, Inspector.«

Als die imposante Gestalt von Erzbischof Naidoo in einer violetten Soutane den Raum betrat, ging ein ehrfürchtiges Raunen durch die Reihen. Die Männer auf dem Podium erhoben sich, um ihn zu begrüßen. Er reichte jedem die Hand, ehe auch er sich setzte. Dann nickte er Father Phillips zu. Dieser nahm daraufhin das Mikrofon und wartete, bis es im Saal leise wurde. Eberard sah sich um. An der hinteren Wand stand Yael, neben ihr Karisa Pillay. Auch Fourie war gekommen und tippte in sein Handy, offenbar ohne die Welt um sich herum wahrzunehmen. Da betrat zu Eberards Überraschung eine Frau den Saal durch eine Seitentür. Colonel Dirks verschränkte die Arme vor ihrer üppigen Brust und sah sich düster um.

Während der Priester die Männer auf dem Podium der Reihe nach vorstellte, warf Eberard einen Blick auf sein Handy. Er erwartete eine SMS, doch bisher war sein Eingang leer. Sein Nacken begann nervös zu zucken, als Phillips seinen Namen nannte und ihn bat, das Wort zu ergreifen. Eberard wandte sich hastig an den Rabbi. »Ich brauche noch etwas Zeit. Tut mir leid, aber können Sie vielleicht vor mir sprechen und die Zuhörer ein wenig hinhalten?« Levitt nickte und sah ihn besorgt an. Als der Rabbi das Mikro nahm, wirkte Phillips einen Moment lang verwirrt, machte dann aber eine flapsige Bemerkung über das Rabbinat in der neuen Polizei. Im Publikum wurde höflich gelacht.

Der Rabbi dankte den Anwesenden für ihr Kommen. »Glauben«, begann er, »ist etwas zutiefst Persönliches. Woran wir glauben und wie wir diesen Glauben ausleben wollen, ist zutiefst kulturell verankert, es ist spirituell und persönlich.« Eberard hörte nur mit einem Ohr zu. Er nahm bloß ein paar Wendungen und Worte von der Rede des Rabbi über die wichtige Trennung von Staat und Religion wahr. »Ohne diese Trennung hat unsere Freiheit keine Bedeutung.« Die Journalisten wirkten ungeduldig. Ein paar machten sich zwar hier und da Notizen, aber es war eindeutig, dass alle auf Eberard warteten und ihm Fragen stellen wollten.

Eberard konnte noch nicht vortreten. Der Rabbi drehte sich halb zu ihm um und zog fragend eine Augenbraue hoch, aber der Detective schüttelte den Kopf. Die Rede wurde also fortgesetzt. Auf einmal vibrierte Eberards Handy, und eine

Sekunde später tauchte in seinem Eingang eine Nachricht auf. Er öffnete sie.

Beim Haftrichter. Geständnis unterzeichnet. Ohne Abstriche. Makosi.

Wieder drehte sich der Rabbi zu Eberard um, der diesmal nickte. Levitt kam also rasch zu einem Ende und machte für den Detective Platz. Dieser erhob sich, nahm vorsichtig das Mikrofon und stieg über mehrere Kabel, die am Boden festgeklebt worden waren. Er blickte in die erwartungsvolle Menge. Ein ernst wirkender Muslim mit einem Palästinensertuch auf dem Kopf musterte ihn von der Seite. Er war sicher derjenige, den man geschickt hatte, um zu hören, was Eberard zu sagen hatte. Er nickte dem Mann also zu, und dieser antwortete mit einem ebenso unmerklichen Neigen seines Kopfs.

»Erzbischof, Rabbi Levitt, Father Phillips, Imam Toefy, meine Damen und Herren, Angehörige der Presse, alle, die Sie heute hier sind – danke für Ihr zahlreiches Erscheinen. Ich bin Inspector Detective Februarie vom Dezernat für Schwerverbrechen der Provinzialniederlassung Kapstadt. Mit mir ist auch meine Vorgesetzte, Colonel Dirks, gekommen.« Er wies in ihre Richtung, und Colonel Dirks hob leicht die Hand, ein überraschter Ausdruck auf ihrem Gesicht. »Ebenso wie verschiedene Mitglieder unseres Ermittlungsteams.« Fourie stand auf und sah sich um, bevor Karisa ihm etwas zuzischte und er sich wieder hastig setzte.

»Danke Ihnen allen, dass Sie heute hier sind. Als Erstes möchte ich eines klarstellen: Wir haben unsere Ermittlungen zum Mord an dem Straßenjungen namens Coenie noch nicht abgeschlossen, dessen Leichnam vergangene Woche in der Synagoge der Milton Road aufgefunden wurde. Wir glauben jedoch, einen Punkt in den Ermittlungen erreicht zu haben, wo es unserer Meinung nach an der Zeit ist, die Öffentlichkeit über unsere bisherigen Ergebnisse zu unterrichten. Anfangen möchte ich jedoch mit den Dingen, die dieser Mord *nicht* ist.« Er wartete einen Moment, während die Journalisten ihre Notizen machten.

»Es war *kein* Mord, der von einem Mitglied der jüdischen Gemeinde begangen wurde. Und es war *kein* Mord, der von einem Mitglied der muslimischen Gemeinde begangen wurde. Unsere Ermittlungen haben eindeutig ergeben, dass alle, die in Verbindung zur Synagoge in der Milton Road oder zur Moschee in Gatesville stehen, alle Mitglieder von PAGAD, alle von Qibla, alle islamischen oder jüdischen Gruppierungen über jeglichen diesbezüglichen Verdacht erhaben sind. Das wurde von unserem Team klar festgestellt«, fügte er hinzu, eine Bemerkung, die allein für den Mann mit dem Palästinensertuch gedacht war. Ein Journalist drehte sich zu dem Muslim auf der anderen Seite des Saals um und starrte ihn einen Moment lang an, ehe er wieder neugierig Eberard den Kopf zuwandte.

Eberard sah, dass der Mann mit dem Palästinensertuch ein Handy hochhob, das seine Rede aufzeichnete. Er nahm einen Schluck Wasser aus der Flasche, die zu seinen Füßen stand, und fuhr dann fort: »Wir haben den Mörder identifiziert. Es handelt sich um einen gewissen Androv Kolchensky, einen russischen Immigranten mit früheren Verbindungen zur Unterwelt. Kolchensky lebt nicht mehr, sein Leichnam wurde vor vierundzwanzig Stunden entdeckt, und sein Tod wird gerade untersucht.« Er machte wieder eine Pause, damit die Reporter mitkamen. »Kolchensky erhielt seine Anweisungen von einem Mann, der für den Geheimdienst, die NIA, arbeitete, einem gewissen Simelane, der augenblicklich verschwunden ist. Auf ihn läuft ein Haftbefehl, und wir hoffen, ihn bald unter Anklage stellen zu können.« Einer der Journalisten schnaubte verächtlich. Simelane würde wohl nie wieder auftauchen. Er war vom Radar verschwunden und hatte eine Frau, ein kleines Kind und ein Haus zurückgelassen. Das Schauspiel, das sie im Polizeiwagen für Jackson aufgeführt hatten, war möglicherweise viel näher an der Wahrheit gewesen, als sie zu diesem Zeitpunkt vermutet hatten.

»Eine weitere Person, die Kolchensky half, war Pastor Isaiah Jackson von der One Church Foundation.« Im Publikum gab es Gemurmel. »Wie Sie sicher wissen, sitzt Mr. Jackson augenblicklich in Untersuchungshaft wegen der Mitwirkung an dem Mordkomplott. Er hat ein umfassendes Geständnis abgelegt, was seine Verwicklungen in dieses Verbrechen betrifft. Das Geständnis ist von ihm unterschrieben, freiwillig und bei vollem Bewusstsein seiner geistigen Kräfte. Weitere Verhaftungen werden diesem Geständnis möglicherweise noch folgen.«

Eberard erklärte, dass Jackson und Kolchensky jeweils als Agent provocateur tätig waren, um Spannungen zwischen Juden und Muslimen zu schaffen und Gewaltbereitschaft zu schüren, wodurch die Abänderung des Social Values Act schneller über die Bühne gebracht werden sollte. Zum Schluss wandte er sich direkt an Saliem Achmats Stellvertreter. »Wir möchten noch einmal beide Seiten bitten – die Mitglieder der islamischen und der jüdischen Community –, sich bewusst zu werden, dass sie von einem Dritten benutzt wurden, der seine eigenen Ziele verfolgte. Wir flehen Sie an, in sich zu gehen und den anderen nicht für etwas verantwortlich zu machen, wofür er nie verantwortlich war. Vielen Dank.«

Eberard beobachtete, wie der muslimische Mann sein Handy senkte, sich umdrehte und sich einen Weg durch die

Menge zum Ausgang bahnte. Nachdem er verschwunden war, fragte sich Eberard, ob er genug getan hatte, um die Gefahr abzuwenden. Allerdings hatte er seine Grenzen als Polizist ohnehin schon weit überschritten. Er hatte die Situation so dargestellt, dass er das gewünschte Ergebnis bekam, und dabei sowohl seine Karriere als auch möglicherweise sein Leben riskiert. Die nächsten Stunden würden zeigen, ob es geklappt hatte, dachte er, während er sich den Fragen stellte, die nun auf ihn einprasselten. Die Reporter hoben ihre Hände und bombardierten ihn, wobei einige Fragen banal und leicht zu beantworten waren. Andere hingegen gingen tiefer und waren somit problematischer.

Als er erklärte, er würde nur noch zwei weitere Fragen beantworten, hob ein großer Journalist mit einem rauen Gesicht, das an Mick Jagger erinnerte, seine Hand. Eberard sagte: »Bitte, Mr. Sparrow.«

»Sie haben angedeutet, dass der NIA-Agent Simelane möglicherweise als Abtrünniger allein handelte. Ich verstehe, dass Sie nicht behaupten wollen, der Geheimdienst hätte irgendetwas mit dieser Verschwörung zu tun gehabt. Aber können Sie trotzdem etwas klarer sein, ob ein weiterer Agent in die Geschichte verwickelt war?«

Eberard hatte geahnt, dass man diese Frage stellen würde, da es Favi so überaus wichtig war, die Gesetzesänderung durchzudrücken. Es war die einzige Frage, auf die er sich schriftlich vorbereitet hatte. Er zog also ein zusammengefaltetes Stück Papier heraus, was bereits die Aufmerksamkeit des Publikums fesselte. Nun ging es offenbar nicht mehr um kluge Erwiderungen oder spontane Reaktionen. Nun ging es um Wesentliches.

»Zu diesem Zeitpunkt der Ermittlungen«, las Eberard vor, »gibt es keine ausreichenden Beweise, die darauf hindeuten würden, dass außer Simelane ein anderer Agent oder Regierungsbeamter etwas mit dem Mord an dem Straßenjungen Coenie zu tun hatte. Wir ermitteln jedoch weiter, und weitere Verhaftungen können durchaus noch folgen. In der Zwischenzeit wurde das Ermittlungsteam jedoch gebeten, auch der Regierung einen ausführlichen Bericht vorzulegen – und zwar dem Minister im Dienste des Präsidenten direkt. So soll eine mögliche Rolle des Umfelds erwogen werden, das zu einem solchen kriminellen Plan führen konnte. Es wird unter anderem um die Klärung der Frage gehen, ob es zu einem Machtmissbrauch innerhalb der Polizei gekommen ist, um religiöse und kulturelle Freiheiten einzuschränken.«

Dieser Erklärung folgte eine lange Pause, während die Zuhörer das Gesagte verarbeiteten. Eberards Formulierungen beinhalteten wenig Konkretes, ließen aber vieles vermuten.

»Könnten Sie das wiederholen?«, bat eine Reporterin. Erneut las Eberard langsam seine Erklärung vor.

Der Rabbi fasste ihn am Arm, als er sich schließlich wieder setzte. Dann lehnte sich der Imam zu ihm hinüber, um ihm eine Nachricht auf seinem Handy zu zeigen.

Februarie: Die Wölfe verweilen in der Deckung. Aber sie bleiben wachsam.

Der Priester beendete das Treffen mit einem Gebet für Toleranz und Frieden. Einige der Presseleute blieben noch da in der Hoffnung, Eberard weitere Fragen stellen zu können. Aber er gab ihnen klar zu verstehen, dass er nichts mehr hinzuzufügen hatte. Als sich der Saal lichtete, spürte er Yael in seiner Nähe. Sie stand bei Jonathan Levitt und Abdullah Toefy, die beide sichtbar erleichtert wirkten.

»Offenbar haben Sie tatsächlich eine Katastrophe abgewendet, Inspector. Ich bin Ihnen zutiefst dankbar.«

»Ich bin froh, dass der Plan zunächst aufgegangen ist. Aber

ich weiß trotzdem nicht, ob wir genug gegen Favi zusammenbekommen. Und Simelane ist irgendwo da draußen – entweder noch am Leben oder bereits auf dem Meeresgrund verschwunden. Es fühlt sich nicht nach einem befriedigenden Sieg an, wenn man den Schuldigen hinter Schloss und Riegel weiß. Es fühlt sich nicht nach einer Art von Gerechtigkeit für Coenie an. Oder für Angel.«

Abdullah Toefy sah ihn offen an. »Es geht nicht um Favi, Eberard. Es geht auch nicht um Jackson oder Simelane oder um den Straßenjungen. Bedauerlicherweise geht es auch nicht um Ihre Freundin. Es geht um viel mehr als um all das. Der Sieg besteht nicht darin, dass der Einzelne niedergeschlagen wurde. Er besteht darin, dass die Idee niedergeschlagen wurde.«

Zweiundzwanzig

Der Friedhof war beinahe menschenleer. Das Kratzen eines Rechens auf dem Kiesweg hallte leise über das Feld schlichter Grabsteine, als ein einsamer Arbeiter Müll in einen Plastiksack kehrte. Auf dem Boden lagen überall rotbraune Blätter, die von den Eichen und Platanen gefallen waren. Ein kalter Wind trug Nebelschwaden mit sich und rauschte in den Pinien, welche den Friedhof von der Straße und dem Verkehr abschirmen sollten. Feuchte Regentropfen lagen auf dem frisch aufgeworfenen Erdhügel und hielten den Sand davon ab, fortgetragen zu werden. Es passt, dass sie in den Sand der Cape Flats eingeht, dachte Eberard. Sie hatte mit dem wenigen überlebt, was ihr geboten worden war. Sie hatte alles aus der Kargheit herausgeholt, und jetzt kehrte Angel dorthin zurück – ein Kind des Kummers und ohne Frieden.

Er hatte den Tag nur zögernd begonnen, da er wusste, dass die Beerdigung bevorstand. Er hatte im Bett gelegen und darauf gewartet, dass die Sonne aufging und sich hinter dem grauen Horizont aus Smog und Häusern zeigte. War sie nur ein überflüssiges Opfer gewesen, oder hatten ihre Mörder gespürt, dass ihr Tod ihn völlig aus dem Gleichgewicht zu bringen vermochte? Es schien etwas angemessen Berechnendes zu haben. Doch die Vorstellung, dass sie seine Zuneigung für sie durchschaut hatten, erschreckte ihn – dass sein Gegner seine Verletzbarkeit mit einer größeren Klarheit erkannt hatte als er selbst. Dennoch konnte er seine Trauer noch immer nicht ermessen. Es blieb ein nicht greifbarer Schmerz, der trotzdem alles um ihn herum durchdrang.

Eberard hatte ein Kissen über seinen Kopf gezogen, um das Licht nicht sehen zu müssen, das nun das Zimmer erfüllte. Das Summen des Radios wetteiferte mit dem Plätschern des Regens vor den Fenstern. In den Nachrichten zur vollen Stunde hörte er, was er sowieso schon wusste: Agent Simelane war an einem Baum hängend im Wald oberhalb von Kirstenbosch Gardens entdeckt worden, eine kurze Notiz in seiner Jackentasche. Sein Tod würde nicht weiter als verdächtig untersucht werden.

Isaiah Jackson fügte stetig neue Einzelheiten zu seinem Geständnis hinzu – ein verzweifelt wirkender Versuch, sein Gewissen von seinen Perversionen zu erleichtern. Doch die Hauptschlagzeilen galten dem Rücktritt von Minister Dupisani Favi, der persönliche Gründe nannte. Er ziehe sich aus der Politik zurück, wolle aber ein treues Mitglied der Partei bleiben, wie die Nachrichtensprecherin erklärte. Der Präsident hatte ihm für seine vielen Jahre im Dienst des Landes gedankt, eine typische Grabrede der Regierung auf jemanden, dem man den Todesstoß verpasste. Man hat der Rinkhalskobra den Kopf abgeschlagen, hatte Eberard gedacht und die Bettdecke beiseitegeschoben. Jetzt würden nur noch die letzten Zuckungen des schuppigen Körpers folgen. Sonst nichts.

Er blickte von Angels Grab auf, als er das Knirschen von Schritten über den Kies hörte. Yael trug eine warme Jacke und Jeans sowie schwere Stiefel, die ihre Füße vor der Feuchtigkeit schützen sollten. Lächelnd nahm sie Eberards Arm. Er konnte ihren Duft riechen: Vanille und Sandelholz.

»Sie hätten nicht den ganzen *Schlep* bis hier heraus machen müssen«, sagte er.

Sie lachte kehlig und drückte seinen Oberarm. »Schnelle Auffassungsgabe«, erwiderte sie warm. Sie hatte einen anderen Nasenstecker als zuvor – einen silbernen Schmetterling, der ihr eine femininere Note verlieh. Die Haare hatte sie zu einem lockeren Pferdeschwanz zusammengebunden. Eberard betrachtete sie voller Bewunderung, was sie nicht zu stören schien. Sie lächelte vielmehr vor sich hin, bis er den Blick abwandte.

Eine Weile blieben sie nebeneinander stehen, während der Wind an ihrer Kleidung zerrte. Wie so oft war es Yael, die das Schweigen brach. »Sie dürfen um sie trauern, Eberard«, sagte sie leise und sah ihn an. »Hören Sie auf, sich zu sagen, dass Angel nicht gut genug für Sie war oder Sie für Angel. Sie waren zwei Menschen, die einen gewissen Trost beim anderen fanden. Nur das zählt.«

Eberard traten die Tränen in die Augen, und er blickte in den wolkenverhangenen Himmel hinauf, um nicht loszuweinen.

Yael reichte ihm ein Taschentuch. »Sie verdient Ihre Trauer, Eberard.«

Er nickte und schnäuzte sich laut. Er würde oft hierher zurückkommen, dachte er. Er würde hier stehen, allein mit Angel. Und er würde um sie weinen. Er würde sie würdigen. Aber er würde sie auch gehen lassen.

Eine Böe pfiff über die Grabsteine und wirbelte Laub und Sand auf. Yael zog Eberard näher an sich, indem sie seinen Oberarm festhielt. Trotz der Jacke konnte er ihren warmen Körper spüren. Angels Grab brauchte noch einen Stein. Für den Moment war es nur durch ein schlichtes Holzkreuz markiert, zwei zusammengenagelte Kieferlatten, auf denen mit schwarzem Filzstift ihr Name und ihr Todestag geschrieben stand. Eberard betrachtete den Namen, den ein Fremder auf das horizontale Brett gekritzelt hatte.

»Glauben Sie an Gott?«, fragte er Yael.

Sie überlegte einen Moment, bevor sie antwortete. »Nicht an einen Gott, der eine Gruppe auswählt und eine andere verschmäht, und auch an keinen Gott, der entscheidet, wer lebt und wer stirbt. Gott lebt im Raum zwischen uns. Je näher wir uns kommen, desto mehr spüren wir seine Gegenwart. Je weiter wir uns entfernen, desto bedeutungsloser wird das Leben. Für mich geht es bei Gott um Menschen, Gemeinschaft und Beziehungen.«

Glaubte er das?, überlegte Eberard. Er verspürte das merkwürdige Bedürfnis, die Augen zu schließen und um einen neuen Anfang zu bitten, an etwas zu glauben, an eine Zukunft mit einem anderen Menschen zu glauben. Doch da war etwas, was sie noch immer trennte. Er öffnete die Augen und starrte in die nebelverhangene Ferne. Es war an der Zeit, das aus dem Weg zu räumen.

»Yael, wie lange arbeiten Sie schon für den Mossad?«

Eine Weile sagte sie nichts. Sie schaute auf das Grab und zog ihren Stiefel über den weichen Rand aus Sand. Er hatte ihr diese Frage schon länger stellen wollen, doch auf einmal bereute er, es tatsächlich getan zu haben. Würde sie diese Frage endgültig trennen? Er hasste sich dafür, es wissen zu müssen. Er hasste es, dass er alles Positive um sich herum mit seinem Misstrauen zerstören musste. Sie würde ihn stehen lassen, wohl wissend, dass das Unausgesprochene jetzt den Raum zwischen ihnen ausfüllen würde. Sie war ein Profi und würde allein deshalb gehen. Das wäre dann zumindest die Bestätigung, die er gesucht hatte. Es wäre schlimmer, wenn sie einfach leugnen würde, dachte er, denn dadurch würde etwas Ungelöstes zwischen ihnen stehen und vor sich hinschwelen. Es würde ihre gegenseitige Zuneigung zerstören, ihr Vertrauen zueinander, ihre Nähe.

»Wenn ich diese Frage beantworte, muss ich Sie umbringen.« Sie drehte sich ihm zu und lachte, wobei sie ihm einen festen Schlag gegen die Schulter verpasste.

Eberard grinste erleichtert. »Sie sind doch verrückt! Sie haben uns wohl für Neandertaler gehalten, für Volltrottel, die nichts kapieren und nur darauf warten, dass der nächste Clou vom Himmel direkt in unseren Schoß fällt. Sie sind vermutlich innerlich am Austicken gewesen, weil Sie uns mit Informationen versorgten und wir immer noch nicht verstanden, worum es geht.«

»Machen Sie sich oder Ihr Team nicht schlecht, Eberard. Sie sind ein guter Polizist, und das sind gute Leute. Sie haben zu wenig Personal, sind überarbeitet und außerdem auch nur Menschen – so wie wir alle. Aber wir haben viel mehr zusammen erreicht, als das jeder Einzelne für sich vermochte. Keiner wusste, wohin das führen würde. Und am Schluss haben Sie gesiegt.«

»Und ich dachte, Sie hingen mit mir ab, weil Sie mich mögen.«

»Sie sind so was von kindisch, Eberard Februarie.« Sie legte ihre Hand auf seine Wange. Ihre Haut fühlte sich wunderbar warm an. »Die Traurigkeit wird vergehen, Eberard. Die Sehnsucht wird sich auflösen. Ich habe es erlebt, ich weiß, wovon ich rede. Überstürzen Sie nichts, denn wenn Sie so weit sind, werde ich da sein.« Damit drückte sie ihm etwas Kleines, Hartes in seine Hand.

Eberard beobachtete, wie sie davonging. Er öffnete die Finger. Eine deformierte Pistolenkugel lag wie ein kleiner Käfer in seiner Hand.

Es war an der Zeit vorwärtszuschauen, dachte der Detective. Die Verluste der Vergangenheit zu betrauern, ohne Hass oder Reue. Und auf Trost zu hoffen – an die Möglichkeit zu glauben, dass Neuanfang möglich war.

Schlussbemerkung

Die Charaktere und Ereignisse in diesem Buch sind komplett erfunden. In der Milton Road gibt es keine Synagoge, wohingegen die Gardens-Synagoge durchaus existiert. Es ist die Synagoge meiner Gemeinde.

Ich möchte mich bei Deon Meyer und Margie Orford dafür entschuldigen, dass ich kurzfristig ihre Protagonisten ausgeliehen habe. Aber Benny Griessel und Riedwaan Faizal sind schon lange zu einem Teil Kapstadts geworden und damit Freiwild. Mein Dank an Professor Milton Shain für seine klugen Kommentare zu diesem Roman.

Mein größter Dank gilt Robert Plummer, Marlene Fryer und dem Team von Zebra Press bei Random House Struik, meinen Redakteurinnen Martha Evans und Lynda Gilfillan sowie meiner Familie, die mich stets zu meinen literarischen Bemühungen ermutigen.

Glossar

Amaboere: Weißer (südafrikanischer Slang)
Bakkie: Bezeichnung für einen Kleinlaster im südlichen Afrika
Bedonnerd: verrückt, wahnsinnig, durchgeknallt (Afrikaans)
Bergie: Bezeichnung für einen Obdachlosen in Kapstadt (Afrikaans)
Blerrie: verdammt (südafrikanischer Slang)
Bly stil: Seien Sie still (Afrikaans)
Braai: Grill (Afrikaans)
Bru: Bruder, Freund (Afrikaans)
Bulvan: Rüpel, Bauernlümmel (Jiddisch)
Coloured: vor allem im südlichen Afrika Bezeichnung für jemanden, der sowohl schwarze als auch weiße Vorfahren hat
Daar's geld op die tafel: Da ist Geld auf dem Tisch (Afrikaans)
Fok: verdammt (südafrikanischer Slang)
Goi/Gojim: Nicht-Jude/Nicht-Juden (Hebräisch)
Hok: Stall (Afrikaans)
Impimpi: Informant, Polizeispitzel (Zulu-Lehnwort)
Jintoe: Prostituierte (südafrikanischer Slang)
Jirre: Hölle (Afrikaans)
Jissis: mein Gott; wow (Afrikaans)
Jy weet: weißt du (Afrikaans)

Kak: Kacke, Scheiße, Mist, Unsinn (Afrikaans-Slang)
Kippa: vornehmlich religiös motivierte Kopfbedeckung männlicher Juden
Klonkie: Bezeichnung für einen Coloured (südafrikanischer Slang)
Lekker: nett, hübsch (Afrikaans)
Lyk mooi, né: Sieht schön aus, oder? (Afrikaans)
Manne: Männer (Afrikaans)
Maar: allerdings, aber (Afrikaans)
Mesusa: Schriftkapsel am Türpfosten jüdischer Häuser oder Synagogen, in der sich zwei Ausschnitte aus der Tora befinden
Moenie: nicht (Afrikaans)
Moenie skiet'ie: Nicht schießen (Afrikaans)
Moerse: sehr, riesig (Afrikaans-Slang)
Mos: doch, ja wohl, eh, natürlich; Wort, das auf die Offensichtlichkeit einer Aussage hinweist (Afrikaans)
Muti: traditionelle Heilmethoden der Zulu-Medizin
Nee: nein (Afrikaans)
Niks: nichts (Afrikaans)
Okaai: okay (südafrikanischer Slang)
Opstoker: Agitator, Provokateur (Afrikaans)
Ou: Kerl, Kamerad, Mann (südafrikanischer Slang)
PAGAD: People Against Gangsterism and Drugs: militante, islamistisch geprägte Gruppe, die 1996 in Kapstadt gegründet wurde und bis 2002 immer wieder Bombenangriffe in ganz Kapstadt unternahm (u. a. gegen Bandenführer, aber auch gegen moderate Muslime, von Schwulen frequentierte Nachtclubs, Synagogen, Ämter, Restaurants)
Plekkie: Ort, Platz, Stelle (Afrikaans)
Poes/Poese: abfällige Bezeichnung für die weiblichen Genitalien; auch als Schimpfwort verwendet (Afrikaans)

Qibla: in diesem Fall militante muslimische Schia-Organisation in Südafrika, die in den 1980er Jahren entstand

Sangoma: südafrikanischer Medizinmann, Heiler

SAP: Abkürzung für »South African Police« (Südafrikanische Polizei)

Schul: Synagoge (Jiddisch)

Shebeen: Bezeichnung für eine illegale Kneipe im südlichen Afrika (südafrikanischer Slang)

Snoek: Hechtmakrele (Afrikaans)

Spaza: informelles Geschäft, Lebensmittelladen, vor allem in den Townships zu finden (südafrikanischer Slang)

Staan stil of ek skiet jou fokken vreck: Still gestanden oder ich schieße, du verdammtes Aas (eigentlich »vreck« – sterbendes Tier) (Afrikaans)

Stoep: erhöhte Veranda vor dem Haus (Afrikaans)

Swart is mos swart: Schwarz ist (natürlich) schwarz. (Afrikaans)

Tefillin: jüdische Gebetsriemen; zwei mit Lederriemen versehene kleine lederne Gebetskapseln, die Schriftrollen mit Texten aus der Tora enthalten

Teiglach: jüdisches Honiggebäck, Spezialität der aschkenasischen Küche

Toppie: alter Mann, Vater (Afrikaans)

Tik: Methamphetamin (umgangssprachlich Meth oder Crystal); in Kapstadt weitverbreitete Droge

Whoonga: eine in Südafrika weitverbreitete Droge, der ein hohes Suchtpotenzial nachgesagt wird

Die südafrikanische Originalausgabe erschien 2009
unter dem Titel »Solace«
bei Zebra Press, Random House Struik, Kapstadt.

MIX
Papier aus verantwortungsvollen Quellen
FSC® C014496

Verlagsgruppe Random House FSC® N001967
Das für dieses Buch verwendete FSC®-zertifizierte Papier
Super Snowbright liefert Hellefoss AS, Hokksund, Norwegen.

1. Auflage

Satz: Uhl + Massopust, Aalen
Umschlaggestaltung: semper smile, München
Umschlagmotiv: © plainpicture / Gallery Stock
Druck und Einband: GGP Media GmbH, Pößneck
Printed in Germany
ISBN 978-3-442-75407-6

www.btb-verlag.de